Maarten 't Hart
Die Netzflickerin

Zu diesem Buch

Wie ein spannendes Stationendrama liest sich die Lebensgeschichte des Apothekers Simon Minderhout, der Hauptfigur in Maarten 't Harts neuem Roman. Nach einer unbeschwerten Kindheit studiert Simon in Leiden Pharmazie und Philosophie. Als er die Apotheke seines Onkels in Maassluis, einem Hafenstädtchen in Südholland, übernimmt, ist schon Krieg, und die Niederlande sind von den Deutschen besetzt. Der zugereiste Simon bleibt seinen neugierigen, kleinlichen Nachbarn trotz Bombenangriffen und Besatzungszeit ein Fremder, der mißtrauisch beobachtet wird. Da gerät er in Kontakt mit dem Widerstand im Untergrund: Eines Abends steht wieder einmal Hillegonda in seiner Apotheke, die Netzflickerin, die ihn ab und zu um Medikamente für Untergetauchte gebeten hat. Diesmal bittet sie um Unterkunft für sich selber. Simon ahnt nicht, daß die kurze Leidenschaft dieser einen Nacht ihn Jahrzehnte später einholen wird.

Maarten 't Hart, geboren 1944 in Maassluis als Sohn eines Totengräbers. Studium der Biologie in Leiden und dort Dozent für Tierethologie. Mit seinem umfangreichen Werk, vielfach übersetzt und verfilmt, hat er sich in Holland längst den Ruf eines modernen Klassikers erworben. Sein Roman »Das Wüten der ganzen Welt«, 1997 auf deutsch erschienen und ein überragender Erfolg, erhielt viele Auszeichnungen. Zuletzt erschien von ihm auf deutsch »Gott fährt Fahrrad«. Maarten 't Hart lebt heute bei Warmond.

Maarten 't Hart
Die Netzflickerin

Roman

Aus dem Niederländischen von
Marianne Holberg

Piper München Zürich

In Absprache mit dem Autor wurde die deutsche Übersetzung leicht überarbeitet.

Von Maarten 't Hart liegt in der Serie Piper außerdem vor:
Das Wüten der ganzen Welt (2592)

Ungekürzte Taschenbuchausgabe
Piper Verlag GmbH, München
1. Auflage März 2000
3. Auflage September 2000
© 1996 Maarten 't Hart
Titel der niederländischen Originalausgabe:
»De nakomer«, B.V. Uitgeverij De Arbeiderspers,
Amsterdam 1996
© der deutschsprachigen Ausgabe:
1998 Arche Verlag AG, Zürich/Hamburg
Umschlag: Büro Hamburg
Stefanie Oberbeck, Katrin Hoffmann
Umschlagabbildung: Claude Monet (»Moulins près de
Zaandam«, 1871, Ausschnitt)
Foto Umschlagrückseite: Klaas Koppe
Satz: KCS GmbH, Buchholz/Hamburg
Druck und Bindung: Clausen & Bosse, Leck
Printed in Germany   ISBN 3-492-22800-3

Inhalt

Teil 3
Die Beschuldigung

Prolog

Alexander Goudveyl schrieb in sein Tagebuch: »*Meeresstille* und *Glückliche Fahrt*. Etwa sechs Stunden, nachdem wir von Harwich abgefahren waren, kamen wir wohlbehalten in Hoek van Holland an. Wir erreichten gerade noch den Anschlußzug nach Rotterdam. Eigentlich bedauerte ich das. Der Bummelzug hätte in Maassluis gehalten. Nun rasten wir – sieben Minuten nach Abfahrt – in nur dreißig Sekunden durch die Stadt meiner Kindheit und Jugend. Mir blieb kaum Zeit wahrzunehmen, daß der Stadtteil Hoofd fast ganz verschwunden ist. Die President Steynstraat ist abgerissen worden, Lumpenhandel und Lagerhaus stehen nicht mehr. Alice soll noch immer in dem übriggebliebenen Teil vom Hoofd wohnen. Wie mag es ihr wohl gehen? Und Simon? Ob es stimmt, daß er seine Apotheke verkauft hat?

Am Ende dieses wunderbaren, friedlichen, sonnigen Herbsttages brachte uns ein Taxi nach Hause.

›Ich bin gespannt‹, sagte Joanna, ›wie es meinem Vater gefallen hat, so lange mutterseelenallein auf unser Haus aufzupassen.‹

›Das werden wir ja gleich hören‹, sagte ich.

Doch war, als wir eintraten, niemand da, jedenfalls nicht unten.

7

›Wo ist Aaron bloß?‹ fragte Joanna besorgt.

›Er wird sich oben hingelegt haben, oder er ist zum Einkaufen ins Dorf gegangen‹, sagte ich.

›Es riecht so merkwürdig hier‹, sagte Joanna.

›Ich rieche nichts.‹

›Natürlich nicht. Männer haben keine Nase.‹

Joanna lief schnüffelnd durch das Wohnzimmer, ging schnüffelnd in die Küche, stieg dann schnüffelnd die Wendeltreppe hinauf. Gleich darauf hörte ich einen Schrei. Erschrocken sprang ich auf und lief hastig die Wendeltreppe hinauf. Sollte mein Schwiegervater etwa tot im Bett liegen?

›Jemand hat im Gästebett gelegen‹, sagte Joanna.

›Deswegen schreist du so laut? Müssen Frauen sich denn immer gleich so aufregen?‹

›Du kannst dich zu Tode erschrecken, wenn ein Wildfremder in deinem Gästebett liegt.‹

›Es liegt überhaupt kein Wildfremder da drin.‹

›Irgendein Wildfremder hat da drin gelegen.‹

›Vielleicht hat sich dein Vater eine Freundin ins Haus geholt‹

›Mein Vater? Ach komm, der interessiert sich schon seit Jahr und Tag nicht mehr für Frauen. Der liebt nur noch Mozart und ein paar andere Komponisten... und außerdem... nein, dieses Bett riecht nicht nach einer Frau, dieses Bett riecht nach dem schalen Schweiß eines Mannes.‹

›Ach du lieber Himmel, auch wenn du eine noch so gute Nase hast: Ich glaube dir niemals, daß du riechen kannst, ob eine Frau oder ein Mann da drin gelegen hat.‹

Sie reagierte nicht, sie lief aufgeregt durch das Gästezimmer, kniete sich vor das Bett, schnüffelte wie ein Spürhund daran herum, stand wieder auf, sagte bestürzt:

›In diesem Bett hat jemand gelegen, der furchtbar gewühlt und geschwitzt hat.‹

Sie schlug die Decken beiseite, sagte: ›Sieh dir an, wie die Laken daliegen. Als seien sie zusammengeknotet worden… als seien sie für eine Flucht benutzt worden. Sieh dir das an! Also, wenn ein Mann dies… eine Frau würde ein Bett nie so hinterlassen.‹

›Wie du übertreiben kannst‹, sagte ich.

›Sind die Laken nun entsetzlich zerknautscht oder nicht?‹

›Sie sind ein bißchen zerknittert.‹

›Ich wollte, mein Vater wäre hier. Wo treibt der sich in Gottes Namen herum?‹

›Ich bitte dich, warte mit deiner Panik noch ein wenig. Er kommt bestimmt gleich.‹

Glücklicherweise war das wirklich der Fall. In dem sanften, goldenen Sonnenlicht kam er vergnügt auf dem Gartenweg anspaziert.

Joanna nahm sich nicht einmal die Zeit, ihn zu begrüßen. Als er das Wohnzimmer betrat, rief sie nur: ›Wer hat hier übernachtet?‹

›*Ein Greis im grauen Gewand; tief hing ihm der Hut*‹, sang ihr Vater.

›O mein Gott… kannst du eigentlich niemals normal antworten? Müssen es immer Zitate aus Opern sein? Sag mir bitte, was los ist. Wer hat hier übernachtet? Und warum riecht das Bett da oben eine Meile gegen den Wind nach Angstschweiß?‹

›Simon hat hier übernachtet‹, sagte Aaron.

›Simon Minderhout?‹ fragte ich erstaunt.

›Jawohl.‹

›Als wir mit dem Zug durch Maassluis fuhren, habe ich noch an ihn gedacht‹, sagte ich.

›Aber wenn Simon hier übernachtet hat, warum riechen seine Laken dann nach Angstschweiß?‹

›Simon war hier untergetaucht.‹

›Untergetaucht? Warum?‹

›Er war auf der Flucht vor den Medien. Zeitungen, Radio, Fernsehen, *Jungfrauen**, alle waren hinter ihm her.‹

›Warum in Gottes Namen?‹ fragte ich erstaunt.

›Ich habe oben einen ganzen Berg Zeitungsausschnitte. Die mußt du mal lesen. Außerdem: Ehrlich gesagt, ich weiß es selbst nicht so genau, was wirklich dahintersteckt. Zuerst schien es, als sei er in einen Fall von Verrat im Zweiten Weltkrieg verwickelt gewesen. Später wurden auch noch Ereignisse und Episoden aus seiner Jugend hervorgekramt. Sogar etwas über seine Geburt.‹

›Und was sagte er dazu?‹ fragte ich.

›Herzlich wenig. Du weißt, wie er ist. Nett, aber unzugänglich. Es ist schwierig, etwas aus ihm herauszubekommen. Und noch schwieriger, sich in ihn hineinzuversetzen.‹

---

* In der niederländischen Originalfassung auf deutsch. Im folgenden jeweils durch Kursive gekennzeichnet.

›Wo ist er jetzt?‹ fragte ich.

›Wieder zu Hause, denke ich, hoffe ich. Ich habe ein paarmal versucht, ihn anzurufen, aber bis jetzt vergeblich. Ich glaube, er wagt es noch immer nicht, den Hörer abzunehmen.‹

›War es denn so schlimm?‹ fragte ich.

›Es muß sehr schlimm gewesen sein‹, sagte Joanna, ›so, wie das Bett riecht... nicht zu glauben.‹«

Teil 1
Roemer

Neletta

Neletta Minderhout zog die Gardine zurück und sah, daß es in der Nacht geschneit hatte. Jacob Minderhout erwachte, richtete sich langsam auf und fragte: »Was ist los?«

»Mir ist wieder so schlecht.«

»Warum gehst du nicht zu dem neuen Doktor?«

»Der ist noch so jung. Wenn es unser alter Doktor wäre, würde ich...«

»Ja, aber der ist nun einmal im Ruhestand, geh doch zu dem Neuen. Er wird allgemein gelobt.«

»Kann sein, aber ich... vielleicht muß ich mich dann vor ihm ausziehen.«

»Warum in Gottes Namen?«

»Weil etwas mit meinem Bauch ist, wahrscheinlich wird er sich das ansehen wollen.«

Sie starrte in das Mondlicht, das auf den Schnee des Martinikerkhof fiel. Wenn sie doch nur brechen könnte, dann würde sie sich wenigstens für kurze Zeit etwas besser fühlen.

Ein paar Stunden später, an demselben klaren Wintertag, lehnte sie sich gegen die Anrichte. Sie hielt sich den Bauch, sie stöhnte. Floer wurde unruhig in ihrem Korb und bellte. Neletta strich ihr über den Kopf, richtete sich dann entschlossen auf, zog ihre Kittelschürze aus und lief zur Haustür. Hastig schlüpfte sie in ihren Wintermantel, und bevor sie es sich anders überlegen konnte, ging sie schon durch den Torbogen. Sie trat auf die mit dünnem Schnee bedeckte Straße. Ab und an schlitterte sie ein wenig, und nach ein paar Metern war sie von der prickelnd frischen Luft und dem Sonnenlicht, das dem Schnee einen hellblauen Glanz verlieh, so aufgemuntert, daß sie, als sie so dahineilte, alles andere als eine Frau mittleren Alters zu sein schien. Sie hatte schon immer auffallend jung ausgesehen. Vielleicht war das auch der Grund gewesen, weshalb Jacob, um viele Jahre jünger als sie, gut ein Jahr, nachdem sie Witwe geworden war, mitten im Torbogen einfach vor ihr auf die Knie gesunken war und sie gefragt hatte: »Willst du meine Frau werden?«

»Steh erst mal auf«, hatte sie gesagt.

»Erst, wenn du geantwortet hast.«

»Dann kannst du da noch lange hocken.«

»Ist das deine definitive Antwort?«

»Die kann ich dir erst geben, wenn du aufgestanden bist.«

»Nein, ich bleibe hier knien, bis du ja gesagt hast.«

»Danke bestens. Weißt du, was meine Mutter immer sagte? Wer A sagt, muß auch B sagen.«

Sie war weggegangen, um eine Besorgung in der Turfstraat zu machen. Als sie zurückkam, sah sie, daß er stand. Sobald er sie erblickte, kniete er sich hastig wieder hin, wie zum Gebet. Sie hatte schon immer gewußt, daß Jacob Minderhout etwas eigenartig war. Wer wußte das nicht in Groningen? Als sie den Tod ihres Mannes meldete, hatte er ihr als diensthabender Gemeindebeamter beigestanden. Seitdem hatte sie oft gespürt, wie sein Blick auf ihr ruhte, einfach so, auf dem Martinikerkhof oder bei dem jüdischen Bäcker in der Folkingerstraat, wenn sie dort Sonntag morgens eine warme Challa holte. Ein anderes Mal sehr lange bei den Spilsluizen in der hellen blauen Dämmerung eines Winterabends.

Wenn sie überhaupt wieder heiraten wollte, konnte sie bestimmt eine schlechtere Wahl treffen. Er kam immerhin aus gutem Hause, sein Vater war Arzt gewesen. Nach dessen Tod war es allerdings mit der Familie Minderhout allmählich bergab gegangen; zuletzt waren Mutter und Kinder – bis auf den ältesten Sohn Herbert, der sein Apothekerstudium schon fast beendet hatte – in der Soephuisstraat untergekommen. Dennoch erinnerte sich in Groningen jeder an den alten Doktor Minderhout. Wie konnte also dessen Sohn, dieses große Kind mit seiner verrückten Amtssprache, es sich einfallen lassen, ihr den Hof zu machen? Sie fühlte sich belästigt und geschmeichelt, sie war verblüfft und verärgert, es amüsierte sie, aber nun schämte sie sich, daß er unter dem Torbogen wieder vor ihr auf die Knie gesunken war. Sie sagte: »Komm, steh bitte auf und geh!«

»Erst, wenn du ja gesagt hast.«

»Such dir ein Mädchen in deinem Alter.«

»Was soll ich mit so einem jungen Ding, das von nichts eine Ahnung hat. Ich will dich, sag ja, dann stehe ich auf.«

Sie war ins Haus gegangen, hatte ab und zu durch das Fenster geblickt, um zu sehen, ob er noch dort kniete. Als es nach einer halben Stunde zu dämmern begann und ab und an Gruppen von schwatzenden, manchmal johlenden, meistens lachenden Leuten bei dem knienden Jacob stehenblieben, war sie nach draußen gegangen. Sie hatte gesagt: »Bitte, laß mich in Ruhe, geh jetzt nach Hause, ich habe drei Kinder zu versorgen, ich in meiner Lage kann gar nicht daran denken, wieder zu heiraten.«

»Sag ja, und ich gehe«, sagte Jacob selbstbewußt.

Das fanden alle Umstehenden so lustig, daß auch sie laut auflachte.

»Gib mir wenigstens Bedenkzeit, ich kann mich doch nicht so Knall auf Fall entscheiden.«

»Das kannst du sehr wohl, du kannst sofort einwilligen. Dann handelst du nicht dümmer als andere Menschen, die meinen, sie würden einen solchen Schritt nach reiflicher Überlegung tun. Für jeden von uns ist es ein Schritt ins Dunkle, und hat man ihn getan, macht es, bei Lichte betrachtet, nichts aus, ob du ja oder nein sagst. Was du auch tust, und was du auch läßt, du kennst doch nie die Folgen von dem, was du tust, du könntest ebensogut bei jeder Entscheidung, die du fällst, einen *stuiver* in die Luft werfen und dann, je nachdem, ob du Kopf oder Zahl bekommen hast, danach handeln. Vielleicht wärst du dann sogar besser dran. Nun aber, weil du ja sozusagen eine Entscheidung gefällt hast, ist es, als könnte alles, was du tust, dir zugeschrieben werden, denn sonst hättest du immer die Entschuldigung: Ja, aber der *stuiver* zeigte Zahl, dafür kann ich doch nichts.«

»Ich kann dir beim besten Willen nicht folgen, aber, bitte, steh auf.«

»Sag ja, und ich gehe.«

Sie hatte noch eine Weile dort gestanden, während die Leute Gott sei Dank weitergegangen waren. Sie hatte ihn sich noch einmal genau angesehen. Er war für ihren Geschmack eigentlich etwas zu schmächtig, sah aber sehr gut aus. Merkwürdig, daß so ein junger Mann noch nie ein Mädchen gehabt haben sollte.

»Ich verstehe nicht, was du in mir siehst«, sagte sie.

»Ich sehe in dir eine Frau, die schon viel mitgemacht hat. Du warst mit einem schwierigen Mann verheiratet. Mich würdest du geradezu als Erholung erleben, obwohl ich in den Augen vieler Leute einen Tick exzentrisch bin. Aber nun, wer ist das nicht, bei mir sitzt das mehr an der Oberfläche als bei anderen Menschen. Ich bin verrückt genug zu meinen, es sei praktisch, eine Witwe mit drei netten Töchtern zu heiraten, die ihre Milchzähne, Masern und Röteln schon hinter sich haben, so daß ich nicht befürchten muß, nachts durch Kindergeschrei hochzuschrecken.«

»Wenn ich jemals wieder heirate, will ich hier im Martinikerhof wohnen bleiben, das ist der schönste Platz in ganz Groningen.«

»Ich habe nicht gesagt, daß du umziehen sollst. Meine schmalen Besitztümer können ohne weiteres in deinen Haushalt hier eingehen.«

»Hältst du es für möglich, nun doch aufzustehen und auf eine Tasse Tee hereinzukommen? Dann können wir dort weitersprechen.«

»Also gut«, sagte er, »weil du es bist.«

Sie wußte da eigentlich schon, daß die Diskussion über ihre Wohnung und die spontane Einladung zu einer Tasse Tee fast unvermeidlich ein Jawort enthielten, und daher war zwischen ihnen auch kein Wort mehr darüber gefallen, ob sie heiraten würden oder nicht.

Sie hatte das Jawort, so merkwürdig es ihr auch abgerungen worden war, nie bereut. Jacob war ein wunderlicher, lieber Mann. Einen solchen Mann hatte sie noch nie zuvor gekannt. Er wurde nie böse, er war nie launisch. Er war immer so voller Rücksicht, immer so zuvorkommend, daß sie dem manchmal mißtraute, daß sie manchmal das Gefühl hatte, es stecke etwas dahinter. Wie war es nur möglich, daß jemand mit einer so unerschütterlichen, natürlichen Heiterkeit durchs Leben gehen konnte? Obwohl sie inzwischen schon so lange mit ihm verheiratet war, machte sie das doch immer wieder argwöhnisch.

Sie lief quer durch die Stadt, erreichte die Wohnung ihres früheren Hausarztes am Hooge der A. Sie klingelte. Eine bucklige Haushälterin öffnete.

»Ist der Doktor zu Hause?« fragte sie.

Bevor die verschrumpelte Alte etwas sagen konnte, blitzte schon der Goldrand einer Brille im dunklen Flur des Grachtenhauses auf.

»So, Letje, was ist los mit dir? Was führt dich hierher?«

»Ich… oh, Doktor, morgens… ich…«

»Komm erst einmal herein.«

Sie folgte dem alten Mann durch den Flur, sie war ihre Übelkeit los, fühlte sich wieder völlig gesund. Sie war nicht krank, wie hatte sie das denken können, sie könnte jetzt ebensogut umkehren und wieder hinaustreten in die sonnendurchflutete Welt, an den märchenhaften, weißgepuderten Tjalken und Torfkähnen entlanglaufen, die so ordentlich in Reih und Glied in der A vertäut lagen. Nachdem er sie aber in seinem Arbeitszimmer aufgefordert hatte, auf einem Stuhl Platz zu nehmen, setzte sie sich doch vorsichtig auf die Kante. Der Doktor blieb stehen, er fragte: »Was fehlt dir?«

»Mir ist morgens oft so übel«, sagte sie.

Er sah ihr tief in die Augen, kam einen Schritt näher und sagte: »Streck mal deine Zunge heraus.«

Neletta streckte ihre Zunge heraus. Der Doktor sagte: »Weißt du noch, daß du beim erstenmal, ach, wie alt magst du da gewesen sein, ich war gerade mit dem Studium fertig, wir lebten noch im neunzehnten Jahrhundert, nun sind wir schon ein Jahrhundert weiter… Ich war mehr als doppelt so alt wie du… Weißt du noch, daß du beim erstenmal deine Zunge nicht herausstrecken wolltest? Wie lange ist das her, wie schnell ist das vorübergegangen! Welch ein Glück, daß alles so schnell geht, daß das Leben so kurz ist. Wie würden wir uns langweilen, wenn das Leben länger dauern und die Zeit langsamer verstreichen würde.«

Sorgfältig besah er sich ihre Zunge und sagte:

»Deine Zunge sieht übrigens noch immer aus wie die eines jungen Mädchens. Sehr krank kannst du nicht sein, auch deine Augen sind klar. Wie ist es mit dem Stuhlgang?«

»Gut, Doktor, sehr gut, ich esse jeden Abend vor dem Schlafengehen eine getrocknete Pflaume.«

»Die weichst du doch hoffentlich vorher ein?«

»Ja, Doktor, natürlich.«

»Und morgens ist dir also übel? Hast du das früher schon einmal gehabt?«

»Ja, es ist dieselbe Übelkeit wie damals, als ich schwanger war, aber viel schlimmer als damals.«

»Vielleicht bist du wieder schwanger. Und diesmal ist es ein Junge, weil dir doppelt so übel ist.«

»Nein, nein, das kann nicht sein, das ist nicht möglich, nein... nein... nein, Doktor, tun Sie mir das nicht an.«

»Kann es wirklich nicht sein? Hast du deine Regel nicht mehr?«

»Nur ganz ab und zu noch.«

»Wie oft ist ganz ab und zu?«

»Letztes Jahr noch zweimal.«

»Und wie lange ist das letzte Mal her?«

»Im Sommer, glaube ich, ja, im Sommer.«

»Dann müssen wir die Möglichkeit doch einbeziehen.«

»Ja, aber Doktor, das kann nicht sein, ich werde nächstes Jahr siebenundvierzig, nein... nein, das kann nicht sein, denn Jacob, denn...«

»Jacob ist doch noch ein junger Kerl, ich sehe nicht ein, warum...«

»Aber Jacob... ich... wir...«

»Du willst sagen, daß ihr keinen...«

»Nein, nein, das nicht, das überhaupt nicht, aber ich habe Jacob, als ich ihn heiratete, beschworen, daß ich keine Kinder mehr haben wollte, daß ich genug an meinen drei Töchtern habe und daß Bep, meine Jüngste, nicht ganz richtig im Kopf ist und daß ich Angst habe, das nächste könnte ein Mongölchen sein. Ich habe zu ihm gesagt, daß ich lieber auf Knien von Groningen nach Balloo rutschen wollte...«

»Nach Balloo? Warum nach Balloo?«

»Oh, weil meine Mutter von dort kommt... nach Balloo rutschen würde, als schwanger zu werden. Und darauf nimmt er immer Rücksicht, er paßt wirklich auf, Doktor.«

»Ja, aber wie denn, wenn ich fragen darf? Schon vor dem Gesang wieder raus aus der Kirche?«

Sie nickte kurz.

»Ach, liebe Letje, daran ist mehr Pracht als Macht, manchmal ist ein einziger kleiner Sänger brutal genug, um lange vor den anderen schon in der Kirche zu piepsen, oder manchmal bleibt ein einziger kleiner Sänger heimlich hängen, und niemand merkt es, weil da so unerhört viele kleine Sänger sind... ja, und dann... und dann, ach, dann schleicht so ein kleiner Sänger mutterseelenallein ins Konsistorialzimmer, und da kann es dann sein, daß dort gerade eine kleine Sängerin auf dem Stuhl steht und ihren ersten Auftritt probt, und dann kann es schon einmal passieren, daß so ein kleiner Sänger ihr höflich die rechte Hand reicht, um ihr vom Stuhl herunterzuhelfen, ja... und dann... was soll ich noch weiter dazu sagen, dann fangen die Puppen doch zu tanzen an, meine Liebe, dafür kenne ich Beispiele... Ich fürchte, daß sich ein kleiner Sänger in diesem Vorraum einquartiert hat, es ist nur schade, daß ich die Geräte nicht mehr hier habe, mit denen ich untersuchen kann, ob ich ihn schon ein bißchen tirilieren höre. Du wirst doch zu meinem Nachfolger gehen müssen, du kannst schließlich nicht mehr von mir verlangen, daß ich noch einen Frosch aus dem Graben hole. Weißt du, was ich tun werde? Ich werde meinen Nachfolger anrufen und ihm sagen, daß du kommst, dann brauchst du weiter nichts zu sagen, dann brauchst du nur noch deinen Morgenurin mitzubringen, und dann wird alles gut.«

»Ja, aber Doktor, noch ein Kind, das geht doch nicht... dafür bin ich viel zu alt... ich, o Gott, wie soll das nur werden, ich habe nach der Geburt von Bep alles weggegeben, ich habe nichts mehr, keine Wiege, keinen Kinderwagen, keine Windeln, keine Kleidchen, nichts, oh, Doktor, was soll ich anfangen... noch ein Baby, wie schrecklich.«

»Ach nein, es ist ein kleiner Nachkömmling, sonst nichts, das habe ich schon oft erlebt, und diese Nachkömmlinge lassen das Leben ihrer Eltern noch einmal wieder richtig aufblühen, bestimmt, das werden immer ihre Augäpfelchen. So ein Nachkömmling sorgt oft für einen Nachsommer in der Ehe. Nun ja, für euch stimmt das nicht so ganz, so lange seid ihr noch nicht verheiratet, aber du wirst sehen, es wird alles gut, und außerdem ist vielleicht gar nichts los. Geh jetzt erst mal zu meinem Nachfolger, ich werde ihn anrufen, dann kann er schon einen Frosch auf dem Kaminsims bereithalten.«

Zwilling

Der Froschtest am nächsten Tag zeigte, daß sie in anderen Umständen war, und nachdem Neletta das Ergebnis mittags von dem jungen Spund erfahren hatte, lief sie wütend und zugleich niedergeschlagen nach Hause. Sie erwog, sich ein paarmal die Treppe herunterfallen zu lassen. Vielleicht würde sich dann die Frucht lösen. Sie nahm sich vor, so lange mit dem Fahrrad über die holprigen Sandwege des Ballooërveld zu fahren, bis sie eine Fehlgeburt bekam. Aber all diese in großer Verzweiflung angestellten Überlegungen verflüchtigten sich zu vagen Hirngespinsten, als sie Jacob erzählte, wie es um sie stand. Sie hatte ihn in all den Jahren ihrer verrückten, glücklichen Ehe noch nie weinen sehen. Daher rührte es sie, als sie nach der schlichten Mitteilung: »Ich bin schwanger«, große Tränen über seine Wangen laufen sah. Er wollte etwas sagen, war jedoch so bewegt, daß sie nur einen Schluchzer hörte. Er ist ein guter Kerl, dachte sie, nur ein bißchen rührselig.

Immer wenn er in den nun folgenden Wochen bei Neletta auch nur ein wenig Niedergeschlagenheit verspürte, verglich er sie das eine Mal mit Sara aus dem Alten Testament, dann wieder mit Elisabeth aus dem Neuen Testament.

»Ich habe bisher noch nie etwas davon gemerkt, daß dir die Bibel soviel bedeutet«, sagte sie verdrießlich.

»Oh, aber die Geschichte von der lachenden Sara hat immer großen Eindruck auf mich gemacht«, sagte Jacob. »Zu Abraham kam Gott einfach an die Tür. Dann ist es nicht schwer, ein Glaubensheld zu sein! Aus drei Scheffeln Mehl backt Sara Pfannkuchen. Das mußt du dir vorstellen: Du bekommst von Gott Besuch, und du backst Pfannkuchen. Einfache Pfannkuchen, nicht einmal Speckpfannkuchen.«

»Wenn du über die Bibel sprichst, ist es immer, als wenn du dich darüber lustig machen würdest.«

»Wie kommst du darauf? Ich? Das würde ich nicht wagen, ich wollte, Gott käme hierher zu uns, dann würde ich Speckpfannkuchen backen, und wenn er ordentlich Sirup darauf täte, würde es mir bestimmt nicht so schwerfallen, an ihn zu glauben.«

Er schwieg und fuhr dann fort: »Und die Geschichte von Elisabeth im Neuen Testament ist sogar noch schöner. Als Maria ihre Cousine Elisabeth besucht und sie begrüßt, hüpft das Kind im Bauch von Elisabeth. Wie mag der kleine Johannes das nur geschafft haben, es kann nicht mehr als ein winzig kleiner Sprung gewesen sein.«

»Ich weiß bei dir nie, ob du es ernst meinst. Über alles machst du dich lustig.«

»Daß du's nur weißt, ich pfeife und summe den ganzen Tag, weil du ein Kind bekommst, vergiß das nicht, darüber mache ich mich bestimmt nicht lustig.«

»Nein, das weiß ich, aber ich glaube nicht, daß du begreifst, was es für mich bedeutet. Ich habe solche Angst, daß etwas mit dem Kind nicht in Ordnung ist, ich bin schon so alt, ich bin schon zu alt... Ich habe früher in Drenthe so viele mongoloide Kinder gesehen.«

»Du bekommst kein Mongölchen, du bekommst ein pausbäckiges Baby, einen gesunden, hübschen, klugen, aufgeweckten, schlauen, gescheiten, pfiffigen, durchtriebenen, gerissenen, gewieften, intelligenten kleinen Jungen. Verrückt eigentlich, daß die Sprache so viele Wörter für Intelligenz hat, während die meisten Menschen dumm sind.«

So munterte er sie jeden Tag auf. Hinzu kam, daß ihr die Schwangerschaft nur noch wenig Beschwerden bereitete. Sogar die Übelkeit war jetzt erträglicher, einmal, weil sie nun wußte, worin die Ursache lag, zum anderen, weil sie, wie sie es auch schon bei ihren früheren Schwangerschaften getan hatte, abends vor dem Schlafengehen einen großen Becher warme Milch trank. Damit konnte sie die schlimmste Übelkeit abwenden.

Zwei Monate vor der Geburt begleitete sie Jacob zu einem Konzert der Groninger Orkestvereniging. Vor der Pause erklangen die *Maurerische Trauermusik* und das Klavierkonzert Nr. 24 von Mozart. Nach der Pause stand die Symphonie Nr. 4 von Anton Bruckner auf dem Programm. Während die Symphonie mit dem tiefen Hörnerruf einsetzte, döste Neletta friedlich vor sich hin und hörte kaum zu. Sie liebte klassische Musik weitaus weniger als

Jacob, und Bruckner bedeutete ihr gar nichts. Jacob aber summte wie immer zuerst leise, dann, alles um sich her vergessend, allmählich immer lauter mit. Sie schaute ihn streng an, sie legte einen Finger auf die Lippen, und schuldbewußt nickte er. Plötzlich, während das Orchester sich einem brausenden Fortissimo näherte, fühlte sie, wie das Kind anfing, heftig gegen ihre Bauchwand zu treten. Sie griff nach Jacobs Hand und legte sie etwas unterhalb des Nabels auf ihren Bauch. Sie würde es ihr Leben lang nicht vergessen, wie er, als er die Bewegungen des Kindes fühlte, sie anschaute. Zu ihrer alten Mutter sagte sie am nächsten Tag: »Ich habe noch nie in meinem Leben einen Mann so strahlen sehen.«

Während der vielen Fortissimi, die in der Bruckner-Symphonie folgten, trat das Kind in ihrem Leib jedesmal so kräftig, daß sie kaum still sitzenbleiben konnte. Als das Kind im Frühsommer nach wenigen Wehen auffallend leicht geboren wurde, war sie erstaunt, daß das Baby nicht schrie. Neletta spürte, daß etwas nicht stimmte. Die Hebamme schwieg.

»Was ist los?« fragte sie.

Sie hörte die Hebamme schwer atmen. Sie richtete sich in ihrem Bett auf und fragte geradeheraus: »Ist es tot?«

»Ja.«

Sie wußte nicht, ob sie sich erleichtert fühlen durfte. Was ihr so bevorstand, das Stillen, die fehlende Nachtruhe und vor allem das, was danach kam: dieses unaufhörliche Achtgebenmüssen, das niemandem anders zu übertragen war, sollte jetzt an ihr vorübergehen, und es fiel ihr schwer, nicht insgeheim froh darüber zu sein. So fragte sie nur kurz: »Junge oder Mädchen?«

»Junge.«

»Wie furchtbar wird das für Jacob sein. Er hat neun Monate lang gepfiffen und gesungen, du hättest ihn sehen sollen, wie er neulich im Konzert strahlte, als er spürte, wie sich sein Kind bewegte. Es trat für zwei, wie kann es jetzt tot sein? Ach, wie schlimm für Jacob.«

»Schlimmer für dich, du hast es neun Monate lang getragen, dein Mann da...«

Neletta hörte fast etwas wie grimmige Schadenfreude in den Worten »dein Mann da«, und sie dachte wieder an den Moment, vor ein paar Stunden, als die Wehen begonnen hatten und die Hebamme Jacob, der nur allzugern bleiben wollte, mit den Worten: »Fort mit dir, wir können hier kein Mannsvolk gebrauchen«, unerschrocken zur Tür des Geburtszimmers hinausgescheucht hatte. Bereits auf der Schwelle, den Türgriff in der Hand, hatte Jacob sich noch einmal kurz nach ihr umgesehen und gesagt: »Na, na, was hast du für eine Menge Haare auf den Zähnen, die wachsen dir schon direkt durch die Oberlippe.«

Wütend hatte die Hebamme Jacob hinausgeschoben und die Tür zugeworfen. Dann hatte sie sich verzweifelt mit dem Finger über ihren kräftigen Oberlippenbart gestrichen.

Während Neletta an die linkische Geste zurückdachte, fühlte sie auf einmal einen furchtbaren

Schmerz in sich aufsteigen. Sie schrie. Die Hebamme legte den toten kleinen Jungen hin, rief: »Was ist los? Die Nachgeburt? Deswegen braucht man nicht so zu schreien, hör doch auf.«

»O mein Gott, was für ein Schmerz, es ist nicht zu glauben, wie ist das möglich, ein solcher Schmerz nach der Geburt, das ist doch nicht normal. Gott, Heiliger Jesus, dies ist viel schlimmer als eben, oh, oh, oh, halte mich fest, oh, Jesus, Maria, Jakob, oh... au...«

Da wurde plötzlich das schon stark verformte Köpfchen eines zweiten Kindes sichtbar.

»Kommt da doch wahrhaftig noch so ein Würmchen«, sagte die Hebamme. Fünf Minuten später hielt sie einen lauthals schreienden, wild zappelnden kleinen Jungen in Händen, das Ebenbild des toten Kindes. Als sie das weinende Baby für einen Augenblick in ihre Arme nehmen durfte, dachte Neletta: Der hat seinen Bruder totgetreten, neulich bei Bruckner.

Hinten in der Waschküche aber lief Jacob pausenlos hin und her und sah zu, wie Floer die rosa Würmchen säugte, die sie nachts geboren hatte. Als er jetzt seine Nachkommenschaft schreien hörte, schlug er die Hände vor die Augen und murmelte unter Tränen: »Da ist unser Apostelchen, ach, ach, ach, da ist unser Apostelchen.«

So kam im Frühsommer 1914, keineswegs geplant und zumindest von seiner Mutter keineswegs erwünscht, der Sohn von Jacob und Neletta Minderhout zur Welt, fast gleichzeitig mit einem Hündchen, das dem Tode des Ertränkens entkam, weil

Jacob es übersah, als er die rosa Würmchen von Mutter Floer wegholte. Man könnte es für grausam halten, daß Jacob die kleinen Tiere ertränkte, aber er wußte, daß er die jungen Hunde, allesamt ausnehmend häßliche Promenadenmischungen, nur schwer loswerden würde, und er wollte nicht einen Wurf junger, noch nicht stubenreiner Hunde am Hals haben, gerade jetzt, wo auch noch ein Baby angekommen war. Es würde schon ohne Hunde schwierig genug werden. Wie schwierig, zeigte sich bereits, als Neletta und er sich nicht über den Vornamen des Babys einigen konnten. Jacob wollte das Kind Roemer nennen, aber Neletta sagte: »Was ist das für ein lächerlicher, altmodischer Name, Roemer, wie kommst du darauf, nein, wir nennen ihn Simon nach deinem Vater, das ist ein schöner, ehrlicher, solider holländischer Name.«

Als Roemer Simon Minderhout meldete Jacob seinen Sohn an. Das heißt, so schrieb er ihn selbst im Rathaus ein. Hartnäckig nannte er ihn weiterhin Roemer, aber Neletta und seine drei Halbschwestern, von denen zwei schon aus dem Hause waren, nannten ihn Simon.

Die erste Gelegenheit, bei der ein Vorname ausdrücklich gebraucht wird, ist die Taufe. Die Taufe von Roemer Simon Minderhout war Anlaß zu vielem, nur allzu menschlichem Leid. Seine Schwester Bep wollte ihn in die Kirche tragen, aber Mutter Neletta fand dies, im Gedanken daran, daß bei Bep nicht alles ganz richtig im Kopf war, unverantwortlich. Außerdem gehörte es sich nicht. Wer sonst als ihre Mutter kam in Frage, das Kind in die Kirche zu tragen? Bep schluchzte, und Jacob wetterte, aber Neletta verkündete, daß sie »ihren Kopf durchsetzen« würde. Und sie setzte ihren Kopf durch. An einem warmen Sonntag im Juni wurde Roemer Simon Minderhout von seiner Großmutter zu Beginn des Taufgottesdienstes unter den hohen Gewölben der Martinikerk nach vorn getragen. Dem war ein bemerkenswertes Streitgespräch zwischen Großmutter und Schwiegersohn vorausgegangen.

»Morgen brauchst du einen Pfropfen, der tüchtig mit Branntwein und Zucker getränkt ist«, hatte die Großmutter am Vorabend der Taufe zu ihrer Tochter gesagt.

»Wofür soll das gut sein?« hatte Jacob gefragt.

»Für den Kleinen, damit er daran lutschen kann. Dann ist er mucksmäuschenstill.«

»Ja, das will ich gern glauben«, hatte Jacob gesagt, »aber ich bin strikt dagegen. Damit nebelst du das junge Gehirn ein, das kann nicht gut sein.«

»Ach, hör auf, das macht man seit Jahrhunderten so. Es ist die einzige Methode, um die Kinder den ganzen Gottesdienst hindurch still zu halten. Sonst schreien sie.«

»Nun verstehe ich auf einmal«, hatte Jacob gesagt, »warum die feinen Leute nicht vom Alkohol loskommen. Bei der Taufe haben sie es gelernt, bei der Taufe hat die Abhängigkeit angefangen, und es ist mir schon oft aufgefallen: je feiner, um so hemmungsloser beim Trinken. Ja, denn je feiner, desto länger dauert auch der Gottesdienst, und desto mehr

Branntwein ist nötig, um so ein Kleines lange still zu halten. Also daher... daher... so lernt man noch etwas dazu... so kommt man zu Erkenntnissen. Daß die Reformierten alle saufen wie die Bürstenbinder, ist auf die Taufe zurückzuführen, da fängt es an.«

»Ach, Mann, was schwatzt du da, so 'n bißchen Branntwein, das ist...«

»Wieviel ist ein bißchen?«

»Ein halbes Schnapsglas reicht schon.«

»Für solch ein Würmchen? Ein Kind von sechs Pfund? Das sind umgerechnet zehn Gläser für einen Kerl von sechzig Kilo! Herrgott noch mal, damit würdest du den strammsten Trinker lahmlegen. Es ist himmelschreiend. Wenn du also bitte kapierst, daß ich das nicht haben will.«

Und in diesem Punkt setzte Jacob »seinen Kopf durch«. Das Kind wurde ohne süßen Branntweinpfropfen in die Kirche getragen. Mit großen hellblauen Augen sah es um sich. Als das kalte Taufwasser seine Stirn berührte, hörte man einen zarten Schrei, aber Roemer Simon weinte nicht, sondern sah in den Armen seiner schwarzgekleideten Großmutter lediglich staunend seinen Vater an, der während des ganzen Gottesdienstes Grimassen schnitt, um ihn still zu halten.

Während Roemer Simon trank, schlief und um sich schaute, wuchs das Hündchen, das Jacob Minderhout übersehen hatte, schnell zu einer Sehenswürdigkeit heran. Mit seinem viel zu langen Schwanz wußte das Tier nichts anzufangen. Meistens hing er, zusammengerollt wie ein Schweineschwänzchen, direkt vor seinem Hinterausgang. Manchmal versuchte es, damit zu wedeln, aber das mißlang dramatisch. Das Tier war ein undefinierbares Mosaik aus Weiß und Schwarz. Da das eine Auge von einem Kranz weißer, das andere von einem Kranz schwarzer Haare umgeben war, sah es alles andere als vertrauenswürdig aus. Zuerst meinte man, das Hündchen schiele. Bei näherem Hinsehen entstand dieser Eindruck nur durch den Farbunterschied. Das eine Ohr hing herab, das andere stand steil hoch. Eine der Pfoten war krummer als die drei anderen, so daß es schien, als hinke das Tier. Wenn das kleine Monster bellen wollte, öffnete sich das Maul, und es erschienen schneeweiße Zähnchen; es sah aus, als grinse es. Und unter dem winzigen Maul hing ein ausgefranstes Bärtchen wie aus steifem schwarzem Garn.

Noch bevor der Hund richtig entwöhnt war, bevorzugte er zunehmend die Gesellschaft dessen, mit dem er am selben Tag zur Welt gekommen war. Nach ungefähr vier Wochen wurde er zum erstenmal erwischt. Mutter Neletta wollte ihrem Sohn das Fläschchen geben, beugte sich über die Wiege, schlug das Deckchen zurück, um ihn hochzunehmen, und stieß einen Schrei aus. Dicht an Roemer Simon gedrückt, schlummerte das Scheusal.

»Das will ich nicht haben!« rief Neletta entsetzt. Sie wiederholte dies abends Jacob gegenüber und machte ihm Vorwürfe, weil er das Hündchen nicht sofort nach der Geburt umgebracht hatte. Sie drang darauf, daß es jetzt noch geschehen solle. Obwohl Jacob vage Pläne in dieser Richtung machte, erwies es sich als nicht ganz einfach, sie auszuführen. Einmal hatte Jacob das Hündchen gepackt, war mit ihm zum Schuppen gelaufen in der Hoffnung, dort etwas zu finden, womit er es barmherzig töten könne. In dem Augenblick, als Jacob eine Hand losließ, um im Halbdunkel nach einem geeigneten Gegenstand zu suchen, versuchte das Tier, mit seinem komischen Schwanz zu wedeln. Als Jacob das sah, ließ er das Hündchen fallen. Ein Schmerzensschrei erklang, als es auf dem harten Boden des Schuppens landete. Jacob beugte sich herab. Voller Schuldgefühl strich er dem Hündchen lange über den Kopf. Und nicht das Hündchen kehrte mit hängenden Pfoten ins Haus zurück, sondern der verhinderte Mörder.

Seitdem wurde das Hündchen mit schöner Regelmäßigkeit in Roemer Simons Wiege angetroffen.

36

Wie er es schaffte, in die Wiege zu klettern, wußte niemand, sah auch niemand. Es passierte immer wieder, allen Protesten Nelettas zum Trotz. Sehr bald zeigte sich, daß, falls Roemer Simon überhaupt weinte, er es jedenfalls nie tat, wenn das Hündchen neben ihm in der Wiege lag. So duldete es Mutter Neletta auf die Dauer. Viel später, als Roemer schrie, weil seine ersten Milchzähne durchkamen, legte Mutter Neletta das Hündchen sogar von sich aus zu Simon in die Wiege. Aber das geschah erst, nachdem das Tierchen sich einen Namen als Roemer Simons Retter gemacht hatte.

In den ersten Monaten spazierte Neletta häufig zusammen mit ihrer Tochter Bep hinter dem noch aus dem neunzehnten Jahrhundert stammenden Kinderwagen durch die Straßen von Groningen. Der Wagen, ein Erbstück aus Jacobs Familie, war hauptsächlich aus geflochtenem Korb und steifem Segeltuch angefertigt. Als es August wurde, hatten Mutter und Tochter schon so manches Mal die Straßen der Innenstadt durchkreuzt, und so antwortete Neletta an einem warmen Nachmittag ihrer Bep auf die immer wieder gestellte Frage: »Sag, Mami, darf ich jetzt nicht mal allein mit dem Kinderwagen spazierengehen?«, kurz: »Na gut, meinetwegen, aber bitte vorsichtig, und sei bald wieder zurück.«

Zum Schutz gegen den Staub wurde noch schnell ein Tuch über den Kinderwagen gelegt, und dann wurde Roemer Simon geholt. Während das geschah, erklomm das Scheusal den Wagen und versteckte sich am Fußende unter dem Deckchen. Roemer Simon wurde in den Wagen gelegt, und wenig später marschierte seine stolze Schwester Bep höchst vergnügt hinter dem Kinderwagen über den Martinikerkhof. Durch die Turfstraat ging es zum Turfsingel. Leise sang sie ein Kinderliedchen:

Sieh nur im Walde, wie's schaukelt ganz sacht,
Von Blütenschleiern bedeckt:
Ein Wieglein, das haben zwei Vöglein gemacht,
Gar sauber, fein und versteckt.
Wenn der Wind dann leicht
Über Ranken streicht,
Schaukelt das Wieglein gar leis hin und her
Wie's Schifflein auf wogendem Meer.

Stets die letzte Zeile wiederholend, schritt Bep hinter dem Erbstück aus Korb zum Schuitendiep. Wer sie da so in der Sonne gehen sah, hätte denken können, daß sie eine blutjunge, stolze Mutter sei, die ihr erstes Kind in der Stadt ausfährt, eine junge Mutter, die mühelos einen Wettbewerb im Lächeln hätte gewinnen können. Auch auf der Höhe vom Damsterdiep lächelte Bep noch unaufhörlich, und Roemer Simon starrte sie mit erstaunten blauen Augen an. Bep blickte auf die meist doppelt vertäuten Torfkähne, Schuten und Tjalken im Damsterdiep und murmelte: »Viel zu viele Schiffe, viel zu viele Schiffe.« Sie blieb die ganze Zeit nahe am Wasser, lief erst den ganzen Herensingel entlang, überquerte dann das Herenplein, wo sie einen Moment lang warten

mußte, bis die neue elektrische Straßenbahn vorbei-
gefahren war, und schob schließlich, immer noch
lächelnd und dabei die Zeile »Wie's Schifflein auf
wogendem Meer« wiederholend, den Kinderwagen
vorsichtig über den abschüssigen Grashang des
Ubbo Emmiussingel auf den Verbindungskanal zu.
Dort angekommen, wo sich Land und Wasser be-
rühren, schob sie, ohne auch nur einen Augenblick
zu zögern, den Kinderwagen einfach weiter, und das
Erbstück glitt den Abhang hinab ins Wasser. Als ihre
Schuhspitzen die Wasserkante erreicht hatten, gab
sie dem Wagen einen kräftigen Stoß, und er fuhr
noch ein Stück von alleine weiter. Einen Augenblick
schien es, als würde das schwerfällige Gefährt kentern, aber dann richtete es sich auf und trieb langsam vom Ufer fort.

War es nun der leichte Sommerwind, oder gab es
doch eine Strömung im Wasser, wie dem auch sei:
Wie ein Schifflein auf wogendem Meer glitt der Kinderwagen ganz langsam in Richtung Oosterhaven.
Er passierte die wenigen vertäuten Tjalken und Torfkähne und trieb unter einer Brücke hindurch. Unterwegs schien er sich mit Wasser vollzusaugen, denn
er sank nach und nach tiefer. Auf einmal erschien
backbord über dem inzwischen zur Reling avancier-
ten Korbrand der Kopf des Scheusals, einen Zipfel
des Deckchens halb über der Schulter. Er richtete sich
weiter auf, schüttelte das Deckchen ab und fing,
offenbar in vollem Bewußtsein über den Ernst der
Lage, wie wild an zu bellen. Noch nie hatte man bisher das Scheusal bellen hören, aber das Geräusch,

das es jetzt von sich gab, paßte überhaupt nicht zu ihm. Das Tierchen schaffte es, ein rauhes, tiefes, drohendes Gebell zu produzieren, es bellte wie ein Dragoner, ein kolossales Bellen, zu dem mindestens ein Hund von der Größe eines Mecheler Schäferhunds gehört hätte.

In der Kajüte eines der Torfkähne hörte die Frau des Schiffers das Bellen näher kommen, hob den Kopf, runzelte die Augenbrauen und horchte. Einen Augenblick lang meinte sie, eine schnelle Tjalk käme steuerbord vorbei, mit einem Schäferhund an Bord, aber es verblüffte sie, daß ihr Kahn nicht schaukelte, was doch der Fall war, wenn ein schnelles Schiff passierte. Sie kletterte aus der Kajüte an Deck, sah den Kinderwagen ruhig vorübertreiben und entdeckte gerade noch den daumenlutschenden Roemer Simon. Sie erlebte den schwimmenden Kinderwagen mit dem Hündchen und seinem schwarzweißen Haarkranz so sehr als ein Bild, das nur in einen Traum gehören konnte, daß sie zunächst gar nicht daran dachte, etwas zu rufen oder zu unternehmen. Schwerfällig ging sie aufs Vorderdeck. Sie blickte dem Kinderwagen nach, kehrte dann kopfschüttelnd um. Der Schiffer, der mit dem Teeren der Taue beschäftigt war, hörte ihre Holzschuhe klappern, schaute auf und fragte: »Was ist los?«

»Ein Kinderwagen ist eben vorbeigetrieben, mit einem Hündchen an Deck und einem Baby darin«, sagte sie träumerisch.

»Bei dir piept's wohl«, sagte der Schiffer.

»Nein, sieh selbst, da sind sie.«

Sie zeigte auf den Kinderwagen, der inzwischen schon auf der Höhe der nächsten Tjalk trieb. Der Schiffer lief aufs Vorderdeck, sah den Wagen, rannte zum Achtersteven und sprang ins Beiboot, das hinter dem Torfkahn trieb. Er machte das Boot los und ruderte hinter dem Kinderwagen her. Auch er hatte die leichte Sommerbrise im Rücken, und als geübter Ruderer holte er schnell auf. Als er auf gleicher Höhe mit dem Kinderwagen angelangt war, stieß er diesen mit seinem einen Ruder in Richtung des sanft ansteigenden, mit Gras bewachsenen Kanalabhangs, während er mit dem anderen stakte. Die Frau des Schiffers war inzwischen von Bord gegangen und lief in ihren schneeweißen Holzschuhen zum grünen Abhang des Radesingels. Sobald der Schiffer den Kinderwagen so weit an Land gestoßen hatte, daß die Räder festen Boden berührten, konnte die Schiffersfrau, die inzwischen ein Stück ins Wasser hineingelaufen war, das Verdeck am Segeltuch festhalten. Begleitet von dem heiseren Bellen des Scheusals, gelang es ihr, den Wagen ans Ufer zu ziehen. Es war eine Rettungsaktion, die schnell, vernünftig und wirkungsvoll durchgeführt wurde, und es ist wirklich bedauerlich, daß an diesem warmen, stillen Sommernachmittag im Jahre 1914 noch anderes geschah, so daß nicht einmal von einem zufällig vorbeikommenden Spaziergänger eine Fotografie überliefert ist. Auch in die Zeitungen hat es die Rettungsaktion nicht geschafft.

Und nun? Was macht man nun mit einem Kinderwagen, den man aus einem Kanal herausgefischt hat? Nimmt man an, daß der Wagen versehentlich ins Wasser geraten und Gott sei Dank nicht gesunken ist und daß die rechtmäßige Eigentümerin sicher sehr bald händeringend auftauchen wird? Oder bringt man einen solchen triefenden Wagen unverzüglich zur Polizei? Die Schiffersfrau schob den Kinderwagen bis zur Laufplanke ihres Kahns und wartete in aller Ruhe ab, ob jemand auftauchen würde. Sie blickte das Hündchen an, das vergeblich versuchte, mit seinem gekräuselten Schwänzchen zu wedeln, sie streichelte Simons flaumweiches Haar, und sie kniff auch vorsichtig in seine kleine Wange.

»Du bist ein lieber kleiner Junge«, sagte sie, »mußtest du gar nicht weinen, als du beinahe ertrunken bist?«

Wie zur Antwort steckte Roemer Simon seinen linken Daumen wieder in den Mund. Das Wasser des Verbindungskanals glitzerte im Sonnenschein, die Sommerbrise nahm zu, versuchte, soweit das möglich war, die braunen, größtenteils aufgerollten Segel der Tjalke zu blähen. Eines stand fest: Die Welt war so eingerichtet, daß der Kinderwagen mit Roemer Simon und dem Scheusal darin ebensogut noch lange Zeit unbemerkt hätte bleiben oder selbst hätte kentern können. Bis heute begreift niemand, warum der schwerfällige Wagen nicht gesunken ist, ebenso wie keiner je hat begreifen können, warum Bep ihn ins Wasser geschoben hat. Sie selbst hat als Antwort auf diese Frage immer nur dasselbe geantwortet: »Das Wasser zog so, das Wasser zog so.«

Sobald Bep den Kinderwagen hatte davontreiben

sehen, war sie nach Hause zurückgelaufen. Sie zog die Haustür mit dem Seil auf, das aus dem Briefkastenschlitz hing, flog in die Küche und schrie ihrer Mutter zu: »Ich hab das Kindchen ins Wasser gefahren.«

Mutter und Tochter rannten dann zusammen durch die Herenstraat zu den Kanälen. Und da fanden sie schließlich den Wagen wieder, behütet von der Schiffersfrau, die nur einen einzigen Blick auf die aufgelöste, totenblasse Neletta zu werfen brauchte, um zu wissen, daß dies die Mutter des kleinen Jungen sein mußte.

Noch Jahre später war die Schiffersfrau entrüstet, daß ihr gar keine Zeit gelassen worden war zu berichten, wie ihr Mann und sie selbst unter Einsatz ihres Lebens das Kind gerettet hatten. Erst abends, als sich Jacob bei den beiden bedankte und dem Schiffer diskret einen Geldschein in die Hand drückte, hatte sie Gelegenheit, ihre Geschichte loszuwerden. Aufmerksam hörte Jacob ihr zu. Danach erzählte er die Geschichte der Rettung jedem, der sie hören wollte. Immer wieder betonte er dabei die Rolle des Hündchens, das seit diesem Nachmittag in seiner ganzen »Prinzenherrlichkeit« – wie Jacob es nannte – neben Roemer Simon in der Wiege schlafen durfte. Dem Ausdruck »Prinzenherrlichkeit« hat er wohl auch seinen Namen zu verdanken. Schon bald nach dieser Wasserfahrt wurde das Scheusal Prins genannt.

In der zweiten Hälfte des Jahres 1918 wütete in der ganzen Welt die Spanische Grippe. Eine Milliarde Menschen wurde krank, zwanzig Millionen starben. Auch in Groningen verhalf die Influenza im Oktober, November und Dezember behutsam Dutzenden von Menschen zur ewigen Ruhe. Begeistert sagte Jacob an einem Novembertag beim Abendbrot: »Ich war heute der einzige im Rathaus. Alle liegen grippekrank zu Hause!«

»Und darüber freust du dich?« sagte Neletta.

»Na, und ob! Solch ein herrlich stilles Rathaus – wer träumte nicht davon? Und wenig Leute! Nur ab und an einer, der wieder einen Todesfall anzeigte. Er mäht sie einfach dahin, dieser Spanische Freund, ja, ›der Tod übergeht nicht Haus noch Tür‹, wie der große Vondel schon gesagt hat. Wir sollten auch etwas für unsere Beerdigung beiseite legen.«

»Ach, du, daß du dich sogar darüber lustig machen mußt«, sagte Neletta.

»Sogar darüber? Gerade darüber! Nichts ist weniger schlimm, als zu sterben, oder wie Schubert schreibt: ›Als wenn das Sterben das Schlimmste wäre, was uns Menschen begegnen könnte.‹ Ewig leben, das wäre erst schrecklich.«

»Sollten wir nicht doch auch Menthaformtabletten schlucken?«

»Ach nein, die sind unverschämt teuer, die helfen nicht, das einzige, was hilft, ist der Saft von Schwarzen Johannisbeeren. Davon sollten wir jeden Tag einen vollen Eßlöffel in den Haferbrei tun.«

Im Haus am Martinikerkhof wurde niemand krank. Einer starb, der Hund Floer, an Altersschwäche. Dennoch veränderte sich Jacobs und Nelettas Leben durch die Spanische Grippe vollkommen. Im Dörfchen Anloo starb der Gemeindesekretär. Unter normalen Umständen wäre jemand wie Jacob nie für dieses Amt in Betracht gekommen, aber in der weiteren Umgebung von Anloo hatte die Spanische Grippe alle Kandidaten geholt. So wurde auf Empfehlung des Bürgermeisters von Groningen schließlich Jacob zum neuen Gemeindesekretär des Dörfchens oben auf dem Hondsrug ernannt. Er würde fünfhundert Gulden im Jahr verdienen, und Jacob beschrieb seine Aussichten so: »Ob sich wohl mal ein kleines *dubbeltje* zwischen den vielen großen *centen* findet?«

Nach dem Ersten Weltkrieg zogen also Jacob und Neletta Minderhout in ein Haus ganz in der Nähe der kleinen, uralten Kirche von Anloo. Für Jacob, der aus der Soephuisstraat stammte, der im Rathaus als Volontär angefangen hatte und durch Strebsamkeit, Selbststudium, Liebenswürdigkeit und Pflichttreue langsam zum Beamten aufgestiegen war, bedeutete diese Ernennung eine geradezu unvorstellbare Beförderung. Für Neletta dagegen war es entsetzlich, in das Land ihrer Vorfahren umzusiedeln, in Häuser mit klammen Betten, mit Zimmern ohne elektrisches Licht, kurz, ins neunzehnte Jahrhundert. Sie war sich jedoch darüber im klaren, daß sie dies auf sich nehmen mußte. Ein Gemeindesekretär, außer dem Bürgermeister der einzige Beamte im Rathaus, war nun einmal ein wichtiger Mann. Oder wie Jacob selbst spöttisch bemerkte: »Jetzt gehören wir auch zu den Notabeln.«

Die ersten Erinnerungen von Roemer Simon beginnen mit dem Umzug nach Anloo. Täglich zogen Prins und er im Spätsommer 1918 zusammen los. Meistens hörte Mutter Neletta wenig später wildes Gegacker in der sommerlichen Stille, dem gewöhnlich das helle, ausgelassene Gelächter ihres Sohnes und das dunkle, dragonerhafte Gebell von Prins folgten. Für sie bedeuteten Gelächter und Gebell, daß sie sich keine Sorgen um den Kleinen zu machen brauchte; er war weder in einen Graben gefallen, noch hatte er sich verlaufen. Ab und an, wenn sie an der Anrichte stand und durch das Küchenfenster schaute, konnte sie ihn hinter der Kirche auftauchen und unter den Ulmen auf dem Brink, dem Dorfplatz, verschwinden sehen. Oder er streifte mit Prins zusammen über die Allmende. Und immer wieder hörte sie das Gegacker, das übermütige Lachen, das ihm folgte und das sie immer wieder ein warmes Gefühl von Glück empfinden ließ. Vielleicht wäre dieses Glücksgefühl weniger groß gewesen, wenn sie ihrem Sohn einmal nachgegangen wäre und gesehen hätte, wie er gezielt Steine und Äste auf eins der vielen frei herumlaufenden Hühner warf. Wurde ein

Huhn durch den geschickten Wurf des Kindes getroffen, dann gackerte es, als würde es ermordet, und stob davon. Daraufhin schoß Prins hinterher und versuchte, das Huhn zu packen.

So sah es Simon Minderhout wieder vor sich, Jahrzehnte später, als er nachts seine Schlaflosigkeit zu bezwingen suchte, indem er an seine früheste Kindheit zurückdachte: Prins und er, wie sie in der sonnendurchfluteten, satten, grünen Welt durchs Dorf jagten und das Federvieh aufscheuchten. Manchmal war die Erinnerung so stark, daß er das panische Gegacker wieder hören konnte und wieder haargenau wußte, wie beglückt er dabei gewesen ist. Dann dachte er darüber nach, wie merkwürdig es ist, daß die tiefsten Glücksgefühle eines Menschen mit etwas so Harmlosem wie dem Aufscheuchen von Hühnern zusammenhängen können.

Eines Tages, es war Ende September, packte Prins, vermutlich versehentlich, ein junges Huhn. Er schüttelte das Tier so lange wild hin und her, bis es tot war. Noch am selben Tag erschien am späten Nachmittag, kurz vor dem Abendessen, der Ortspolizist, der zugleich Gemeindebote war. Jacob Minderhout, der gerade nach Hause gekommen war, fragte überrascht: »Voortink? Du hier? Was führt dich her? Eben haben wir noch im Rathaus…«

»Wollte dort nicht davon anfangen«, sagte Voortink. Er schwieg, während er eins seiner Ohrläppchen massierte. Dann hustete er herzzerreißend.

»Mijnheer Minderhout«, sagte er schließlich, »ich bin in einer ernsten Angelegenheit hier.«

»Setzen Sie sich erst einmal hin«, sagte Jacob.

»Zu Diensten«, sagte der Ortspolizist.

Er setzte sich und zog einen zerknitterten Briefumschlag aus der Tasche eines abgetragenen Kleidungsstücks, das im neunzehnten Jahrhundert eine Uniform dargestellt hatte. Er nahm die Mütze ab, wühlte mit der Hand in seinem Haar, setzte die Mütze wieder auf und sagte: »Ich hab es hier alles so aufgeschrieben, wie es mir zu Ohren gekommen ist«, und wies auf die Rückseite des Briefumschlags.

»Heraus damit«, sagte Jacob.

»Ja, sehen Sie... sehen Sie... ich denke nicht, daß es Ihr Sohn ist... es ist mehr der Hund, glaube ich, aber man beschwert sich... man beschwert sich...«

Er atmete schwer, sein Gesicht lief rot an, er preßte die Lippen zusammen, ballte die Fäuste, brachte dann heraus: »Es ist ein Barnevelder.«

Nach diesen rätselhaften Worten schwieg er eine lange Zeit. Er schielte nach seinem Briefumschlag und sagte dann mit dumpfer Stimme: »Tot.«

Lange blieb es still. Nur die Fliegen summten. Dann sagte der Ortspolizist: »Das wollte ich nur sagen.«

»Ich verstehe«, sagte Jacob.

»Hier steht es«, sagte der Ortspolizist und drückte dabei mit seinem Daumen die Rückseite des Briefumschlags kräftig auf die Tischplatte.

»Kurz zusammengefaßt«, sagte Jacob, »wenn ich es richtig verstehe, läuft es auf folgendes hinaus: Mein Sohn und unser Hund haben den Tod eines Barnevelder Huhns auf dem Gewissen.«

»Ich hätte es nicht besser ausdrücken können«, sagte der Ortspolizist.

»Und nun?« fragte Jacob. »Soll ich für das Huhn eine Entschädigung zahlen? Wessen Huhn ist es?«

»Mulsteges.«

»Sag zu Mulstege, daß ich eine Entschädigung für das Huhn zahle.«

Der Ortspolizist nickte, nahm dann seine Mütze wieder ab, wühlte wieder ausgiebig in seinem Haar, setzte die Mütze wieder auf und sagte: »Vielen Dank.«

Er schloß die Augen.

Jacob Minderhout lächelte, fragte: »Haben Sie das Huhn vielleicht bei sich?«

Der Ortspolizist nickte mehrmals, die Lippen zusammengepreßt.

»Ist es hier vielleicht auch üblich, einen Hund, der so ein armes Viech totgebissen hat, ein paar Tage lang mit dem toten Huhn, an den Hals gebunden, herumlaufen zu lassen? Damit so ein Hund von da an hoffentlich nie mehr ein Huhn beißen wird?«

Der Ortspolizist nickte.

»Sie sind, wie ich schon früher gemerkt habe, ein Mann von wenig Worten«, sagte Jacob, »aber ich nehme an, daß Sie mich jetzt fragen wollen, ob unser Hund mit diesem Huhn…«

Wieder nickte der Ortspolizist. Dann zeigte er auf Simon.

»Sie finden, daß mein Söhnchen auch mit solch einem Huhn um den Hals herumlaufen soll?«

»Halbes Huhn«, sagte der Ortspolizist, »andere

Hälfte für den Hund.« Er seufzte tief auf, sagte leise: »Das einzige, was hilft.«

»Nun, dann muß es eben sein.«

Der Ortspolizist wischte sich den Schweiß von der Stirn. Er stand auf, lief nach draußen und kam mit einem Jutesack wieder. Daraus holte er zwei halbe Hühner, die schon mit einem geflochtenen Halsband versehen waren. Feierlich überreichte er Jacob die vorbereiteten Vogelhälften. Der nahm sie dem Ortspolizisten mit einer kleinen Verbeugung ab und sagte: »Voortink, ich danke dir, das geht in Ordnung.«

Der Ortspolizist tippte sich an die Mütze, nickte Neletta kurz zu und verschwand eilends.

Und das ist es nun, was Simon Minderhout, wenn er im Bett liegt und mit seinen Erinnerungen der Nachtruhe hinterherjagt, nach all den langen Jahren nicht mehr weiß: Ist er tatsächlich mit diesem Huhn um den Hals herumgelaufen? Er hat sogar seinen Vater kurz vor dessen Tod noch gefragt: »Habe ich damals wirklich dieses halbe Huhn mit mir herumgetragen?«

»Ich denke, ja.«

»Aber doch nicht mehr am selben Abend, daran kann ich mich überhaupt nicht mehr erinnern. Am nächsten Tag vielleicht?«

»Nein, nicht an demselben Abend, du warst erst vier, du gingst selbstverständlich nach dem Essen sofort ins Bett.«

»Also am nächsten Tag?«

»Ich glaube, ja.«

»Aber wie war das dann? Habe ich geweint?«

»Nicht, daß ich wüßte, du hast fast nie geweint, ich habe dich eigentlich nur ein einziges Mal in meinem Leben ganz furchtbar weinen sehen.«

»Als Prins starb.«

»Ja, als Prins starb.«

»Damals mit dem Huhn also nicht?«

»Nein, daran erinnere ich mich nicht mehr, ich weiß eigentlich auch nicht so richtig, wann und wie lange wir dieses Huhn... wenn deine Mutter noch da wäre, ja, die würde es wohl besser wissen, denke ich. Ich bin am nächsten Tag wieder früh am Morgen ins Rathaus gegangen. Ich kann mich nur noch gut daran erinnern, daß ich Prins das Huhn um den Hals gebunden habe. Das Hündchen war eigentlich viel zu klein für so ein halbes Huhn um den Hals, der Flügel schleifte am Boden, aber ich muß doch sagen: Geholfen hat es. Mit eurer Schreckensherrschaft auf der Allmende von Anloo war es aus und vorbei. Eigentlich hatte es schon viel zu lange gedauert, aber niemand hatte es gewagt, mir zu sagen, daß ihr die Hühner aufscheuchtet, denn du warst der Sohn des Gemeindesekretärs. Ach ja, damals gab es noch Ortspolizisten, die zugleich Gemeindeboten waren, obwohl sie kaum lesen und schreiben konnten, ja, jetzt leben wir in anderen Zeiten...«

Und dies ist es, was Simon sein Leben lang verwunderte: Warum ärgert es ihn so, daß er nicht mehr genau weiß, ob auch er dieses halbe Huhn als Halsband getragen hat? So wichtig konnte das doch gar nicht sein, oder galt das nicht bei einer solchen Urerinnerung? Warum blieb dieses Detail dunkel, während alles andere so hell war: das überwältigende Grün, in dem sich alles abgespielt hatte, das fast ockergelbe Sommerlicht und die Erinnerungen an ein sonnendurchflutetes Dörfchen, in dem die Hühner bis weit auf die Allmende hinaus frei herumliefen und wo an allen Wegrändern Rainfarn und Herbstlöwenzahn überschwenglich blühten. Er mußte annehmen, daß er auf dieselbe Weise wie Prins bestraft worden war, obwohl er sich auch nicht daran erinnern konnte, daß Prins mit diesem Halsschmuck herumgelaufen war. Es blieb das Bild des Hündchens mit seinem gekräuselten Schwänzchen und seinem einen keck in die Höhe stehenden, dem anderen sittsam herabhängenden Öhrchen, und dann noch das Gefühl, wenn etwas aus seinem ganzen Leben übrigbleiben dürfte, so fiele seine Wahl auf jene Spätsommertage, an denen er zusammen mit Prins die Anlooer Hühner gejagt hatte.

Glockenläuten

Am 1. April des Jahres 1919 brachte Jacob Minderhout es fertig, seinen Sohn, noch keine fünf Jahre alt, in Meester Veltmeijers kleine Schule hineinzumogeln. Es gab in Anloo kaum Jungen seines Alters, und so freundete Simon sich notgedrungen mit Coenraad Galema an, dem Sohn eines reichen Bauern. Zwar war dieser bereits gestorben, aber dessen Frau lebte noch und verwaltete nun die Ländereien und den Viehbestand. Coenraad Galema, einziges Kind und zukünftiger Erbe, hatte sich schon früh die Allüren eines Landjunkers mit den entsprechenden Privilegien zugelegt. So wurde seit Menschengedenken, wohl um Bauern und Knechte auf weit entfernten Feldern wissen zu lassen, daß die Kartoffeln dampfend auf dem Tisch stünden, mittags um zwölf Uhr von einem der Schulkinder die Glocke geläutet. Wer anders als Coenraad Galema kam dafür in Frage? Das gönnte er nicht einmal seinem Freund Simon. Meester Veltmeijer, zugleich Küster und Organist, Vorleser und Feueranzünder, wurde hier mehr Takt abverlangt, als ihm in die Wiege gelegt worden war. So läutete Coenraad viel häufiger die Glocke als jedes andere Schulkind, bis zu jenem denkwürdigen Tag, an dem morgens um acht Uhr, mit zwei Unterbrechungen von einer halben Minute, dreimal sechzig Sekunden lang die Glocke für ihn selbst geläutet wurde. Das war im Herbst des Jahres 1922.

Einen Tag zuvor waren Coenraad und Simon über die Allmende und den Brink gestreift, während sie einander den Arm um die Schultern gelegt hatten, dann wieder frei nebeneinanderher geschlendert waren. Sie waren, am Pastorat vorbei, ein ganzes Stück weit einen Sandweg entlanggelaufen, dann auf einem anderen wieder nach Anloo zurückgekehrt. Sie hatten die letzten Brombeeren gepflückt. Ein Mittwochnachmittag im Herbst, wie es viele in ihrem Leben gegeben hatte, ein Mittwochnachmittag, der wie die Zeit verrinnt und keinen besonderen Eindruck hinterläßt, vielmehr mit all den anderen freien Mittwochnachmittagen verschmilzt, an denen man als Schuljunge umherstreift. Später im Leben fließen sie alle zu einem einzigen archetypischen Nachmittag zusammen: die Erinnerung an eine schon schräg stehende, blasse Sonne und an ein Gespräch, das man vielleicht führte, das man aber niemals mehr wörtlich rekonstruieren konnte, es sei denn, etwas war geschehen, was sich unauslöschlich in das Gedächtnis eingegraben hat.

Etwas Derartiges ereignete sich am Ende dieses Nachmittags im Herbst des Jahres 1922. Coenraad und Simon waren auf der südlichen Allmende ein ganzes Stück ins Land gelaufen. Sie setzten sich auf ein Gatter, schauten hinüber zur Kirche von Anloo mit seinem Satteldachturm und der absurden, dünnen Spitze darauf und liefen nach einer Weile wieder weiter. Unterwegs schlugen sie einem Pferd auf den Widerrist, das sich die Klapse gutmütig gefallen ließ, und danach schlenderten sie in Richtung des Hofs. Gerade als sie auf dem Weg, der zum Grundstück führte, angelangt waren, sah Simon halb versteckt im Sand ein altmodisches Hufeisen liegen. Vielleicht lag das Ding dort schon seit Jahren und war von Regenwürmern, Pferdehufen oder Wagenrädern aufgewühlt worden. Als Simon es aufhob, hatte er nicht im geringsten das Gefühl, daß er etwas Besonderes aus dem Sand zog. Er hielt das verrostete Hufeisen auf Armeslänge von sich und wollte es schon wegwerfen, als Coenraad sagte: »Gib her.«

»Warum?«

»Das gehört uns.«

»Ich hab es gefunden.«

»Ja, aber auf unserm Weg.«

»Es gehört euch nicht, ich hab es gefunden.«

»Du mußt es mir geben.«

»Nein, ich hab es gefunden.«

»Gib her.«

»Nein.«

»Du bist ein Scheißkerl.«

Coenraad versuchte, das Hufeisen, das Simon mit der linken Hand festhielt, wegzureißen. Es glückte ihm nicht. Daraufhin versetzte er Simon einen Stoß mit der Schulter, versuchte nochmals, ihm das Eisen aus den Händen zu reißen. Durch die heftige Begierde seines Freundes erschien Simon das, was er gerade eben noch achtlos hatte wegwerfen wollen,

immer wertvoller. Er dachte nicht daran, es herzuge-
ben, er hielt es fest umklammert.

»Komm mit, wir gehen zu meiner Mutter, dann
wird die schon sagen, daß du mir das Hufeisen
geben mußt.«

»Ich hab es gefunden, es gehört mir.«

»Es lag auf unserem Weg, also gehört es uns.«

Auf dem Sandweg näherte sich einer der Tagelöhner.

»Wart mal, da kommt Harm Popkes«, rief Coenraad, »der wird schon sagen, daß du es mir geben
mußt.« Der Junge rannte zu dem Tagelöhner hin
und sprach eindringlich auf ihn ein. Einen Augenblick später war der Mann schon bei Simon.

»Was hast du da?«

»Ein altes Hufeisen, Mijnheer«, sagte Simon höflich.

Es war für den Tagelöhner so ungewohnt, mit
»Mijnheer« angeredet zu werden, daß er den Sohn
des Gemeindesekretärs einige Augenblicke lang
sprachlos ansah. Dann streckte er die Hand aus.
Simon reichte ihm das Hufeisen, hielt es aber weiterhin mit einer Hand fest.

»Es ist ein Stückchen Eisen«, sagte der Tagelöhner
zu Coenraad, »ich verstehe nicht, worüber du dich
aufregst.«

»Es lag auf unserem Weg, er muß es mir geben«,
sagte Coenraad.

»Ich hab es gefunden«, sagte Simon.

»Ja, aber ich hab es zuerst da liegen sehen!«

»Lügenmaul.«

»Jungens, Jungens«, sagte der Tagelöhner ganz verstört. In Anbetracht seiner Stellung erschien es ihm am klügsten, Coenraad recht zu geben, aber Simon hatte ihn mit »Mijnheer« angeredet, und dazu kam noch, daß Harm Popkes den Sohn seiner Herrin für einen »gemeinen, gierigen Bengel« hielt.

»Mein Sohn Jonne«, sagte er, »hat einmal auf dem Weg zum Pastorat einen *stuiver* gefunden. Da hat er beim Pastor geklingelt, und der hat gesagt, daß Jonne den *stuiver* behalten dürfe, also, ich denke... ich denke...«

»Von wegen«, schrie Coenraad, »was auf userm Weg liegt, gehört uns.«

»Meiner Meinung nach nicht, aber frag deine Mutter«, sagte Popkes.

Simon hielt das Hufeisen mit beiden Händen umklammert und lief hinter Coenraad und Popkes den Weg entlang. Ab und zu starrte er auf das Stück Eisen und fand sich schon im voraus damit ab, daß er es gleich würde hergeben müssen.

Als sie auf dem Hof ankamen, war Coenraads Mutter nirgends zu finden. Auch im Hause war sie nicht. Simon trottete hinter seinem Freund her, vom Kuhstall zum Schweinestall, von der Diele zum Heuschober und danach sogar zum Holzhaufen hinterm Haus.

»Vielleicht ist sie auf dem alten Heuboden«, sagte Coenraad.

Sie kletterten die Treppe hinauf. Noch nie hatte Simon einen so uralten, riesigen Dachboden gesehen. Ehrfurchtsvoll ging er unter den dicken Balken hindurch und hatte schon fast vergessen, warum sie dort waren, als Coenraad auf einem niedrigen Querbalken eine Bierflasche entdeckte. Er grapschte danach, schüttelte sie und sagte dann: »Da ist noch ein bißchen Bier drin. Wollen wir tauschen? Du kannst das Bier haben und gibst mir das Eisen.«

Einen Augenblick zögerte Simon. Nicht so sehr, weil es ihn nach einem Schluck Bier verlangte. Er hatte noch nie Bier getrunken. Er war nicht einmal neugierig darauf, wie es schmeckte. Es sei bitter wie junge Saubohnen, hatte sein Vater gesagt, und Saubohnen verabscheute Simon. Aber wenn er seinen Fund gegen die Flasche Bier tauschte, wäre das Ganze einfach gelöst, und die Freundschaft wäre gerettet. Nun aber, da er wegen der Saubohnen an seinen Vater denken mußte, schoß es ihm auch durch den Kopf, was der immer sagte: »Es tauschen zwei, doch einer wird weinen dabei.«

Und da war noch etwas anderes. Jetzt, wo Coenraad tauschen wollte, wurde klar, daß er sich doch nicht so sicher war, ob ein Gegenstand, der bei ihnen auf dem Weg gefunden wurde, ihnen auch wirklich gehörte. Offenkundig war das Eisen dadurch, daß er es aufgehoben hatte, tatsächlich sein Eigentum. Warum dann gegen eine schmutzige, staubige, halbleere Bierflasche tauschen?

»Na, tauschen?« drängte Coenraad.

Simon schüttelte den Kopf.

»Was für ein Ekel du bist«, sagte Coenraad, »na, das laß dir gesagt sein, du kriegst überhaupt nichts davon ab, nicht einen einzigen Schluck, ich trinke es ganz allein aus.« Er stand da, die Flasche in der Hand, hob sie schon zum Mund, fragte noch einmal: »Tauschen?«

Einer wird weinen dabei, dachte Simon, und wieder schüttelte er den Kopf, woraufhin Coenraad die Flasche an den Mund setzte und den Inhalt geradezu triumphierend in sich hineinsog.

»Herrlich«, sagte er.

Dann wollte er sich noch nach dem Magen greifen, wollte sich noch an den Querbalken klammern, auf dem die Flasche gestanden hatte, wollte noch etwas zu Simon sagen, der im Halbdunkel das Hufeisen untersuchte. Aber nicht einmal diese wenigen Sekunden Leben wurden ihm gegönnt. Er fiel nicht hin, er schrumpfte zusammen. Eher verblüfft als erschrocken sah Simon Coenraad an. Es schien ihm, als würde sein Freund zusammengefaltet. Er streckte seine Hand aus, mit dem Hufeisen darin. Er wollte es Coenraad noch jetzt, im nachhinein, geben. Der jedoch lag, krumm wie eine Gurke, totenstill auf dem Holzfußboden des Speichers. Simon begriff, daß er etwas tun mußte, daß er Bescheid sagen mußte, Hilfe holen mußte. Während er die Treppe hinunterrannte, störte ihn das Hufeisen, er warf es in den Stall. Er rannte über den Hof und stürzte in die Wohnküche. Coenraads Mutter sagte unwirsch: »Wieso kommst du hier hereingestürmt wie ein Wilder? Kannst du dir nicht die Füße abtreten?« Simon rief: »Coen ist… Coen hat… er liegt auf dem Speicher… er hat aus einer Bierflasche getrunken… er… er…« Da rannte Coenraads Mutter schon zum Heuboden, gefolgt von Tagelöhnern und Dienstmägden. Simon blieb auf dem Hof stehen, wußte nicht, was er tun sollte, und er stand immer noch da, als die Kutsche mit dem betagten Dorfarzt auf den Hof fuhr. Er fand, daß man ihn zumindest hätte ausschelten müssen, bevor er nach Hause gehen konnte, aber kein Mensch beachtete ihn. Er lief zwischen den friedlich scharrenden Hühnern hindurch und dachte daran, daß seine Mutter sich vielleicht schon Sorgen machte. Er hörte das tiefe Bellen eines Hundes, war aber noch so mit der Frage beschäftigt, ob man ihm die Schuld geben würde für das, was da geschehen war, daß er das Bellen von Prins erst erkannte, als dieser zwischen plötzlich laut gackernden Hühnern auf den Hof rannte und anfing, ihn wie wild zu lecken. Zusammen mit Prins, der immer ein Stück vorauslief, verließ er zögernd den Hof und betrat den Sandweg. Niemand, der ihn zurückhielt, niemand, der ihn noch etwas fragte, niemand, der sich auch nur nach ihm umgeschaut hätte, während er über die leeren Äcker unter der schon niedrig stehenden roten Sonne rasch davonlief. Endlich zu Hause, konnte er sich nicht entschließen, Vater und Mutter etwas zu erzählen. Die erfuhren erst am nächsten Tag, daß einer der Dorfbewohner gestorben war, als um acht Uhr morgens dreimal eine Minute lang die Glocke geläutet wurde.

»Wer mag das Zeitliche gesegnet haben?« fragte sein Vater.

»Tallechien Molaan vielleicht, um den stand es sehr schlecht«, sagte seine Mutter.

»Wir werden es bestimmt gleich im Rathaus hören.«

Simon starrte auf sein Butterbrot, er sagte dumpf: »Coen ist tot.«

»Was sagst du da?« fragte sein Vater.

»Coen ist tot, gestern, er hat Gift aus einer Bierflasche getrunken.«

»Und das wußtest du gestern schon, warum hast du dann gestern nichts gesagt?« fragte seine Mutter.

Gleichsam als Antwort fing er an zu schluchzen. Zwar konnte von Kummer nicht die Rede sein, aber Schluchzen schien ihm unter diesen Umständen doch angemessen, und es erstaunte ihn, daß die Tränen so mühelos flossen. Er wußte, daß er auch sofort wieder aufhören konnte zu weinen, aber es war besser, noch etwas durchzuhalten. Sonst hätte er die ganze Geschichte erzählen müssen, und das wollte er nicht, das konnte er nicht, denn er wußte immer noch nicht, ob man ihm die Schuld würde geben können für das, was da passiert war. Hätte er Coenraad das Hufeisen sofort gegeben, wäre sehr wahrscheinlich gar nichts passiert, das stand fest, aber bedeutete das auch, daß er »Schuld hatte«?

Erst lange Zeit nach dem Begräbnis und nachdem zwar jeder in Anloo wußte, daß Simon Minderhout in dem Augenblick, als Coenraad Galema einen Rest Pflanzenschutzmittel getrunken hatte, dabeigewesen war, und nicht einmal mehr Harm Popkes von dem Hufeisen sprach, kam Simon dazu, seinem Vater bei einer Wanderung über das Ballooërveld im Vorfrühling zu erzählen, was eigentlich passiert war.

»Habe ich Schuld?« fragte er, nachdem er mit seiner Geschichte zu Ende war.

»So, darüber machst du dir also schon seit Monaten Sorgen?« fragte sein Vater.

»Ja.«

»Dann würde ich damit aber schnell aufhören. Nicht, weil du daran doch nichts ändern kannst, sondern weil du dies niemals hättest vorhersehen können. Hättest du getauscht und getrunken, wärst du jetzt tot. Hätte Coen dann Schuld gehabt? Nein, denn der wußte genausowenig wie du, daß Pflanzenschutzmittel in der Flasche war. Weißt du, wer die Schuld hat? Derjenige, der die Flasche dorthin gestellt hat. Derjenige, der vergessen hat, die Flasche dort wieder wegzunehmen.«

»Aber wenn ich ihm das Eisen gegeben hätte, wäre das alles nicht passiert.«

»Du hattest es doch gefunden? Du brauchtest ihm das Eisen überhaupt nicht zu geben, es gehörte dir.«

»Ja, aber er wollte es gern haben, deshalb...«

»Dann hat seine Habgier an allem Schuld.«

Sie gingen nebeneinander weiter durch den lockeren Sand. In der Ferne glänzte der Turm von Rolde in der Frühlingssonne. Sein Vater sagte: »Ich kann nun zwar sagen, daß man dir meiner Meinung nach nichts vorwerfen kann, aber davon hast du nichts. Ich weiß nur nicht, was ich sagen soll, um dir ein bißchen darüber hinwegzuhelfen. Alles, was du tust und läßt, hat meistens keine, aber manchmal ganz plötzlich unheimlich weitreichende Folgen. Fast immer geht es gut, aber ein einziges Mal nicht. Und dann kommen Gewissensbisse, Bedauern, Reue. Du würdest besser leben mit einem *stuiver* in der Tasche, den du, immer wenn du eine Entscheidung fällen mußt, hochwirfst. Kopf, ich gebe das Stück Eisen weg, Zahl, ich behalte das Stück Eisen selbst. Dann macht man sich hinterher keine Vorwürfe. Das einzige ist: Sogar Kopf und Zahl sind meistens Jacke wie Hose, sogar Ja und Nein unterscheiden sich kaum voneinander und Mut und Blut nur durch zwei Buchstaben.«

Schweigend gingen sie weiter nebeneinanderher, an den Grabhügeln vorbei. Jacob Minderhout dachte an seine Frau Neletta. Sie hatte am Tag nach Coenraads Begräbnis, als sie beide im Bett noch über die Ereignisse des Tages sprachen, auf einmal gesagt: »Erst sein Brüderchen, nun sein Freund...«

Darüber war Jacob böse geworden – etwas, was Neletta noch nie an ihm erlebt hatte.

»Willst du bitte aufhören, solche Dinge zu sagen«, sagte er drohend.

»So etwas schießt einem doch so durch den Kopf«, sagte Neletta entschuldigend.

»Dann sorge dafür, daß es auch sofort wieder herausschießt. Das sind verhängnisvolle, ungerechte Gedanken. Es besteht nicht der geringste Grund dafür anzunehmen, daß Roemer... ich glaube, ich werde verrückt, ich liege hier im Bett und streite mich herum, ich werde meinen Mund halten, aber denke dran: Das will ich nie wieder hören.«

1923 nahm Pastor Sevenster, der erst seit zwei Jahren in Anloo amtierte, eine Berufung nach Terschelling an. Er hatte sich darüber beklagt, er könne seine Gemeindemitglieder nicht verstehen, und außerdem würde hinter seinem Rücken zwischen zwei Kirchenratsversammlungen bereits alles untereinander abgekartet. Ein neuer Pastor war nicht zu finden; vorläufig blieb Anloo vakant. Das Pastorat, schon 1919 mit elektrischem Licht ausgestattet, stand daher leer. War das nicht vielleicht eine passende Wohnung für den Gemeindesekretär, solange kein neuer Hirte eine Berufung nach Anloo annehmen wollte? So zog Jacob Minderhout mit seiner Familie in das Pastorat, das schräg gegenüber der Kirche lag. In der kleinen Kammer über der Haustür machte Simon seine ersten Hausaufgaben, seit er, noch keine elf Jahre alt, die erste Klasse des städtischen Gymnasiums in Assen besuchte. »Wo ich jetzt einen Sohn auf dem Gymnasium habe«, sagte sein Vater stolz, »kann man erst richtig sehen, daß ich wirklich einer der Notabeln bin.«

Jeden Werktag fuhr Simon mit seinem Fahrrad auf der mit Klinkern gepflasterten Straße von Anloo nach Gasteren und von Gasteren am Ballooërveld entlang nach Loon und von Loon auf der Lonerstraat nach Assen. Fast immer hatte er morgens Gegenwind. Vor allem das letzte Stück seiner Fahrt, die Lonerstraat, fiel ihm schwer. Wenn er in Assen die Eisenbahnschienen überquert hatte, kam er schließlich auf dem Zuidersingel heraus. Er fuhr an der reformierten Kirche vorbei, die fast noch nach frischem Holz und gerade gebrannten Backsteinen roch, und kurvte die Dr. Nassaulaan hinauf. Solange er in der ersten Klasse war, imponierte ihm das vornehme weiße Gebäude mit seinem gewaltigen Aufgang noch, wenn er morgens angefahren kam. Damals vermutete er auch, daß das Gebäude absichtlich weiß angestrichen, zur Straßenseite hin aber mit einem breiten schwarzen Rand versehen worden war, damit die dort angelehnten Taschen der Schüler nicht bemerkt wurden. Alle diese Gefühle und Vermutungen aber verblaßten, als er, obwohl er der Jüngste in seiner Klasse war, in der Schule gut mitkam.

Am Ende des Tages, nach den vielen Stunden auf der Schulbank, war die lange Heimfahrt, meistens mit dem Südwestwind im Rücken, eine Erholung. Oft stieg er am Ballooërveld ab und lief, ohne Angst vor »weißen Frauen« zu haben, in die Heide hinein. Dann war es, als entführten ihn der lockere Sand und die lila Heide und die Grabhügel in längst vergangene Zeiten. Manchmal schien es ihm fast, als könne er die Stimmen der waghalsigen Abenteurer hören, die im Mittelalter über das Ballooërveld gezogen waren. An den Winterabenden war es oft stockdunkel, wenn er nach Hause fuhr. Und wenn er dann noch für einen

Augenblick in die Heide hineinlief, konnte er die Milchstraße schimmern sehen. Erst viele Jahre später sollte er verstehen, wie bevorzugt er damals gewesen war, daß er über dem Ballooërveld noch den richtigen, von allzu vielem Streulicht unberührten Sternenhimmel hatte sehen dürfen. Sicher, er würde in den Kriegsjahren wegen der Verdunkelung noch einmal wieder die Pracht des Sternenhimmels erleben, aber dennoch würde dies nie wieder so beeindruckend sein wie über dem ausgedehnten, unbebauten Ballooërveld.

An einem dieser Winterabende, er war da schon zwölf und besuchte die zweite Klasse des Gymnasiums, lief er wieder über das Ballooërveld. Es war Neumond und leichter Frost. Die Luft war trocken und glasklar. Er schaute auf zu den unzähligen Sternen und lief zwischen den Grabhügeln einfach immer weiter. Und während er dort umherschweifte und andächtig den Sternenhimmel anschaute und über die schwindelerregende Ausdehnung des Weltalls nachdachte, murmelte er auf einmal voller Staunen: »Aber Gott gibt es überhaupt nicht.« Nicht, daß er sich über diese Erkenntnis gefreut hätte. Ebensowenig konnte die Rede von Sicherheit sein, geschweige denn von unerschütterlicher Sicherheit. Es war mehr etwas, das vorsichtig und unter Vorbehalt festgestellt wurde oder besser: ihm eingegeben wurde von diesem majestätischen Band der Milchstraße, das sich schaudererregend hoch über seinem Kopf hinzog. Er sagte es noch einmal, schmeckte gleichsam die Worte: »Aber Gott gibt es überhaupt nicht.«

Er war darüber in erster Linie verwundert. Nichts war doch wahrscheinlicher, als daß es Gott gab. Schon allein die Magnuskerk, auf die er aus seinem kleinen Studierzimmer blickte, schien ein aus Feldsteinen und weichem Tuff errichteter Beweis seiner Existenz zu sein. Die Magnuskerk, so wurde in Anloo stolz erzählt, war die älteste Kirche der Niederlande, und falls diese langgestreckte Kirche selbst die Existenz Gottes nicht schon genügend bewies, so wurde dieser Beweis noch durch das bekräftigt, was von der Kanzel herab über Ihn verkündet wurde. Und es wurde von dem heiseren Gemeindegesang und dem Spiel des Schulmeisters auf der von Ruud Garrels gebauten Orgel noch unterstrichen. Und hätten die Reformierten unlängst auf dem Zuidersingel in Assen eine neue Kirche errichtet, wenn es Gott nicht gäbe? Es stimmte, daß diese Kirche atemberaubend häßlich und unwahrscheinlich protzig war, aber das bewies doch gerade, daß Gott über den Sternen wohnte. Ein schönes Bauwerk hatte seine Berechtigung aus sich heraus, ein häßliches hatte nur eine Berechtigung, wenn es zu etwas diente.

Immer weiter lief er, immer tiefer in die Heide hinein, und er probierte diesen kurzen Satz noch einmal aus: »Aber Gott gibt es überhaupt nicht.«

Simon schaute zur Milchstraße hinauf. Damals wußte er noch nicht, was er später lernen sollte: Daß die Milchstraße nur eine der vielen Milliarden Sternsysteme in einem Weltall ist, dessen Ausdehnung das menschliche Vorstellungsvermögen übersteigt. Nach dem Krieg würde er in dem Buch *Das Leben*

selbst von Francis Crick lesen: »Ich finde es merkwürdig, daß die erstaunliche Entdeckung der unge-
heuren Weite und Leere des Weltraums nicht die
Phantasie von Dichtern und religiösen Denkern auf
sich gezogen hat. Gern sinnen die Menschen über
die unbeschränkte Macht Gottes – bestenfalls eine
zweifelhafte Behauptung – nach, haben aber gar
keine Neigung, sich über die Größe dieses außeror-
dentlichen Universums, in dem sie sich ohne ihr
eigenes Zutun befinden, schöpferische Gedanken zu
machen. Naiverweise hätte man annehmen können,
Dichter und Priester seien von diesen wissenschaftlichen Enthüllungen so angetan, daß sie sich mit glü-
hendem Eifer bemühten, sie im Fundament unserer
Kultur zu verankern. Der Psalmist, der da sagt:
›Wenn ich sehe die Himmel, deiner Finger Werk, den
Mond und die Sterne, die du bereitet hast: Was ist
der Mensch, daß du seiner gedenkst...?‹, versuchte
zumindest, innerhalb der Grenzen seiner Glau-
bensüberzeugungen sein Erstaunen über das mit
bloßem Auge sichtbare Universum und die – vergli-
chen damit – Geringfügigkeit des Menschen auszudrücken. Dabei war *sein* Universum eine kleine,
nahezu gemütliche Sache im Gegensatz zu dem Universum, das die moderne Wissenschaft uns enthüllt
hat. Fast ist es so, als hätte die äußerste Bedeutungs-
losigkeit der Erde und des dünnen Films ihrer Bio-
sphäre die Phantasie vollständig gelähmt, als wäre
der Gedanke daran zu entsetzlich und daher am
besten zu ignorieren.«

Als Simon Minderhout das las, dachte er sofort an

jenes Umherschweifen auf dem Ballooërveld und an die Erkenntnis, die ihm dort zuteil geworden war, eine Erkenntnis, die sich ihm aus eben dem Erstaunen heraus aufgedrängt hatte, über das Crick sprach. Außerdem hatte dieses Erstaunen noch etwas zur Folge: die Entdeckung, daß die Existenz Gottes, worüber innerhalb wie außerhalb der Kirche mit solcher Vehemenz gesprochen wurde, dennoch ungestraft und unbeweint angezweifelt werden konnte.

Simon lief über die Heide zurück. Er stieg auf sein Fahrrad und fuhr, in Gedanken versunken, auf der schmalen, mit Klinkern gepflasterten Straße nach Hause. Später am Abend, als Bep und seine Mutter in der Küche beim Abwaschen waren, sagte er beinahe wie nebenher zu seinem Vater: »Gott gibt es nicht.«

»Wie kommst du darauf?«

»Ich lief über das Ballooërveld, es war furchtbar dunkel, ich sah all die Sterne, und da dachte ich auf einmal: Aber Gott gibt es überhaupt nicht.«

Sein Vater blickte ihn streng an, doch seine Augen lachten.

»Oder denkst du, daß es Gott doch gibt?« fragte Simon.

»Ich habe gar kein Bedürfnis danach, über Gott nachzudenken«, sagte sein Vater, »laß ihn erst einmal ganz einfach bei uns klingeln, dann werde ich einen Speckpfannkuchen für ihn backen…«

»Einen Speckpfannkuchen?« fragte Simon verblüfft.

»Ja, einen Speckpfannkuchen. Zu Abraham kommt

Gott an die Tür. Dann backt Sara aus drei Scheffeln Mehl Pfannkuchen für Gott. Wenn Gott selbst an meine Haustür käme, täte ich etwas Besseres, ich würde mindestens einen Speckpfannkuchen für ihn backen und, wenn er dann ein Klümpchen Butter und Sirup darauf täte, für immer an ihn glauben. Aber laß mich dir einen guten Rat geben, behalte es für dich, sage es niemandem weiter.«

»Was nicht?« fragte Simon.

»Daß es Gott nicht gibt, natürlich, sei vernünftig, behalte es für dich, du bekommst Ärger, wenn du es herumposaunst.«

Nach diesem guten Ratschlag seines Vaters hätte Roemer Simon vielleicht nie mehr darüber gesprochen, wenn nicht der Rektor des Gymnasiums in einer Vertretungsstunde rundheraus die Frage an ihn gerichtet hätte: »Und, Simon, was bedeutet dir der Gott Abrahams, Isaaks und Jakobs?«

Später würde Simon sich immer wieder fragen, warum der Rektor, der den kranken Französischlehrer vertrat, gerade ihm diese Frage gestellt hatte. Der Rektor hatte, offenbar erfüllt von dem, was sich in unmittelbarer Nähe des Gymnasiums abspielte, von der Synode der reformierten Kirche erzählt, die in der nagelneuen Kirche am Zuidersingel von Pastor Geelkerken Rechenschaft forderte, weil er es gewagt hatte zu bezweifeln, daß die Schlange im Paradies gesprochen habe. Entrüstet hatte der Rektor gesagt: »Ein unerhörter Skandal, daß es Pastoren gibt, die dies anzuzweifeln wagen.« Danach hatte er glühend von seinem unerschütterlichen Glauben an »Unsern

Herrn Jesus, der für unsere Sünden gelitten hat«
Zeugnis abgelegt. Aber warum hatte er nach diesem
Glaubensbekenntnis die Frage ausgerechnet Simon
gestellt? Weil Simon der Jüngste in der Klasse war?
Weil er ganz vorn saß? Weil er, während der Rektor
von der sprechenden Schlange im Paradies erzählte,
ziemlich skeptisch zu ihm aufgesehen hatte? Wie
dem auch sei, Simon hatte nicht gezögert, Simon
hatte die kaum faßbare, für ihn selbst befreiend wir-
kende Erkenntnis gelassen formuliert: »Meiner Meinung nach gibt es Gott gar nicht.«

Daraufhin war es totenstill in der Klasse geworden. Nur Sieberig Quanjer, die jeden Tag mit der
stinkenden Dampfbahn der Noord-Ooster-Lokaal
Spoorlijn aus Gieten kam, hatte nervös gekichert,
aber auch sie hatte danach keinen Mucks mehr von
sich gegeben.

»Lernst du das zu Hause?« fragte der Rektor nach
einer Weile drohend.

»Ich lief über das Ballooërveld«, sagte Simon arg-
los, »ich sah all die Sterne, und da...«

»Da wurdest du zutiefst beeindruckt von der
Majestät der göttlichen Schöpfung«, sagte der Rektor.

Es klingelte, die Vertretungsstunde war zu Ende,
der Lateinlehrer kam schon zur nächsten Stunde in
die Klasse. Der Rektor stand auf und fragte Simon:
»Habt ihr zu Hause Telefon?«

»Nein«, sagte Simon.

»Oh, schade, ich würde mich gern mit deinem
Vater verabreden.«

»Sie können ihn im Rathaus von Anloo anrufen.«

»Das werde ich tun.«

Und so machte sich der Rektor einige Tage später, gleich nach dem Abendessen, zum Pastorat von Anloo auf. Als er klingelte, sagte Jacob zu seinem Sohn: »Setz du dich nur ins Nebenzimmer, sag nichts, komm nicht zum Vorschein, sorg dafür, daß du mucksmäuschenstill bist. Ich werde die Tür angelehnt lassen, ich möchte, daß du hörst, was gesagt wird. Ich habe dich gewarnt: Behalt es für dich, aber nun ja, du hast dich doch verplappert, vielleicht wirst du in Zukunft vorsichtiger sein, wenn du gleich mitbekommen wirst, was so ein armer Schlucker von Vater da auszustehen hat.«

Der Rektor kam herein. Neletta und Bep zogen sich in die Küche zurück, die erstere, um Kaffee zu kochen und abzuwaschen, die zweite, um ihr dabei nach besten Kräften beizustehen.

»Ich habe Ihnen bereits am Telefon gesagt, worüber ich mit Ihnen sprechen möchte«, sagte der Rektor.

»In der Tat«, sagte Jacob.

»Ich hoffe, daß Sie mit mir einer Meinung sind, daß dies eine besorgniserregende Angelegenheit ist, eine äußerst besorgniserregende Angelegenheit.«

»Um Ihnen die Wahrheit zu sagen: Ich trage hieran etwas weniger schwer als Sie.«

»Aber ich nehme an, daß er das, was er so mir nichts, dir nichts in der Klasse geäußert hat, nicht hier zu Hause gelernt hat?«

»Nein, nein, meine Überzeugungen sind völlig

anderer Art. Doch bevor wir dieses Gespräch fortsetzen, möchte ich Sie etwas fragen: Ist Ihnen in Ihren Jugendjahren niemals etwas Unüberlegtes herausgerutscht?«

»Ich habe den Herrn von Kindesbeinen an gefürchtet.«

»Dann sind Sie zu beneiden«, sagte Jacob, »mir wurde der Glaube nicht auf dem Tablett serviert, ich bin immer auf Abraham eifersüchtig gewesen, der Gott ganz einfach an der Haustür hatte und seitdem nicht mehr zu glauben brauchte, sondern mit Sicherheit wußte, daß es Ihn gab, während wir armen Sterblichen…«

»Wenn ich Sie recht verstehe, meine ich doch herauszuspüren, daß Zweifel Ihnen nicht fremd sind.«

»Das spüren Sie fein heraus, sicher, ich zweifle.«

»Nun ja, das ist erlaubt, denn gibt es einen Glauben ohne Zweifel?«

»Ich bin froh, daß Sie so darüber denken, aha, da kommt der Kaffee, was möchten Sie: Milch oder Zucker?«

»Beides, bitte.«

»Ein Tröpfchen Milch oder einen tüchtigen Wolkenbruch?«

»Ein Tröpfchen ist genug, ja, wunderbar, danke.«

»Wissen Sie«, sagte Jacob, »ich habe mit meinem Sohn hierüber schon ein ernstes Wort geredet, und ich werde noch einmal ein ernstes Wort hierüber mit ihm reden, darauf können Sie sich verlassen, genauso, wie Sie sich darauf verlassen können, daß er so etwas nie wieder in der Schule sagen wird, aber etwas liegt mir noch auf dem Herzen: Es ist doch nicht so außergewöhnlich oder neu, was er da von sich gegeben hat. Ich meine mich zu erinnern, daß unser großer Autor Multatuli schon einmal gesagt hat: ›Oh, Gott… da ist kein Gott.‹«

»Ja, in dem schändlichen *Gebed van den onwetende*. Daß Sie es wagen, das heranzu…«

»Ja, aber darum geht es nicht, natürlich, schändlich ist es, das Gebet, wie so viele Gebete, aber es geht darum, daß dies schon früher gesagt worden ist, es ist etwas, das gesagt und gedacht werden kann, ob wir es nun wollen oder nicht. Es ist eine der vielen Überzeugungen der Menschheit, ich dachte, daß sogar große Philosophen… ach, ich bin da nicht so beschlagen… aber ich weiß fast sicher…«

»Das ist es nun gerade, was so besorgniserregend ist, der Unglaube bahnt sich breitspurig seinen Weg, der Teufel flüstert sogar Denkern die Gottesleugnung ein, sogar Pastoren bezweifeln, daß die Schlange im Paradies gesprochen hat, wie jetzt auf der Synode deutlich wird.«

»Synode? Oh, die reformierte Synode in dieser neuen Kirche am Zuidersingel, nicht wahr? Ich habe erzählen hören, einer der Pastoren habe einen Kompromiß gesucht, indem er behauptet: ›Ja, diese Schlangen haben so eine besondere Art zu schauen, die Schlange im Paradies hat den Apfel so von der Seite angeblickt, und dann hat Eva…‹«

»Nein, das ist nicht gesagt worden, sondern das hat einer der Anhänger von Geelkerken geschrieben.«

»Oh, ich höre schon, Sie sind besser informiert als ich.«

»Ich verfolge die Sache auf Schritt und Tritt, denn hier handelt es sich um mehr als um die Frage, ob die Schlange gesprochen hat oder nicht, hier handelt es sich um die Wahrheit Gottes, und das kommt alles von Darwin und seiner gottlosen Evolutionstheorie...«

»Die Evolutionstheorie? Was ist das noch gleich? Ist das nicht... o ja, das ist, daß der Federfuchser vom Tintenfisch abstammt, ja, es ist zum Totlachen, wie kommen die nur darauf, dann kann man ebensogut behaupten, daß das Känguruh vom Floh abstammt.«

Es wurde ganz still. Jacob sollte später zu seinem Sohn sagen: »Begreifst du das? Er sah mich an, als ob ich ihn verulken wollte.«

Nach einer Weile hörte Simon seinen Vater, offenbar in dem Bemühen, die Stille zu durchbrechen, fröhlich sagen: »Ja, das ist mir einer, der Darwin, die Gelehrten wissen vor Verrücktheit einfach nicht mehr, was sie sich noch ausdenken sollen. Wenn man Prins, unseren Hund, erlebt, begreift man nur allzu gut, daß es einfach unmöglich ist, daß der Mensch von irgendeinem Tier abstammt, denn Prins ist tausendmal pfiffiger als jeder Professor, Prins steckt den gescheitesten Kopf in die Tasche. So ein Hund stammt eher vom Menschen ab als der Mensch vom Hund. Darf ich Ihnen noch einmal einschenken?«

»Gern, und wenn ich dann noch kurz auf das

zurückkommen darf, weshalb ich gekommen bin. Besucht Ihr Sohn schon den Konfirmandenunterricht?«

»Da schneiden Sie einen wunden Punkt an. Wir haben hier im Augenblick keinen Pastor, also von kirchlichem Unterricht kann leider keine Rede sein. Niemand von den Ältesten hier hält sich für befugt, zur Überbrückung einzuspringen. Nein, Konfirmandenunterricht... seit Pastor Sevenster fort ist, wird der Konfirmandenunterricht... gut, daß Sie das aufs Tapet bringen, wie denken Sie über folgendes: Wenn ich meinem Sohn nun auftrage, jede Woche eine Frage und eine Antwort aus dem Heidelberger Katechismus zu lernen, ob Sie ihm das in der Schule dann abhören könnten?«

»Ich weiß nicht, ob ich dazu in der Lage bin.«

»Dann vielleicht einer der anderen Lehrer. Dafür muß doch Zeit sein, es ist doch auch Zeit für... ich blättere ab und zu mal in den Schulbüchern meines Sohnes, ich begegne da Namen: Seneca, Herodot, Ovid, Tacitus... sagen Sie mir bitte, waren das getaufte und konfirmierte Christen?«

Simon hörte den Rektor nicht antworten, vielleicht schüttelte er den Kopf. Er hörte seinen Vater sagen: »Nicht? Sie wollen doch nicht sagen... ist das wahr, keine bekennenden Mitglieder einer Kirche? Aber... aber... nein, das ist doch nicht möglich, und dann kommen Sie ganz hier heraus, um mich zur Rechenschaft zu ziehen, weil meinem Sohn in der Klasse etwas herausgerutscht ist, was jeder Junge in seinen Flegeljahren zufällig einmal denkt, während in der

Klasse Schriftsteller behandelt werden, die weder Gott noch Gebot kennen, nun frage ich doch...«

»Das sind alles Schriftsteller, die wir benötigen, um Latein und Griechisch zu lernen. Es wird streng darauf geachtet, daß die Texte, die wir behandeln, kein unschickliches Wort enthalten.«

»Das will ich gern glauben, dennoch begreife ich nicht, warum im Griechischunterricht nicht ausschließlich das Neue Testament verwendet wird. Müssen denn alle möglichen Heiden auf unsere Kinder losgelassen werden?«

Wieder konnte Simon nicht hören, was der Rektor antwortete.

»Schöneres Griechisch? Von diesen alten Schriftstellern? Schöner als das Griechisch der Bibel? Schöner als das Griechisch, das unser Herr Jesus in den Mund nahm? Sie sagen es, also wird es wohl wahr sein, aber doch... nein, etwas begreife ich nicht, sind die Worte unseres Heilands denn weniger schön als die Worte solcher Schriftsteller? Das ist doch nicht möglich, gut, wollen wir damit aufhören, darf ich Ihnen vielleicht jetzt noch ein Gläschen anbieten... nein? Sie wollen jetzt gleich zurück? Oh, nun ja, ich weiß es sehr zu schätzen, daß Sie ganz hier herausgekommen sind, und ich werde es meinem Sohn ans Herz legen, daß er nie wieder so etwas sagt.«

Wenig später erklang im Dörfchen Anloo ein ungewöhnliches Geräusch. Ein hilfsbereiter Gemeindesekretär kurbelte einen T-Ford an.

Nachdem das Auto weggefahren war, sagte Jacob Minderhout zu seinem Sohn: »Schade, daß er nicht noch auf ein Gläschen geblieben ist, ich hätte gern noch etwas wegen der Synode mit ihm durchgesprochen. Er ist offenbar bestens informiert, und ich finde es so unglaublich, daß da am Zuidersingel Pastoren in schwarzen Anzügen, die sogar die ganze Woche über einen Zylinder tragen, ernsthaft versammelt sind, debattieren und disputieren über die Frage, ob die Schlange gesprochen hat oder nicht.«

Jacob Minderhout fing an zu lachen.

»Wie ist es nur möglich! Erwachsene Männer! Sitzen da zusammen... wegen einer Schlange... einer sprechenden Schlange. Mein Vater sagte immer: ›Der Mensch ist nun einmal vernagelt und verrannt.‹ Nun, das wird da in Assen allerdings bewiesen. So vernagelt und verrannt, wie man es gar nicht sein kann. Oder sollten sie sich alle miteinander in die Frage verbeißen, ob die Schlange im Paradies gesprochen habe, um die Frage: ›Gibt es Gott?‹ nicht stellen zu müssen?«

Lange schüttelte Jacob Minderhout den Kopf. Dann fragte er plötzlich: »Ob ein solcher Mann wohl findet, daß Gott Liebe ist?«

Jacob starrte eine Weile vor sich hin. Er sagte: »Ja, das hätte ich ihn gern noch gefragt: ›Denken Sie, daß Gott Liebe ist?‹ Heute nacht hat mich eine Mücke geärgert, und da dachte ich: Wenn Gott wirklich Liebe wäre, hätte er an uns arme Sterbliche gedacht. Dann hätte er die Mücke so geschaffen, daß sie nicht so summt. Ich weiß noch genau, daß ich als kleiner Junge einmal fast an den gemeinen kleinen Gräten einer Brachse erstickt wäre. Mein Vater sagte damals: ›Es ist nicht zu fassen, daß Gott die Fische nicht ohne diese elenden Gräten hat erschaffen können.‹ Meine Mutter donnerte: ›Gotteslästerung.‹ Ach ja, und dann zu denken, daß es wahrscheinlich gar keinen Gott gibt. Oder wenn es ihn gibt, kümmert er sich überhaupt nicht um uns, dann sind wir seit Abraham Luft für ihn. Er wird diese drei Scheffel Mehl vielleicht als kleinlich empfunden haben. Auch wenn, glaube ich, noch ein Ziegenböckchen dazukam.«

Dann legte er seinem Sohn die Hand auf die Schulter und sagte streng: »Denk von nun an daran, behalte es für dich, bete nachher als Abendgebet Psalm 141, den dritten Vers:

Herr, behüte meinen Mund
und bewahre meine Lippen,
auf daß ich mir zu keiner Stund'
etwas Unbedachtes laß' entschlüpfen.«

Sieberig

Nicht lange nach dem denkwürdigen Besuch des Rektors schlenderte Simon an einem Frühlingsabend mit Prins über die Allmende. Es war schon dunkel. Die Amseln sangen, als warteten sie auf Regen, aber die Luft war warm und trocken, und die Wega funkelte schon. Simon sah von Eext her ein Mädchen auf dem Fahrrad herankommen. Als sie sich näherte, erkannte er sie. Es war Sieberig Quanjer. Sie war kräftig gebaut, hatte ein fleischiges, dickes Gesicht und dichtes, leicht lockiges Haar. Sie sah älter aus, als sie war, und hatte Simon immer eine gewisse Angst eingeflößt, obwohl sie nach Meinung seiner Mitschüler »zum Anbeißen« war. Anders als die meisten Jungen aus seiner Klasse ging er grundsätzlich allen Mädchen aus dem Weg, die älter oder auch viel älter waren als er. Er sprach nie mit ihnen, und es war für ihn undenkbar, daß er mit einer von ihnen »gehen« würde, auch nicht mit einem so zarten Mädchen wie Ruurtje Krijtberg, das er sehr nett fand.

»Hallo«, sagte Sieberig.

Sie stieg ab, stellte sich verschwörerisch neben ihn und fragte: »Hast du schon deine Hausaufgaben gemacht?«

»Ja, ich habe sie schon fertig.«

»Könntest du mir vielleicht bei Mathematik helfen?«

Er nickte vage.

»Daß du das gewagt hast, neulich in der Klasse, bei dem Rektor.«

»Was?«

»Na, daß du einfach gewagt hast zu sagen, daß es Gott nicht gibt.«

»Denkst du auch, daß es Gott nicht gibt?« fragte er ernsthaft.

»Oh, das weiß ich nicht«, sagte sie, »darüber zerbreche ich mir nicht den Kopf, das kommt später.«

Sie schauten eine Weile schweigend über die Allmende. Simon wußte nicht, was er sagen sollte.

Sie fragte: »Wo wohnst du?«

»Da.« Er zeigte auf das Pastorat.

»Schönes Haus«, sagte sie.

»Ja, sehr schön.«

Sie schwiegen wieder. Simon hatte das Gefühl, als könne er nicht richtig atmen, er wollte etwas sagen, konnte aber kein Wort herausbringen. Da hörte er das tiefe Gebell von Prins. Er pfiff. Der Hund kam angerannt, sprang an ihm hoch, leckte ihm die ganze Stirn ab und sprang dann an Sieberig hoch, die seine rote Zunge lachend abwehrte.

»Was für ein netter Hund«, sagte sie.

»Ja«, sagte er.

»Wie heißt er?«

»Prins.«

»Schöner Name.«

Wieder wurde es still. Simon hörte sein Herz schlagen, wollte etwas sagen, konnte nichts herausbringen, atmete schwer. Sie sagte: »Ich habe so einen verrückten Namen, findest du nicht auch? Sieberig, wer heißt schon Sieberig? Später werde ich meinen Namen ändern. Weißt du nicht einen schönen Namen für mich?«

»Rebecca«, sagte er, »das finde ich einen schönen Namen.«

»Ja, der ist schön«, sagte sie, »besser als Sieberig.«

»Ich finde Sieberig auch ganz schön«, sagte er.

»Ja? Na, daß du's nur weißt: Jeder lacht mich aus, weil ich Sieberig heiße.«

»Nie gemerkt«, sagte er.

»Was?«

»Daß sie dich ausgelacht haben.«

»In der Schule passiert das auch nicht mehr so oft, alle haben sich daran gewöhnt, aber früher, und auch jetzt noch, in Gieten…«

»Ich habe auch einen verrückten Namen.«

»Simon? Aber das ist doch ein ganz normaler Name.«

»Ja, aber ich heiße eigentlich nicht Simon, ich heiße Roemer, aber meine Mutter hat Simon daraus gemacht.«

»Du heißt eigentlich Roemer?«

»Ja, wirklich wahr.«

»Aber wie kann man denn Roemer in Simon ändern?«

»Nein, nein, aber… mein Vater wollte mich Roemer nennen, und meine Mutter fand das zu altmodisch, sie wollte, ich solle Simon heißen, und nun nennt mein Vater mich noch immer Roemer, aber sonst nennt mich jeder Simon.«

»Roemer«, sagte sie versonnen, »Roemer.«

Sie schauten wieder eine Weile über die jetzt schon in einen feinen Nebel gehüllte Allmende. Sie sagte: »Roemer und Rebecca, beides fängt mit demselben Buchstaben an.«

»Ja«, sagte er steif.

»Fährst du jeden Tag mit dem Fahrrad das ganze Stück von hier bis zur Schule?«

»Ja«, sagte er.

»Du könntest auch mit dem Fahrrad bis Gieten fahren, das ist nicht so weit, und dann nimmst du da den Zug.«

»Ja, das wäre vielleicht ganz praktisch«, sagte er.

»Ich will mal wieder zurückfahren«, sagte sie, »sonst werden sie zu Hause unruhig. Darf ich dann morgen früh deine Matheaufgaben sehen?«

»In Ordnung«, sagte er.

Sie stieg auf ihr Fahrrad, blickte sich noch einmal um, winkte und fuhr dann schnell in der Dämmerung davon. Schweren Herzens ging er zum Pastorat. Später, als Prins schon am Fußende seines Bettes eingeschlafen war, lag er noch lange wach.

Am nächsten Tag lächelte sie ihm vor Beginn des Unterrichts zu, fragte aber nicht mehr nach den Mathematikaufgaben. Er fing auch nicht davon an, er war unruhig, auf unbestimmte Art unglücklich, dachte an seinen Vater, der immer sagte: »Fang so spät wie möglich mit Mädchen an, je eher gebissen, desto eher verschlissen. Mach es wie ich, heirate eine kräftige, gesunde Witwe, dann hast du keinen Ärger. Wenn du jung bist, scheint es mit den Mädchen so schön zu sein, aber welch ein Leidensweg. Alles, was es dir an Glück bringt, mußt du doppelt zurückzahlen. Ein Kuß bringt nur Verdruß.«

In der Schule fing er ab und zu ein Lächeln von Sieberig auf oder einen verschwörerischen Blick oder manchmal ein unruhiges Starren, das ihn verwirrte. Sonst passierte glücklicherweise nichts, aber wenn er abends mit Prins über die südliche Allmende schweifte, kam sie ab und an mit ihrem Rad angefahren, als hätte sie in einem Hinterhalt gelegen, und dann mußte er wohl oder übel mit ihr sprechen. Weil es aber nichts zu besprechen gab, wurde es kein Gespräch – wie manchmal bei einem Besuch. Immer wieder kam sie darauf zurück, daß er mit dem Rad nach Gieten fahren und dort den Zug nehmen solle. Oder nach Rolde, das war natürlich auch möglich, dann könnte er dort zusteigen, und sie würden zusammen nach Assen fahren.

An einem freien Nachmittag fuhr er zu einem der Hünengräber in Eext. Er kletterte auf den höchsten Stein. Er hockte sich hin, wartete auf den Zug. Nach einiger Zeit hörte er einen Höllenlärm. Er sah eine Rauchfahne. Er beobachtete scharf den näher kommenden Zug. Die Dampflokomotive flößte ihm kein Vertrauen ein. Die Waggons sahen geradezu schäbig aus. Das beruhigte ihn. Die Züge konnten ohne ihn die Strecke Assen-Stadskanaal fahren, oder besser gesagt rumpeln, und unterwegs in Rolde, Gieten und Gasselternijveen halten. Er würde nicht mitfahren. Dennoch sah er, wenn er zum Gymnasium radelte, an klaren Tagen ab und zu die Rauchfahne der Dampflokomotive, oder er hörte bei nebligem, windstillem Wetter den Zug mißmutig pfeifen, und dann war es, als würde er ein klein wenig Verrat an Sieberig begehen, die als einzige aus seiner Klasse jeden Schultag von Gieten aus mit solch einem Zug fahren mußte.

Ohne daß er Sieberig etwas davon wissen ließ, fuhr er mit dem Fahrrad einmal über Eext nach Gieten. Er durchquerte den Ort so schnell wie möglich. Gieten schien vor allem aus dem Brink und einigen unbedeutenden Nebenstraßen zu bestehen. Auf dem Brink streckten gewaltige Linden stolz ihre Kronen gen Himmel, als wollten sie damit andeuten, daß Gieten sonst weiter nichts zu bieten habe. Am Ostrand des Dorfes blieb er eine Weile stehen und schaute über die Oude Weglanden und wunderte sich, daß es aussah, als hinge der Erdball schief. Während er dort noch stand und darüber nachdachte, kamen zwei Jungen seines Alters auf ihn zumarschiert. Ein Stück weiter sah er noch mehr Jungen, die in seine Richtung schlenderten. Es schien ihm an der Zeit, aufs Rad zu steigen, aber da griff einer der beiden Jungen nach dem Lenker seines Fahrrads. »Eins in die Fresse?« fragte er dabei interessiert, woraufhin der andere, der mit einem Stock auf das Pflaster einschlug, hinzufügte: »Buckel vollschlagen?« Simon schaute sich die Jungen an, er kannte diese Typen, es gab sie auch in Anloo, dort hatten sie ihm dieselben Fragen gestellt. Aber es war beim Fragen geblieben, weil sie verflixt genau wußten, daß er der Sohn des Gemeindesekretärs war. Hier in Gieten wußte das keiner, und es würde auch kaum jemandem Eindruck machen, wenn er es erzählte. Hier war es also möglich, am eigenen Leibe zu erfahren, was »eins in die Fresse« bedeutete.

Er stand da, neben seinem Fahrrad, und begriff, daß es jetzt darauf ankam. Sie waren in der Übermacht. Die anderen Gietener Lümmel seines Geschlechts und Alters näherten sich schon. Er hatte in Anloo bereits die wichtigste Lektion gelernt: Laß dir nie anmerken, daß du Angst hast. Verhalte dich, als kapiertest du gar nicht, daß Gefahr droht. Er wußte, wie schwierig das war, er wußte, daß ein Glitzern im Auge, eine unwillkürliche Bewegung mit dem Mund oder eine Gebärde mit der Hand einen verraten konnte. Er wußte, daß die anderen die Angst sogar riechen konnten. Aber soviel war sicher: Er hatte in Anloo gelernt, seine Angst zu verbergen. Mut und Blut, sagte sein Vater, unterscheiden sich nur durch zwei Buchstaben. Hier in Gieten würde er das unter Beweis stellen können. »Eins in die Fresse« oder »Buckel vollschlagen«, na und?

Anstatt nach rückwärts auszuweichen, trat er einen Schritt auf sie zu. So freundlich lächelnd wie möglich, fragte er: »Kennt ihr hier vielleicht einen Schlachter? Ich habe noch einen *stuiver*, ich möchte gern ein paar Grieben kaufen. Habt ihr auch Appetit darauf?«

Erstaunen, Unglauben, beinahe Schrecken zeichneten sich auf den breiten, flachen Gesichtern der beiden ab. Sie wichen zurück. Wieder tat Simon einen Schritt in ihre Richtung. Er sagte: »Oder wollt ihr etwas anderes? Eßkastanien?«

Die beiden Gietener drehten sich um und liefen zu den anderen Jungen, die sich da hinten in einem Halbkreis aufgestellt hatten. »'n beten verrück, 'n beten verrück«, hörte Simon den einen sagen. Der andere fügte hinzu: »So 'n oller Angeber.«

Das wollte den anderen Gietenern nicht einleuchten. Simon sah, daß sie jeden Moment in seine Richtung rennen konnten. Jetzt erst bekam er Angst, und an die würde er sich später wie an eine Niederlage erinnern. Er schwang sich auf sein Fahrrad, kam sofort in Fahrt, aber schon rannte die Horde los. Doch da er den Hondsrug bergab fuhr, schaffte er es, sie hinter sich zu lassen. Er hörte sie schreien, johlen, brüllen. Einer holte ihn ein und bekam seinen Gepäckträger zu fassen. Mit einem schnellen Tritt nach hinten gelang es Simon, dessen Fingerknöchel zu treffen. Ein unverständlicher Drenther Fluch war zu hören. Der Verfolger ließ los. Und Simon hatte nun so viel Fahrt, daß ihn niemand mehr einholen konnte. Auf unbekannten Feldwegen, die ihn immer weiter vom Hondsrug wegzuführen schienen, fuhr er erst ostwärts, dann nordwärts. Er landete in Torfmooren, fuhr ein Stück weit am linken Ufer der Hunze entlang und erreichte schließlich Annen. Von dort aus konnte er den Weg nach Hause finden.

Eines Abends, als er mit Prins auf dem Wege nach

De Strubben, nördlich von Anloo, war, kam Sieberig völlig aufgelöst auf ihrem Rad angefahren. Sie stieg ab, liebkoste Prins ausgiebig und sagte dann: »Mein Vater wird versetzt, wir ziehen um, ich gehe von der Schule ab.«

»Umziehen? Wohin?«

»Nach Meppel.«

»Wann?«

»Oh, schon bald, ich find es so schlimm, wie soll es jetzt weitergehen?«

»Weitergehen? Was weitergehen?«

»Mit uns.«

Er schwieg, er wußte nicht, was er sagen sollte, er dachte: Ob sie wohl weiß, daß ich in Gieten gewesen bin?

»Meppel ist nicht so furchtbar weit weg«, sagte er schließlich.

»Nein, das ist wahr«, sagte sie.

»Wie viele Kilometer mögen es bis Meppel sein?«

»Ich weiß es nicht.«

»Du kannst bestimmt mit dem Fahrrad in einem Tag hin und zurück.«

»Meinst du?«

»Bestimmt«, sagte er.

Sie bückte sich, zog Prins an sich, fragte: »Ob Prins es wohl gut findet, wenn ich ihm einen Abschiedskuß gebe?«

»Probier es doch.«

Sie küßte Prins auf seine weiße und auf seine schwarze Wange. Der Hund ertrug es geduldig, wedelte sogar kräftig mit seinem hoffnungslosen

Schwänzchen. Sieberig, die sich hatte bücken müssen, aber immer noch mit einer Hand ihr Fahrrad festhielt, zog sich an ihrem Lenker wieder hoch, griff dann plötzlich mit der freien Hand nach Simon und drückte ihm unerwartet einen Kuß auf die Lippen. Gleich danach schwang sie sich auf ihr Fahrrad. Sie fuhr weg, schaute sich noch einmal um, aber winkte nicht. Und während er bewegungslos dort stand, konnte er erkennen, wie ihr Gesicht sich mit einer tiefen Röte überzog. Lange blieb er so stehen.

Aus der Fahrt nach De Strubben wurde an dem Abend nichts mehr. Etwas war durch diesen Kuß in ihn gefahren, etwas in ihm geweckt worden, ein heftiges, nagendes Gefühl der Unruhe, von dem er fortan nur selten loskommen sollte. Jahrelang würde er vor dem Einschlafen fast bis zum Wahnsinn an diesen einen schrecklich schönen Augenblick zurückdenken, als etwas in ihm geboren wurde, das er später Ruhelosigkeit nennen würde. Er würde diese Ruhelosigkeit in der Musik einiger früh verstorbener Komponisten wiederfinden, beim quicklebendigen Mozart, dem launenhaften Schumann und vor allem bei Mendelssohn, und er würde die Musik der Komponisten lieben, bei denen diese Ruhelosigkeit fehlte, allen voran Anton Bruckner. Er würde erfahren, daß Liebemachen nur kurze Zeit gegen die Ruhelosigkeit half. Er würde feststellen, daß die beste Medizin dagegen Bewegung war: Laufen, Gehen, Umherschweifen, Sich-Herumtreiben, Marschieren, Wandern, Spazierengehen, Schlendern. Jahrelang verfluchte er Sieberig für das, was sie in ihm ausgelöst hatte. Dennoch wußte er, daß sie keine Schuld traf, daß sie nur zufällig den einen kleinen Anstoß gegeben hatte. Ein anderes Mädchen hätte unerwartet dasselbe anrichten können.

Onkel Herbert

Stets unangekündigt, doch mit zuverlässiger Regelmäßigkeit kam Onkel Herbert in seinem Austin
Seven aus der Gegend vom Waterweg in den Norden
gebraust. An einem Samstagmorgen im September
des Jahres 1929 kündete das aufgeregte Gegacker
des Anlooer Federviehs sein Kommen an.

»Das wird Herbert sein«, schrie Jacob und versuchte, sich trotz des Gekläffs der Anlooer Hunde
verständlich zu machen.

»Schon wieder?« fragte Neletta.

»Ach komm, das letzte Mal war er Ende vorigen
Jahres hier. Du kannst nicht behaupten, daß er uns
das Haus einrennt.«

»Nein, aber wenn er da ist, dann steht der ganze
Laden kopf, dieser Mann ist...«

Neletta hatte keine Gelegenheit mehr, ihren Satz
zu beenden. Onkel Herbert winkte durch eins der
Fenster im Vorderzimmer, und Jacob eilte an die
Haustür.

»So, Leute«, sagte Herbert, als er ins Wohnzimmer
getreten war, »da sind wir wieder.«

In seinem Fall schien die Mehrzahl, obwohl er
allein durchs Leben ging, durchaus gerechtfertigt. Er
zählte mindestens für drei normale Menschen. Auch

diesmal fragte er nicht nach dem Wohlergehen seines jüngeren Bruders und seiner Schwägerin, sondern kündete wohlgemut an, warum er gekommen war.

»Ich will einen Austin Seven Supersport kaufen. Der hat einen ganz neuen Kompressor. Spitzengeschwindigkeit, meine Lieben, erschreckt nicht, so an die hundertzwanzig Kilometer in der Stunde. Das wird die Hühner hier nicht nur zum Gackern bringen, sondern sie ein für allemal vom Legen abhalten, ha, wartet nur, wenn du dann vorbeirast, wird die Milch in den Kuheutern sauer! Nun habe ich gedacht, du, Jacob, könntest doch meinen alten Austin zu einem Freundschaftspreis übernehmen.«

»Mann, setz dich erst mal hin«, sagte Neletta, »laß dir erst mal eine Tasse Kaffee einschenken, und komm dann mit deiner Geschichte.«

»Kaffee? Gern! Zwei tüchtige Löffel Zucker, ein paar Tropfen süße Drenther Kuhmilch. Paß auf, Jacob, mein altes Auto, das wäre genau das Richtige für dich, vor allem, wo du wegen des neuen Pastors aus deinem hübschen kleinen Pastorat heraus mußt. Wo ich wohne, ist die Welt wetterfest mit Zeitungen verklebt, aber hier ist sie mit Schafs- und Ziegenköteln und mit Kuhmist gepflastert. Wenn du ein Wägelchen hättest, kämst du mal raus, könntest du mal zu mir runterrutschen, könntest du…«

»Ich kann nicht einmal Auto fahren«, sagte Jacob.

»Das bring ich dir in drei Tagen bei, na ja gut, in deinem Fall vier, so geschickt bist du nun mal nicht. Ich würde mich bei Braams in Gieten niederlassen, fall euch nicht weiter zur Last, und wir gehen jeden Tag auf Übungsfahrt. Nach einer Woche kannst du die Sache mit deinem Führerschein selber im Rathaus regeln. Praktisch, wenn man eine Stellung hat, bei der eine Hand die andere waschen kann. Und auf geht's… wie ein Wirbelwind durch ganz Drenthe, von Hünengrab zu Hünengrab.«

»Ich habe überhaupt kein Bedürfnis danach, von Hünengrab zu Hünengrab zu wirbeln.«

»Nein, wer schon? Unter der Erde wirst du sein, ehe du dich's versiehst, aber ich meine mich zu erinnern, daß ich dich letztes Mal, als ich hier war, habe lamentieren hören, wie sehr du die Konzerte in der Harmonie entbehrst. Mit meinem Austin, dann deinem Austin, bist du in einem Wuppdich in Groningen.«

»Meinst du wirklich?«

»Meinst du wirklich? Mann, hör auf, nichts denken, sicher wissen, und Mutter Neeltje entbehrt Groningen auch, mit Mutter Neeltje könntest du ab und zu einkaufen gehen oder am Sonntag morgen einen Korb Challa in der Folkingestraat holen. Oder ist man hier auch so genau, daß man am Sonntag nicht Auto fahren darf? Wenn ich am Sonntag eine Ausfahrt mache, versorgen die Leute mich am nächsten Tag mit einem ganzen Bücherbord voller Bibeln.«

»So ist man hier nicht.«

»Dacht' ich's doch, und du könntest am Sonntag nachmittag auch mal richtig schön ans Zuidlaardermeer rauschen.«

Er schwieg einen Augenblick, trank wie ein durstiges Pferd seinen Kaffee, fuhr dann fort: »Laß es erst mal sacken. Nachher machen wir eine kleine Tour. Aber laß mich zuerst Simons letztes Schulzeugnis ansehen.«

»Hol dein Zeugnis«, sagte Mutter Neletta zu Simon.

Simon stand auf. Als er das Zimmer verlassen hatte, sagte Jacob: »Roemer macht sich fabelhaft in der Schule, er kann lernen, der Junge, unglaublich.«

»Ja, man fragt sich, von wem er das hat, von dir doch nicht, Brüderchen«, sagte Herbert.

»Nein, dumm geboren und nichts dazugelernt«, sagte Jacob.

»Und durch Zufall und das Ersparte, das Mutter Neeltje mit in die Ehe gebracht hat, die Treppe raufgefallen«, sagte Herbert. »Aber was ich sagen wollte, dieser dein Junge... weißt du, woran ich so denke? Meine Zeit geht zur Neige, in etwa zehn Jahren werde ich soweit sein und mein Pult räumen. Dann würde ich gern sehen, daß mein Geschäft in der Familie bliebe. Wenn wir deinen Sohn nun dazu kriegen könnten, daß er mein Nachfolger würde... was hältst du davon? Ich will gern für sein Studium ordentlich Federn lassen. Und wenn ich mich dafür mausern müßte.«

»Ich weiß überhaupt nicht, ob er etwas dafür übrig hat«, sagte Jacob.

»Spricht er nie darüber, was er werden will?«

»Nein, davon hören wir nie etwas.«

»Er wird doch irgend etwas im Sinn haben?«

»Es ist kein Kind, das sein Herz auf der Zunge trägt«, sagte Neletta, »er ist sehr still.«

»In seinem Alter war ich genauso.«

»Das kann ich bestätigen«, sagte Herbert, »früher bekam man aus meinem Brüderchen kein Sterbenswörtchen heraus, und jetzt, immer das große Wort haben... ha, da kommt er mit seinem Zeugnis. Na, Junge, laß mal angucken, so, so, das kann sich sehen lassen, Chemie, Mathematik, Physik, wie ist es möglich, und die Sprachen, Junge, Junge, als wenn man nie den Turm zu Babel gebaut hätte, du kannst jede Richtung einschlagen. Hast du schon irgendeine Idee, was du werden willst?«

Simon schüttelte leicht verzweifelt den Kopf.

»Ist auch nicht nötig, du hast noch Zeit genug, um darüber nachzudenken, du gehst jetzt in...?«

»Die fünfte«, sagte Simon.

»...oh, sieh einer an, also noch ganze zwei Jahre. Aber du könntest wirklich studieren, ja, das wäre wirklich das Beste«, sagte Herbert. »Am liebsten wär es deinem Vater«, fügte er hinzu, »wenn du Bürgermeister würdest, weil er das selbst nicht erreichen kann.«

Schwungvoll händigte er Simon das Zeugnis wieder aus.

»Und? Wollen wir jetzt noch eine Spritztour machen?«

So fuhren sie zwanzig Minuten später gen Norden. Es war für Herbert wie für Jacob und Neletta eine Wallfahrt. Das Ziel brauchte nicht einmal genannt zu werden. Selbstverständlich ging die Reise in die

»Stadt«. Dort angekommen, mußte Neletta auf dem Martinikerkhof seufzen, mußte unter jenem Torbogen eine Träne vergossen werden, mußten die Brüder Minderhout schweigend und bewegt das Haus in der Soephuisstraat betrachten, in dem ihre Mutter Armut gelitten hatte, und mußten sie überall am Wasser entlangspazieren, vom Hooge der A bis zum Oosterhaven. Listig führte Herbert seinen Bruder am Gebäude der Harmonie vorbei.

Simon schlenderte die ganze Zeit erstaunt hinter seinen Eltern und dem kräftig ausschreitenden Onkel her. Er konnte überhaupt nicht verstehen, warum die Stadt Groningen so viele Gefühle bei ihnen weckte, aber es kümmerte ihn auch nicht weiter. Es bedrückte ihn, daß Prins diesmal nicht hatte mitkommen wollen, Prins, der sonst doch sofort in Onkel Herberts Auto sprang, wenn sie einstiegen. Was war bloß mit Prins los? Die ganze Woche war er schon lustlos gewesen, hatte nur wenig von seinem Futter, das er sonst in Sekundenschnelle herunterschlang, gefressen.

Als sie am späten Nachmittag wieder nach Hause kamen, rannte Prins ihnen nicht entgegen, um sie zu begrüßen. Prins war nirgends zu finden. Erst nach langem Suchen fand Simon das Hündchen unter dem Bett seiner Schwester Bep, die seit einiger Zeit als unbezahlte Gesellschafterin bei einer einsamen Großtante wohnte. Simon wunderte sich darüber, daß Prins so bewegungslos dalag. Noch nie hatte der Hund dort gelegen.

»Prins, komm her, komm doch«, rief Simon.

Das Hündchen rührte sich nicht, starrte nur dumpf vor sich hin. Am nächsten Tag hatte es sich wieder erholt, lief wieder munter über die Allmende. Vier Tage lang schien ihm nichts zu fehlen, am fünften Tag aber war das Hündchen wieder verschwunden, hatte sich wieder unter Beps Bett verkrochen. So ging das einige Wochen lang. Zwei, drei Tage schien Prins schwerkrank zu sein, dann aber folgte eine geradezu wundersame Genesung, hörte man wieder sein frohgemutes, dragonerhaftes Gebell. Simon litt in diesen Wochen, wie er sein ganzes Leben lang noch nie gelitten hatte. Im Gymnasium konnte er sich kaum konzentrieren. Voller Unruhe fuhr er jeden Tag so schnell wie möglich nach Hause. Gott sei Dank war Prins immer noch am Leben, manchmal kam er sogar lebhaft angerannt, wenn er Simon kommen hörte.

Mitten in einer Oktobernacht wachte Simon auf. Prins lag wie immer bei ihm am Fußende. Simon richtete sich auf, er hörte Prins nach Luft ringen. Simon stieg aus dem Bett und machte Licht. Er sah das Hündchen an, begriff sofort, daß es nicht mehr lange dauern konnte. Er nahm es in seine Arme. Er starrte ihm in die Augen. Nie würde er diesen Blick vergessen: Es schien, als sei es schon weit weg, als hätte es sich in sein Schicksal ergeben, aber könnte gleichwohl noch nicht Abschied nehmen. Erst gegen Morgen glitt Prins weg, für immer. Lange saß Simon da, das noch warme Hündchen fest an die Brust gedrückt. Es schien wie zusammengeschrumpft. Jetzt, wo es tot war, fiel es erst richtig auf, wie klein, wie armselig, wie mager es gewesen war. Wieviel wog es? Acht Kilo vielleicht? War etwas, das nur acht Kilo wog, es wert, daß man ein Leben lang darum trauerte? Simon wußte damals noch nicht, daß er nicht nur drei Tage lang fast ununterbrochen schluchzen würde, sondern immerfort um das unansehnliche Hündchen, das sein Vater und er gemeinsam im Garten begruben, trauern würde. Er wußte damals noch nicht, daß er sich sein Leben lang fragen würde, ob es zu retten gewesen wäre, wenn er mit ihm zu einem Tierarzt gegangen wäre. Aber wer außer irgendeinem reichen Kauz tat das schon im Jahre 1929? Tierärzte hießen damals noch Viehärzte, und außer in den großen Städten beschäftigten sie sich kaum mit Haustieren. Dennoch würde Simon es sich sein Leben lang vorwerfen, daß keiner, als Prins krank wurde, auf den Gedanken gekommen war, mit ihm zu einem Vieharzt zu gehen.

Über dreißig Jahre nach dem Tod von Prins freundete sich Simon Minderhout mit einem Tierarzt an. Diesen fragte er – und war selbst da noch ziemlich bewegt und darüber geradezu irritiert: »Hätte Prins gerettet werden können?«

»Wie alt war dieser Prins?« fragte der Tierarzt.

»Genauso alt wie ich, fünfzehn also.«

»Ein gutes Alter für einen Hund, ich fürchte, daß da nicht viel zu machen gewesen wäre.«

»Was, denkst du, hatte er?«

»Ein paar Tage sehr krank, keine Lust zu fressen und dann wieder erholt? Dann wieder todkrank und wieder erholt und so weiter. Ich vermute, daß er

Leberkrebs oder Milzkrebs hatte. Das Geschwür wächst in einer Ader, die Ader bricht auf, es handelt sich um eine innere Blutung, und das Tier ist todkrank. Aber dann bildet sich eine Kruste, das Bluten hört auf, und das Tier ist gesund. Die Kruste bricht jedoch auf, wieder gibt es eine innere Blutung, und so oder ähnlich wiederholt sich das eine Zeitlang. Zum Schluß folgt die letzte Phase, die letzte Blutung, die zum Tode führt.«

»Wie mich das Tierchen ansah, als es starb! So trübselig, so traurig, so... Herrgott, man ist selber ganz krank. Ich habe nie mehr so getrauert. Es ist verrückt, ich kann eigentlich nicht darüber sprechen, und doch: Sogar als mein Vater starb – und ich liebte ihn von ganzem Herzen –, habe ich nicht eine solch tiefe Trauer empfunden wie beim Tod von Prins. Ich habe manchmal das Gefühl, daß meine Fähigkeit zu trauern damals aufgebraucht worden ist.«

»Große Denker«

Dem Austin Seven, den Jacob zu einem brüderlichen
Preis von Herbert übernahm, war es zu verdanken,
daß Jacob nun wieder regelmäßig die Konzerte der
Groninger Orkestvereniging besuchte. Schon bald
nach seiner Ernennung in Anloo hatte er die Konzerte so schmerzlich vermißt, daß er sogar einige
Male mit dem Fahrrad nach Groningen gefahren
war. Aber mit dem Austin überbrückte er zusammen
mit seinem Sohn regelmäßig den Abstand Anloo –
Groningen. Es waren an die fünfundzwanzig Kilometer auf engen, unbeleuchteten Klinkerstraßen.

Für Simon waren es ebenso viele Wallfahrten. Auf
dem Hinweg konnte er kaum aufhören, über das zu
reden, was ihn so heftig fesselte, seitdem der Lehrer
für alte Sprachen mit Seneca und Platon angefangen
hatte: die Philosophie. Nachdem der Lehrer entdeckt
hatte, daß es in der Klasse einen Jungen gab, dem
alles, was er über Philosophie erzählte, eine Röte in
die Wangen trieb, hatte er Simon zu sich nach Hause
eingeladen. Er hatte Simon zwei Bücher von Julius
de Boer geliehen, denen der Autor der Einfachheit
halber denselben Titel gegeben hatte: *Groote Denkers*. In beiden Büchern behandelte de Boer jeweils
sechs Philosophen. Danach hatte er Simon das Buch

Groote Denkers von A. H. de Hartog geliehen. Auch darin wurden sechs Philosophen besprochen. So hatte Simon nicht weniger als achtzehn Philosophen kennengelernt. Außer den drei Bänden *Groote Denkers* hatte er auch schon die *Abhandlung über die Verbesserung des Verstandes* und die *Kurze Abhandlung von Gott, dem Menschen und seinem Glück* von Spinoza gelesen. Danach hatte er von seinem Lehrer die *Ethik* von Spinoza ausgeliehen, ein Werk, das er nicht verstand, das ihn aber wegen seines mathematischen Ansatzes fesselte.

An einem Frühlingsabend, als sie wieder einmal im Austin unterwegs nach Groningen waren, versuchte er, seinem Vater zu erklären, was die *Ethik* zu einem so außergewöhnlichen Werk machte. Als er nach einem für seine Verhältnisse langen Wortschwall kurz nach Luft schnappen mußte, sagte sein Vater ironisch: »Wes das Herz voll ist, des geht der Mund über.«

»Ist das nicht erlaubt?« fragte er erschrocken.

»Natürlich ist das erlaubt, aber eins muß ich dir ehrlich sagen. Ich halte nicht soviel vom Disputieren. Ich blättere manchmal in den Büchern, die du dir von deinem Lehrer leihst. Das meiste davon ist zu hoch für mich, denn ich sage mit dem Psalmendichter: ›Herr, mein Herz ist nicht hoffärtig, und meine Augen sind nicht stolz; ich wandle nicht in großen Dingen, die mir zu hoch sind.‹ Aber ich höre einen Ton in diesen Büchern, einen Disputierton, der mir bekannt vorkommt. Viele Männer disputieren gern. Und ich liebe das nicht, ich habe etwas dagegen. Meiner Meinung nach führt all das Nachdenken, Disputieren, Philosophieren, Sich-Auseinandersetzen zu nichts. Es führt zu Synoden über sprechende Schlangen...«

»Aber gegen solche Dinge ist Spinoza ja gerade. Er schreibt, daß all die Wunder in der Bibel nur für dumme Menschen gedacht sind...«

»Was war dieser Spinoza eigentlich?«

»Linsenschleifer. Seine Vorfahren waren aus Portugal geflohen. Er ist in Amsterdam geboren. Man hat ihn mit dem Bann belegt. Danach hat er in Rijnsburg gewohnt.«

»Wer hat ihn mit dem Bann belegt?«

»Die jüdische Gemeinde von Amsterdam.«

»Oh, war er Jude?«

»Ja, na und, was soll das?«

»Nein, nichts, es wundert mich nur, daß er dann mit dem Bann belegt wurde. Die Juden sind im allgemeinen so erstaunlich klug, und sie haben Witz, echten Witz, und wer Witz hat, der belegt doch niemanden mit dem Bann? Nein, das verstehe ich nicht.«

»Ja, aber er hat wirklich außerordentlich ketzerische Dinge gesagt.«

»Wie alt war er, als er mit dem Bann belegt wurde?«

»Ich glaube, vierundzwanzig oder so.«

»Oh, das war also kurz nach seinen stürmischen Jahren, nun, dann sind sie wirklich nicht richtig bei Verstand gewesen. Wer belegt schon einen halbwüchsigen Bengel mit dem Bann, man weiß doch, wie Jungen in dem Alter sind, die fliegen nur so auf

Philosophen. In ihren Köpfen gärt es wie in einer Bierbrauerei.«

Jacob lachte schallend in dem ruhig dahinfahrenden Auto.

Dann sagte er zu seinem Sohn: »Nun bist du natürlich ein bißchen pikiert, dein Vater ist dir auf die Zehen getreten. Ach, weißt du, ich kann es einfach nicht vertragen, daß du diesem Lehrer die Tür einrennst und dir Bücher ausleihst. Ich bin eifersüchtig, ich wünschte, daß ich genug von diesen Philosophen verstünde und genug Bücher im Hause hätte, um dir ein bißchen weiterzuhelfen, aber nun ja, das kann ich nicht, ich verstehe überhaupt nichts von Philosophie.«

»Ich will dir so oft etwas davon erzählen, aber du machst dich dann immer gleich darüber lustig.«

»Ja, verrückt, so bin ich, nichts kann ich ernst nehmen, aber wenn ich immer wieder andere Bücher mit immer wieder demselben Titel sehe, dann muß ich einfach loslachen, dann stelle ich mir Scharen von Philosophen vor! Ach, diese Weisen, weißt du, falls du bei deinen Studien einmal einem Narren begegnen solltest, dann erzähl mir von ihm. Mir ist eher die Narretei an der Wiege gesungen worden, das ganze Leben ist so unwahrscheinlich närrisch, spaßig, komisch, daß ich denke, man kommt mit Narrheit weiter als mit Weisheit. Philosophische Weisheit ist der Höhepunkt der Narrheit.«

»Wenn das wahr ist, studierst du Narrheit, indem du dich mit philosophischer Weisheit beschäftigst, also dann bist du genau da, wo du sein willst.«

»Phantastisch, eins zu null für dich, ja, natürlich, hurra für Spinoza.«

»Spinoza war großartig«, sagte Simon böse.

»Dagegen habe ich ja auch nichts«, sagte sein Vater, »aber offenbar war er doch ein Mann mit Überzeugungen. Und meiner Meinung nach besteht die Kunst gerade darin, keine Ansichten, keine Überzeugungen, keine Meinungen und vor allem keine Prinzipien zu haben. In kleinen Dingen natürlich, daß es beispielsweise besser ist, einen Knoten aufzumachen, statt ihn durchzuhauen, und daß kalte Kuhmilch besser schmeckt als warme und daß du lieber einmal im Monat angebrannte Kartoffeln ißt als jeden Tag ungare, aber nicht im großen, nicht auf dem Gebiet der Religion und wie du leben mußt. Da entstehen Probleme, denn wer Prinzipien hat, will sie dem andern aufdrängen, notfalls mit Gewalt. Gott im Himmel, muß man mich hier disputieren hören, als wenn ich ein Weiser, ein Philosoph, wäre, nun ja, wollen wir mal sagen, das ist dann meine Philosophie.«

Sie fuhren durch die Innenstadt von Groningen. Wenig später lauschten sie der *Leonoren-Ouvertüre* von Beethoven. Danach flüsterte Simons Vater: »Dieser Beethoven sagte immer, daß Musik eine höhere Form von Offenbarung sei als die Philosophie.«

Simon antwortete nicht, kniff die Lippen zusammen und sah trotzig geradeaus. Auf dem Podium erschien der Dirigent mit dem Solisten des Abends, dem Geiger Jo Juda. Auf dem Programm stand das Violinkonzert von Mendelssohn. Sobald das Solo der Violine, die nicht einmal manierlich warten kann, bis die Einleitung des Orchesters vorbei ist, sondern sich sofort hören lassen will, einsetzte, schien sich alle Wut, die Simon in der letzten halben Stunde in sich angesammelt hatte, in ein Gefühl zu verwandeln, das er selbst kaum kannte. Es war wie der Schmerz um Prins, aber tiefer, großartiger, ernster, es war wie die Unruhe nach Sieberigs Kuß, aber allumfassender, erhabener. Er hatte das Violinkonzert nie zuvor gehört und würde es danach noch Dutzende Male hören, aber nie würde er so ergriffen sein wie an diesem Abend. Ihm war, als wandte sich Jo Juda ganz allein ihm zu. Mit Mendelssohns Hilfe wußte er ihm klarzumachen, was im tiefsten Kern seines Wesens vorging. Da schien einer zu sein, der ihn verstand, wirklich verstand, der wußte, wer er war, er, Roemer Simon Minderhout, der keinen Augenblick getrauert hatte, nicht einmal schockiert gewesen war über den Tod eines Menschen, über den Tod von Coenraad Galema, aber untröstlich gewesen war nach dem Tod eines unansehnlichen Hündchens. So war er also, der Nachkömmling Roemer Simon, nicht nett, nicht herzlich, nicht liebenswürdig wie sein Vater, sondern gleichgültig und unzugänglich, unangreifbar, verschlossen, sich selbst genug, aber dennoch im Kern seines Wesens, wenn es darauf ankam, edel und großmütig. Höre dir diesen Mendelssohn nur an. Was da erklang, drückte aus, was er sein könnte, nein, was er war.

In der Pause schaute er sich verstört um. Da fing er das Lächeln eines dunkelhaarigen Mädchens auf.

Während Mendelssohns Melodien ihm noch durch den Kopf geisterten, schaute er sie an. Wurde ihm die Verwegenheit, der Übermut, so zu schauen, von Mendelssohn geschenkt? Oder hatte er es nicht vielmehr Mendelssohn zu verdanken, daß ihm dieser Blick entschlüpfte? Sah da jemand ein Mädchen an, noch so erfüllt von dem e-moll-Konzert, daß er gleichsam die Beseeltheit dieser Musik in seinen Blick zu legen vermochte? Simon bemerkte, daß das Mädchen heftig errötete. Er schaute sich nach demjenigen um, der die Ursache dafür sein könnte, und begriff erst da, daß er selbst diese tiefe Röte hervorgerufen hatte. Er war von dem Mendelssohn-Konzert noch so angerührt, bewegt, ergriffen, daß er dieses Ergriffensein mit jemandem teilen mußte. Mit seinem Vater war das nicht möglich, da dieser sich gleich nach dem Schlußakkord in ein Gespräch mit einem alten Bekannten vertieft hatte.

Er ging auf das Mädchen zu. Sie stand erwartungsvoll da, fast ängstlich, so schien es. Als er bei ihr war, sagte er: »Fandest du den Mendelssohn auch so wunderbar?«

Sie nickte, wurde noch röter. Er fragte: »Kommst du hier aus Groningen?«

Sie nickte wieder, konnte aber offenbar kein Wort herausbringen.

So standen sie da, nebeneinander, und Simon sagte nichts mehr. Das Mädchen sagte auch nichts. So nahe, so hilflos, so verlegen, war sie eigentlich weniger anziehend als aus der Ferne. Was war nur mit den Mädchen, daß man sich immerfort danach sehnte, in ihrer Nähe zu sein und mit ihnen zu reden? War man ihnen dann nahe und konnte man reden, war es, als seien die Stimmbänder gelähmt, und man wollte wieder weg, um von diesem Gefühl der Hilflosigkeit erlöst zu sein. Etwas mußte er noch sagen, aber was? Nach ihrem Namen fragen? Zuerst seinen eigenen Namen sagen? Fragen, wo sie in Groningen wohnte? Fragen, ob sie öfter ins Konzert ging? Lauter Möglichkeiten, aber alle so naheliegend, daß er sich nicht entschließen konnte, auch nur ein Wort zu sagen. Er fühlte, wie es in seiner Nase anfing zu kribbeln, er fühlte, wie seine Füße beinahe nicht mehr ruhig stehen konnten. So sagte er: »Die Pause wird wohl gleich zu Ende sein, ich gehe mal wieder an meinen Platz«, und lief hastig fort, gesellte sich wieder zu seinem Vater, der noch immer mit demselben Mann redete.

Nach der Pause erklang die *Symphonie fanta-stique*. Simon hörte diese geradezu psychedelische Musik von Berlioz kaum. Mendelssohn und das dunkelhaarige Mädchen waren übermächtig in ihm. Spätabends fuhren Vater und Sohn auf den Honds-rug zurück. Als sie Groningen hinter sich gelassen hatten, sagte sein Vater: »Habe ich richtig gesehen, daß du ein Schwätzchen mit der Tochter von Bäcker Goudriaan hattest?«

Simon antwortete nicht. Sein Vater sagte: »Ein schönes, dunkles Mädchen, ich kann es gut verstehen, daß sie dich anzieht. Doch würde ich an deiner Stelle lieber kein Auge auf sie werfen.«

Simon sagte nichts, spähte in die Dunkelheit, sah

nur die schmale Straße, die vor ihnen lag und von den Scheinwerfern des Autos erhellt wurde.

»Es ist lästig zu reden, wenn der andere nicht antwortet«, sagte sein Vater, »aber natürlich, Mädchen, ein sensibles Thema, ich weiß genug darüber. Wenn du nichts sagst, werde ich deine Rolle auch noch übernehmen. Also, ich sage: Ich würde lieber kein Auge auf sie werfen. Dann fragst du: Warum nicht? Dann sage ich: Weil sie Jüdin ist.«

»Na und, was soll das?« fragte Simon scharf.

»Wer hätte das gedacht, doch noch eine Reaktion! Ja, was soll das? Sagtest du das nicht vorhin auch, als wir über die Philosophie sprachen? Denke nun um Gottes willen nicht, daß ich irgend etwas dagegen habe, aber ich kenne die Familie Goudriaan zufällig sehr gut, noch von früher, als ich in der Stadt als Volontär arbeitete. Sie sind jüdisch-orthodox. Sie würden es nie erlauben, daß ihre Tochter etwas mit einem Goi anfängt. Schlag dir das aus dem Kopf, die haben bereits einen Knaben für ihre Tochter ins Auge gefaßt, der schon vor Jahren *bar-mizwa* geworden ist und nun jeden Sabbat mit dem Käppchen auf dem Kopf in die Synagoge geht, da kommst du nie dazwischen… aber was für ein nettes Mädchen… du hast ein gutes Auge, du weißt, was schön ist, wie dein Vater.«

Wieder fuhren sie eine Weile schweigend durch die tiefe Dunkelheit. Dann fing sein Vater wieder an: »Und? Denkst du noch manchmal an Onkel Herbert? So allmählich mußt du dich entscheiden. Eine solche Gelegenheit bekommst du in deinem ganzen

Leben nicht wieder. Und das in dieser Zeit! Ich würde mit beiden Händen zugreifen.«

»Ich würde so gern Philosophie studieren«, seufzte Simon.

»Und was hindert dich«, sagte sein Vater, »das einfach nebenher zu tun? Es gibt niemanden, der dich daran hindern könnte. Aber gebrauche doch einmal deinen Verstand. Überall Arbeitslosigkeit, überall gehen die Leute stempeln, jetzt schon über hunderttausend, und es wird jeden Tag schlimmer. Und du… auf dich wartet einfach eine Apotheke, in der du… nun, ich wüßte es schon.«

»Das Studium dauert so lange.«

»Gibt es etwas Schöneres? Darfst dich die ganze Zeit auf Kosten von Onkel Herbert an der Universität Groningen herumtreiben.«

»Ich würde lieber in Leiden studieren.«

»In Leiden? So weit weg? In der Stadt ist es doch viel abwechslungsreicher. Jeden Dienstag und Freitag Markt und zehn Tage lang Kirmes im Mai und das Fest von Bommen Berend am 28. August und das Pferderennen und… nach Leiden? Warum?«

»Die sind dort, was die Philosophie betrifft, viel besser als in Groningen, sagt der Lehrer für alte Sprachen.«

»Oh, diese Philosophie.«

»Ja, und Rijnsburg ist ganz in der Nähe, dann kann man auch mal dorthin.«

»Rijnsburg? Was hast du da zu suchen?«

»Da steht das Spinoza-Haus.«

»Ich bin froh, daß mein Vater das nicht mehr zu

hören braucht. Ein junger Kerl, der wegen eines Hauses in Rijnsburg in Leiden studieren will. Er würde sich totlachen, er dachte sowieso schon, daß die ganze Welt verrückt sei. Aber, weißt du was, laß mich mal mit Onkel Herbert reden, vielleicht findet er das ganz in Ordnung, wenn du in Leiden studierst. Wetten, daß du noch Zeit genug übrig haben wirst, um von dem Batzen Philosophie, den sie da anbieten, auch noch etwas abzukriegen? So wie ein Vogel nicht höher hinauffliegt, als seine eigenen Flügel ihn tragen.«

Ditta

Der Leidener Philosophie und der blauen Straßenbahn nach Rijnsburg zuliebe studierte Simon tagsüber Pharmazie. Er hantierte mit der Pipette, mischte,
rührte, titrierte zwischen Kjeldahlkolben und Bunsenbrennern. Abends studierte er Kant oder Fichte,
Hegel oder Schopenhauer. Daher ereignete sich während seiner Leidener Jahre selten etwas Besonderes.
Er verlor lediglich einige Monate vor seinem Staatsexamen einen Teil seiner Zunge. Das geschah während eines Praktikums für Anfänger, bei dem er
gemeinsam mit seinem Freund Bram Edersheim
assistierte. Er wollte einem der Erstsemester etwas
vorführen und sog dazu mit einer Pipette Natronlauge aus einem Becherglas.

Noch ganz in Gedanken bei dem Gespräch, das er
am Morgen mit seinem Philosophieprofessor geführt
hatte, sog er zu schnell. Er wollte eine Arbeit über
ein philosophisches Thema schreiben, das er vielleicht etwas zu direkt den »Judenhaß in der deutschen
Philosophie« genannt hatte. Hätte er das Wort »Antisemitismus« benutzt, wäre man ihm möglicherweise
wohlwollender entgegengekommen. Aber er kannte
das Wort kaum. Seitdem er in der Zeitung gelesen
hatte, daß Mendelssohn in Deutschland nicht mehr

gespielt werden durfte, nannte er es rundheraus
»Judenhaß«. Nach dem abstoßenden Zeitungsbericht war er auf weitere solch haßerfüllte Äußerungen gestoßen und hatte sie eifrig in den philosophi-
schen Werken, mit denen er sich beschäftigte,
angestrichen. Auch hatte er einiges noch einmal
genauer nachgelesen. Achtete man darauf, dann
»wucherte« er überall, wie er zu Bram Edersheim
gesagt hatte. Und natürlich blieb er keineswegs auf
die deutsche Philosophie beschränkt. Auch in der
französischen Philosophie fand man ihn. Voltaire war
schlichtweg ein Judenhasser. In den *Pensées* von Pas-
cal hatte er angestrichen: »Es ist erstaunlich und einer
besonderen Beachtung wert zu sehen, wie dieses jüdische Volk seit so vielen Jahren besteht, und wie es
noch immer unglücklich ist; denn zum Beweise Jesu
Christi ist beides notwendig: daß es fortbestehe, um
ihn zu beweisen, und daß es unglücklich sei, weil es
ihn gekreuzigt hat.«
Er war im Arbeitszimmer des Professors langsam
in einen der beiden niedrigen braunen Ledersessel
gesunken, während der Professor an seinem Schreibtisch einen Brief mit Löschpapier trocknete, und hatte
grinsend vor sich hin gemurmelt: »Diese Fauteuils
laden ganz von selbst zu philosophischer Betrach-
tung ein.«
»Sagten Sie etwas, Mijnheer Minderhout?« fragte
der Professor.
»Oh, ich meine, daß man von selbst anfängt nachzudenken, wenn man in diesen Sessel sinkt. Es sind
richtig philosophische Sessel, man sinkt ganz in sie

hinein. Wenn einem etwas Besonderes einfällt, federt man erfreut hoch, und dann versinkt man wieder in Nachdenken.«

Während er das sagte und die Augen des Professors forschend auf sich gerichtet fühlte, begriff er, daß der Geist seines Vaters über ihn gekommen war. Der Professor kräuselte mißbilligend die Lippen, kam hinter seinem Schreibtisch hervor und ließ sich im anderen Fauteuil nieder.

»Wenn ich recht verstehe, haben Sie bereits einen Plan, Mijnheer Minderhout.«

»Ja, Professor, ich dachte an eine Abhandlung über den Judenhaß in der deutschen Philosophie.«

»So, Sie lieben es also, sofort mit der Tür ins Haus zu fallen«, sagte der Professor, »ein Gesuch in Worte einzukleiden, ist offenbar nicht Ihre Stärke. Was bringt Sie dazu, dieses Thema zu wählen?«

»Unter anderem der heutige Zustand in Deutschland.«

»Das ist, wenn ich so frei sein darf, eher ein politischer als ein philosophischer Grund, eine solche Abhandlung zu schreiben. Mir scheint, daß wir uns so weit wie möglich von der Alltäglichkeit, von dem ›Verfallen ins Man‹, um mit Heidegger zu sprechen, entfernt halten sollten. Ich hatte in Ihrem Fall und mit Rücksicht darauf, was bislang Ihr Interesse war, eher an eine ontologische oder notfalls epistemologische Abhandlung gedacht. Eventuell mit einem kleinen Ausflug ins Ethische, vor allem in das medizinisch Ethische, weil Sie als Apotheker damit später vielleicht etwas zu tun haben werden.«

»Ja, Professor, aber im Augenblick beschäftigt mich der Judenhaß außerordentlich, und…«

»Wie ist es dazu gekommen, Mijnheer Minderhout?«

»Oh, äh, ja, das ist etwas merkwürdig gelaufen. Ich las in der Zeitung, daß in Deutschland Mendelssohn nicht mehr gespielt werden darf, und darüber war ich sehr erstaunt, ein so großartiger Komponist, und dann… kam eins zum andern. Zufällig stieß ich bei Kant, selbst bei Kant, müssen Sie sich vorstellen, in dessen *Anthropologie* auf den folgenden Passus über Juden: ›Eine ganze Nation aus lauter Kaufleuten als nichtproduktiven Gliedern der Gesellschaft. Sie erheben die Worte, ›laß den Käufer nur aufpassen‹, zu ihrem höchsten Grundsatz im Umgang mit uns.‹«

»Aus der Art, wie Sie Ihre möglicherweise nicht ganz einwandfreie Übersetzung zitieren, muß ich wohl schließen, daß Sie dies als Irrtum ansehen.«

»Allerdings, Herr Professor, es ist meiner Meinung nach ein Vorurteil, aber darum geht es mir nicht, es geht mir darum, daß selbst ein großer Philosoph wie Kant in seinen Werken rundheraus, ohne viel nachzudenken, populäre Vorurteile über Juden niederschreibt. Und wenn man Fichte nimmt oder Hegel oder Feuerbach, überall findet man abfällige Äußerungen über Juden. Hegel geht in seinen theologischen Jugendschriften ungeheuer scharf gegen die Juden vor. Und dessen entschiedenster Gegner, Schopenhauer, spricht von jüdischem Gestank.«

»In der Tat, Mijnheer Minderhout, der *foetor judaicus*.«

»Wenn sogar die deutsche Philosophie davon durchzogen ist, braucht es uns doch nicht zu wundern, daß der normale Deutsche noch einen Grad schlimmer ist. Ich halte es für wichtig, die Aufmerksamkeit darauf zu lenken. Weiß man, daß er überall zu finden ist, sogar bei den größten Philosophen, dann weiß man auch, daß er eine immense Bedrohung ist, und dann kann man besser davor warnen.«

»Es ist nicht die Aufgabe der Philosophie zu warnen.«

»Und was wäre dann die Aufgabe der Philosophie?«

»Wenn Sie darüber nun eine Abhandlung schreiben würden, Mijnheer Minderhout? Der Gedanke kommt mir gerade. Das wäre ein außerordentlich passendes Thema für Sie: Die Aufgabe der Philosophie. Und während des Schreibens, Forschens, Nachdenkens werden Sie von selbst begreifen, daß Judenhaß, wie Sie es zu nennen belieben, kein Thema für eine philosophische Abhandlung im Rahmen eines Staatsexamens sein kann. Wer sagt mir, daß Sie nach Ihrem Examen nicht noch weitermachen wollen? Und am Ende halten Sie es für dringend notwendig, über dieses Thema eine Dissertation zu schreiben. Gott behüte! Das würde die Universität in nicht geringem Maße kompromittieren!«

»Aber, Professor, ein Fichte mit seinem romantischen, revolutionären Nationalismus ist doch ein Vorgänger von Hitler. Und dieser überhitzte Nationalismus, verbunden mit Judenhaß...«

»Mijnheer Minderhout, ich hatte gehofft, daß all

das, was Sie bis jetzt an dieser Fakultät haben lernen können, Sie dazu befähigt hätte, sich nuancierter auszudrücken. Mir scheint es besser, dieses Gespräch zu beenden. Denken Sie noch einmal in Ruhe über Ihren Plan nach, und ganz sicher werden Sie dann einsehen, daß Philosophie deutlich Abstand zu dem halten muß, was in einem bestimmten Augenblick in der Politik aktuell ist. Sie wollen doch keinen Kniefall vor der Alltäglichkeit machen? Es ist gerade unsere Stärke, daß wir an eine jahrhundertealte Tradition anknüpfen. Vertiefen Sie sich doch einmal in Platon, da liegen die Wurzeln unseres Denkens. Lesen Sie die *Politeia* noch einmal, dann werden Sie sehen, daß Politik ein Thema sein kann, sicher, aber nicht so etwas wie Judenhaß, und nehmen Sie danach den *Theaitetos* zur Hand. Daraus könnten sie ein epistemologisches Thema destillieren. Ich sehe Sie doch viel mehr diese Richtung einschlagen. Da liegt Ihre Stärke, glauben Sie mir, Sie sind kein Mann für politisch gefärbte Betrachtungen zu aktuellen Ereignissen.«

Der Professor legte die Fingerspitzen seiner Hände aneinander, formte mit zwei Fingern eine Brücke und sagte: »Sie halten Mendelssohn also für einen großartigen Komponisten.«

»Na, und ob«, sagte Simon.

»Einverstanden, aber nehmen wir nun einmal an, Mijnheer Minderhout, Sie würden Mendelssohn verabscheuen, dann würde Ihnen ›Judenhaß‹, wie Sie es zu nennen belieben, vielleicht keinerlei Interesse abgewinnen können. Sie sind nicht aufgrund rationaler, vernünftiger Überlegungen zu dem Schluß gekommen, daß Antisemitismus nichts taugt. Sie haben sich von einer Emotion leiten lassen, von der Liebe zu einer ganz bestimmten Musik. Begreifen Sie nicht, wie schwankend, wie brüchig eine solche Emotion ist? Wäre die Emotion andersherum zum Ausbruch gekommen, hätten Sie diese Musik verabscheut, dann wären Sie vielleicht auch ein Judenhasser.«

»Ich kann es mir nicht vorstellen, Herr Professor.«

»Natürlich nicht, aber darum handelt es sich auch nicht. Es handelt sich darum, und das werden Sie begreifen müssen, daß wir nicht aufgrund irgendeiner Vorliebe, Zuneigung, Emotion bestimmen dürfen, was wir bekämpfen, sondern aufgrund strenger, sorgfältiger und wohlüberlegter Argumente. Sie mit Ihrer unreflektierten Liebe zu Mendelssohn können nämlich einem anderen, der Mendelssohn ebenso unreflektiert verabscheut, keinen Widerstand leisten.«

Nach dieser Unterhaltung in den beiden federnden Sesseln war Simon tief enttäuscht zum Praktikum der Erstsemester geeilt. Ohne nachzudenken, sog er die Natronlauge auf. Sein Mund stand in Flammen. Er spuckte die Natronlauge aus, aber das Unglück war geschehen, die Spitze und ein großer Teil der Haut oben auf der Zunge waren bis weit nach hinten völlig verschwunden. Es war kein heftiger Schmerz, aber Simon merkte sofort, daß er gerade noch stammeln konnte. Er lief zu einem der Spiegel, öffnete seinen Mund und versuchte, die Zunge herauszustrecken, doch er sah nur ein blutiges, merkwürdig lädiertes Organ. Aus dem übriggebliebenen Zungengewebe ragten die offenbar nicht von der Natronlauge aufgelösten Geschmackspapillen wie sich windende, rote Regenwürmer heraus, die nach dem Wegschaufeln einer Erdschicht bloßliegen. Er lief zu Bram Edersheim, öffnete seinen Mund, wies auf seine Zunge.

»Allmächtiger«, sagte Bram, »was ist passiert?«

Simon zeigte auf die Flasche mit Natronlauge.

»Hast du Natronlauge aufgesogen? Trottel!«

»Doktor?« versuchte Simon zu stammeln.

»Was sagst du? Einen Doktor? Das hat wenig Sinn, daran kann er nichts machen, das muß von selber heilen. Du wirst sehen, daß es sehr schnell geht, in ein paar Tagen wirst du wieder normal sprechen können. Aber wie mordsdumm, wer saugt schon so gierig Natronlauge auf?«

Auch mit einer halben Zunge war Simon in der Lage, seinen Aufgaben als Praktikumsassistent angemessen nachzukommen. Gut, er konnte nicht mehr sprechen, aber Bram unterstützte ihn bereitwillig. Er redete, Simon demonstrierte. Am Mittag sagte Bram: »Kommst du mit zu uns nach Haus zum Essen... na ja, essen... das wird kaum möglich sein, aber vielleicht kannst du etwas trinken, Milch oder Kaffee, oder vielleicht kriegst du etwas Buttermilchbrei herunter.«

Simon nickte. Sogar Nicken kostet Mühe, wenn Natronlauge einem die halbe Zunge geraubt hat.

»Zuerst muß ich ein halbes Brot holen«, sagte Bram, »ich kaufe es immer in der Groenhazengracht, da gibt es so eine erstaunlich hübsche Verkäuferin, ja, es ist ein Umweg, aber er lohnt sich.«

In flottem Tempo liefen sie von der Hugo de Grootstraat zur Groenhazengracht. Das Mädchen war dunkel, recht groß, aber schlank. Sie hatte ein ziemlich spitzes Gesicht, große dunkelbraune Augen und einen auffallend breiten Mund. Bram kaufte sein halbes Brot. Während das Mädchen Bram bediente, blickte sie neugierig zu Simon herüber. Es war, als würde sie ihm ansehen, daß irgend etwas nicht mit ihm stimmte.

»Was ist mit deinem Freund?« fragte sie, während sie Bram Edersheim das Brot reichte.

»Wie kannst du sehen, daß etwas mit ihm ist?« fragte er.

»Er guckt so betreten.«

»Er hat heute morgen Natronlauge aufgesogen, dadurch ist seine halbe Zunge weg. Er kann weder sprechen noch essen noch schlucken.«

»Nie wieder?«

»Doch, es heilt erstaunlich schnell, aber jetzt kann er nicht reden, und das ist wirklich traurig für ihn, denn heute morgen sagte er noch zu mir: ›Ich will heute probieren, ob ich mich mit dem Mädchen im Bäckerladen in der Groenhazengracht verabreden kann.‹«

»Ist das wahr? Ich hab ihn noch nie hier im Laden gesehen.«

»Nein, aber er ist hier dauernd vorbeigegangen, und dann sah er dich durch das Fenster im Laden stehen.«

»Also, er will sich mit mir verabreden?«

»Ja.«

»Na ja, dann verabrede ich mich doch mit ihm. Sollen wir Sonntag nach Cronesteyn spazieren?«

»Das ist gut«, sagte Bram, »aber wo soll er dich abholen? Und um welche Uhrzeit?«

»Um halb elf stehe ich an der Ecke vom Gangetje und der Hoegewoerd.«

Als sie wieder draußen waren, sagte Bram: »Es ist merkwürdig, ich würde es nie wagen, für mich selber eine solche Verabredung zu treffen, aber für einen anderen schaffe ich das ohne Mühe.«

Obwohl Simon in den nächsten Tagen nicht im entferntesten daran dachte, dieser Verabredung nachzukommen, schlenderte er doch an dem bewußten Sonntag zur Kreuzung Hoegewoerd und Gangetje. Er sah sie schon von weitem, sie trug ein lächerliches Hütchen. Sollte er mit einem Mädchen nach Cronesteyn spazieren, das ein solches Hütchen trug? Als er bei ihr angekommen war, schaute er das Hütchen so grimmig an, daß sie fragte: »Was ist los? Findest du meinen Hut nicht schön? Weißt du, es gibt neue, niegelnagelneue zu kaufen. Schenkst du mir einen?«

Sie schob sofort ihren Arm unter seinen Ellbogen. So ging Simon zum erstenmal in seinem Leben eingehakt mit einem Mädchen über die Straße. Er empfand es als Heimsuchung.

»Ist deine Zunge wieder in Ordnung?« fragte sie.

»Mehr oder weniger«, sagte er.

Sie gingen eine Weile weiter.

Sie sagte: »Bist du immer so schweigsam?«

»Nein, aber meine Zunge will noch nicht so recht.«

Sie schwieg, sagte dann leichthin wie aus heiterem Himmel: »Ich will mir das Schönste bis nach der Hochzeit aufbewahren. Du auch, hoffe ich?«

»Oh, soweit denke ich überhaupt noch nicht.«

»Was? Denkst du noch nicht an eine Hochzeit? Aber wir haben doch jetzt ein Verhältnis miteinander!«

»Ein Verhältnis... wir kennen uns doch überhaupt noch nicht.«

»Was macht das schon, das kommt von allein. Wir haben noch jahrelang Zeit, um uns kennenzulernen. Wir haben jetzt ein Verhältnis, und wenn man ein Verhältnis hat, verlobt man sich bald, und danach heiratet man.«

»Na ja, ich weiß nicht...«

»Du machst doch nicht etwa einen Rückzieher?«

»Nein, aber wir kennen uns... wir haben uns noch nicht einmal geküßt, dann kann man doch nicht, dann weiß man doch nicht...«

»Was für ein Unsinn. Als ob du geküßt haben mußt, um ein Verhältnis zu haben. Küssen kann man sich immer noch. Ich mag gar nicht daran denken, so mitten am hellichten Tag, jeder kann uns sehen.«

So liefen sie, miteinander plänkelnd, zum Ausflugslokal Cronesteyn. Sie liefen unter einem hellblauen Himmel mit dahineilenden weißen Wölkchen daran vorbei. Dann spazierten sie auf einem

Jägerpfad wieder zurück. Tags darauf ging Simon abends mit Ditta in den Van der Werffpark. Dort, unter den Ulmen, durfte er sie küssen. Anfangs tat er es, um ihr den Mund zu stopfen. Später aber, weil es eine Offenbarung war, Ditta Krouwel zu küssen. Sie war ein fröhliches Mädchen, sie war unbekümmert, sie war verblüffend unkompliziert, sie machte kein Geheimnis daraus, daß sie über ihre Eroberung zutiefst befriedigt war.

»Ich habe einen tollen Hecht am Haken«, sagte sie ein ums andere Mal, »einen Freier, der Apotheker wird. Das habe ich gut getroffen. Mein Vater geht stempeln, ich bin eine ganz normale Verkäuferin, und doch... sieh dir das an!«

Sie wollte ihn ihren Eltern vorstellen, aber er sagte immer: »Laß uns noch warten, bis ich mein Apothekerexamen gemacht habe. Ich kann deinen Eltern doch nicht unter die Augen treten, ich bin noch nichts.«

Sie lachte ihn aus. Es schien ihr ganz natürlich, daß er ihre Eltern kennenlernen und daß sie seinen Eltern vorgestellt würde. Sie wollte ihn ihren Freundinnen zeigen, sie wollte sich schon verloben. Simon wußte, daß er einen Punkt hinter diese Angelegenheit setzen mußte, aber wenn er wieder ihren Geruch wahrnahm und sie wieder küßte, verflüchtigten sich alle guten Vorsätze. Warum konnte es nicht ebenso einfach »aus«-sein, wie es »an«-gefangen hatte?

Er legte Bram, der die Ursache für das Ganze war, das Problem vor. »Sie hat noch nicht ein Buch gelesen. Und in der Musik liebt sie nur Schnulzen. Sie plappert, sie schwatzt, sie gackert, sie schnattert, sie trompetet in einem fort, und du kannst sie doch nicht dein Leben lang küssen, nur um ihr den Mund zu stopfen. Ich muß dem auf irgendeine Weise ein Ende machen.«

»Nimm eine Abwehrgeliebte«, sagte Bram.

»Eine Abwehrgeliebte?«

»Ja, ein Mädchen, das mit dir meinetwegen einmal, innig umarmt, die Groenhazengracht entlangspaziert. Dann bist du sie sofort los.«

»Ja, aber dann hänge ich vielleicht wieder an einer Neuen fest, und vielleicht schnattert die auch, und außerdem, wie komme ich an so ein Mädchen?«

»Vielleicht würde meine Verlobte dir helfen.«

»Nein«, sagte Simon, »nein, danke für das Angebot, aber das wäre gemein. Ich muß das selbst in Ordnung bringen, ich muß ihr in aller Ruhe sagen, daß ich sie ganz besonders nett finde, aber daß mir überhaupt nicht danach zumute ist, sofort nach meinem Apothekerexamen zu heiraten, geschweige denn eine Familie zu gründen.«

»Dazu brauchst du allerdings Mut«, sagte Bram Edersheim.

Mut, dachte Simon, Mut und Blut unterscheiden sich nur durch zwei Buchstaben, und sein Vater tauchte vor ihm auf. Noch am selben Abend fiel er im Van der Werffpark theatralisch vor ihr auf die Knie. Er sagte, und dabei gelang es ihm ziemlich mühelos, die schalkhafte Stimme seines Vaters zu imitieren: »Ich bleibe hier sitzen, bis du mir versprochen hast, daß du übers Verloben und Heiraten deinen Mund hältst.«

»Was fällt dir bloß ein... warum darf ich... willst du dich denn nicht verloben?«

»Jetzt noch nicht, jetzt bestimmt noch nicht, ich bin noch nicht soweit.«

»Ich bitte dich, steh auf.«

»Nein, erst wenn du versprochen hast, daß du nie mehr von Verloben und Heiraten sprechen wirst.«

Sprachlos, und das sagte in ihrem Fall viel, sah sie ihn an. In dem halbdunklen Park näherte sich ein anderes Pärchen.

»Steh doch jetzt auf«, flehte sie.

»Nein«, sagte er, »ich stehe erst auf, wenn du es versprochen hast.«

»Du bist nicht ganz bei Trost.«

»Das ist möglich, bei meiner Halbschwester jedenfalls ist mindestens eine Schraube locker, und bei mir ist es vielleicht eine halbe.«

»Komm, steh doch jetzt auf, da kommen Leute, du machst dich lächerlich.«

»Das ist mir egal. Erst versprechen, dann aufstehen.«

Verstört blickte sie ihn an und sagte dann: »Ich wußte, daß es nichts werden würde, ich wußte, daß ich dir zuwenig bin, ich wußte es. Was bist du für ein Widerling, einem Mädchen den Kopf zu verdrehen und dich dann davonzumachen.«

»Ich mach mich gar nicht davon, ich will nur jetzt noch nicht von Verloben und Heiraten sprechen.«

»Wann denn dann?«

»Nach dem Krieg vielleicht.«

»Nach dem Krieg? Bekommen wir denn Krieg?«

»Verlaß dich drauf.«

Das andere Pärchen ging vorbei. Beide, der Junge ebenso wie das Mädchen, blickten erstaunt auf den knienden Simon.

»Steh jetzt auf, komm jetzt mit«, flehte Ditta, nachdem das Pärchen vorübergegangen war.

»Du hast immer noch nichts versprochen.«

»Du bist nicht ganz bei Trost.«

Plötzlich rannte sie in Richtung Doezastraat davon. Simon blieb noch eine Weile knien. Er war selber völlig erstaunt darüber, daß er mit einer solchen Entschiedenheit behauptet hatte, es werde Krieg geben. Es war fast, als riefe er damit den Krieg nicht nur auf sich selbst, sondern auch auf alle anderen Niederländer herab. Aus welchen Gründen hatte er mit solcher Entschiedenheit sagen können: »Verlaß dich drauf«? Chamberlain war in München gewesen und mit der Parole »*Peace for our time*« zurückgekommen. Außerdem waren die Niederlande strikt neutral. Und doch wußte er, begriff er, während er noch immer dort kniete und keineswegs zufrieden war über die Art und Weise, wie er seinen Vater imitiert hatte, daß ihm für einen einzigen kurzen Augenblick die Gabe der Prophetie verliehen worden war.

Er stand auf, verließ den Van der Werffpark, hörte die Ulmen gewaltig rauschen und einen Waldkauz jammern und dachte nur, ganz niedergeschlagen, aber zugleich auch mit einem dunklen Gefühl der Erwartung: Es gibt Krieg.

Teil 2
Die Netzflickerin

Wanderung

Am Sonntag nachmittag des dritten September 1939 gingen zwei Männer, Vater und Sohn, durch die ausgestorbenen Straßen eines Hafenstädtchens. Der Vater war »über Sonntag« bei seinem Sohn zu Besuch.

»Keine Sterbensseele auf der Straße«, sagte der Vater.

»Das ist hier immer so. Der Sonntag wird strikt eingehalten. Du darfst sonntags nicht einmal ein Streichholz anzünden. Die Sonntagskartoffeln werden am Samstag geschält, die Endivien werden am Samstag gewaschen und geschnitten, und wenn ein Pastor von hier auf der Insel Rozenburg predigt, setzt er am Samstag mit dem Fährboot über, dann übernachtet er bei einem Presbyter und fährt am Montag morgen zurück.«

»Fährt denn das Boot nicht am Sonntag?«

»Doch, das schon, aber es zu benutzen hieße, den Sonntag entweihen.«

»Wenn ich richtig verstehe, nimmt der Pastor also Samstag abends und Montag morgens fröhlich die Dienste von Menschen in Anspruch, denen er am Tag des Herrn aus dem Wege geht, weil sie Sünder sind.«

»Ja, so ungefähr.«

»Welch eine abscheuliche Heuchelei! Na gut, am Sonntag ist hier also nichts erlaubt. Und einen kleinen Spaziergang machen – ist das auch nicht erlaubt?«

»Doch, du darfst am Sonntag ein *hoofdje pikken*.«

»Was sagst du da? Ein *hoofdje pikken*?«

»Nach der Kirche darf man, es ist kaum zu glauben, zum *Havenhoofd*, zum Hafen, spazieren.«

»Aha, und das nennt man dann ein *hoofdje pikken*. Wird so ein *hoofdje* jeden Sonntag *gepikt* oder nur, wenn das Wetter gut ist?«

»Nur, wenn es einigermaßen gut ist.«

»Du scheinst bereits ganz hübsch mit den lokalen Bräuchen vertraut zu sein. Denkst du, du wirst hier heimisch werden?«

»Ich weiß es nicht, die Menschen hier sind ganz humorvoll, wenn sie unter sich sind, aber zu dem, was sie als ›Import‹ bezeichnen, sind sie im allgemeinen unliebenswürdig, mißtrauisch, schroff.«

»Na ja, so sind sie in Drenthe auch. Aus Torf, Genever und Argwohn hat der Herrgott den Drenther gemacht, außerdem kann man die Leute in Drenthe nicht einmal verstehen. Das wird hier wahrscheinlich besser sein.«

»Ja, aber sie versuchen dauernd, einen zum Narren zu halten.«

»Ich erinnere mich, daß mein Bruder immer sagte, hier sei das ganze Jahr hindurch erster April.«

»Ja, Onkel Herbert sagte zu mir, ich müsse mich zuerst auf sieben magere Jahre gefaßt machen, sieben Jahre, in denen man nichts anderes versuchen wird, als einen aufzuziehen, hereinzulegen, zu bemogeln, zu beschummeln, zu prellen, zu foppen, zu täuschen und zu betrügen.«

»Ja, ja, die Sprache, welch ein eigenartiges Ding ist doch die Sprache, so viele verschiedene Wörter für ein und dasselbe Wort. Ich verstehe es nicht, manchmal ist die Sprache so verschwenderisch und manchmal so sparsam. Nimm einmal ein normales Wort... eh... sag mal schnell... warte, ich habe eins: ›Zug‹ zum Beispiel, ein so einfaches Wort, das, glaube ich, zehn verschiedene Dinge bedeuten kann. Ein Ofen kann Zug haben, oder er zieht, man bekommt Zug, wenn es zieht, man kann etwas in einem Zug austrinken, es gibt den Vogelzug, den Zug an der Angel, die Gesichtszüge und so weiter.«

»Dann laß uns nur erst einmal zur Lijnstraat ziehen. Dort werde ich dir etwas zeigen, bei dem ich mich frage, ob man das irgendwo sonst noch auf der Welt findet.«

»Du machst mich wirklich neugierig.«

Vater und Sohn gingen über den Marktplatz. Simon Minderhout wies auf eines der Häuser.

»Sieh mal, Nummer acht, beschlagnahmt wegen Mobilmachung.«

Sie bogen in den Zuidvliet ein. Simon sagte: »Außerdem liegen sie in fast allen Schulen.«

Schweigend gingen sie eine Weile nebeneinander her. Dann sagte Jacob Minderhout:

»Die Sprache, diese wunderliche Sprache... Die Sonne scheint jetzt strahlend hell, und was sagt man dann? Es ist sonnig. Aber bei Vollmond kann man nicht sagen: Es ist mondig. Verstehst du das?«

Simon antwortete nicht, sondern zeigte auf eine Schule auf der anderen Seite des Zuidvliet: »Darin liegt, wenn ich mich nicht irre, die erste Kompanie.«

Vater und Sohn starrten eine Weile zu der wie ausgestorben daliegenden Schule hinüber, in der die gesamte erste Kompanie offenbar ein Mittagsschläfchen hielt. Dann bogen sie in die St. Aagtenstraat ein. Dort war es nach dem grellen Sonnenlicht auf dem Zuidvliet plötzlich so dunkel, daß Jacob an einer Mauer Halt suchte. Er sagte: »Man kann sich das kaum vorstellen: Hier spielst du Blindekuh, und dort in Polen schießen sie sich gegenseitig tot. Was ist das nur im Menschen, daß er sich immer nach Krieg sehnt? Verstehst du, was einen Hitler treibt, so kurz vor Sonntag in Polen einzufallen? Und was ist die Folge? Allein schon die gegenseitigen Beleidigungen! Und dann das ganze Getue mit Generälen und Strategien und so weiter, und dabei könntest du genausogut ruhig zu Hause bei Muttern sitzen und ein Buch lesen oder eine Partie Dame spielen.«

»Vielleicht langweilt es dich auf die Dauer, und du sehnst dich nach Abenteuer, nach dem wirklichen Leben, nach...«

»Ob es das ist? Kann ein Mann ein ganzes Volk so aufhetzen, daß es einen Krieg anfängt, nur weil das Leben sonst langweilig ist?«

»Ganz so einfach wird es wohl nicht sein.«

»Nein, das weiß ich, aber verstehen... nein, verstehen kann ich das nicht, außer wenn man behauptet, daß der Mensch sich nach Krieg sehnt, na ja, der Mensch... Kerle zwischen fünfzehn und fünfunddreißig sind es. Die müßte man alle miteinander fein säuberlich in Arbeitslager stecken, dann könnte man eine ganze Menge Elend verhindern.«

»Also würdest du mich auch...«

»Hier und da würde ich einen angehenden Apotheker freistellen.«

»Da dank ich dir, aber vergiß nicht, daß Hitler schon fünfzig ist, also fünfzehn und fünfunddreißig... warte, hier beginnt die Lijnstraat. Nun mußt du einmal schauen, ob du etwas Besonderes siehst.«

Sie marschierten in die Lijnstraat. Es war dort totenstill. Die niedrigen Häuschen glühten in dem vollen, noch immer warmen Sonnenlicht.

»Jedes Haus hat außen am Fenster einen kleinen Spiegel«, sagte der Vater.

»Gut beobachtet, aber das meine ich nicht.«

»In jedem Spiegel siehst du ein Paar Augen, die die Straße beobachten.«

»Stimmt, in jedem Haus hält seit einiger Zeit ein Mitglied der Familie Wache am Spiegel. Sie lösen sich alle zwei Stunden ab. Nichts soll ungesehen bleiben, alles wird so scharf wie möglich beobachtet.«

»Das wird eine unheimlich langweilige Wache sein, wenn immer so wenig passiert. All diese Wächter würden jetzt sicher gern in Polen hinter ihren Gardinen auf der Lauer liegen.«

»Aber jetzt passiert etwas.«

»Und das wäre?«

»Wir kommen hier vorbei. Das ist ein gewaltiges

Ereignis. In allen Häusern ruft jetzt der Wächter, daß wir kommen. Du siehst, daß sich überall die Gardinen bewegen.«

»Richtig, jetzt, wo du es sagst, ich habe nie gewußt, daß Jacob Minderhout eine solche Sehenswürdigkeit ist.«

»Sie werden darüber noch wochenlang reden! Aber schau einmal genau hin. Siehst du nun außer all den Augen nicht noch etwas, das sehr eigenartig ist?«

»Im Moment nicht.«

»Und das nennt sich nun Gemeindesekretär.«

»Ja, aber du weißt, daß das eigentlich ein Irrtum ist. Dein Vater hätte nie so hoch klettern sollen. Es war nur die Spanische Grippe…«

»Das habe ich dich schon öfter sagen hören, aber lenk nicht ab, sieh einmal gut hin.«

»Ich tu nichts anderes.«

»Glaube ich nicht. Als ich hier zum erstenmal entlangging, sah ich es sofort, also mußt du es auch sehen. Außerdem bist du Gemeindebeamter. Wenn man von jemandem erwartet, daß er sofort sieht, was es in administrativer Hinsicht an Merkwürdigem gibt, dann bist du es.«

»An Merkwürdigem… warte, ja, das ist eigenartig, ja, jetzt, wo du es sagst, hier haben immer zwei Häuser dieselbe Nummer. Kann man hier vielleicht noch nicht so furchtbar weit zählen?«

»Gott sei Dank, du hast es herausgefunden. Was hätte ich von meinem Vater denken sollen, wenn er ausgerechnet das nicht gesehen hätte?«

»Nummer siebenundachtzig, und das nächste Haus wieder Nummer siebenundachtzig. Mit Lijnstraat 87 kann man also zwei verschiedene Adressen meinen. Wie man das im Rathaus wohl auseinanderhält?«

»Das eine Haus ist ›Lijnstraat 87 schwarz‹, das andere Haus ist ›Lijnstraat 87 rot‹. So werden sie auseinandergehalten. Wenn du genau hinschaust, siehst du, daß die Nummern entweder schwarz oder rot gemalt sind.«

»Da muß man aber schon schrecklich genau hinschauen.«

»Ja, die Farbe ist völlig abgeblättert. Man muß einfach wissen, daß das erste Haus schwarz und das zweite rot ist.«

»Das ist natürlich von Vorteil, denke ich, vor allem, wenn man es darauf anlegt, Menschen von außerhalb zu foppen.«

»Aber wen will man denn damit foppen?«

»Gerichtsvollzieher, Polizisten, Kassierer, Hausverwalter.«

»Ja, aber die wissen doch alle, wie der Hase läuft!«

»Meinst du? Mir scheint, daß es nicht schlecht ist, wenn man lästige Leute an den Nachbarn verweisen kann, der dieselbe Hausnummer hat. Oder jemand trifft vielleicht, wenn er bei Schwarz klingelt, einen liebenswürdigen Zeitgenossen an der Tür. Klingelt er aber bei Rot, dann öffnet derselbe Mann, ist aber auf einmal ein Dreckskerl! Merkwürdig.«

»Weißt du, was wirklich merkwürdig ist? Die Straße, die parallel hierzu verläuft, heißt Sandelijnstraat, aber die wird ›Lange Straat‹ genannt. Gerade gingen wir durch die St. Aagtenstraat, und die nennt jeder hier ›Pferdemaul‹, und so gibt es noch viele Straßen mit einem offiziellen Namen und einem für den täglichen Gebrauch.«

»Einen fürs Straßenschild und einen zum Aussprechen«, sagte der Vater philosophisch.

»Und die Leute hier haben alle einen Spitznamen. Untereinander gebrauchen sie den Spitznamen, aber mir gegenüber benutzen sie den offiziellen Namen.«

»Schlau! Auf diese Weise können sie übereinander reden, ohne daß ein Fremder, der das Gespräch mitanhört, erfährt, über wen geredet wird.«

Vater und Sohn schritten jetzt schnell durch die Lijnstraat. Überall, wo sie vorbeikamen, bewegten sich die Gardinen ganz leicht, als eile eine kleine Brise von Haus zu Haus.

»Ich schlage vor, daß wir jetzt ein *hoofdje pikken*«, sagte der Sohn.

Sie gingen über die Klappbrücke zum Hafen.

»Nun«, sagte der Vater, als sie am Ufer entlangliefen, »das haben die Leute früher wirklich hübsch gebaut, sieh mal, die hohe Kirche hinter den niedrigen Häusern, wie ein Mutterschwein mit Ferkeln.«

Sie blieben einen Augenblick stehen. Noch immer war niemand zu sehen, die Welt lag sonnenüberflutet und schattenreich, still und zugleich bedrohlich vor ihnen. Der Vater seufzte.

»Wenn man an einem so schönen Ort steht, geht es einem durch und durch.«

»Was geht dir durch und durch?«

»Ach, ich muß die ganze Zeit an Polen denken. Ich komme einfach nicht davon los. Ich merke, daß ich älter werde, früher hätte ich... na ja, das ist auch wieder nicht wahr. Ich erinnere mich noch genau, '14–'18 machte mir der Gedanke an die Pferde zu schaffen. Das ist heute besser, sie setzen jetzt mehr Panzer ein.«

»Nein, nein, sie setzen noch immer Pferde ein. Vorgestern wurden hier im Hafen in Nummer elf Dutzende von Pferden wegen der Mobilmachung untergebracht. Ich denke, daß du sie gleich wiehern hören wirst. Es sind also auch jetzt durchaus Pferde dabei...«

»Bestimmt weniger als '14–'18. Damals gab es entsetzlich viele Pferde auf dem Schlachtfeld, wirklich entsetzlich viele, die armen Tiere. Weißt du, daß Menschen Krieg führen, ist auch unerträglich, aber die wollen es so, doch die Pferde... wenn du sie auf dem Foto siehst, bricht dir das Herz. Weißt du, die Jungen wollten unbedingt ins Feld. Damals sah man auf den Fotos in den Zeitungen nur lachende Gesichter. Alle diese Jungen drängte es geradezu, irgendwo, weit weg von zu Hause, einen Arm oder ein Bein zu verlieren oder im Morast zu verbluten, aber meinst du etwa, daß auch nur ein Pferd Krieg führen wollte? Es gibt kaum ein schreckhafteres Tier als das Pferd. Wenn eine Feldmaus vorbeihuscht, ist es schon bis zur Fütterung am Abend außer sich. Mit einem solchen Tier zieht man doch nicht aufs Schlachtfeld, das ist fast noch verbrecherischer als der Krieg selbst. Eine Kuh dagegen kann viel mehr vertragen, oder ein Ochse oder notfalls ein Koppel Bluthunde, aber Pferde…«

Vor Nummer elf blieben Vater und Sohn eine Zeitlang stehen.

»Ich höre nichts«, sagte der Vater enttäuscht.

»Ich wohl«, sagte der Sohn, »aber nicht gerade Wiehern.«

Aus einem der Häuser am Hafen klang der schrille Gesang vieler Stimmen. Sie sahen durch ein Fenster. Die Sänger wurden von einem alten Mann begleitet, der einen schweren Chesterfield trug. Er saß am Harmonium und trat eifrig den Blasebalg.

»Warum trägt der Mann in Gottes Namen im Hause einen so schweren Mantel?« fragte der Vater erstaunt. Dennoch summte er leise mit. Zuerst waren es nur einzelne Töne, dann sang er ab und zu ein Wort mit, beim Refrain aber konnte er sich ganz offensichtlich nicht mehr zurückhalten. Aus voller Brust sang er:

»Zählt die Segnungen des Herrn,
Zählt sie alle, zählt sie gern,
Nennt sie all bei ihrem Namen,
So wird Gott euch beistehn. Amen.«

»Komm«, sagte der Sohn, »wenn jemand deinen Auftritt als Hafensänger erlebt, kann ich denen nicht mal mehr eine Flasche Hustensaft verkaufen.«

»O nein! Wenn all die Leute ihre Kehlen so heiser singen wie diese Riesenfamilie hier, werden sie dir noch eine Menge Hustensaft abnehmen.«

Sie gingen weiter. Der Vater sagte: »Meine Mutter sang das Lied immer. Du kennst es natürlich nicht, du hast in deiner Kindheit doch einiges entbehren müssen. Es beginnt so:

> Wenn mit grimmem Unverstand
> Wellen sich bewegen,
> Nirgends Rettung, nirgends Land
> Vor des Sturmes Beben:
> Nennt die Segnungen beim Namen,
> So wird Gott euch beistehn. Amen.«

Er sang schon wieder voller Inbrunst.

»Hör auf«, sagte der Sohn, »sing bitte nicht, oder wenigstens nicht so laut. Man singt hier nicht auf der Straße. Das tut man nur in der Kirche und am Sonntagabend zu Hause. Daß sie am Sonntagnachmittag gesungen haben, paßt überhaupt nicht.«

»Also, wenn du hier am Sonntagabend spazieren...«

»Ja, dann kannst du die Strophen von Haus zu Haus mitverfolgen, dann singen sie überall. Und weißt du, was auch noch so merkwürdig ist? Sie sind unglaublich kirchlich. In der Kirche singen sie nur Psalmen. Geistliche Lieder? Nein, nur Psalmen sind erlaubt, denn sie kommen direkt aus der Bibel. Aber wenn sie zu Hause zum Harmonium schmettern, singen sie regelmäßig aus der Sammlung von Johannes de Heer.«

»Womit sie recht haben, ach, wie ist das schön, ›Wenn mit grimmem Unverstand Wellen sich bewegen‹. Also, es kann gut sein, daß auch bei uns der Spuk bald losgeht. Wie denkst du darüber? Werden sie auch bei uns bald auf der Matte stehen?«

»Wer? Was?«

»Diese Moffen. Ob die uns auch ins Haus fallen?«

»Hoffentlich nicht.«

»Nein, das kannst du ruhig laut sagen, aber ich höre oft den deutschen Sender. Den kann ich in Steenwijkerwold oft ganz deutlich bekommen. Und dann hörst du diese Reden von Goebbels oder von Adolf selbst... und du traust deinen Ohren nicht, das heißt, wenn du überhaupt etwas verstehen kannst, denn meistens überschreien sie einander. Ich werde dir was sagen: Wenn diese Leute hierherkommen, dann geht der Spuk los, dann brauchst du wirklich nicht zu denken, daß Segnungen...«

Als sollten seine Worte bekräftigt werden, begann auf einmal in der warmen, stillen Luft eine Kirchenglocke zu läuten. Und als sei das ein Signal, ein Wink, der den anderen Glocken gegeben wurde, fiel sogleich eine zweite ein. Eine dritte folgte, und bald schien es, als würde die ganze Welt überschwemmt von dem Geläut bimmelnder Glocken.

»Gott, Herr Jesus, da sind diese Scheißmoffen schon«, sagte der Vater.

»Nein, nein«, sagte der Sohn, »es ist Kirchzeit.«

Die Haustüren wurden aufgerissen. Überall kamen vollzählig versammelte Familien zum Vorschein. Die Familienväter hatten schwarze Hüte auf dem Kopf und schwarze Anzüge an. Die Frauen trugen große schwarze Hüte, manchmal sogar mit einem

Schleier davor. Unter dem Hut stak unweigerlich ein Haarknoten hervor. Die durchweg formlosen Körper waren in ein Kleid von mattem Schwarz gehüllt, das niemals neu gewesen zu sein schien. Dann setzten sich alle diese Hüte, Anzüge, Kleider und Schleier langsam in Bewegung. Ihnen folgten Scharen schüchterner Kinder in dunkelfarbenen Kleidern.

Und so plötzlich geschah diese durch das Glockengeläut hervorgerufene Metamorphose der Straßen und Kaden, daß Vater und Sohn geradezu überrumpelt wurden. Da alle schwarzgekleideten Kirchgänger in ein und dieselbe Richtung schritten, mußten sich Vater und Sohn wohl oder übel dem Zug anschließen. Sie drehten sich um und wurden in dem großen Strom mitgezogen, obwohl man kaum behaupten konnte, daß sie passend gekleidet waren. Ebenso bedächtig wie die Kirchgänger schritten sie in Richtung Deich. Dort, an der Ecke Hoogstraat und Zuiddijk, schien es, als brodelte und schäumte die ganze Stadt. Auf der Klappbrücke erschienen nicht nur Massen von Kirchgängern aus der Unterstadt, sondern auch Dutzende von Soldaten in Ausgehuniformen. Sie stiegen den Deichabhang hinauf, gliederten sich ein in den Strom, der vom Hafen, der Taanstraat und dem Zuiddijk her in die Hoogstraat gedrängt wurde. Einige entfernten sich vorher und stiegen die Klappbrücke hinunter zur reformierten Noorderkerk oder Zuiderkerk. Vater und Sohn konnten sich jedoch – selbst wenn sie es gewollt hätten – nicht aus dem Hauptstrom, der sich nun in die Hoogstraat ergoß, herauskämpfen. Sie wurden von

Kirchgängern und mobil gemachtem Militär mitgezogen, kamen wie von selbst bei der Monsterse Sluis heraus, stiegen zur Schansbrug hinunter, wurden auf der Marnixkade noch stärker eingeschlossen und kamen erst zu sich, als sie sich zwischen dem Schwarz und den Ausgehuniformen mitten in der Groote Kerk wiederfanden.

»Was ist das für eine Kirche?« fragte der Vater.

»Eine Kreuzkirche.«

»Ja, kann sein, aber ich meine: Mit welcher Richtung haben wir es hier zu tun?«

»Es ist eine evangelisch-reformierte Kirche.«

»Oh, Gott sei Dank, du müßtest mal in einer christlich-reformierten Kirche landen. Da kommst du nicht unter drei Stunden weg. Evangelisch-reformiert, also gut, setzen wir uns, ich will mal hören, ob die hier etwas von Gott zu erzählen wissen, was ich bisher noch nicht gehört habe.«

»Wohl kaum«, meinte der Sohn, »aber sieh dir einmal die Orgel an. Über die kann ich dir etwas Besonderes erzählen.«

»Sicher ist ein Spiegel daran befestigt, so daß der Organist genau sehen kann, was vor sich geht.«

»Sicher«, sagte der Sohn, »aber das meine ich nicht. Weißt du noch, wer die Orgel in Anloo gebaut hat?«

»Ein... du stellst aber auch Fragen, wie hieß der Knabe noch. Er war ein Schüler dieses berühmten Orgelbauers, der hieß, eh, komm, nenne mir erst einmal ein anderes Musikinstrument, o ja, ich weiß es schon, *harp*, Arp Schnitger also, und sein Schüler hieß... sein Schüler hieß...«

»Das ist nun das mindeste, was ein Gemeindesekretär wissen sollte: Wer die Orgel in der einzigen Kirche des Dorfes, in dem er tätig ist, gebaut hat.«

»Ich bin nicht mehr Gemeindesekretär in Anloo, ich arbeite jetzt in Steenwijkerwold, wie du weißt. Also: Wovon redest du? Doch warte, da kommt dieser Name... Sieh an, ich hab ihn: Ruud Garrels.«

»Die Orgel hier ist auch von Ruud Garrels gebaut.«

»So, das ist ja was... nun ja, vielleicht hat dieser Garrels Hunderte von Orgeln in den Niederlanden ge...«

»Von wegen. Nur in Anloo, Purmerend, Den Haag, Maasland und hier.«

»Da staune ich aber, daß Anloo...«

Der Vater konnte seinen Satz nicht zu Ende bringen. Aus dem Konsistorialzimmer marschierten Älteste und Diakone in strammem Militärschritt in das Kirchenschiff. Sie ließen sich in den Bänken unten an der Kanzel nieder. Ein Pastor folgte, bestieg die Kanzel, rief: »Unsere Rettung liegt im Namen des Herrn, der Himmel und Erde gemacht hat.«

Nach dem Gottesdienst schoben sich die Kirchgänger schnell nach draußen. Vater und Sohn wollten ihnen folgen, aber da begann die Orgel zu spielen. Schon nach den ersten Takten setzten sich beide leise wieder hin. Und ganz überwältigt saßen sie auch nach den Schlußtakten noch dort. Dann stand der Sohn auf.

»Welch unglaubliches Stück«, sagte der Vater, »zuerst eine so erstaunlich liebliche, beruhigende Melodie, danach ein so strenger, fast düsterer Teil, und dann kommt der Anfang wieder, aber mit diesen eigenartigen Umspielungen, wie wunderbar. Kanntest du es?«

»Nein«, sagte der Sohn.

»Ich würde zu gern wissen, von wem es ist«, sagte der Vater, »ich...« Er schluckte, hüstelte und sagte dann: »Ich habe sogar für einen Augenblick die Scheißmoffen vergessen. Welch ein Stück, welch unglaubliches Stück. Ob es Gott denn doch gibt?«

»Wenn wir warten, bis der Organist auftaucht, können wir ihn fragen, was er gespielt hat.«

»Gut, Junge, verstehst du das? Nun hörst du hier eine Stunde lang einem Pastor zu, der wie eine Moorleiche aussieht. Er phantasiert fast eine Dreiviertelstunde über Jeremia 8, Vers 22: ›Ist denn kein Balsam mehr in Gilead?‹ Nein, in Gilead nicht, kein Klecks Balsam mehr in Gilead, aber natürlich auf Golgatha, Töpfe voll auf Golgatha, richtiger Golgatha-Balsam – und du erfährst nichts, aber auch rein gar nichts von Psalm 91, Vers 1. Darüber sollte so ein Mann predigen, mit diesem Hitler in Polen, und dann stiefelt nach der Predigt jeder wieder aus der Kirche, und währenddessen spielt die Orgel, und es ist, als dürftest du für einen Augenblick im Schutz des Allerhöchsten sitzen, im Schatten des Allmächtigen ruhen...«

»Da kommt der Organist. Ich habe ihm neulich ein Pülverchen gebracht, und da haben wir uns ein bißchen unterhalten, und ich erzählte ihm, daß ich aus Anloo käme. Da sah er mich überrascht an. ›Anloo‹, sagte er, ›dort gibt es auch eine Garrels-Orgel.‹«

»Oh, also daher«, sagte der Vater.

Vater und Sohn traten aus der Bank, warteten feierlich in einem der Gänge auf den Organisten. Der Vater ging mit ausgestreckter Hand auf den Organisten zu und sagte: »Darf ich mich herzlich bei Ihnen bedanken? Sie haben meine Seele aufs Lieblichste umarmt mit ihrem prächtigen Orgelspiel. Von wem war das Stück, das Sie gerade gespielt haben?«

»Von Franck, *Prélude, fugue et variation* von César Franck«, sagte der Organist.

»Franck, César Franck«, murmelte der Vater, »nun, diesen Namen werde ich fortan mit tiefer Verehrung nennen. Ich habe noch nie ein so glänzendes Orgelstück gehört.«

»Sind Sie der Vater unseres neuen Apothekers?« fragte der Organist.

»Schon seit neun Monaten vor seiner Geburt«, sagte der Vater.

»Ich hoffe, daß er sich hier wohl fühlen wird«, sagte der Organist.

»Das wird er wohl bei einer so prächtigen Orgel und mit einem so ausgezeichneten Organisten.«

»Ja, wir haben hier ein großartiges Instrument.«

Als Vater und Sohn draußen waren, sagte der Vater: »Ich verstehe nicht, wie dieser Mann die richtigen Noten spielen kann. Er blickt mit seinem linken Auge in seine rechte Hosentasche.«

Das Körbchen

Seine Füße versanken in dem lockeren, unberührten Schnee, so daß er kaum vorwärtskommen konnte. Weit vor ihm, in der reinen weißen Einsamkeit, tanzte Prins über den Schnee. Er folgte seinen Spuren. Er hörte Flugzeuge. Sie flogen tief. Er sah ihre Schatten über den Schnee gleiten. Auf einmal war ihm klar, daß er träumte. Aber er wollte nicht wach werden. Er wollte erst aufwachen, wenn er Prins eingeholt hatte. Er rannte durch den Schnee, stolperte, verlor das Gleichgewicht und erwachte, während er fiel. Noch bevor er die Augen geöffnet hatte, wußte er: Es ist soweit. Er war erleichtert. Er hatte sich am Abend vorher stundenlang auf der Straße herumgetrieben. Trotzdem war er seiner Unruhe kaum Herr geworden. Jetzt fühlte er sich ruhiger, auch wenn er bedauerte, daß er Prins nicht hatte einholen können. Dennoch: Es war besser so. Man wußte jetzt, woran man war. Man konnte etwas tun, man konnte sich wehren. Man konnte notfalls flüchten.

Er sprang aus dem Bett, goß sich kaltes Wasser übers Gesicht, zog sich rasch an, schlang im Stehen ein Butterbrot hinunter und lief auf die Straße. Es war noch früh, kurz nach halb sechs. Niemand war auf dem Marktplatz. Er lief an der Metzgerei Van Gelderen vorbei zur Klappbrücke. Er schaute sich flüchtig zur Metzgerei um. Sie gehörte einem Juden. Mann, Frau und Tochter Bep. Das dunkelhaarige Mädchen war noch keine zwanzig Jahre alt und außerordentlich anziehend. Erst kürzlich hatte er so elegant wie möglich den Hut vor ihr gelüftet, aber sie hatte entrüstet den Kopf weggedreht. Offensichtlich kam er für sie nicht in Frage. Nun gut, ihn kümmerte das nicht. Es gab noch viele andere Mädchen. Oder wie sein Vater zu sagen pflegte: ›Es gibt davon keine Handvoll, sondern ein Land voll.‹ Schon von mindestens vierzig anziehenden Mädchen wußte er, wo sie wohnten. Wenn er tagsüber Arznei wegbrachte, erlaubte er sich in der Hoffnung auf eine mögliche Begegnung hin und wieder einen kleinen Umweg. Manchmal gelang es ihm. Dann lächelte er kurz, zog leicht und galant den Hut als Zeichen der Bewunderung, und dabei blieb es. Ihm schauderte bei dem Gedanken, was dann folgen könnte. Man hatte ein Verhältnis, man ging sonntags zusammen in die Kirche und an mindestens einem Wochentag zusammen zu einem Geburtstag. Das war die einzige Abwechslung der Menschen hier. Sie feierten unaufhörlich Geburtstage, saßen auf hochlehnigen Stühlen in übervollen Wohnzimmern und gossen unmögliche Getränke in sich hinein, *bessenjenever, advocaatje, keizerbitter.* Hatte man mit seinem Verhältnis ein oder zwei Jahre lang die Geburtstage aller Familienmitglieder, Freunde und Bekannten gefeiert, verlobte man sich. Dann fing man an, auf die Aussteuer zu sparen, und dann wurde die erste Einrichtung angeschafft.

Er eilte am Hafen entlang, hörte das Gedröhn der Flugzeuge, konnte sie aber nicht sehen. Würde dies alles nun ein Ende haben? Würde diese erstickende, beklemmende Atmosphäre, dieses Leben, das von Geburtstag zu Geburtstag, von Verlobung zu Hochzeit, von Hochzeit zu Geburt und von Geburt zum Tod immer weiterschritt, jetzt auf einen Schlag weggewischt werden? Würde man hier nun lernen, daß man auch ohne dieses ewige Sorgen um die hübschen kleinen Dinge existieren konnte? Oder würde dieses Sorgen erst recht zunehmen?

Er kam am Wijde Slop vorbei, sah dort einen Mann verbissen herumstapfen. Er war in Versuchung, zu ihm zu gehen, ihn zu fragen: »Sind sie gekommen?« Er war jedoch zu sehr in Fahrt. Er war schon am Wijde Slop vorbei, bevor er hätte innehalten können. Er bedauerte wieder, daß er Prins nicht eingeholt hatte. Er hatte nur seine Spuren gesehen. Wie eigenartig, daß einem jede Nacht eine so wundersame Welt geschenkt wurde, die reicher war als die tägliche Wirklichkeit, eine Welt, in der die Toten, auch wenn es Hunde waren, wieder lebendig wurden, sich aber, sobald man erwachte, augenblicklich wieder verflüchtigten. Eine Welt, die nur einem selbst gehörte. Man konnte zwar davon erzählen, aber die Atmosphäre, der Reichtum, die Farbenpracht lösten sich in Rauch auf, sobald man Worte dafür suchte.

Beim Bahnübergang entdeckte er erste Spaziergänger. Sie gingen alle zum Fluß hinunter. Es war prächtiges, sonniges Wetter, ein wenig diesig, über dem Fluß hing noch leichter Nebel. Was konnte man jetzt, wo die Welt so betörend schön von einer niedrig stehenden Morgensonne beschienen wurde, Besseres tun als ein *hoofdje* zu *pikken*?

Ruhig zog das Fährboot über den Fluß. Am Eingang des Hafens schlemmte der Schwimmbagger ächzend, rasselnd, blubbernd und schüttelnd die Fahrrinne aus. Nichts schien in diesem noch zögernden Sonnenlicht darauf hinzudeuten, daß sie gekommen waren. Aber er hörte die Flugzeuge, und dann sah er sie auftauchen. Sie strichen überraschend tief über das Wasser. Sie ließen Gegenstände fallen, die in dem Augenblick, in dem sie in den Fluß fielen, das Wasser fröhlich aufspritzen ließen. Dann waren sie vorbei, flogen in westlicher Richtung davon. Einer der *hoofdjespikker* sagte: »Das waren Norweger.« Er wollte widersprechen, er wollte sagen: Aber ich sah deutlich das Hakenkreuz auf den Flügeln, meiner Meinung nach legten sie Minen. Aber er behielt es für sich, er hatte es in den beiden vergangenen Jahren so oft besser gewußt und hatte das auch so oft gesagt und damit nichts als Spott, Hohn und Verachtung geerntet. Er galt als Besserwisser, er hatte sich damit abgefunden, daß er hier niemals akzeptiert werden würde, fand es sogar angenehm, ein Außenseiter zu sein. Woanders, in Rotterdam zum Beispiel, wurde er, der treue Besucher der Abonnementskonzerte des Rotterdams Philharmonisch, sehr wohl akzeptiert, und die

Orchestervereinigung hatte ihm sogar einen Platz im Vorstand angeboten.

Er schaute über den Fluß. Weit entfernt, im Westen, nahe am Poortershaven, erschienen wieder Flugzeuge. Sie kamen von Norden, bogen nach Südosten ab. Dann sah er etwas, was er niemals zuvor gesehen hatte, und da wurde ihm ein Bild in seine Netzhaut geritzt, das für ihn das unverfälschte, untrügliche Bild dieser schwindelerregenden Maitage bleiben würde, ein Bild, das seltsamerweise nichts Beängstigendes hatte. Im Gegenteil: Es schien genau zu seinem Traum von Sonne, Schnee und den Spuren von Prins zu passen. Die *hoofdjespikker* sahen es jetzt auch, und einer von ihnen durchbrach die Verzauberung, indem er nüchtern konstatierte: »Fallschirme.«

Einen Augenblick schien jeder den Atem anzuhalten. Dann redeten auf einmal alle durcheinander, hatte der Krieg wirklich angefangen, waren die Moffen unübersehbar ins Land eingefallen – an diesem sommerlich anmutenden Morgen des 10. Mai 1940. Es entstand eine Atmosphäre der Verbrüderung, die Simon dort in dem Hafenstädtchen bisher nur mitten im Winter auf dem Eis bei einem der kleinen Zelte erlebt hatte, wo man sogar ihm, der leider nie Schlittschuhlaufen gelernt hatte, heiße Schokolade und Butterkuchen angeboten hatte. Er fühlte sich plötzlich aufgenommen in die Gemeinschaft, in der er zwei Jahre lang nur geduldet worden war.

»Sie waren schon um kurz nach fünf da«, teilte ungefragt einer der Umstehenden mit.

»Ja, ich hörte schon um halb sechs ungefähr fünfzehn Flugzeuge über uns rüberfliegen, ich bin sofort nach draußen gegangen und hierhergelaufen.«

»Wir schießen sie in der Luft ab wie Tontauben«, sagte ein kleiner Mann großspurig.

»Meinst du?«

»Meinst du nicht?« sagte das Männchen böse.

»Na ja, es könnte sich vielleicht um eine tüchtige Übermacht handeln«, sagte Simon.

»Ach, hau ab, sie haben nicht die geringste Chance, und die aus England sind garantiert schon unterwegs.«

»Die haben wir vielleicht nicht mal nötig.«

»Ach was, wir treiben das Gesocks einfach wieder raus.«

»Wie praktisch«, sagte Simon ironisch, »daß der Schwimmbagger so tüchtig an der Arbeit ist. Brauchen die Moffen keine Sorge zu haben, daß ihre Schiffe hier vor der Einfahrt auf Grund laufen könnten.«

»Diese Leute kommen niemals nicht bis hierher«, sagte das Männchen.

»Wollen wir's hoffen«, sagte Simon.

Drei Männer, unter ihnen der Kleine, starrten ihn böse an.

»Wenn du nur hierhergekommen bist, um rumzumeckern, Pillendreher, verzieh dich in deine Apotheke.«

Simon erschrak nicht, im Gegenteil, Simon amüsierte sich, freute sich, daß er auf einmal geduzt wurde, hätte unter normalen Umständen das Männchen gern noch etwas mehr mit aufrührerischen Worten wie Blitzkrieg provoziert, verzichtete aber darauf, weil solche Späße ihm in diesem Augenblick nicht gerade angebracht erschienen. Außerdem wurde seine Aufmerksamkeit von einem Körbchen abgelenkt. Er starrte auf das baumelnde Körbchen, das ruckelnd und zuckelnd, schlingernd und taumelnd seinen langen Weg vom Trottoir bis zu dem freistehenden Turm oben auf dem Gebäude des Schlepperbetriebs Smit & Co. suchte.

»Die werden da immer verproviantiert«, sagte das Männchen.

»Wer?« fragte Simon.

»Das weißt du nicht mal, Pillendreher? Mann, da sitzt der Luftschutz, die halten da schon seit Stunden Wache, die ziehen alle zwei Stunden einen Korb mit Essen und Trinken hoch.«

Das war das zweite Bild, nach dem der Fallschirmspringer, das Simon sein ganzes Leben lang unvergeßlich im Gedächtnis bleiben würde, dieses baumelnde Körbchen, das dort im goldenen Licht der Morgensonne zum Giebel hinaufkroch, dieses Körbchen, das für ihn bereits in diesem Augenblick einen unwiderlegbaren Beweis darstellte, daß man alle Hoffnung fahrenlassen konnte. Wer so Krieg führte, mit einem baumelnden Körbchen, der mußte ganz einfach verlieren. Nicht so sehr deshalb, weil das Körbchen ineffizient war oder zu alltäglich oder zu familiär, sondern weil es etwas so Liebliches an sich hatte, etwas Friedliches, etwas, das völlig im Gegensatz zu den Schrecknissen eines Krieges stand.

Wer so unbekümmert ein Körbchen mit einer geblümten Teekanne und säuberlich belegten Butterbroten hinaufzog, führte vielleicht auch Krieg. Aber einen anderen Krieg als den mit Messerschmitts, die Fallschirmspringer verstreuten.

Simon schaute noch ein letztes Mal über den Fluß, der mit seinen harmlos plätschernden Wellen im Sonnenlicht glitzerte. Dann drehte er sich um. Nah am Ufer der Hafenkade ging er zurück. Zu Hause angekommen, schaltete er sofort das Radio ein. Die Nachrichten bestätigten, was er schon wußte.

Am ersten Pfingsttag gesellte er sich zu den Kirchgängern, die zur Schans zogen, dorthin, wo er neulich mit seinem Vater gelandet war. Er war früher durchaus nicht jeden Sonntag zur Kirche gegangen. Nun jedoch war es sozusagen unvermeidlich geworden. Das galt offensichtlich nicht nur für ihn, sondern auch für Hunderte anderer. In einer brechend vollen Kirche bemühte er sich, der Predigt von Pastor Bosman zu folgen. Immer wieder ertappte er sich, daß er an etwas anderes dachte: an seine Abhandlung über den Judenhaß, die ein riesiges Ausmaß angenommen hatte und die er allen Entmutigungen zum Trotz hartnäckig bei seinem Philosophieprofessor eingereicht hatte. Ob er die Abhandlung jemals gelesen hatte? Oder war sie einfach in einer Schublade verschwunden? Er hatte nichts mehr davon gehört. Würde der Professor sie als Teil des Staatsexamens akzeptieren, auch wenn er dagegen gewesen war? Wenn ja, ausgezeichnet, wenn nicht, so würde es ihm nichts ausmachen, dann eben kein Staatsexamen im Fach Philosophie.

Er dachte an das Thema seiner Arbeit, dachte an die Juden, die er kannte, an einige Familien im Hafenstädtchen, an einen aus Deutschland geflohenen Geiger des Rotterdams Philharmonisch und seine schöne Frau. Er dachte an Bram Edersheim und seine Verlobte. Er hatte sich im Schlußkapitel seiner Abhandlung mit Hitlers *Mein Kampf* beschäftigt. Er hatte gezeigt, daß der deutsche Judenhaß, dessen erste Manifestation in den Schriften von Martin Luther, besonders in der Schrift *Von den Juden und ihren Lügen* und in *Schem Hamphorus* zu finden war, wie Sauerteig die gesamte deutsche Philosophie durchzog. De facto klang in der deutschen Philosophie und letzten Endes auch in *Mein Kampf* das donnernde Echo von Luthers rabiatem Antisemitismus nach.

Seitdem sah Simon Minderhout in dem Reformator den größten Antisemiten, den die Welt vor Hitler gekannt hatte. Alles, was jetzt in Deutschland geschah und was die jüdische Gemeinschaft in den Niederlanden zu erwarten hatte, schien dort seinen Ursprung zu haben, auch wenn alles noch weiter zurückging, so man wollte, bis hin zu Matthäus 27, Vers 25, 1. Thessaloniker 2, Vers 15 und 16 und Offenbarung 2, Vers 9 und 3, Vers 9. Einer Sache war er sich nach der Lektüre von *Mein Kampf* völlig sicher: Der jüdischen Gemeinschaft wurde die Ausrottung angedroht. Das hatte er am Schluß seiner Abhandlung geschrieben, hatte es auch hier und dort geäußert, aber außer dem Geiger wollte ihm niemand Glauben schenken.

Nach dem Gottesdienst bat ihn die Witwe Vroombout noch auf ein *bakkie* zu sich nach Hause. Dieser »Schluck« nach dem Gottesdienst war schon fast zur Gewohnheit geworden, seit er die Witwe eines Samstags vor einem halben Jahr mit Hilfe einer Arznei vor dem Ersticken gerettet hatte. Gelegentlich hatte er diese Einladungen schon wegen des Wortes *bakkie* ausgeschlagen, aber seit dem Überfall sehnte sogar er sich nach Gesellschaft.

Während er ein *bakkie* nahm, hörte Simon, daß der Sohn der Witwe Vroombout trotz des Krieges die Absicht hatte, mit ihrem Logger, der Majuba 2, Kurs auf die Heringsgründe zu nehmen. Simon schlug vor, der Sohn solle doch Flüchtlinge nach England bringen. Vroombout erklärte sich unter der Bedingung bereit, daß dafür ein ansehnlicher Geldbetrag hinterlegt werden solle. Am Dienstag nachmittag, dem 14. Mai, lief die Majuba 2 aus. In der frühen Dämmerung dieses Frühlingsabends wurde der Logger, kaum auf hoher See, von einem deutschen U-Boot aufgebracht. Nachdem alle Passagiere von Bord gegangen waren, wurde das Schiff durch zwei Bomben versenkt. Dienstag abend waren die gesamte Schiffsmannschaft der Majuba 2 und alle Flüchtlinge wieder im Hafenstädtchen zurück.

Geusenaktion

Von Onkel Herbert hatte er eine Assistentin geerbt. Eine unverheiratete Frau unbestimmten Alters. Sie wohnte mit ihrem unverheirateten Bruder zusammen und hatte bereits so lange bei seinem Onkel in der Apotheke gearbeitet, daß sie kaum mehr von einem Kjeldahlkolben zu unterscheiden war. Ihr konnte Simon alles überlassen.

Am 20. Mai überreichte sie ihm ein abgegriffenes Blatt Papier.

»Sehen Sie«, sagte sie stolz, »ist bei uns in den Briefkasten geworfen worden.«

Der Zettel war handgeschrieben. Links oben stand, doppelt unterstrichen, *Geuzenactie*. Daneben die Worte: *Bericht no. 2*. Er las: »Die Geusenaktion hat am 15. Mai 1940 in Amsterdam ihren Anfang genommen. Unser erster Bericht hat sogar schon Nijmwegen erreicht. Die Niederlande werden es sich nicht gefallen lassen, daß man sie ihrer Freiheit beraubt.«

»Warum habt ihr das im Briefkasten gehabt?« fragte er.

»Es war sicher für meinen Bruder bestimmt«, sagte sie.

»Will man ihn vielleicht bei der Geusenaktion dabeihaben?«

»Er würde gern mitmachen.«

»Ich würde auch gern mitmachen«, sagte Simon.

»Ich werde es meinem Bruder sagen«, sagte sie unbewegt, »aber ich denke...«

Sie schwieg, sie schaute ihn zweifelnd an, er fragte: »Was ist los? Warum...«

»Man kennt Sie hier noch nicht so gut, Sie sind Import. Man weiß hier noch nicht, was man von Ihnen halten soll, also, ich denke...«

»Sie denken, daß man mich lieber nicht dabeihaben will.«

Sie nickte und sagte fast entschuldigend: »Ja, und die Geschichte mit dem Logger... die hat auch nicht dazu beigetragen...«

Er verstand. Er war bereits gezeichnet, war jemand, der mit einem Fehlschlag in Verbindung gebracht wurde. Er war gescheitert, so empfand er selbst es jedenfalls deutlich. Außerdem begriff er, daß er als Apotheker in eine andere Welt als die der Geusen gehörte. An Ärzte, Richter, Anwälte würde man sich zweifellos auch nicht wenden. Deshalb drang er nicht weiter darauf, fragte er nicht mehr nach der Geusenaktion. Dennoch hielt sie ihn auf dem laufenden, sie brachte Flugschriften mit, und er erfuhr, obgleich er ihr sagte, sie solle vorsichtig sein und lieber nicht darüber sprechen, daß schon allein in Vlaardingen Hunderte von Geusen angeworben worden waren.

Eines Abends, Ende Mai, ging er wie gewöhnlich noch einmal hinaus, um ein *hoofdje* zu *pikken*. Eine kraftlose Mondsichel hing kopfüber am südlichen

Himmel. Die ersten bleichen Sterne funkelten unsicher. Er dachte: Es hat sich nichts verändert seit der Kapitulation. Nur einen Steinwurf entfernt ist Rotterdam verwüstet worden, aber die Leute feiern noch immer Geburtstage mit *bittertjes* und *boerenjongens*, wie ist das in Gottes Namen möglich. Das einzige, woran man merken kann, daß wir besetzt sind, ist die Einführung der Sommerzeit. Bedauerlicherweise ist es nun abends eine Stunde länger hell, das ist alles. Er liebte die dunklen Straßen, die Gaslaternen, die Nacht. Mit großen Schritten ging er am Binnenhafen entlang. Es war schon spät, schon fast zehn Uhr. Auf der anderen Seite des Hafens nahm er schemenhafte Gestalten wahr, die etwas ins Wasser hinunterließen. Er sah, wie sie sich ans Ufer hockten, und fragte sich: Ob sie das Wasser nach Waffen absuchen, die, wie es hieß, hier versenkt worden waren? Mißmutig beschleunigte er seine Schritte. Offenkundig geschah dort wirklich etwas, aber er wußte nichts davon, er wurde nicht einbezogen, obwohl er sich danach sehnte, mitzumachen bei Sabotage, Widerstand, Kampf.

Sein Vater hatte ihn gleich nach der Kapitulation angerufen und zu ihm gesagt: »Junge, bitte, laß mich dich warnen. Du bist so unbesonnen, du möchtest diese Lumpen am liebsten mit bloßen Händen erwürgen, und ich begreife das nur zu gut. Ich ersticke auch vor ohnmächtiger Wut, aber sei um Himmels willen vorsichtig. Den größten Fehler, den du machen kannst, ist, sie zu unterschätzen. Ich weiß, wie die Deutschen sind. Bei normalen Menschen mußt du eine Peitsche nehmen, um sie zur Arbeit anzuhalten, aber Deutsche mußt du mit der Peitsche schlagen, damit sie aufhören zu arbeiten. Sie werden jeden zermalmen, der ihnen vor die Füße kommt.«

Simon wußte nur allzu gut, daß sein Vater gewiß weiser war als viele andere Menschen, aber er wußte auch, daß er selber durchaus zermalmt werden wollte. Denn was sollte er gegen diese hoffnungslose, gnadenlose Unruhe tun, gegen dieses würgende Verlangen, etwas zu unternehmen? Seine erste Tat aber war fehlgeschlagen. Die Majuba 2 war versenkt worden. Offensichtlich schrieb man das in der Stadt auf sein Konto, er konnte nichts mehr tun, er würde vorläufig tatenlos zusehen müssen. Er blickte sich nach den Männern um. Wie unvernünftig, so offenkundig nach Waffen zu fischen, auch wenn die nächsten Deutschen wahrscheinlich erst in Rotterdam waren. Er wollte sie schon darauf aufmerksam machen, besann sich jedoch und ging weiter. Er blieb am Fluß stehen, lehnte sich an einen Duckdalben und schaute zum Himmel hinauf, an dem die Sterne jetzt heller glänzten. Auf dem Rückweg hielt er kurz vor dem Haus von Alice Esknied, einer Engländerin, die einen niederländischen Lotsen geheiratet hatte. Der Mann war durchgebrannt, sie wohnte jetzt allein in der oberen Wohnung des Hauses. Simon hatte sie kennengelernt, wie er jeden kennenlernte. Sie war mit einem Rezept in die Apotheke gekommen. Er hatte die Arznei zusammengestellt und zu der angegebenen Adresse gebracht. Sie hatte ihn zu einer Tasse Tee hereingebeten. Im Wohnzimmer hatte er einen Flügel stehen sehen. Ein Gespräch über Musik hatte sich angeschlossen. Er hatte sie eingeladen, einmal zum Rotterdams Philharmonisch mitzukommen. Da sie ihm wiederholt anvertraut hatte, daß sie gern wieder nach England zurück wolle, hatte er auch ihr einen Platz auf dem Logger verschafft.

Und nun stand er also unten vor ihrem Haus, überlegte, ob er klingeln sollte, merkte aber, daß er ihr, nachdem die Sache mit dem Logger gescheitert war, nicht mehr unter die Augen zu treten wagte.

Nach einigen Wochen erzählte seine Assistentin stolz, ihr Bruder habe den Geuseneid abgelegt. Er murmelte: »Großartig«, dachte aber verbittert und zugleich eifersüchtig: Einen Eid ablegen? Was für ein Pfadfindergetue! Das ist tatsächlich wie in Jungenbüchern.

Obwohl er genau wußte, daß er niemals einen solchen Geuseneid würde ablegen wollen, ärgerte es ihn doch, daß offenbar überhaupt nicht daran gedacht wurde, ihn anzuwerben. Er blieb also weiterhin gut informiert über ihre wenig aufsehenerregenden Sabotageaktionen. Hier und dort wurde eine Telefonleitung durchtrennt. Als er, wie immer zu Fuß, mitten im Regen Arznei in das benachbarte Maasland brachte, sah er einen Plakataushang, auf dem bei Hinweisen auf die Täter »Fünfhundert Gulden Belohnung« versprochen wurden. Er erfuhr, daß der gleiche Anschlag auch in Vlaardingen hing, daß dort aber die »Belohnung« tausend Gulden betrug.

Simon erhielt weiter die Flugschriften zum Lesen, wußte ziemlich genau, wer sich in dem Hafenstädtchen den Geusen angeschlossen hatte. Er war erstaunt, daß die Geusen eine Art Armee anstrebten, mit Rängen vom Soldaten bis zum Major, und daß sie ihre Zeit im wesentlichen mit der Anwerbung neuer Geusen zubrachten. Niemals jedoch trat man an ihn heran. Allmählich gewöhnte er sich daran, war fast froh darüber. Sie waren auch zu unvorsichtig. Im Friseurladen von Jo Smoor, wo er sich regelmäßig die Haare schneiden ließ, wurden die Geusenaktionen ungeniert besprochen, kommentiert und diskutiert.

An einem Sommernachmittag brachte er Arznei zur Südseite des Noordvliet. Vor ihm lief Cornelis Hogervorst, der von jedem Piet Knol genannt wurde. Auf der Nordseite des Noordvliet angelte Joop Braveboer. Quer übers Wasser schrie er Piet zu: »Hast du dich schon für die Geusenaktion einschreiben lassen?« »Nein, noch nicht«, schrie Knol über das glatte, glänzende Wasser zurück, »ich war gerade auf einen Swutsch unterwegs, als sie an die Tür kamen. Aber ich will mich so schnell wie möglich dahinterklemmen, will auch mein Scherflein dazu beitragen.«

Am 9. September wurde im Küstengebiet die Ausgangssperre eingeführt. Zwischen zweiundzwanzig Uhr abends und vier Uhr morgens durfte niemand auf die Straße gehen. Für Simon bedeutete das, daß er seine *hoofdjes* vor zehn Uhr *pikken* mußte. Es störte ihn, lief er doch besonders gern um Mitternacht durch die Straßen. Dennoch paßte er sich an. Er schlenderte jetzt früher am Abend den Binnen- und Außenhafen entlang zum Hoofd. Er beobachtete an diesen Abenden, wie sich die Zahl der umgebauten Fischerkähne im Außenhafen ständig vergrößerte. Auch er hatte immer wieder das Gerücht gehört, sie seien für die Invasion in England bestimmt. Er schaute sich die Schiffe an und schöpfte Hoffnung. Würden es die Moffen tatsächlich wagen, mit solch fragilen Hulks über die Nordsee zu setzen?

Wegen der Ausgangssperre konnte er, wie sich bald zeigte, die Abendkonzerte des Rotterdams Philharmonisch nicht mehr besuchen. Nach dem Luftangriff, bei dem der Konzertsaal De Doelen zerstört worden war, spielte man in der Konginnekerk am Boezemsingel. Obgleich die Konzerte um halb acht begannen, nahm der Weg vom Boezemsingel zum Bahnhof Delftse Poort so viel Zeit in Anspruch, daß er es nicht mehr bis zum letzten Zug schaffte, der noch rechtzeitig das Hafenstädtchen erreichte. Daher begnügte er sich mit einem Abonnement der B-Serie: zehn Konzerte am Samstagnachmittag.

So schlenderte er nach Beginn der neuen Konzertsaison am ersten der zehn Samstagnachmittage auf dem Bahnsteig hin und her, während er auf den Zug wartete. In den zwei Jahren, in denen er die Konzerte des Rotterdams Philharmonisch besuchte, war er, außer an den zwei Malen, als Alice ihn begleitete, immer der einzige gewesen, der aus dem kleinen Hafenstädtchen in die Stadt reiste, um ein Konzert zu besuchen. Das hatte ihn jedesmal verwundert. Wohnte denn sonst niemand in dem Städtchen, der die klassische Musik so liebte, daß er dafür eine Fahrt in die Stadt in Kauf nahm? Als er einmal dem schielenden Organisten der Groote Kerk Arznei brachte, hatte er ihn rundheraus gefragt: »Gehen Sie eigentlich nie zum Rotterdams Philharmonisch?«

»Warum sollte ich für teures Geld anderen zuhören, wenn ich gratis für mich allein spielen kann?« hatte Organist Willem Brikke gesagt.

Da hatte Simon begriffen. Es war eine Frage des Geldes. Auch Alice hatte ihm, als er sie zum drittenmal aufforderte mitzugehen, gesagt: »Es tut mir leid, aber ich kann mir das nicht jedesmal erlauben.« Woraufhin er gesagt hatte, daß er sie gern zu dem Konzert einladen würde. Bissig hatte sie ihm geantwortet: »Nein, ich will bei niemandem in der Kreide stehen.«

Am ersten Samstagnachmittag der neuen Konzertsaison aber ging ein beleibter Mann auf dem Bahnsteig auf und ab. Trotz des leichten Nieselregens wagte er sich genau wie Simon stets ein wenig unter der Überdachung hervor. Da Simon und der Mann in entgegengesetzter Richtung hin und her gingen, kamen sie einander immer wieder entgegen. Beim erstenmal schauten sie sich flüchtig an, bei den nächsten Malen schauten sie aneinander vorbei. Für Simon war es selbstverständlich, auf und ab zu gehen. An diesem Nachmittag aber dachte er zum erstenmal: Wozu eigentlich dieses Hin- und Hergelaufe, wenn man auf einen Zug wartet? Er versuchte stehenzubleiben, schaffte es aber nur eine halbe Minute lang. Er mußte hin und her gehen, ob er wollte oder nicht. Frauen sieht man selten auf und ab gehen, dachte er. Er fühlte sich diesem Unbekannten geradezu verbunden, der wie er auf und ab ging.

Im Zug saßen Simon und der Unbekannte in verschiedenen Coupés. In Rotterdam sah Simon ihn jedoch ebenfalls in Richtung Boezemsingel gehen. Hatte das Hafenstädtchen also doch noch einen weiteren Konzertbesucher? Im Saal entdeckte er den Mann, auch ohne Hut, fast sofort. Auf dem Rückweg sah er ihn nicht mehr. Simon fragte sich, ob der Unbekannte vielleicht ein Deutscher war, der zur Ortskommandantur gehörte. Darf denn ein Mof ohne Uniform ins Konzert gehen? Die Antwort schien einfach. Warum nicht?

Schon bald wurde seine Vermutung bestätigt. Er mußte ein Digitalispräparat zur Villa der Ortskommandantur im Hoofd bringen. Man gab ihm zu verstehen, daß er es in einem der Zimmer abzuliefern habe. Auf dem Weg dorthin, auf dem Flur, ging der unbekannte Konzertbesucher an ihm vorbei. Er nickte Simon förmlich zu.

Am darauffolgenden Samstag nachmittag ging der Deutsche wieder in Zivil auf dem Bahnsteig hin und her. Eine Begrüßung schien nach ihren vorherigen Begegnungen und dem kurzen Zunicken in der Villa unvermeidlich. Der Deutsche lüftete nachdrücklich seine angestaubte Melone, Simon seinen modischen Schlapphut. Selbstverständlich fuhren sie in verschiedenen Coupés in die Stadt.

Diesmal traf er nach dem Konzert den Mof auf dem Bahnsteig wieder. Wie immer wanderte der etwas plumpe Mann in sich gekehrt auf und ab. Als er Simon erblickte, kam er plötzlich auf ihn zu und sprach ihn wie selbstverständlich auf deutsch an: »Sie und ich sind offensichtlich die einzigen, die eine so weite Reise unternehmen.«

»So scheint es«, antwortete Simon in seinem besten Deutsch.

»Welch ein phänomenaler Geiger ist dieser Carl Flesch doch«, sagte der Deutsche, »und wie phantastisch hat er auch diesmal wieder gespielt. Ich liebe das Violinkonzert von Dvořák nicht besonders, aber wenn es so gespielt wird, werden alle meine Bedenken zunichte gemacht.«

Sollte Simon vorgehabt haben, das Gespräch mit dem Deutschen brüsk abzubrechen, so war das nach einem solchen Lob auf Carl Flesch völlig unmöglich. Er hatte selber dessen Violinspiel wie ein Gotteswunder erlebt und empfand es als zweites Gotteswunder, daß einfach jemand auftauchte, mit dem er darüber sprechen konnte. Und – damals hätte er das noch ehrlich zugegeben – das in einer Sprache, die er in seiner Gymnasialzeit als die bei weitem schönste und reichste Sprache schätzen gelernt hatte. Er war immer gut in Deutsch gewesen. Sogar jetzt, sogar unter diesen Umständen, war er trotz allem fast außer sich vor Freude, daß er Deutsch sprechen konnte. Er begriff nur zu gut, daß diese Freude unangemessen war, und je länger die Besatzung dauern sollte, desto mehr würde er sich nachträglich schämen. Aber an diesem Samstag nachmittag, dem 16. November 1940, war er, auch weil von der Besatzung bislang nicht besonders viel zu merken war und trotz seiner bangen Vorahnungen von einer Verfolgung der Juden keine Rede zu sein schien, geradezu stolz darauf, daß er so gut Deutsch sprechen konnte. Er stieg mit dem Deutschen in den Zug. Während der ganzen Rückreise sprachen sie über Musik. Im Hafenstädtchen ging jeder seines Weges.

Zu Hause suchte Simon im Radio den Äther nach »echter« Musik ab und bekam zum Schluß »echte« Musik zu hören: den Anfang einer Bearbeitung des Luther-Liedes »Ein feste Burg ist unser Gott«, der Nachrichten von der deutschen Front folgten. Noch im Bett ging ihm der majestätische Anfang der Choralbearbeitung nicht aus dem Kopf. »Ein feste Burg ist unser Gott.« Wie passend, dachte er, dieses Lied von Martin Luther, dieses Lied des größten Judenhassers vor Hitler als Einleitung zur Berichterstattung militärischer Erfolge!

An einem Sonntagnachmittag Anfang Dezember 1940 starb Neletta Minderhout. »Sie saß im Sessel am Ofen und schälte Kartoffeln«, erzählte Jacob seinem Sohn später, »sie hörte einfach auf zu atmen. Es schien, als wenn sie einschlafen würde, sie schnarchte leise, und dann fiel ihr Kopf nach vorn. Ich saß im Sessel auf der anderen Seite des Ofens, ich schaute zu, aber es dauerte lange, ehe ich begriff, was los war. Ich hatte sie schon öfter so weggleiten sehen. Ich dachte wirklich, sie sei eingeschlafen.«

Obwohl Jacob Minderhout ganz nüchtern darüber sprach, merkte sein Sohn, daß der Vater vom Tod seiner dreiundsiebzigjährigen Ehefrau zutiefst erschüttert war. Nach der Beerdigung sagte er zu seinem Vater: »Komm doch eine Weile zu mir.«

»Ich kann jetzt nicht weg«, sagte sein Vater, »aber vielleicht darf ich in den dunklen Tagen kommen, am Ende des Jahres.«

»Das ist doch selbstverständlich«, sagte sein Sohn.

So wohnte Jacob Minderhout in der dunkelsten Zeit des Jahres, um Weihnachten herum, bei seinem Sohn. Am Tage zog er los, um, wie er sagte, »hier und da genüßlich ein Schwätzchen zu halten, mein Licht hier und da ein bißchen leuchten zu lassen und mit diesem oder jenem eine *schimmelpenninck* oder ein *ritmeestertje* zu paffen«. Anders als sein Sohn gewann er schnell Freunde im Hafenstädtchen. Schon nach einer Woche duzte er Brückenwärter, den Hafenmeister, die verschiedenen Betreiber von Zigarrenläden und die Rentner, die am Havenhoofd jedes Kriegsgerücht derartig ausschmückten, daß das Ende der Besatzung nur noch eine Frage von Tagen zu sein schien.

Nachdem Jacob sein Licht auf diese Art zwei Wochen lang im Städtchen hatte leuchten lassen, steuerte er am Ende eines Freitagnachmittags schweren Schrittes zur Apotheke zurück. Während des Abendbrots sagte er grimmig: »Ich erfuhr heute etwas, was mir überhaupt nicht gefiel. Du scheinst mit einem Mof Bekanntschaft geschlossen zu haben, stimmt das?«

»Wieso wissen die Leute das?« fragte Simon verblüfft.

»Sie haben ihn«, sagte Jacob, »hier in den kleinen Gang neben der Apotheke gehen und erst ein paar Stunden später wieder herauskommen sehen. Sie sind sich nicht sicher, ob er bei dir drin gewesen ist. Das ist noch dein Glück, aber was sollte er sonst getan haben?«

»Wer hat das gesehen? Alle müssen ihre Gardinen dicht zuziehen wegen der Verdunkelung, und es ist stockfinster auf der Straße.«

»Na ja, und doch hat der eine oder andere Wind davon bekommen, wer, weiß ich nicht, das hat man mir nicht gesteckt. Ich habe nur gehört, daß du vielleicht mit einem Mof bekannt bist, daß ein Mof anscheinend ein paarmal hier bei dir zu Hause gewesen ist, und ich bin darüber zu Tode erschrocken.«

»Ich möchte gern mal wissen, wer das gesehen hat.«

»Eins laß dir sagen: Denke nicht, daß du irgend etwas hier unbemerkt tun kannst. Die ganze Welt ist Auge und Ohr, nichts entgeht der Menschheit hier, überhaupt nichts, alles wird gesehen. Die Dachrinnen haben scharfe Augen, und die Mauern haben große Ohren. Aber ich will in diesem Fall noch dazu sagen: Ich bin froh, daß sie es wissen, so daß ich dich warnen kann, laß...«

»Nun warte mal, dieser Mann, dieser Deutsche, hat mich nach einem Konzert des Rotterdams Philharmonisch im Bahnhof Delftse Poort angesprochen, als ich auf den Zug wartete. Ich weiß nicht, wer er ist, ich weiß kaum, wie er heißt oder welchen Rang er bekleidet... vielleicht gehört er nicht einmal zum Militär, was weiß ich, er ist immer in Zivil...«

»Oh, dann ist er gerade ein ganz hohes Tier, dann sitzt du noch viel tiefer in der Scheiße, als ich dachte...«

»Laß mich jetzt erst einmal ausreden. Dieser Mann, wirklich, glaube mir doch, das ist kein schlechter Kerl. Er ist ein paarmal hier gewesen, um ein bißchen über Musik zu sprechen. Er hat da bei sich überhaupt niemanden, mit dem er über Musik sprechen kann. Er hockt da zwischen diesen Schweinen auf der Ortskommandantur und kann mit den

Mistkerlen kein Wort wechseln, und ich bin hier in diesem elenden Loch auch noch auf niemanden gestoßen, der was für Musik übrig hat...«

»Das gibt es nicht, es müssen hier...«

»Schön, wenn du sie finden kannst... ich nicht. Ich besuche seit gut zwei Jahren die Konzerte in Rotterdam, und ich habe dort noch nie jemanden von hier getroffen. Immer bin ich der einzige, und auf einmal sehe ich auf dem Bahnsteig jemanden hin und her wandern, der dann wahrhaftig in Rotterdam im Konzertsaal sitzt. Ich wußte einfach nicht, wie mir geschah, und...«

»Ja, mein Lieber, und dann bändelst du nicht nur mit ihm an, sondern holst ihn auch noch ins Haus, einen Mof. Mein Sohn, mein eigener Sohn, es ist nicht zu glauben. Und jetzt sitzt du bis zum Hals in der Scheiße, denn jeder hier weiß es.«

»Er brachte einen Stapel Schallplatten mit. Die haben wir angehört. Weißt du, was beispielsweise dabei war? Das Streichquartett in e-moll von Mendelssohn.«

Und schon summte Simon die Einleitungstakte des Quartetts. Es war, als könne er sich mit der Musik gegen die verständliche Wut seines Vaters schützen. Dieses Quartett, das er vorher noch nie gehört hatte, hatte ihn fast ebenso tief beeindruckt wie das Violinkonzert. Es war, als würde Mendelssohn ihn kennen, ihn ergründen, ihm genau zeigen, woran es bei ihm fehlte. Er hatte die Anfangsmelodie noch tagelang gesummt. Das Hauptthema tastete sich steil nach oben und wieder herunter. Es war, als würde seine Seele in die Zange genommen und danach sanft niedergeworfen, so daß sie keine Gefahr mehr zu fürchten brauchte.

»Mendelssohn? Nun, was sollte das, damit…«

»Nun hör mal, ein Deutscher, der in aller Seelenruhe Mendelssohn mitbringt, und das, obwohl Mendelssohn verboten ist, so ein Deutscher…«

»Ja, der taugt was, der ist in Ordnung, mit dem kannst du ruhig umgehen, für den darfst du die Haustür weit öffnen, komm nur herein, lieber Deutscher, setze dich an den warmen Ofen, ich habe hier schon einen Genever für Sie bereitgestellt, und möchten Sie auch noch ein paar warme Würstchen dazu, na ja, Bratwurst und Schnaps habe ich nicht, aber so ist es Ihnen vielleicht auch recht.«

Vater und Sohn blickten sich an. Der Vater hielt drohend das Messer auf den Sohn gerichtet.

»Besteht die Möglichkeit, daß dieser Mann seine elende Visage hier sehen läßt, während ich hier herumstiefele? Wenn ja, dann reise ich heute abend noch ab.«

»Du wirst nicht weit kommen. Um zehn Uhr ist Sperrzeit.«

»Ich kann immer noch meinen Mund tüchtig mit Salzwasser spülen und um die Ecke an der Klappbrücke im Heim für Seeleute klingeln, aber bis nach Rotterdam schaffe ich es auch noch, und da ist sicher noch Unterkunft zu bekommen.«

»Am Katendrecht bei den Huren, da kommst du sicher noch unter«, sagte Simon.

»Lieber bei den Huren als bei den Moffen.«

»Womit du recht hast. Um zehn nach sieben geht ein Zug. Willst du den noch erreichen?«

»Von mir aus.«

»Dann leg mal das Messer hin, du mußt dich allerdings beeilen. Bevor du aber den Mantel anziehst, will ich nur noch sagen, daß dieser Mof wegen eines schweren Herzleidens wieder in Deutschland ist und wahrscheinlich nie wieder hierherkommen wird, wenn er nicht schon tot ist. Ich habe beinahe meinen ganzen Vorrat an Digitalis in der Ortskommandantur abgeliefert. Für ihn, wie sich später herausstellte.«

Jacob Minderhout schluckte, legte sein Messer hin und sagte: »Das ist ja wenigstens eine gute Nachricht, aber sei dir darüber im klaren, daß du hier ab jetzt in einem ganz bestimmten Licht erscheinst. Das kannst du nicht mehr rückgängig machen, das wird dich den ganzen Krieg hindurch verfolgen.«

»Wir werden sehen. Ich kann immer noch da und dort ein Wort fallenlassen, daß dieser Mof abends bei mir klingelte, weil er dringend Digitalis für sein Herz brauchte, und daß ich ihn hereinlassen mußte, weil er keinen Schritt mehr tun konnte, oder so was…«

»Das habe ich schon getan, das habe ich überall gesagt. Ich habe sie beschworen, daß du in Ordnung bist. Ich habe es ihnen auf die Seele gedrückt, daß ich meine beiden Hände für dich ins Feuer lege und meine beiden Füße noch dazu. Ich habe ihnen zugeflüstert, es sei sehr gut möglich, daß dieser Mof nur wegen irgendwelcher Arznei gekommen ist.«

»So, und wer hat gesagt, daß du das tun solltest?«

»Mein eigener gesunder Menschenverstand.«

»Du denkst, daß ich nicht Manns genug bin, meinen eigenen Karren aus dem Dreck zu ziehen?«

»Du wußtest ja nicht einmal, daß sie vermuten, dieser Mof sei vielleicht hier bei dir gewesen.«

»Nein, aber ich hatte schon einbezogen, daß...«

»Du warst aber gerade eben ganz schön verblüfft. Na ja, ich hoffe... Nicht zu glauben, mein Sohn, ein Deutscher...«

»Du solltest mal eine Zeitlang hier wohnen müssen, dann würdest du sehen, was hier möglich ist. Du lebst hier unter Menschen, die Musik Katzengejammer nennen, die ihr ganzes Leben lang nur ein Buch, ein einziges Buch, die Bibel, gelesen haben und die außerdem all diesen Unsinn über schwimmende Beile, redende Esel und sprechende Schlangen noch fanatisch glauben, die sage und schreibe den Titel eines einzigen Gemäldes kennen, *Die Nachtwache,* und alles, was sie dir davon erzählen können, ist, daß es, Gott sei's geklagt, soviel gekostet hat. Du hockst hier unter Menschen, die wirklich von nichts eine Ahnung haben, Menschen, die ihre Zeit damit vertun, Domino oder genauer mit der Fünfervariante davon zu spielen. Menschen, die sich stundenlang auf Geburtstagen bei einem Gläschen *boerenjongens* über ihren Rheumatismus, ihren Schnupfen, über Halsweh, Hühneraugen, Mandeln, Herzleiden auslassen. Menschen, die... Menschen, die... Menschen, die einem Quacksalber in der Wagenstraat die Tür einrennen, und du als Apotheker...«

»Ja, dieser Quacksalber, ein netter Mann, habe ihn

kennengelernt, Maarten van der Lee, ach, das mußt du nicht so schwer nehmen. Das ist jemand, der die Sprache der Menschen von hier spricht. Du stammst aus einer anderen Welt, den Umgang mit dir möchten sie tunlichst vermeiden, aber so ist es überall, denk nicht etwa, daß es irgendwo anders besser ist.«

»Du lechzt manchmal geradezu danach, ein Wort mit einem Menschen zu wechseln, der wirklich von irgendeiner Sache etwas versteht, und dieser Deutsche... es ist unglaublich, was dieser Mann von Musik verstand. Und er liebte Mendelssohn, bekannte sich auch offen dazu. Also, so schlecht kann dieser Mann nicht gewesen sein.«

»Da kann man sich durchaus täuschen, aber selbst wenn er etwas taugen sollte, dann hättest du doch...«

»Dieser Mann war auch nur eine Nummer hier. Dachtest du, daß so jemand zu seinem eigenen Spaß in einer Ortskommandantur sitzt?«

»Na, und warum siecht so ein Mof dann vor sich hin? Warum haut so ein erbärmlicher Lump nicht sofort ab?«

»Weil auch er gezwungen wird... Ich begreife nicht... wirklich, ich begreife nicht, ein solches Land, eine so herrliche Sprache, so viele großartige Komponisten, und dann dies, Hitler, der ganze Dreck. Wie ist das nur möglich?«

»Darauf weiß ich auch keine Antwort. Aber du kannst meinetwegen auf die Menschen in diesem Kaff spucken, sie haben immerhin, wenn ich das richtig verstanden habe, schon eine ganz anständige Geusenarmee auf die Beine gestellt, um...«

»Hast du das auch schon gehört? Findest du es denn nicht auch unglaublich dumm, das überall herumzuposaunen? Anfang des Monats haben sie einen bereits einfach von der Arbeit weggeholt...«

»Boezeman, Jacques Boezeman aus der Maschinenfabrik...«

»Du weißt also schon alles. Unheimlich! Alles wird weitererzählt.«

»Aber auch das ist für die Menschen hier typisch.«

»Kann sein, aber meiner Meinung nach ist es lebensgefährlich. Meiner Meinung nach müssen wir, solange es dauert, alle den Mund ganz fest schließen.«

»Und doch hoffe ich, daß du mich ein bißchen auf dem laufenden halten wirst über das, was sie mit dem Boezeman anstellen. Ich habe nun schon so viel von ihm gehört, daß...«

»Das ist doch eigentlich verrückt, findest du nicht? Sie denken, daß ich vielleicht einen Mof im Hause gehabt habe, aber dennoch vertrauen sie dir anscheinend ohne irgendeinen Vorbehalt.«

»Ja, Junge, ich könnte ein schlimmer Verräter sein, jedermann vertraut mir. Jeder schüttet mir immer augenblicklich sein ganzes Herz aus, und so, wie ich bin, sind natürlich noch mehr, und wenn so einer dazwischen ist, der auf der falschen Seite steht... Sei bitte vorsichtig, vertraue wirklich niemandem, nicht einmal dem lieblichsten Frätzchen.«

»Als ob hier liebliche Frätzchen herumliefen.«

»Oh, nun, ich habe immerhin zwei oder drei gesehen, und soweit ich gehört habe, bist du gut bekannt mit einer alten Jungfer auf dem Hoofd.«

»Weißt du das nun auch schon?«

»Ich sagte doch, daß sogar Dachrinnen Augen haben.«

»Es ist keine alte Jungfer, es ist jemand aus Hull, die nur zu gern wieder zurück möchte, aber das kann sie jetzt nicht, sie ist mit einem Lotsen von hier verheiratet. Der ist auf und davon, und nun gibt sie Klavierunterricht, um sich über Wasser zu halten. Denke nicht, daß ich etwas mit ihr habe, sie ist sehr zurückhaltend und…«

»Nun, du hast also da in jedem Fall ein bißchen Kontakt. Da ist also jemand, mit dem du über Musik reden könntest und mit dem du nach Rotterdam ins…«

»Gott im Himmel, sogar das wissen sie… und dabei bin ich nur ein einziges Mal, na ja, vielleicht zweimal… Sie will nicht mehr mitkommen, denn sie kann es nicht bezahlen und will auch nicht, daß ich sie einlade.«

»Das ist also eine Frau, vor der man Respekt haben muß. Und diese Zurückhaltung, ja, über die würde ich einfach hinweggehen.«

»Aber, Vater, sie ist schon verheiratet.«

»Ja, aber der Mann ist auf und davon, sagtest du.«

»Sie ist nicht mein Typ.«

»Na gut, also sieh dich nach einer netten, kleinen Witwe um, die gibt es hier bestimmt. Du willst doch nicht dein ganzes Leben als Einspänner in deiner

Wohnung über der Apotheke vor dich hin schmoren?«

»Das gefällt mir aber sehr gut. Den ganzen Tag über sehe ich Menschen. Ich bin sehr froh darüber, daß ich abends allein bin. Stell dir vor, daß ich mit einer Frau von hier... die hat mindestens hundert Geburtstage pro Jahr. Jede Woche zwei.«

»Du brauchst doch nicht mitzugehen.«

»Oh, das wäre undenkbar.«

»Ich würde mich aber trotzdem nach einer netten, kleinen Witwe umsehen...«

»Ach, Vater, hör auf, was ist denn an einer Witwe so anziehend?«

»Ganz einfach: Ein junges Mädchen kann erstaunlich hübsch aussehen, aber du weißt nie, ob es auch repräsentabel bleibt. Nichts ist so flüchtig wie die Schönheit junger Mädchen. Meistens sind sie hübsch, weil ihr Haar hübsch sitzt. Haben sie erst ein paar Kinder geboren, dann ist ihr Haar stumpf, die Locken sind dahin, aus und vorbei. Triffst du eine Witwe mit Kindern, die noch hübsch aussieht, dann weißt du mit Sicherheit...«

»Als ob es nur um ein anziehendes Äußeres ginge.«

»Oh, du kannst von mir aus gern ein häßliches junges Mädchen nehmen, das ist sogar am vernünftigsten. Schönes langweilt uns, an Häßliches gewöhnt man sich, und was häßlich ist, kann nicht noch häßlicher werden, sondern so eine weiß nicht, wie ihr geschieht, wenn sich doch noch ein Mann für sie interessiert. Aber dies sage ich dir: Du kannst als Mann noch so edel sein und über den Mangel an

Schönheit hinwegsehen, früher oder später bist du es doch leid, gehst du in die Knie vor einer, bei der dir der Atem stockt. Deshalb: Such dir eine hübsche kleine Witwe. Die hat schon einen Mann gehabt, die weiß, daß Männer durchweg Lumpen sind, du kannst dich nur positiv dagegen abheben.«

Am 9. Januar abends rief Simon Minderhout seinen Vater an. Er sagte: »Du wolltest auf dem laufenden gehalten werden über diesen Boezeman. Den haben sie offenbar in Scheveningen so mißhandelt, daß er gestorben ist.«

»Ach, Junge, wie mich das erschreckt.«

Es war der erste Geuse, der starb. Sechs Tage später wurden im Hafenstädtchen zwanzig Geusen verhaftet. Am 8. Februar wurden vierundzwanzig Geusen eingekerkert. An anderen Orten wurden noch mehr Geusen gefangengenommen. Achtzehn von ihnen – und da gab es sogar noch einen richtigen Prozeß – wurden zum Tode verurteilt, drei von ihnen, Minderjährige, wurden begnadigt, die übrigen fünfzehn wurden zusammen mit drei Februar-Streikenden am 13. März nachmittags um fünf Uhr auf der Waaldorpervlakte bei Den Haag hingerichtet.

Simon hörte wie immer getreu das Radio ab und erfuhr davon noch am selben Abend in den Nachrichten. Er rief sofort bei seinem Vater an. Er sagte: »Stehst du am Telefon?«

»Ja.«

»Setz dich mal lieber hin. Ich muß dir etwas Schreckliches erzählen.«

»Ich stehe im Flur, ich habe hier nichts in der Nähe, um mich hinzusetzen, das weißt du genau, nun sag schon.«

»Als du hier warst, hast du von den Geusen gehört.«

»Ja, ja, und ich habe auch in der Zeitung darüber gelesen. Ich habe den Prozeß genau verfolgt.«

»Heute nachmittag sind fünfzehn Geusen erschossen worden und drei Streikende.«

»Ist das wahr?«

»Ja.«

»Was haben die Jungen denn getan? Doch fast nichts?«

»Sie haben ein paar Telefonleitungen durchtrennt. Das war alles, glaube ich.«

Vater und Sohn schwiegen eine Zeitlang. Dann sagte der Sohn: »Sie haben hier ein Plakat angeschlagen, daß Juden sich bis zum Dreiundzwanzigsten auf dem Gemeindesekretariat melden müssen. War das bei euch auch?«

»Ja.«

Nach dem Gespräch hatte Simon noch gerade Zeit genug, um in einer Dunkelheit, in der man die Hand nicht vor Augen sehen konnte – es war Neumond –, zum Havenhoofd zu laufen. Es scherte ihn nicht, daß es stockdunkel war. Er hätte den Weg blind finden können. Lange stand er am Fluß. Er lauschte auf das Plätschern des Wassers, er schaute hinauf zum Sternenhimmel. Es war fast wie zu jener Zeit, damals, auf dem Ballooërveld. Hatte er sich damals wirklich gefragt, ob Gott existierte? Als ob das nach dem heutigen Tag, nach den toten Geusen, noch eine Bedeutung hatte. Er hatte die ganze Zeit, all die Monate, auf die Geusen herabgesehen. Sie hatten ihn nicht anwerben wollen, und er war zu stolz gewesen, um sich selbst zu melden. In Gedanken hatte er sich immer wieder verächtlich über den Geuseneid ausgelassen, er hatte ihren Hang zu einer Armee mit Rangunterschieden lächerlich gefunden. Er hätte von den Dächern schreien mögen, wie unvorsichtig sie waren. Er hatte recht bekommen. Er hatte schon nach der Gefangennahme der ersten Geusen gehört, daß die Moffen bei ihnen zu Hause Listen mit den Namen und Adressen der übrigen Geusen gefunden hatten. So konnten sie die anderen mühelos verhaften. Ja, er hatte recht bekommen. Wie unglaublich bitter und beschämend konnte es sein, recht zu behalten! Es war, als ob er für dieses Recht-Haben nur noch mit derselben Strafe würde büßen können, die jene fünfzehn Geusen heute nachmittag erlitten hatten. Er würde am liebsten dort am Fluß stehenbleiben, bis lange nach Sperrzeit, so daß er das Risiko einging, verhaftet zu werden. Zugleich begriff er, daß das Bedürfnis, das Schicksal der Erschossenen zu teilen und damit für dieses Recht-Haben zu büßen, etwas Feiges, Beschämendes hatte. Ohne selber etwas dazuzutun, konnte man sein Gewissen nicht beruhigen.

Segnungen

Eines Sonntag morgens im Frühjahr 1941 *pikte* er während der Kirchzeit ein *hoofdje*. Es war einer dieser sonnigen, warmen Apriltage, die sich einbilden, schon ein Sommertag zu sein. Nach dem Gottesdienst schlenderten denn auch Dutzende von Gläubigen zum Havenhoofd. Sie schauten in dem verschwenderischen, trostreichen Sonnenlicht über die glitzernden, plätschernden Wellen und atmeten die Frühlingsdüfte ein, die der Südwind von Rozenburg herüberwehte. Simon, der sich während der Kirchzeit als einziger von dem verheißungsvollen Frühlingslicht hatte umschmeicheln lassen, wurde zusehends von Ehepaaren eingeschlossen. Er hörte das Gemurmel ihrer Stimmen. Eine dieser Stimmen bemerkte gekränkt: »Was ist der Fisch doch verflixt teuer geworden.«

»Alles wegen dieser Scheißmoffen«, sagte eine andere Stimme.

Was für Schwachköpfe, dachte Simon, jammern über teuren Fisch. Als wenn das das Schlimmste wäre.

Wütend drehte Simon sich halb um. Er blickte in die vier Gesichter zweier Ehepaare. Spöttisch sagte er: »Nicht so mißmutig, zählt doch die Segnungen des Herrn.«

»Segnungen? Welche Segnungen?«

»Man braucht zum Beispiel keine Angst mehr zu haben, daß man aufgeschrieben wird, wenn man abends ohne Licht radfährt.«

»Nein, aber wenn du deine Augen nicht verflixt gut aufsperrst, landest du auf einmal mitten in den Seerosen.«

»Ach komm, wenn du den Weg kennst und der Mond auch noch ein bißchen mithilft, kannst du überall völlig sicher radfahren.«

»Ich glaube übrigens nicht, daß ich dich jemals habe radfahren sehen, Meisterapotheker.«

»Das stimmt, ich gehe lieber zu Fuß.«

»Na, und was klopfst du dann für Sprüche von wegen Radfahren ohne Licht? Was faselst du von Segnungen?«

»Ich weiß noch eine Segnung: daß die Moffen das Glockenläuten verboten haben. Es war doch unsinnig, daß man jeden Sonntag vor dem Gottesdienst eine Viertelstunde lang die Glocken bimmeln hörte. Jetzt dürfen sie nur drei Minuten lang läuten. Das finde ich eine enorme Verbesserung.«

»So, was du nicht sagst, und was kannst du noch nennen?«

»Für mich kannst du es kaum eine Segnung nennen, aber Tatsache ist, daß ich seit Mai vorigen Jahres viel weniger Umsatz habe. Es scheint, als ob die Menschen gesünder geworden seien. Magenschmerzen zum Beispiel… niemand hat anscheinend noch Magenschmerzen. Und alle möglichen anderen Leiden: auch auf einmal wie ausgestorben. Worüber unterhaltet ihr euch jetzt eigentlich auf all euren Geburtstagen?«

Die beiden Paare schnaubten vor Entrüstung und erklommen einen höher gelegenen Anlegesteg des Fährbootes. Eine der Frauen wandte sich kurz zu ihm um, lächelte merkwürdig schelmisch und schaute wieder nach vorn. Simon amüsierte sich: Und noch eine Segnung, eine unbegreifliche Segnung. Seit dem Überfall der Moffen sind die Frauen viel leichtsinniger geworden.

Einen Monat später, Mitte Mai, verließ er abends kurz vor acht seine Apotheke, um seinen täglichen Spaziergang zum Havenhoofd zu machen. Würde er noch rechtzeitig kommen, um die Moffen zu ärgern? Er wußte, daß jetzt bereits auf der Hafenkade Dutzende von Menschen flanierten. Unmittelbar bevor die Deutschen auf den Schiffen im Hafen ihre Flaggenparade abhielten, würden die Spaziergänger plötzlich in die Seitenstraßen rennen, um zu vermeiden, daß sie während des Flaggehissens am Ufer strammstehen müßten. Gleich nach Abschluß der Parade kamen sie dann kichernd wieder zum Vorschein und flanierten beschwingt an den Schiffen entlang. Nach und nach hatte sich dies für zahlreiche Bewohner des Hafenstädtchens zu einem fröhlichen Gesellschaftsspiel entwickelt. Obwohl Simon dachte, daß es eines Tages schiefgehen könnte, schloß er sich dem Spektakel ab und zu an.

Er ging seine gewohnte Abendroute, über den Marktplatz, auf die Klappbrücke, am Binnenhafen entlang. Bevor er auf der Höhe des Wijde Slop war, merkte er, daß sich etwas Ungewohntes ereignet hatte. Später würde er sich fragen: Wieso merkte ich das? Waren es die dröhnenden Motoren? Oder hörte ich da bereits den Lärm von Stimmen? Bei der Kippenbrug stand eine Menschengruppe. Er lief auf sie zu, hörte eine schrille Stimme: »Sie haben sie mitgenommen, sie haben sie alle mitgenommen.«

»Alle, wen alle?«

»Alle Jungen, die auf der Straße waren, auch Jungen, die nicht die Bohne damit zu tun hatten.«

»Aber was ist denn genau passiert?«

»Ja, wenn ich das wüßte...«

»Es sieht so aus«, sagte einer der Umstehenden, »als wenn irgendein *gozer*, irgendein dummer Junge, auf einer Pfeife geblasen hätte.«

»Ja«, ergänzte ein anderer, »ein paar Minuten, bevor die Moffen selbst anfingen zu blasen.«

»Und dann?«

»Als die Moffen das Pfeifen hörten, dachten sie, daß es schon Zeit für die Parade sei. Also haben sie, genau wie sie das sonst auch machen, fein säuberlich ihren ganzen Krimskrams an Flaggen eingeholt. Aber, na ja, sie kamen schnell dahinter, daß sie angeschmiert worden waren. Da hättest du sie hören und sehen sollen. Ich bin froh, daß ich schnell nach drinnen abhauen konnte... Verdammt, da kommen sie schon wieder, nichts wie weg.«

Auf der Govert van Wijnkade fuhren deutsche Überfallwagen in Richtung Schanshoofd. Simon überlegte einen Augenblick, ob er nicht doch zum

184

Havenhoofd spazieren sollte. In dem Augenblick aber, als er die heisere Hupe von der Hafenkade her hörte, verzichtete er darauf. Mit schnellen Schritten lief er am Binnenhafen entlang nach Hause, und plötzlich tat es ihm auch schon wieder leid. Ich bin verflixt ängstlich, dachte er, ganz einfach ängstlich. Wie kindisch, ich hätte doch ebensogut zum Havenhoofd weitergehen können. Sie waren auf der anderen Seite. Und noch zu Hause war er entsetzt darüber, daß er sich so einfach von einer Hupe hatte einschüchtern lassen. Dennoch lachte er sich irgendwie ins Fäustchen und dachte: Nun haben die Moffen einmal entdecken dürfen, welch ein Menschenschlag hier wohnt, Menschen, für die jeden Tag 1. April ist, Menschen, die nur darauf aus sind, einen zum besten zu halten.

Allzu schnell aber zeigte sich, daß die Moffen einen so harmlosen Streich, wie er typisch für die Leute vom Waterweg war, nicht im geringsten zu schätzen wußten. Sie belegten die Stadt mit einer Buße von hunderttausend Gulden. Sie zogen die Sperrzeit auf zwanzig Uhr vor. Sie setzten den Bürgermeister ab und ernannten an seiner Stelle einen Regierungskommissar. Und die sechzehn Jungen, die sie aufgegriffen hatten, wurden nach Deutschland deportiert. Sieben von ihnen kehrten später zurück.

Für Simon bedeutete das, daß er sein *hoofdje* gleich nach dem Abendessen *pikken* mußte. Aber daraus wurde nichts. Nach dem Essen, das er immer erst nach Ladenschluß, also nach sechs Uhr, zubereiten konnte, wollte er erst einmal in Ruhe Zeitung lesen, Radio hören, im Lehnstuhl vor sich hindämmern. So war ihm bis zum 2. Juni, als die Ausgangssperre vorübergehend aufgehoben wurde, sein Abendspaziergang verwehrt, etwas, das ihn außerordentlich störte, etwas, das ihn geradezu aus dem Gleichgewicht brachte. Er hatte nun einmal das fast unwiderstehliche Bedürfnis, abends, am liebsten in der Dämmerung und am allerliebsten, wenn es ein bißchen nieselte, eine Weile durch die Straßen zu streifen. Nur mit dieser schlichten, ja, armseligen Wanderung an den Fluß konnte er seine Ruhelosigkeit beschwichtigen.

Am 2. Juni wurde die Ausgangssperre aufgehoben. Er konnte abends wieder zum Havenhoofd spazieren. Am 3. Juli aber verordnete der Regierungskommissar wiederum eine Ausgangssperre. Sie blieb bis zum 17. Juli in Kraft. So saß Simon Minderhout wieder zähneknirschend abends zu Hause. Er versuchte, etwas zu lesen, oder er drehte am Radio, verzweifelt auf der Suche nach ein bißchen Musik, nach »echter« Musik. Aber meistens bekam er an diesen windstillen, nebligen Abenden nicht viel anderes zu hören als die ersten Takte jener Bearbeitung von »Ein feste Burg ist unser Gott«, wonach eine Zusammenfassung der deutschen Siegesmeldungen folgte. Es überraschte ihn erneut, daß der deutsche Sender trotz des Nebels so deutlich zu hören war.

Hillegonda (1)

1942, am Ende eines Januarnachmittags, als jedermann im Städtchen beim Abendbrot saß, schlich sich Simon mit einem Küchenstuhl zum Zuidvliet. Er band sich seine neuen Friesischen Schnelläufer unter, und während er sich an seinem Stuhl krampfhaft festhielt, versuchte er, den mühelosen, sicheren Laufstil nachzuahmen, den er tagsüber bei anderen Schlittschuhläufern gründlich studiert und neidvoll bewundert hatte. Selbstverständlich gelang ihm das an diesem ersten Abend nicht und am zweiten ebensowenig, aber schon am dritten Tag trennte er sich für einige Meter von seinem Küchenstuhl. In Anloo hatte er es nie gelernt, aber nun war das Wunder geschehen: Er lief Schlittschuh! Am vierten Tag wagte er zwar noch nicht, seinen Stuhl zu Hause zu lassen, aber er ließ ihn am Ufer stehen. Vorsichtig entfernte er sich auf seinen Schlittschuhen von ihm. Obwohl ein zunehmender Mond etwas Licht auf das dunkle Eis warf, wurde Simon sich bewußt, daß es eigentlich unverantwortlich war, um diese Zeit noch Schlittschuh zu laufen. Dort, wo jetzt tiefe Schatten lagen, konnte eine Öffnung oder eine dünne Stelle im Eis sein. Er könnte einbrechen, vielleicht sogar unter das Eis rutschen. Vor fünfzig Jahren war das seinem Vater passiert. »Ich blieb ganz ruhig«, hatte sein Vater ihm erzählt. »Du siehst über dir das Eis, und du hast in dem Augenblick vergessen, ob du nun versuchen mußt, zu einer dunklen oder gerade zu einer hellen Stelle zu gelangen. Ich wäre ertrunken, wenn mich nicht jemand gesehen hätte. Er ist auf dem Eis mitgelaufen und hat mich bei der nächsten Öffnung herausgezogen. Und ich, da unter dem Eis, ich dachte lediglich: Überflüssig, daß ich noch neue Schlittschuhe gekauft habe. Diesmal hätte ich ebensogut noch auf meinen alten laufen können, wie ärgerlich.«

Vornübergebeugt lief Simon ein kleines Stück weit, richtete sich dann auf, blieb einen Augenblick stehen und lief dann wieder zehn Meter.

Und obwohl er jedesmal einige Meter zurücklief, entfernte er sich doch allmählich immer weiter von seinem Küchenstuhl. Als es um ihn herum pechschwarz war, beschloß er, nach Hause zu gehen. Er drehte sich, wollte sich gerade nach vorn beugen, da meinte er wahrzunehmen, daß jemand auf dem Stuhl saß. Er überlegte, ob er gleich hier die Schlittschuhe abbinden und sein Möbelstück vergessen sollte. Doch seine Neugier war stärker. Er lief auf Schlittschuhen zurück. Der zunehmende Mond versteckte sich hinter einer unsichtbaren Wolke. Auf einmal war es stockdunkel. Er hörte, kurz bevor er bei seinem Stuhl angekommen war, ein fröhliches, ungestümes Lachen und gleich darauf eine Mädchenstimme: »Wie aufmerksam, für die Zuschauer eine kleine Tribüne aufzubauen. Aber warum haben Sie nicht für eine passende Beleuchtung gesorgt?«

»Darauf habe ich in Anbetracht der Umstände leider verzichten müssen.«

»Daher kostete es mich auch so viel Mühe, Sie zu finden.«

»So, Sie haben mich gesucht?«

»Ich suchte den Apotheker. Auf dem Markt erzählte jemand, Sie seien Schlittschuh laufen gegangen.«

»Woher wissen die denn das schon wieder? Herrgott noch mal, alles beobachten die hier.«

»Auf jeden Fall, was Sie betrifft.«

Simon band die Schlittschuhe ab. Schwungvoll sprang er ans Ufer. Der zunehmende Mond kam hinter den Wolken hervor. Er erkannte eine junge Frau in einem abgetragenen grauen Regenmantel. Um den Kopf hatte sie ein ärmliches Tuch gebunden. Sie sah nicht gerade aufregend aus. Als sie vom Stuhl aufstand, sah er, daß sie ziemlich groß war, ungefähr so groß wie er selbst.

»Und weshalb haben Sie mich gesucht?«

»Ich komme fast um vor Kopfschmerzen. Ob Sie wohl Aspirin für mich haben?«

Simon schaute sie überrascht an. Wie konnte jemand, der so ungestüm, so ansteckend, so fröhlich gelacht hatte, Kopfschmerzen haben?

»Gehen wir«, sagte er. »Ich werde nachsehen, was ich noch habe. Aspirin, es könnte sein, aber meine Vorräte gehen zur Neige. Ich habe fast alles aufgebraucht, wir können von Glück sagen, daß heutzutage kein Mensch mehr krank wird. Aber es muß dennoch bald vorbei sein, sonst kann ich niemandem mehr helfen.«

»So lange wird es sicher nicht mehr dauern«, sagte die Frau.

»Meinst du?«

»Immer optimistisch bleiben«, sagte die Frau leichthin.

»Nein«, sagte Simon, »es ist besser, der Realität ins Auge zu blicken, anstatt sich in falschen Hoffnungen zu wiegen.«

»Du denkst also, daß es noch lange dauern wird?«

»Ich fürchte, ja.«

»Aber die Amerikaner sind doch jetzt dabei, das macht viel aus.«

»Hier sagt man: Ich helfe dir hoffen. Das werde ich also tun.«

»Du bist nicht von hier?«

»Nein, ich komme aus Drenthe, aus Anloo, um genau zu sein.«

»Weißt du…?«

Sie schwieg abrupt. Er sagte: »Was soll ich wissen?«

Sie schüttelte den Kopf, legte kurz den Finger auf den Mund, fragte: »Bist du soweit? Können wir nun zur Apotheke gehen, wegen des Aspirins?«

»Von mir aus«, sagte er.

Mit seinem Küchenstuhl in der rechten und seinen Schlittschuhen in der linken Hand ging Simon neben der Frau am Zuidvliet entlang zum Marktplatz. Er hörte ihre Schritte neben sich. Es schien, als könne man allein schon an dem Rhythmus ablesen, wie schwungvoll, wie leicht, wie unbekümmert ihr Gang war. Beim Gehen bewegten sich ihre Arme graziös neben ihrem Körper. Sie schien fast ein Vogel zu sein, und wie ein Vogel ging sie, schritt sie, wie ohne Schwerkraft. Einen Moment lang sah es so aus, als zöge sie ihr linkes Bein nach. Mit seinem altmodischen Bartschlüssel öffnete er die Tür zur Apotheke. Die Frau folgte ihm. Er schloß die Tür, sagte: »Ich kann hier unten kein Licht machen. Die Fenster sind nicht verdunkelt. Komm doch mit nach oben.«

Er legte seine Schlittschuhe auf den Boden, stellte den Stuhl an seinen Platz und ging dann vor ihr die Treppe hinauf. Sie folgte ihm. Er hörte wieder ihren Schritt, diesmal auf den Holzstufen, und es erstaunte ihn, daß sie sogar auf einer steilen Treppe den Eindruck erweckte, als tanze sie. Im Wohnzimmer zündete Simon eine Lampe an. Die Frau nahm das Kopftuch ab, schüttelte ihr aufgestecktes Haar, soweit möglich, und schaute ihn vergnügt an. Einen Augenblick lang meinte Simon, sie habe einen Silberblick, aber er war sich nicht sicher. Sie war viel jünger, als Simon zuerst gedacht hatte. Es irritierte ihn, denn er hatte sie in Gedanken »die Frau« genannt und mußte nun zu »Mädchen« übergehen.

»Willst du vielleicht etwas trinken, etwas Warmes, eine Tasse Tee? Oder Kaffee vielleicht? Ich habe noch ein bißchen echten Kaffee. Den habe ich aufbewahrt – für besondere Gelegenheiten.«

»Echter Kaffee, das ist nicht dein Ernst, oh, wie wäre das herrlich, ich bin sehr weit mit dem Rad gefahren.«

»Du bist nicht von hier?«

»Nein.«

»Woher kommst du dann?«

»Ich glaube, es ist besser, wenn ich dir das nicht erzähle.«

»So, du willst also Aspirin-Tabletten.«

»Ich glaube, daß Sie… daß du… daß Sie…«

»Wieder zurück zum Sie – wir waren doch schon beim Du angekommen?«

»Ich denke, du kapierst genau, daß ich nicht wegen Aspirin-Tabletten hier bin.«

»Es hat ein bißchen gedauert, bevor ich das kapiert habe, vielleicht bin ich nicht so helle, aber… Was wolltest du nun über Anloo wissen?«

»Ob Sie… eh, ob du da vielleicht einen Platz für jemanden zum Untertauchen weißt.«

»Ich bin schon lange weg von dort. Ich kenne da niemanden mehr, habe dort eigentlich überhaupt niemanden gekannt, aber ich werde meinen Vater fragen, der weiß vielleicht… der kennt dort viele Leute…«

Simon ging in die Küche und griff nach der Dose, die den letzten Rest Kaffee enthielt. Er mußte etwas in sich überwinden, ehe er die Bohnen aus der Dose schüttete. War dies nun eine so besondere Gelegenheit, daß er seinen letzten Kaffee dafür angreifen durfte? Er spähte kurz durch die offenstehende Küchentür zu dem Mädchen hinüber, das sich hingesetzt hatte. Die Lampe beleuchtete ihr Profil. Er starrte es an, schluckte kurz, kippte dann den Rest Kaffee aus.

Wenig später, als beide schweigend und ein wenig

zögernd voller Genuß an ihrem Kaffee nippten, fragte er: »Willst du vielleicht auch etwas essen?«

»Ehrlich gesagt, habe ich richtig Hunger.«

»Dann werde ich dir sofort eine Scheibe Brot schmieren. Wieso kommst du eigentlich gerade hierher? Warum gerade zu mir?«

»Auch das würde ich lieber für mich behalten.«

»Ja, gut, aber wie soll ich wissen, ob ich dir trauen kann, ich meine… ich…«

»Meinst du, du könntest mir nicht trauen?«

»Mein Vater hat mich ausdrücklich vor lieblichen Frätzchen gewarnt.«

»Oh, vor denen? Dann brauchst du vor mir keine Angst zu haben. Dann kannst du mir doch trauen.«

Simon blickte sie dennoch mißtrauisch an. Sie seufzte: »Also gut, ich nenne nur einen Namen, Edersheim, reicht das?«

»Das reicht«, sagte er.

»Ich brauche für jemanden, der sonst keine Möglichkeit hat, sie zu bekommen, eine ganz besondere Arznei.«

»Hast du ein Rezept?«

»Etwas Ähnliches.«

Sie stand auf, lief zu ihrem Regenmantel, der auf dem Flur hing, wühlte in einer der Taschen und kam mit einem zerknitterten Stück Papier zurück. Sie reichte es ihm. Er las.

»Das habe ich zwar, aber das ist sehr teuer, und ich darf es eigentlich nur nach strenger Vorschrift ausgeben. Und nur auf Rezept.«

»Ja, aber… mehr kann ich dir nicht sagen. Wir

brauchen es dringend, und wir wissen nicht, woher wir es sonst bekommen sollen.«

»Ich werde es dir geben«, sagte er, »dazu muß ich allerdings unten Verschiedenes zusammensuchen, was nicht so ganz einfach sein wird im Dunkeln, und es dann mischen. Damit werde ich etwas länger beschäftigt sein, aber vielleicht kannst du dir inzwischen selbst ein Brot schmieren. Du findest alles in der Küche, Brot, Butter, Käse, du wirst schon sehen.«

»Natürlich, gern, und darf ich dann einmal kurz auf dem schönen Flügel spielen, den du da stehen hast?«

»Der gehört nicht mir, der gehört meinem Onkel Herbert, der wollte ihn abholen lassen, aber er hat noch immer keinen Platz dafür. Daher steht er noch hier.«

»Du meinst, ich muß erst deinen Onkel Herbert um Erlaubnis fragen, ob ich darauf spielen darf?«

»Im Namen von Onkel Herbert erteile ich dir hiermit die Erlaubnis.«

»Erwarte nicht zuviel. Ich spiele sehr schlecht, ich kann eigentlich gar nicht Klavier spielen, aber ich singe gern und habe gerade so viel gelernt, daß ich mich selbst begleiten kann.«

Simon ging die Treppe zur Apotheke hinunter, leuchtete mit einer Taschenlampe vor sich her. Er hörte, wie sie aufstand, zum Flügel ging und einen Akkord anschlug. Sie spielte eine Tonleiter, Dreiklänge, wieder eine Tonleiter, eine kleine, einfache Melodie. »So schlecht spielt sie gar nicht«, murmelte er in der Dunkelheit. Mehr oder weniger nach Gefühl suchte er die verschiedenen Ingredienzen zusammen und ließ ab und zu einen dünnen Lichtstrahl aus der Taschenlampe aufleuchten. Er hörte, wie das Mädchen in die Küche ging. Er hörte sie in seinen Lebensmitteln kramen und ins Wohnzimmer zurückgehen. Plötzlich erklangen gebrochene Akkorde, die fließend in die Begleitung eines Liedes übergingen. Ihre Stimme klang von oben zu ihm herunter. Er konnte nicht verstehen, was sie sang. Sobald er alles, was er brauchte, aus verschiedenen Schubladen herausgefischt hatte, stieg er die Treppe wieder hinauf.

»Hast du es?« fragte sie.

»Ich habe alles. Aber jetzt muß ich es noch in einem bestimmten Verhältnis mischen. Das ist noch einmal eine ziemliche Feinarbeit, und dazu brauche ich viel Licht. Das muß ich also hier in der Küche machen. Spiel und sing noch ein bißchen weiter.«

»Ja, aber ich kenne nur die Begleitung von diesem einen Lied auswendig, und ich habe es schon dreimal gesungen.«

»Dann sing es noch dreimal. Du langweilst mich nicht, wirklich. Von wem ist es eigentlich?«

»Oh, das weiß ich nicht genau, es ist ein schwedisches Lied. Ich habe es in einem Buch mit Liedern aus allen Ländern gefunden, dies ist das Lied aus Schweden.«

»Wovon handelt es?«

»Weiß ich nicht. *En sommardag* steht darüber. Das wird wohl ›Ein Sommertag‹ bedeuten, ach, so schwierig ist Schwedisch gar nicht, weißt du.«

Ihr Lachen füllte sein Wohnzimmer. Sie schüttelte die Schultern, hob ihren Kopf etwas zu ihm hoch, ließ ihre Zähne sehen, beugte sich dann wieder über die Tasten und sang: »O *ljuva sommarfläkt.*«

Er konnte das Lied inzwischen mitsummen und tat es auch. Nach dem Schlußakkord hörte er sie rufen: »Du darfst gern mitsingen, aber dann bitte den Ton halten.«

Sie sang das Liedchen noch einmal. Er summte nicht mehr mit, dachte an seinen Vater, der jedes Musikstück, ob er es kannte oder nicht, immer zuerst leise, dann zusehends lauter mitsummte oder mitpfiff. Er wußte nur allzu gut, wie störend das sein konnte.

Sie kam in die Küche und sagte: »Kann ich als Gegenleistung für deine Mühe nicht etwas für dich tun? Ich mache eine Lehre als Netzflickerin. Ich kann gut stopfen und flicken. Soll ich deine Socken stopfen?«

»Meine Socken stopfen?« fragte er verblüfft. Er schaute sie an. Sie stand auf der Schwelle und lachte, so daß ihre ebenmäßigen Zähne zu sehen waren. Er wiederholte: »Meine Socken stopfen? Nun ja, warum eigentlich nicht. Hier auf der Anrichte steht ein Korb mit einigen arg zugerichteten Exemplaren. Ganz unten findest du, hoffe ich, Nadel und Faden.«

Er reichte ihr den Korb. Sie ging damit ins Wohnzimmer zurück.

Er arbeitete schnell, verlor aber Zeit, weil er nach seinem Achatmörser suchen mußte. Während er wog, mischte und trennte, dachte er: Dafür hat man nun neun Jahre studiert, um mit Spachteln und Mörsern eine Arbeit zu tun, die auch ein Kleinkind verrichten könnte. Jetzt noch ein bißchen Papier zurechtschneiden und falten, und der kleine Roemer kann zufrieden sein.

Kurz darauf ging er mit seinen Pulvertütchen ins Wohnzimmer. Er legte sie auf den Tisch und sagte: »Jeden Abend nach dem Essen muß eins davon eingenommen werden. Für wen es auch ist: Er kommt damit eine Weile aus, und wenn sie aufgebraucht sind, kommst du einfach wieder.«

Sie stopfte die Socke zu Ende, die sie gerade in der Hand hatte. Sie zog ihren grauen Regenmantel an, verbarg ihr Haar unter dem Kopftuch und steckte die Tütchen in die Manteltasche. Er ging vor ihr die Treppe hinunter und fragte dann: »Wo steht dein Fahrrad?«

»Gleich um die Ecke.«

»Wie heißt du?«

»Hillegonda.«

»Du hast bestimmt ganz besondere Eltern, wenn sie dir einen solchen Namen gegeben haben.«

»Meinst du?«

Da standen sie im Vorraum der Apotheke. Er blickte sie an, sie blickte zurück, und wieder waren ganz kurz ihre ebenmäßigen großen Zähne zu sehen. Mit seinem Zeigefinger gab er ihr einen kleinen Stups an die Schulter. Es war, als hätte er diese weißen Zähne irgendwann, vor langer Zeit, schon einmal gesehen. Er sagte: »Du wirst unterwegs erfrieren in deinem dünnen Regenmantel.«

»Oh, ich halte schon was aus«, sagte sie, »ich schmelze bestimmt nicht.«

»Wenn es friert, ist die Gefahr zu schmelzen ziemlich gering. Ich habe eher Sorge vor dem Gegenteil.«

»Es friert noch nicht so stark, und es ist praktisch windstill.«

»Habe ich nicht etwas für dich, etwas für deine Füße, warte, hier hängt noch ein dicker Wollschal, den leg dir ruhig um, den kann ich später, wenn es Sommer ist, von dir wiederbekommen.«

»Ein Schal für meine Füße«, sagte sie lachend.

»Nun ja«, sagte er, »ich meine…«

»Na, dann gib den Schal nur her.«

Er ging nach hinten, nahm ihn im Dunkeln von der Garderobe, lief zurück, legte ihr den Schal um den Hals. Sie wickelte ihn sich fester um und sagte fröhlich: »Danke schön, jetzt werden mir die Zehen sicher nicht mehr abfrieren.«

Während sie schnell davonfuhr, summte er das schwedische Liedchen. Sobald sie außer Sichtweite war, wurde ihm klar, daß er noch nicht gegessen hatte. Er konnte sich jedoch nicht überwinden, etwas zu kochen. Er schmierte sich in der Küche eine Scheibe Brot, aß sie im Stehen und spürte, wie die Mendelssohn-Unruhe von ihm Besitz ergriff. Das mächtige Eröffnungsthema des e-moll-Streichquartetts verdrängte die Melodie des lieblichen schwedischen Liedchens. Er dachte, daß er die Melodie dennoch wieder heraufbeschwören könnte, spät abends aber, als er am Fluß stand und über das breite Wasser schaute, merkte er, daß es eine Illusion war. Von

En sommardag blieben nur noch die Worte »*O ljuva sommarfläkt, som mina kinder smeker*«. Die Melodie hatte sich verflüchtigt, hatte sich von Mendelssohn geschlagen geben müssen. Er überlegte, ob Alice vielleicht diese Sammlung von Liedern aus allen Ländern besaß. Er erwog, ob er bei ihr anrufen sollte, konnte sich aber nicht dazu entschließen. Alice würde ihn, soviel war sicher, barsch und streng ausfragen. Was durfte er dann sagen? Es war sicher besser, kein Wort von diesem Mädchen mit ihrem schwingenden Gang, ihrem Liedchen von dem *sommarfläkt* und ihren ebenmäßigen Zähnen verlauten zu lassen.

Chloroform

Bis Ende Januar lief er regelmäßig am frühen Abend auf dem Zuidvliet Schlittschuh. Jedesmal, wenn er bei einbrechender Dunkelheit übers Eis glitt, hoffte er wider besseres Wissen, sie würde auftauchen. Natürlich würde sie nicht kommen. Er war ja so dumm gewesen, ihr für Monate Pulver mitzugeben. Manchmal warf er sich auf den Küchenstuhl und ermahnte sich selbst, wobei er die Stimme seines Vaters imitierte: So, nun sitzt du also auf dem Stuhl, auf dem sie auch gesessen hat. Ja, Junge, dich hat's entsetzlich erwischt, *l'amour t'a mordu*. Nun hast du die Gelegenheit, höchstpersönlich zu erleben, wie sich das anfühlt.

Dann mußte er über sich selber lachen, dachte: Solange du darüber spotten kannst, ist es nicht so schlimm. Außerdem haben wir wahrlich anderes im Kopf.

Ende Januar fiel sehr viel Schnee. Er konnte nicht mehr Schlittschuh laufen. Eines Abends ging er in tiefer Dunkelheit unter einem wolkenverhangenen Himmel zum Fluß hinunter. Nachdem er am Anlegesteg für das Fährboot eine Weile vor sich hin gegrübelt und den schweren Geruch des Wassers eingeatmet hatte, klingelte er auf dem Rückweg bei Alice.

Als er die Treppe zu ihrer Wohnung hinaufstieg, sagte er: »Ich hoffe, ich störe nicht.«

»Natürlich störst du«, gab sie spitz zurück, »aber ich bin doch froh, daß ich dich einmal wiedersehe.«

»Vielleicht kannst du mir helfen. Ich habe da ein schwedisches Liedchen von einem Sommertag gehört. Ein ziemlich schlichtes Lied, aber anrührend. Ich habe die Melodie vergessen. Hast du vielleicht einen Sammelband mit Liedern aus allen Ländern, in dem es stehen könnte? Ich möchte es so gern noch einmal hören. Es ist verrückt... du hörst so eine Melodie, du pfeifst sie bis zum Gehtnichtmehr, aber am nächsten Tag ist sie verflogen. Du hältst es nicht aus, du willst sie, koste es, was es wolle, wieder in den Kopf bekommen.«

»Ja, das kenne ich«, sagte sie, »das kann wirklich quälend sein.«

Sie suchte in ihrem Wohnzimmer unter den Notenstapeln. Sie fischte eine Liedersammlung nach der anderen heraus. Dann fragte sie: »Kannst du mir noch etwas mehr sagen? Wovon handelt das Lied?«

»Es kommt etwas von einem *sommarfläkt* darin vor, und etwas, das sich anhört wie: ›und alle Kinder *smeken*‹.«

»Wo hast du es gehört?«

»Im Radio«, sagte er leichthin.

»Und haben sie nicht gesagt, was es war?«

»Wahrscheinlich doch, aber bevor das Lied zu Ende war, fiel der Empfang aus. Man hörte nur noch Rauschen.«

»Das wird die Suche nach der berühmten Stecknadel im Heuhaufen«, sagte sie. »War es ein durchkomponiertes Lied?«

»Nein, nein, das glaube ich nicht.«

»Na, siehst du, das hilft schon ein wenig. Meinst du, daß es ein Lied von einem richtigen Komponisten war oder einfach ein Volkslied?«

»Ich weiß es nicht. Es war recht einfach, eine Begleitung, die der Singstimme unmittelbar folgte, aber ein Volkslied, nein, ich denke nicht.«

Sie blätterte in den Sammlungen. Sie sang, während sie sich selbst begleitete, verschiedene Lieder von Sommertagen. Nach und nach vergaß Alice, warum sie sang und spielte. Sie stieß auf Lieder, die sie vor langer Zeit gesungen hatte, begrüßte sie wie alte Bekannte, stürzte sich voller Hingabe auf sie. Sie vergaß auch, daß es sich um ein schwedisches Lied handelte. Sie sang ein Lied nach dem anderen von Edvard Grieg und rief immer wieder: »*How beautiful, how beautiful.*«

Dann sagte sie: »Ich höre auf, ich bin heiser. Jetzt erst einmal ein Täßchen *delicious* Kaffee-Ersatz.«

Sie saßen im Erker, tranken Kaffee-Ersatz, schauten über den Fluß. Alice sagte: »Es heißt, sie wollen den ganzen Küstenstreifen zum Sperrgebiet erklären. Bevor es soweit ist, müssen wir noch einmal zum Strand und noch einmal das Meer sehen. Kommst du mit?«

Und so geschah es, daß Simon, übrigens erst zwei Monate später, Mitte April, gemeinsam mit Alice, Aaron Oberstein und dessen Frau Ruth und dem Ehepaar Edersheim mit dem Rad zum Strand fuhr.

Es war warmes, rauhes, sonniges Wetter. Es wurde erstaunlich viel gelacht. Die drei Männer und die drei Frauen bespritzten sich gegenseitig in der Brandung mit kaltem Meerwasser, saßen danach am Strand in der Sonne, ließen sich in einer Wirtschaft zwei Spiegeleier schmecken, redeten miteinander, als sei alles in bester Ordnung, als hätten sie sich den ganzen Sommer 1942 jeden Tag dort treffen können. Wenig später, schon am 20. April, wurden alle Strände für die Öffentlichkeit gesperrt. Wie unbedeutend im Vergleich zu dem, was weiter geschah. Vom 2. Mai an mußten alle Juden einen Stern tragen, im Juli wurden sie zum erstenmal massenweise zusammengetrieben und nach Westerbork oder sogar schon in den Osten abtransportiert. Aaron und Ruth tauchten unter; Bram und seine Frau waren schon vorher auf der Insel Rozenburg untergetaucht.

In Simons Erinnerung würde sich später dieser Tag völlig lösen von allem, was in diesen Monaten sonst noch in seinem Leben passierte. Dieser Tag – hellgelber Sand, eine rauschende Brandung, strahlender Sonnenschein, Frauenstimmen – würde allmählich zu etwas werden, das bei genauem Nachdenken niemals geschehen sein konnte, sondern geträumt sein mußte, früh am Morgen, wenn man lange Zeit vor sich hingedämmert hat und vor dem endgültigen Aufwachen noch einmal kurz wieder einschläft.

An einem Freitagnachmittag im Mai, drei Wochen nach dem Ausflug an den Strand, schaute Simon beim Zubereiten einer Salbe einmal kurz auf. Durch die neue Schaufensterscheibe – die alte war wie so viele andere Scheiben in der Nacht vom 26. auf den 27. März nach ein paar ohrenbetäubenden Schüssen eines Abwehrgeschützes in durchaus nicht glückbringende Scherben verwandelt worden – sah er sie über den Markt kommen, mit einer Hand schob sie ihr Fahrrad. Sie war nicht allein. Neben ihr ging, ebenfalls die Hand am Lenker eines Fahrrads, ein kräftiger junger Mann mit einem Lockenkopf. Wenig später betraten beide die Apotheke. Ohne Umschweife fragte sie: »Haben Sie Chloroform?«

»Das habe ich«, sagte er, »aber ich kann es nicht so ohne weiteres abgeben.«

»Uns vielleicht doch?« fragte sie.

Sie sah ihn kühl an, zog ganz kurz fast drohend die Oberlippe hoch. Für einen Augenblick gewahrte er ihre makellosen Zähne. Sie trug denselben grauen Regenmantel und dasselbe ärmliche Kopftuch. Sein Wollschal fehlte. Er sagte: »Braucht ihr viel?«

»Ein kleines Fläschchen voll«, sagte der junge Mann.

»Na ja, das wird schon gehen.«

Simon tat ein wenig Chloroform in eine braune Medizinflasche. Er reichte sie ihr.

»Wieviel bekommen Sie?« fragte sie.

»Laß nur, du hast sicher nichts anderes bei dir als diese elenden Blechmünzen, die man kaum klimpern hört, wenn man sie auf der Straße verliert. Ich esse heute abend eben ein Butterbrot weniger.«

»Das will ich nicht auf dem Gewissen haben. Ich möchte gern bezahlen.«

»Ach, so ein bißchen Chloroform – wenn ihr nur nichts Falsches damit anstellt.«

»Natürlich nicht.«

Der junge Mann öffnete die Ladentür. Sie waren schon wieder auf dem Markt, als er sich überlegte, daß er sie hätte bitten können, sozusagen als Bezahlung noch einmal das Liedchen zu singen. Er wollte nach draußen laufen, aber sie saßen schon auf ihren Fahrrädern. Er sah sie davonfahren, und er war entsetzt, daß man einen wildfremden Mann, den man noch nie im Leben gesehen hatte, so schnell und so heftig hassen konnte.

In diesem Sommer war er ruheloser denn je. An den hellen Abenden strich er manchmal, soweit Ausgangssperren oder Sonderverordnungen es zuließen, stundenlang durch die Straßen. Regelmäßig klingelte er bei Alice. Sehr oft waren Laienmusiker bei ihr, selten ein Geiger, öfter ein Flötist, meist ein Cellist, mit denen sie musizierte. Simon bildete dann das dankbare Ein-Mann-Publikum. So entdeckte er durch Alice, daß doch Musikliebhaber im Städtchen wohnten. Der Geiger spielte auch in einem Streichquartett, und er wurde eingeladen, dort ebenfalls zuzuhören. So wurde er nach und nach in einen Kreis streichender, flötender, singender, blasender Dilettanten aufgenommen und erlebte aus nächster Nähe, wie in dem Hafenstädtchen unter dem Einfluß eingeschränkter Verhältnisse das Musizieren aufblühte.

Dennoch ging ihm Hillegonda nicht aus dem Kopf, wartete er darauf, daß sie wieder auftauchen würde. Das Pulver mußte allmählich aufgebraucht sein. Und natürlich würde sie, wenn sie auch für andere Untergetauchte sorgte – was offenbar der Fall war –, auch andere Dinge benötigen. Oder hatte sie sich woanders einen Apotheker eingefangen? Er konnte es fast nicht verstehen, daß er, Roemer Simon Minderhout, so in die Knie gezwungen worden war. Sicher, er war höchst empfänglich für ein hübsches Frätzchen und konnte zu jeder Tageszeit davon angerührt werden. So ein kleines Ding brauchte jedoch nur seinen Mund zu öffnen und einen halben Satz in dem rauhen Dialekt vom Waterweg zu sagen, und schon wich die Verzauberung. Auch dieses Mädchen sprach den Dialekt. Außerdem: Sehr schön war sie nicht, und umwerfend sah sie schon gar nicht aus. Und doch: diese weißen Zähne, das Profil, der Duft, die Art, wie sie das schwedische Liedchen gesungen hatte, ihr beschwingter Gang und vor allem dieses fröhliche, schallende Lachen...

Doch dann ereignete sich am Ende des Sommers etwas, was seine Ruhelosigkeit dämpfte und weswegen er ein vages Schuldgefühl empfand. Er erfuhr, daß das Ehepaar Colthof und die Familie Van Gelderen abends aus ihren Häusern geholt worden waren. Sie hatten die Nacht auf der Polizeiwache verbringen müssen und waren dann abtransportiert worden. Das ereignete sich am 19. Oktober, aber er merkte es erst, als er an der leeren Metzgerei vorbeiging, die nur wenige Häuser von seiner Apotheke entfernt lag. Er war wütend und empört, daß fünf Menschen in unmittelbarer Nähe der eigenen Wohnung auf der Polizeiwache hatten übernachten müssen. Daß man ihnen nicht einmal die letzte Nacht in ihrem eigenen Bett gegönnt hatte!

So war die Stadt mühelos *über Nacht* judenfrei, und so mußte Roemer Simon die Erfahrung machen,

daß nicht einmal er, der nota bene eine Staatsex-
amensarbeit über das Thema geschrieben hatte,
etwas tun oder unternehmen konnte, um solches zu
verhindern. Er litt darunter, fühlte sich außerdem
schuldig, daß er tagaus, tagein sehnsüchtig darauf
wartete, Hillegonda möchte kommen und neues
Pulver verlangen, während sich gleichsam unter seinem Fenster etwas Derartiges abgespielt hatte.
Daher versuchte er, sich über seine unsinnigen Gefühle lustig zu machen. Wenn er sich rasierte,
schaute er voller Verachtung in den Spiegel und
sagte mit bitterem Spott zu sich selbst: Schau dir dieses Rindvieh an! Den hat es schwer erwischt, den
armen Schlucker, und das, während die Welt in
Flammen steht.

Ende Dezember hantierte er in dem Raum hinter
dem Laden mit Piknometern und Büretten. Er hörte
zwar die Ladenglocke, brauchte aber nicht nach
vorn zu gehen. Seine Assistentin war da. Er hörte
Schritte und eine Stimme, und die Hand rutschte
ihm aus. Die Kupfergewichte, die er nicht abgeliefert
hatte, weil er annahm, daß dies in seinem Beruf
nicht verlangt wurde, fielen klirrend zu Boden. Da
saß er im schwachen Licht des unruhig flackernden
Bunsenbrenners, hörte sie nach einer harmlosen
Arznei fragen und hörte, wie sie wieder aus dem
Laden ging. Er wartete einen Augenblick, rannte
nach vorn, sagte zu seiner Angestellten: »Ich muß
noch etwas besorgen.«

Er schoß auf die Straße hinaus, sah sie, neben sich
mit einer Hand ihr Fahrrad schiebend, in Richtung

der Klappbrücke laufen. Dort ging es bergauf, dort würde sie nicht gleich losfahren können, und er könnte sie noch einholen. Mit großen Schritten eilte er über den Markt. Auf halbem Weg zur Klappbrücke war er mit ihr auf gleicher Höhe.

»So, wieder auf Raubzug?« fragte er.

»He, hallo, ich… eh, ja, gut, daß ich dich sehe. Ich brauche wieder etwas von dem Pulver, aber deine Verkäuferin sah so streng aus. Ich wagte nicht, sie darum zu bitten.«

»Wenn du kommst, dann am besten Freitag nachmittag, dann hat Juffrouw Don frei. Leicht zu behalten, Freitag, Juffrouw Don frei.«

Sie lachte ihr fröhliches, ansteckendes Lachen: »Ja, leicht zu behalten, Juffrouw Don hat Donnerstag frei.« Er sah ihre Zähne, er bemerkte, wie beschwingt und leicht sie ein Bein vor das andere setzte.

»Was hast du jetzt eigentlich vor?« fragte er.

»Nichts, ich wußte nicht, was ich tun sollte. Ich dachte, ich mach mal eine Runde hier durch die Stadt und gucke nachher noch mal vorsichtig rein. Vielleicht ist das Mensch dann ja weg. Und sonst hätte ich vielleicht nach Ladenschluß bei dir geklingelt.«

»Verrückt eigentlich, wenn man ›das Mensch‹ sagt, meint man immer eine Frau, obwohl das Wörtchen ›das‹ sächlich ist.«

»Jetzt, wo du's sagst… darüber habe ich noch nie nachgedacht.«

»Solche Dinge sagt mein Vater immer.«

»Der in… wo lebt er schon wieder… in Drenthe. Hast du ihn schon gefragt?«

»Nein, noch nicht, aber ich werde nachher sofort anrufen.«

»Wohin gehen wir eigentlich?«

»Weiß ich nicht.«

»Nein, ich auch nicht, wir laufen hier einfach ein bißchen rum.«

»Na ja, wir laufen hier am Hafen entlang, dem einzigen Ort in der Stadt, der Maler und Dichter in Versuchung bringen kann.«

»Das ist nicht wahr, hier kommt gleich eine kleine Schleuse, die ist einmalig schön.«

»Stimmt, und von da aus hat man eine wunderschöne Aussicht über den Noordvliet.«

»Nun, dann… eh, kennst du vielleicht ein Gebäude, das Sursum Corda heißt?«

»Natürlich.«

»Können wir da vielleicht mal kurz dran vorbeigehen, wo wir nun schon hier herumflanieren?«

»Aber sicher. Dazu müssen wir jetzt links abbiegen, in den Zure Vischsteeg. Der ist nur zu Anfang ein bißchen eng, du mußt mit deinem Fahrrad etwas manövrieren.«

Er zeigte ihr den dunklen Eingang der Gasse.

»Da kommt man kaum mit dem Fahrrad durch«, sagte sie.

»Gleich wird es breiter.«

Ihr Fahrrad vor sich her schiebend, verschwand sie im Zure Vischsteeg. Simon folgte.

»Es stinkt hier bestialisch«, sagte sie.

»Aber nicht nach Fisch«, sagte er, »und schon gar nicht nach *zure vis,* nach saurem Fisch.«

Über den Zandpad und die Taanstraat erreichten sie die Fenacoliuslaan. Sie gingen am Gebäude Sursum Corda entlang. Er sagte: »Jetzt ist es die Zuteilungsstelle für Lebensmittelkarten.«

Sie nickte achtlos. »Wie machen wir das nun mit dem Pulver?«

»Am besten ist es, wenn ich jetzt langsam zurückgehe und es vorbereite, und du vertrittst dir noch eine halbe Stunde die Beine und kommst danach in die Apotheke. Dann ist Juffrouw Don inzwischen zu Hause. Sie darf immer um Viertel vor sechs gehen, damit sie noch Besorgungen machen kann, bevor die Läden schließen.«

»Was für ein großzügiger Arbeitgeber«, sagte sie. »Hast du nicht eine Stelle für ein zweites Ladenmädchen?«

»Oh, die Geschäfte gehen atemberaubend schlecht, es ist nicht zu glauben, keiner wird mehr krank. Man kann feststellen, daß die Menschen seit Mai 1940 erstaunlicherweise immer weniger Leiden haben, daß sie immer gesünder werden. Na, bis nachher.«

Simon bog zum Wijde Slop ab, eilte über die Havenkade zur Klappbrücke und war um halb sechs wieder in der Apotheke. Juffrouw Don verließ den Laden auf die Minute genau um Viertel vor sechs. Keine zwei Minuten später erschien Hillegonda.

»Ich sah sie gehen«, sagte sie.

»Wer hat dich nun hereinkommen sehen – das würde ich gern wissen.«

»Niemand, denke ich, niemand hat auf mich geachtet, als ich die Tür öffnete.«

»Oh, bestimmt nicht, und doch wird hier alles gesehen, wirklich alles. Ich könnte nie jemanden hier verstecken. Innerhalb eines Tages würde es jeder wissen, und innerhalb von zwei Tagen würden sie es da drüben wissen.«

»Da drüben?«

»Ja, dort ist die Polizeiwache.«

»Wie sind die da so?«

»Die meisten sind in Ordnung, aber einer nicht.« Er sah zur Wache hinüber. Sie folgte seinem Blick.

»Da an der Ecke?«

»Das Haus mit den kleinen Scheiben.«

»Gut zu wissen.«

»Ich bin fast fertig«, sagte er. »Ob du wohl inzwischen noch einmal das schwedische Liedchen singst, das von dem Sommertag?«

»Welches Liedchen?«

»Das du letztesmal hier gesungen hast.«

»Woher soll ich wissen, was ich hier gesungen habe? Ich singe so viele Lieder.«

»Es handelte von einem *sommarfläkt*«, sagte er niedergeschlagen.

»*Sommarfläkt*, was ist das denn?«

»Das weißt du nicht mehr?« fragte er traurig.

Ihr fröhliches Lachen füllte den Laden. Er sah ihre Zähne, alle ihre Zähne. Sie lief zur Treppe, stieg hinauf, und gleich darauf erklang ihre Stimme. Er summte mit, er flötete mit, er sang mit, er wollte diese kleine Melodie für immer in den Tresor seines

Gedächtnisses einschließen, sie durfte nie wieder verlorengehen. Er mußte sie in jedem Augenblick wieder wecken können. Sie war fröhlich und wehmütig zugleich. Fast mußte man lachen, doch war es ein Lachen unter Tränen.

Noch lange, nachdem sie fort war, schien das Lied in seiner ganzen Schönheit gegenwärtig zu sein. Er pfiff und summte es den ganzen Abend. Es war, als ob es ihn beschützte, behütete. Es war, als könne er durch dieses Liedchen sogar die Moffen vergessen. Aber am späteren Abend, als er ein *hoofdje pikte*, begegnete er einer deutschen Patrouille und konnte nicht mehr rechtzeitig in eine Seitenstraße abbiegen, so daß er in dem Augenblick, in dem die Patrouille vorbeimarschierte, mit entblößtem Kopf Haltung annehmen mußte – einer Sonderverordnung entsprechend, die nach dem Vorfall bei der Flaggenparade in Kraft trat. Das war ihm bisher nicht passiert. Er hatte immer die Patrouille herankommen sehen und hatte mit untrüglicher Sicherheit rechtzeitig in eine Seitenstraße einbiegen können.

Als die Patrouille vorbei war, ohne daß auch nur einer der Deutschen auf ihn geachtet hätte, war das Lied wie weggewischt. In der Nacht vermochte er noch einen Hauch davon in sein Gedächtnis zurückzurufen, aber der zweite Teil, der, in dem die Melodie nach oben ging und so anrührend war, blieb unempfänglich für mnemotechnische Tricks. Auch ihr Gesicht konnte er sich nicht mehr vorstellen. Nur ihre Zähne sah er zwischen den Lippen blitzen.

Bombenangriff

Am 18. März 1943 morgens ließ sich Simon im Friseurladen von Jo Smoor seine Haare schneiden. Es war ein heiterer, kalter Tag. Schon kurz vor acht wartete er in der Wagenstraat zusammen mit einem Binnenschiffer, daß Jo Smoor den Riegel seiner Ladentür beiseite schieben würde. Als es soweit war, drückte der Binnenschiffer gegen die schräge Stange der Tür und ging hinein. Simon folgte. Jo Smoor entnahm dem hohen Wandschrank, in dem er das Rasiergerät der festen Kunden in einem eigenen Fach aufbewahrte, den weißen irdenen Seifennapf und den Rasierpinsel des Schiffers. Simon ging an ihm vorbei und setzte sich in einen der Friseurstühle. Während ihm Kees Kloppenburg, Smoors Gehilfe, die Haare schnitt, hörte er dem Gespräch zwischen Jo Smoor und dem Binnenschiffer zu.

»Meine Frau und mein Jüngster sind heute nachmittag bei meinen Schwiegereltern in Naaldwijk«, sagte Smoor.

»Es scheint ganz schönes Wetter zu werden, nicht so kalt, daß dir der Hintern abfriert, aber glücklicherweise auch nicht so heiß, daß man die Hechte im Goudsteen nach Luft schnappen sieht. Nein, es kann ein schönes Wetterchen werden, um in Naaldwijk ein Täßchen Kaffee zu trinken, auch wenn es kein echtes Täßchen Kaffee ist, aber so ein appetitliches Täßchen Blümchenkaffee wird ihr da in Naaldwijk auch gut schmecken, meinst du nicht?«

»Du sagst es«, sagte Smoor.

»Obwohl – Zeiten sind mir das. Wenn du dir eine Frikadelle aus der Pfanne auf den Teller kippst, besteht die heutzutage fast nur noch aus Haferflocken.«

»Ja, du sagst es, und doch macht es dir nichts aus, sie hinunterzuschlingen.«

»Nein, da hast du völlig recht, es ist mitunter eigenartig. Hast du übrigens von Fietje Firet gehört?«

»Nicht, daß ich wüßte.«

»Die bekam an einem Geburtstag Zoff mit ihrem Mann um ein Gläschen *boerenjongens*. Wutentbrannt gehen sie zusammen weg, laufen von der Haustür an im Stockdunkeln, er dicht an den Häusern entlang, sie so weit wie möglich von ihm entfernt dicht am Vliet. Hört er auf einmal ein Plätschern, Fietje also im Wasser vom Goudsteen. Er fischt sie da raus, und ihr fehlte überhaupt nichts, nur ihre falschen Zähne waren weg. Kapierst du so was?«

»Na, herzlichen Glückwunsch, künstliches Gebiß weg, das ist heutzutage auch nicht so einfach, ein neues…«

»Genau, du sagst es.«

So würde nun, das wußte Simon, den ganzen Tag geredet und geredet werden. Den ganzen Tag lang würden sich Friseur und Kundschaft unaufhörlich gegenseitig ihre Äußerungen bestätigen. Erleichtert verließ er den Friseurladen. Am Goudsteen entlang, auf dessen Grund offenbar ein künstliches Gebiß ruhte, lief er nach Hause. Er nahm die kleine Notbrücke über den Noordvliet. Kurz nach neun war er in seiner Apotheke. Juffrouw Don war seit einiger Zeit krank, und er war den Tag allein. Einige Rezepte wurden gebracht. Zu jedem sagte er: »Ich bin heute allein, also kann ich einiges erst am frühen Abend bringen.«

Kurz nach vier war es, er studierte gerade in aller Ruhe Husserls *Logische Untersuchungen*, als er durch einen gewaltigen Knall hochschreckte. Er schoß auf, eilte die Treppe zur Apotheke hinunter. Noch einmal ertönte ein Knall, dann zwei Einschläge hintereinander. Er rannte nach draußen. Über der Wagenstraat stieg eine riesige Rauchwolke empor. Wieder folgte eine gewaltige Explosion. Plötzlich heulten die Sirenen. Fliegeralarm. Er wartete einen Augenblick, dann hörte er das Geräusch von Kinderfüßen, und gleich darauf sah er die Kinder angerannt kommen. Unglaublich, dachte er, die müssen gleich nach dem ersten Knall die Schultüren sperrangelweit geöffnet haben. Sie wollen also lieber, daß den Kindern auf der Straße etwas passiert als in der Schule. Er lief zur Apotheke zurück und holte seinen Erste-Hilfe-Koffer. Er fühlte sich merkwürdig ruhig, dachte nur: Es ist soweit. Mit seiner Erste-Hilfe-Ausrüstung lief er zur Notbrücke über den Noordvliet. Ein schluchzendes Kind machte sich hinten im Vorraum der Buchhandlung Bergsma so klein wie möglich. Nachdem er die Brücke überquert hatte, ging er ruhig weiter zum Goudsteen hinunter. Ein riesiger roter Kater kam mit erhobenem Schwanz aus der Wagenstraat angerast. Simon sah, daß die Noorderkerk in Flammen stand. Wieder hörte er einen gewaltigen Knall. Eigentlich war es wohl kaum vernünftig, schon mit einem Erste-Hilfe-Koffer unterwegs zu sein, solange noch Bomben fielen. Er war sich zwar sicher, daß ihm nichts passieren würde, wußte aber zugleich, daß diese Überzeugung unsinnig und trügerisch war. Dennoch schritt er todesmutig weiter durch den Goudsteen zur Wagenstraat. An mehreren Stellen flackerten große und kleinere Brände auf. Er hörte einen gellenden Schrei, dann ohrenbetäubendes Kreischen, dann wieder einen langen, jammernden Schrei. Irgendwo erklang das resignierte, röchelnde Bellen eines Hundes, danach als Antwort das wütende Bellen eines anderen Hundes. Simon blieb stehen. Ein Flugzeug kam so tief angeflogen, daß er sich instinktiv bückte. Er sah etwas fallen und hörte nicht nur einen mächtigen Knall, sondern spürte auch, wie die Steine der Straße unter seinen Füßen für einen Moment erschüttert wurden. Eine Staubwolke nahm ihm die Sicht auf das, was um ihn herum geschah. Er wartete ruhig ab, bis es wieder heller geworden war. Das Gedröhn der Flugzeugmotoren erstarb. Es war vorbei. Und sofort begriff er, daß die Bomben nicht für die Wagenstraat und die Noorderkerk bestimmt gewesen waren, sondern für die deutschen Marineschiffe im Außenhafen.

»Mußtet ihr denn so miserabel zielen?« murmelte er.

Er wagte wieder, einige Schritte weiterzugehen, und merkte auf einmal, daß es derselbe Weg war wie am Morgen. Daher lief er einfach weiter bis zum Friseurladen von Jo Smoor. Wo ihm morgens noch die Haare geschnitten worden waren, gab es nur noch eine rauchende Ruine. Mitten auf der Straße lag unversehrt die Stange der Ladentür. Ein fast nacktes, blutiges Bein ragte stumm aus den Trümmern heraus. Es war wohl wenig sinnvoll, es noch zu verbinden. Er begriff – und gleichzeitig durchfuhr ihn der Gedanke: Wie ärgerlich, dann muß ich mich auf die Suche nach einem anderen Friseur machen –, daß ihm seine Haare nie mehr von Jo Smoor oder Kees Kloppenburg geschnitten werden würden. Er fühlte sich vage schuldig, weil er sich am Morgen noch über das Gespräch in dem Friseurladen geärgert hatte, und um dieses vage Schuldgefühl zu beschwören, murmelte er: »Es ist zu hoffen, daß Smoors Frau und das jüngste Kind noch in Naaldwijk sind.« Dennoch schämte er sich wegen seiner unangebrachten Überheblichkeit.

Einträchtig arbeitete er mit zwei höchst eifrigen und nicht nur äußerst hilfreichen, sondern auch ungewöhnlich einfallsreichen Deutschen zusammen, die an mehreren Plätzen lose Holzbalken wegzogen und Trümmer beiseite räumten, damit er sich den Verwundeten widmen konnte. Er verband hastig seine Mitbürger und ging am späten Nachmittag zur Schans, wo er ebenfalls viele Wunden provisorisch desinfizierte und verband. Und überall, wohin er kam, flackerten Brände auf. Die Groote Kerk war schwer getroffen, in den Türmen wütete das Feuer. Es wurde gelöscht, aber nach einiger Zeit loderte es wieder auf. Trotz der Flammen, des Lärms, des Geschreis, trotz der manchmal fürchterlichen Wunden, die er zu verbinden hatte, blieb er den ganzen Nachmittag über vollkommen ruhig.

Damals auf dem Ballooërveld hatte er ja gewußt, vorausgeahnt, daß sich das Böse einst zeigen würde. Es war nur anders, als er erwartet hatte. Er hatte immer gemeint, daß Friseurläden, in denen Gespräche geführt wurden, wie er sie heute morgen noch mitangehört hatte, unmöglich vom Weltgeschehen berührt werden könnten. Auch wenn die ganze Welt wütete, der Friseurladen von Jo Smoor würde verschont bleiben. Höchstens konnte man ein künstliches Gebiß im Goudsteen verlieren. Nun zeigte sich, daß dies ein Mißverständnis war, nun mußte er sein Weltbild neu überdenken. Bei Husserl brauchte er nicht nachzuschlagen. Völlig unwirklich war nämlich nach einem solchen mißlungenen Bombardement das Instrument der phänomenologischen Reduktion.

Es war schon Abend, schon dunkel, und noch immer lief er von der Wagenstraat zur Schans und wieder zurück, für den Fall, daß noch ein Verwundeter gefunden wurde, der Erste Hilfe brauchte. Niemals hätte er sich vorstellen können, daß er, Roemer Simon Minderhout, der sich keineswegs für qualifiziert hielt, jemals an einem einzigen Tag so viele Wunden desinfizieren und verbinden würde. Aber er war nun einmal Apotheker, hatte nun einmal den üblichen Erste-Hilfe-Schein.

Während später seine Erinnerungen an den Nachmittag und den frühen Abend verschwommen blieben, waren sie haarscharf von dem Augenblick an, in dem er in der Schans eine alte Frau traf, die mit blutigen Händen in den Trümmern suchte.

»Kann ich helfen?« fragte er.

»Ich suche die Teelöffel«, sagte die Frau.

»Meinen Sie, daß sie hier liegen?« fragte er.

»Ganz bestimmt, ich muß versuchen, sie so schnell wie möglich zu finden. Es sind die silbernen Löffelchen von Tante Machteld. Ich möchte sie heute abend noch putzen, wenn das ginge.«

»Sehen wir doch einmal nach, ob sie da liegen.«

Simon räumte vorsichtig einige Trümmer beiseite, zog ein Brett weg, schob die Überreste einer Schublade fort und sah dann eine silberne Teekanne glänzen. Er nahm sie und sagte: »Gehört die auch Ihnen?«

Die Frau nahm sie, warf sie aber sofort weg, schrie: »Nein, die will ich nicht, die will ich nicht.«

»War aber ein besonders hübsches Kännchen«, sagte Simon.

Er kletterte über die Trümmer und fischte es unter den Resten von unkenntlich gewordenen Haushaltsgeräten hervor und kam wieder herunter. Und während er dort noch mit dem silbernen Kännchen in den Händen stand, sah er, daß diese Hände auch glänzten, daß sie Licht zu spenden schienen, und vor Schreck ließ er das Kännchen fallen. Erstaunt starrte er auf seine Hände, er, der während des Luftangriffs so ruhig geblieben war. Er lief zu einem der Feuerwehrleute und sagte: »Sieh dir mal meine Hände an.«

»Phosphor, von den Bomben«, sagte der Feuerwehrmann nur.

»Oh, Phosphor.«

»Paß nur auf, wenn es trocknet, stehen deine Pfoten in Flammen.«

»Kann ich sie denn irgendwo waschen?«

»Das wäschst du nicht einfach ab. Dazu brauchst du die allerbeste Seife. Da mußt du tüchtig bürsten.«

»Woher nimmst du heutzutage Seife?«

»Weiß ich auch nicht.«

»Zu Hause habe ich noch ein bißchen grüne Seife, ob das damit wohl auch wegzukriegen ist?«

»Du kannst es probieren.«

Simon griff nach seinem Erste-Hilfe-Koffer. Jetzt, wo die Gefahr bestand, daß seine Hände anfingen zu brennen, durfte er wohl nach Hause gehen, um sie zu waschen. Er lief zur Monsterse Sluis, stieg die breite Treppe zur Veerstraat hinunter. Dort war kein einziges Haus getroffen worden. Auf dem Markt schienen sogar die Fensterrahmen noch unberührt in den Zargen zu hängen.

Er wusch sich lange und ausdauernd die Hände, bekam aber den Phosphor von den Innenflächen und den Fingerkuppen kaum herunter. Er war todmüde, während er fortfuhr, seine Hände zu schrubben. Er spürte, wie sein Herz heftig und unregelmäßig klopfte. Als seine Hände endlich etwas sauberer geworden waren und die Gefahr, daß sich der Phosphor entzünden würde, gebannt zu sein schien, war es so spät, daß er sich nicht mehr entschließen konnte, in den zerstörten Teil der Stadt zurückzukehren. Er zog sich aus, kroch ins Bett, lag da und starrte an die Decke. Es war, als hätten ihm der Luftangriff und dessen Folgen, die Trümmer, die Wunden, die Teelöffel, die Kehrseite der wenigen Monate gezeigt, in denen er gehofft hatte, daß sie wieder in seiner Apotheke auftauchen würde. Nach einem Bombenangriff, bei dem, einen Steinwurf von ihm entfernt, Häuser und Friseurläden und Kirchen weggefegt worden waren, schien eine so törichte, vage Verliebtheit völlig fehl am Platze.

Obwohl Simon im vierten Kriegsjahr bedeutend weniger Medikamente austrug als in den Jahren zuvor, war er viel häufiger unterwegs. Manchmal nahm er schon nach zwei Gängen seinen Arzneikoffer. Am liebsten marschierte er in das benachbarte Dörfchen Maasland. Im Frühjahr war es ihm dort regelmäßig gelungen, Medikamente gegen neue Kartoffeln zu tauschen. Um den Kontrolleuren zu entgehen, war er über die Trekkade an den Wippersmolen entlang zur Apotheke zurückgekehrt. Dennoch war er auf seinen Wanderungen ein paarmal angehalten worden. Er hatte seinen Personalausweis vorzeigen müssen. Niemals jedoch hatte er seinen mit Kartoffeln gefüllten Arzneikoffer öffnen müssen. Auch viel später, im Hungerwinter, würde es ihm in Maasland manchmal gelingen, Medikamente gegen Kartoffeln zu tauschen, die er anschließend in seinem Köfferchen beförderte.

Im übrigen gingen Simons Einkünfte Monat um Monat zurück.

»Aber das ist nicht schlimm«, sagte er, als er mit seinem Vater telefonierte, »denn wofür sollte man noch Geld ausgeben? Für 100 g Butter pro Woche? Für ein halbes Pfund Fleisch pro Woche? Für knapp einen Liter Milch? Für vier halbe Weizenbrote pro Woche?«

»Sei froh, daß du keine Kinder zu versorgen hast«, sagte sein Vater.

»Darüber bin ich allerdings froh, so für mich allein geht es ganz ordentlich.«

Dennoch träumte er nach einem solchen Telefongespräch, wenn er tagsüber mit seinem Arzneikoffer und abends ohne diesen durch die Straßen lief, manchmal am hellichten Tag von Hillegondas Söhnen und Töchtern, die von ihm gezeugt werden würden. Oft war er höchst erstaunt, welch vage Phantasien über einen Sohn, mit dem er gemeinsam ein *hoofdje pikken* würde, sich in seine Gedanken einnisteten. Es war etwas Rätselhaftes, etwas, was nicht in sein Leben paßte. Es waren Sabotageakte seiner Vorstellungskraft. Er wußte: Ich muß sie wiedersehen, sie wieder sprechen, dann wird das von selbst aufhören. Aber nicht einmal ihre Adresse kannte er. Sie hieß höchstwahrscheinlich gar nicht Hillegonda, sondern Klarien oder Huibje oder Geertje. Ob sie einen so alltäglichen südholländischen Namen hatte? Wer weiß, ob seine Spintisiereien über dieses Mädchen vom Waterweg nicht schon bald weggewischt sein würden.

Von Hillegonda abgesehen, fühlte er sich damals übrigens noch ziemlich unangreifbar. Er war nie ein großer Esser gewesen, kam ganz gut aus mit den dürftigen Lebensmitteln, die ihm auf Karten zugeteilt wurden und die er überdies durch Tausch meist recht bequem ergänzen konnte. Was ihn jedoch belastete, was ihm den Schlaf raubte, was an ihm fraß, war etwas anderes: daß es nicht in seiner Macht lag, irgend etwas zum Widerstand beizutragen. Er kannte niemanden aus dem Widerstand. Niemand trat an ihn heran. Wenn er nicht der Polizeiwache gegenüber gewohnt hätte, dazu noch am Markt, wo alle Bewohner einander scharf beobachteten, hätte er mühelos ein oder zwei Leute bei sich verstecken können. In den beiden Stockwerken über der Apotheke war Platz genug. Er wußte, daß das unmöglich war. Er konnte höchstens vorübergehend jemandem eine Notunterkunft bieten. Selbst dazu kam es, jedenfalls 1943, nicht. Außer Hillegonda hatte nie jemand gefragt, ob er eine vorübergehende oder dauernde Adresse kennen würde, wo jemand untertauchen könnte. Er wußte, daß es etwas mit dem ersten Eindruck zu tun hatte, den er auf Menschen machte. Er hatte etwas Reserviertes, etwas Überhebliches an sich. Er war so anders als sein Vater, dem er erst nach dessen Tod ähnlicher wurde.

Im Sommer 1943 stieß Simon auf eine Neuausgabe von Luthers *Ausgewählten Werken*, herausgegeben von H. H. Borcherdt und Georg Merz. Im Kommentar von Walter Holsten hieß es: »*Von den Juden und ihren Lügen* ist diejenige Schrift, der Luther seinen Ruhm als führender Antisemit verdankt. Sie ist geradezu das Arsenal zu nennen, aus dem sich der Antisemitismus seine Waffen geholt hat.«

Von Luther, soviel war wohl sicher, zog sich eine gerade Linie zu Adolf Hitler. Manchmal bedauerte es Simon, daß seine Abhandlung über den Judenhaß irgendwo in einer Professorenschublade vor sich hindämmerte. Er würde ihr inzwischen so viel hinzufügen können. Immer wieder stieß er auf neue frappierende Beispiele des Antisemitismus. Er nahm sich vor, die Abhandlung zurückzufordern, sobald die Universität wieder geöffnet sein würde, sie neu zu schreiben und noch einmal einzureichen.

Es war an einem ganz normalen Freitagnachmittag, Ende August, als die Ladenglocke klingelte. Er hatte nichts zu tun, brauchte keine Salbe zu mischen, keine Pillen herzustellen. Er saß in dem Raum hinter dem Laden zwischen seinen arbeitslosen Bunsenbrennern, Meßkolben und Trockenöfen und las in Luthers Werken. Als die Glocke läutete, legte er das Buch beiseite und ging nach vorn. Da stand sie. Das milde, fast schon herbstliche Sonnenlicht warf seine letzten Strahlen in den Laden. Sie stand in diesem erhabenen Licht. Sie sah ihn an, schluckte tapfer, schob ein Locke zurück, die sich aus ihrem aufgesteckten Haar gelöst hatte. Sie trat aus dem Sonnenlicht heraus.

»So, das ist schon wieder eine Weile her. Was verschafft mir denn heute die Ehre…« Bevor er seinen Satz beenden konnte, fragte sie mit niedergeschlagenen Augen: »Hättest du heute nacht wohl einen Schlafplatz für mich?«

»Selbstverständlich, aber sag mal, sind sie dir…«

»Nichts fragen, bitte, nichts fragen, es ist wirklich besser, wenn du nichts weißt.«

»Einverstanden«, sagte er leicht verunsichert, »nur eins: Seit dem 3. August muß man jeden Übernachtungsgast bei der Polizei melden. Das weißt du vermutlich. Was machen wir da?«

»Nicht melden«, sagte sie verschreckt.

»Mir recht, aber bestimmt hat dich jemand hier hereingehen sehen, vielleicht sogar einer von der Polizeiwache. Sie können von der Wache direkt zu mir hineinsehen.«

»Dann tu ich nachher einfach so, als ginge ich weg.«

»Und dann?«

»Dann schleich ich mich von der Rückseite wieder heran. Das geht doch?«

»Über den Deich, am Wasser entlang, das geht. Aber du mußt den Weg kennen. Ach was, wir können nachher einen kleinen Spaziergang machen, und dabei kann ich ihn dir zeigen. Und dann, wenn es richtig dunkel geworden ist, riskierst du es einfach.«

So machten sie am späteren Abend einen Spaziergang. Simon zeigte ihr, wo sie den Deich hinuntergehen und wo sie am Wasser entlangschleichen mußte. Sie sagte: »Oh, das schaffe ich schon.«

»Gut«, sagte Simon, »aber wo lassen wir dein Fahrrad?«

»Das habe ich schon ganz hinten in den Gang gestellt. Ob es wohl jemandem auffällt, daß ich es nicht mitnehme, wenn ich mich nachher zum Schein davonmache?«

»Das kannst du nie wissen, ach, vielleicht sind wir viel zu vorsichtig.«

Simon wollte nach dem Spaziergang über den Deich noch sein übliches *hoofdje pikken*. Hillegonda fand es besser, zur Apotheke zurückzukehren, ließ sich aber überreden. So spazierten sie nebeneinander am Hafen entlang. Auf der Höhe vom Wijde Slop hörten sie die stampfenden Stiefel einer deutschen Patrouille. Hillegonda wollte umkehren, Simon sagte: »Bist du verrückt, bloß nicht. Wenn du jetzt wie ein Hase wegläufst, denken sie gleich, es steckt etwas dahinter. Wir sollten besser einfach weitergehen, sie kommen wahrscheinlich gar nicht hierher, sie gehen zum Schanshoofd.«

»Da bin ich mir nicht so sicher.«

»Komm, so kenne ich dich nicht, denk daran, was mein Vater immer sagt: Mut und Blut unterscheiden sich nur durch zwei Buchstaben.«

»Würdest du... meinst du... Wenn du jetzt einen Arm um mich legen würdest... dann sehen wir aus wie ein Pärchen... dann fallen wir vielleicht weniger auf.«

Simon legte sofort einen Arm um ihre Schultern, drückte sie fest an seinen mageren Körper. Sie legte ihren Arm um seinen Rücken. Simon dachte: Wie geht es sich doch mühsam, so eng aneinandergedrückt. Aber es überkam ihn etwas, was er bisher noch nie erlebt hatte, etwas wie eine unglaubliche Verzückung. Es war, als dürfe er sich selbst, zehntausend Jahre später, von einem Stern her anschauen, während er innig umarmt mit einem Mädchen ging, von dem er, wenn man es recht betrachtete, nicht das Geringste wußte. Was empfand er eigentlich?

War er glücklich? Nein, das Wort genügte absolut nicht. Was war es dann? Er erinnerte sich auf einmal, daß er 1936 im Stadsgehoorzaal in Leiden eine Aufführung der 6. Symphonie von Anton Bruckner gehört hatte, mit dem Rotterdams Philharmonisch unter Leitung von Eduard Flipse. Der Dirigent hatte eine kurze Einführung gegeben, die mit den Worten endete: »Das Adagio dieser Symphonie ist wie eine Kathedrale voller Musik, Musik allerhöchster Ordnung, geschaffen aus der reinsten Sphäre. Wir sind immer glücklich und dankbar, wenn wir diese Musik spielen dürfen.«

Schon bevor das Adagio begann, war die Coda des ersten Satzes eine Offenbarung. Der Schluß strahlte eine unbesiegbare Ruhe aus, kündete von jener wundersamen Erhabenheit, die sich in einem Menschen, in diesem wunderlichen, neurotischen Anton Bruckner, hatte manifestieren können, aller Last und Mühe des Lebens zum Trotz, ein Vorgeschmack der himmlischen Seligkeit, in der Gott alles und in allen sein würde. Und danach begann das langsame, langsame Adagio, mit dieser allmählich absteigenden Oboe, wie um Mendelssohn zu zeigen, daß eine Melodie nicht immer aufzusteigen braucht. Bruckner, das hatte er damals verstanden, war das Gegenteil von Mendelssohn, Bruckner war eine langsame, schwerfällige, irdische Gestalt, einer, der genug Zeit hatte, einer, der die Ruhelosigkeit nicht kannte.

Soviel aber schien sicher zu sein: Was er dort am Hafen für Hillegonda empfand, hatte sich damals bereits durch Bruckners Musik angekündigt. Sie gingen zum Hoofd, hörten, wie die deutschen Stiefel zur Schans abbogen. Sie hätten sich loslassen können, aber sie taten es nicht. Sie standen am Wasser, sahen dunkle Wolken langsam über den Fluß treiben und ab und zu ein paar kleine Flecke freien Himmels. Sterne waren kaum zu erkennen. Simon schaute dennoch hinauf und glaubte an diesem Abend wieder für einen Augenblick an Gott, den Gott, der bei dir zu Besuch kommt und für den du aus drei Maß Mehl Pfannkuchen backen darfst. Er dachte an seinen Vater, der ihm immer wieder erzählt hatte, wie er seine Mutter während der Schwangerschaft mit der Geschichte von Sara aufgemuntert hatte. Er war ein unerwünschter Nachkömmling, das wußte er, er hätte nicht geboren werden sollen. Oft hatte er gedacht, daß dies besser gewesen wäre. Aber dort, am Fluß, konnte er sich nicht nur damit anfreunden, daß er auf die Welt gekommen war, sondern war sogar innig dankbar dafür.

Sie liefen zurück, es war totenstill auf der Straße, es war totenstill auf dem Markt und stockdunkel. Sie betraten die Apotheke, sie sprachen nicht mehr über das ausgetüftelte Täuschungsmanöver, das sie vorgehabt hatten. Simon brachte Hillegonda auf den Dachboden, zeigte ihr das Bett. Sie machten es zusammen zurecht, und danach stieg er in sein Schlafzimmer hinunter, zog sich aus, legte sich ins Bett und lauschte angestrengt auf die Geräusche, die von oben kamen. Er war hellwach. Er hörte ihre tapsenden Schritte und wie sie ins Bett stieg, hörte dann lange nichts mehr, lag da mit weit geöffneten Augen und horchte. Dann ertönte ein unterdrückter Schrei, er hörte sie das Bett verlassen. Sie lief über die knarrenden Dielen des Dachbodens und kam die steile Treppe herunter und klopfte an seine Tür. Er sprang aus dem Bett, machte Licht an, lief zur Tür, öffnete sie einen Spaltbreit.

»Was ist los?« fragte er.

»Spinnen«, sagte sie, »da sind tausend Spinnen. Ich lag im Bett und fühlte auf einmal, wie eine einfach so aus der Luft auf meinem Gesicht landete.«

Simon öffnete die Tür ein Stück weiter. Das Licht fiel aus seinem Schlafzimmer auf ihre Gestalt. Ihr Haar hing lose um ihr Gesicht. Er würde das nie vergessen, lernte an diesem Abend eine Lektion fürs Leben. Später würde er oft im Scherz sagen: »Hüte dich vor der geheimen Waffe des aufgesteckten Haares. Du denkst: Oh, das Mädchen ist nicht so anziehend, mit der kann ich mich ohne Feuergefahr einlassen. Aber bedenke: Das Haar kann gelöst werden! Ein Knoten ist hochgesteckte Erotik!«

Er schluckte. »Ich kann mich meinetwegen oben hinlegen, dann darfst du hier schlafen.«

»Dann mußt du zu den Spinnen… Kann ich mich nicht einfach neben dich legen? Ich brauche nur wenig Platz.«

»In mein französisches Bett? Na ja, warum auch nicht, es ist breit genug.«

»Also, dann lege ich mich doch einfach zu dir.«

Und so geschah es. Sie lagen nebeneinander. Es war stockdunkel. Von draußen drangen keine Geräusche herein. Nach einer Viertelstunde legte sie ihre Hand auf sein Haar, streichelte es vorsichtig. Er dachte: Womit habe ich das verdient?

Er richtete sich auf, tat, was er vom ersten Augenblick an, als er sie sah, hatte tun wollen. Er küßte sie und sagte: »Und da siehst du's mal wieder: Du kannst auf einem Kissen küssen.«

Sie lachte ihr fröhliches Lachen. Er wartete, bis sie zu Ende gelacht hatte, bevor er sie wieder küßte, und dachte dabei: Es ist dieses Lachen, es ist vor allem dieses Lachen, daher kommt es.

Zwanzig Minuten später sagte sie: »Komm nur. Oder hast du Angst vor ein bißchen Blut? Vorige Woche habe ich meine Regel gekriegt, es wird nicht mehr so schlimm sein.«

»Monatsblut lockt keinen Freier her, Monatsblut läßt die Wiege leer«, sagte er.

»Darum«, sagte sie »darum kannst du ruhig kommen. Du brauchst keine Angst zu haben, daß etwas schiefgeht.«

»Eigentlich schade.«

»Ach herrje, stell dir das vor.«

Hinterher sagte er: »Ich glaube, daß ich irgendwo noch eine Flasche Wein versteckt habe. Ich werde sie mal suchen.«

Selbstverständlich wußte er genau, wo er den Wein aufbewahrt hatte. Er kam schnell damit zurück. Sie hatte das Licht im Schlafzimmer angemacht und saß nackt auf einem Melkschemel, den Simon dort immer stehen hatte. Wenn Mücken da waren, stieg er darauf. Dann konnte er sie mit einer Zeitung an der Decke totschlagen.

»Ich lecke ein bißchen«, sagte sie. »Hast du vielleicht ein Handtuch?«

Simon holte ein Handtuch. Sie legte es auf den Schemel und setzte sich drauf. Sie zeigte zur Decke. »Da sitzt es auch voll«, sagte sie. »Gehst du nie mit einem Besen auf Spinnenjagd?«

»Nein, warum? Spinnen fangen Mücken, allein schon deshalb sind sie mir willkommen, und außerdem... sie tun einem nichts.«

»Na, ich würde sie bis zum letzten Exemplar vernichten, wenn ich hier wohnte.«

Sie lachte wieder, als er ein Glas vor sie hinstellte. Sie hob es hoch, sah ihm, auf einmal unerwartet ernst, tief in die Augen und sagte: »Auf unsere Vereinigung.«

»Ja, auf unsere Vereinigung«, sagte Simon ein wenig spöttisch und fügte, um seine Verlegenheit zu verbergen, hinzu: »Was hast du für ein besonders hübsches Muttermal unter dem Nabel.«

»Ja, schade, daß es fast nie zu sehen ist.«

Sie lachte nochmals, sie trank, sie fragte: »Wie viele Brüder und Schwestern hast du?«

»Ich habe drei Halbschwestern, das ist alles.«

»Halbschwestern?«

»Ja, und die sehe ich nie, ich habe überhaupt keinen Kontakt zu ihnen, niemals gehabt übrigens. Die Jüngste hat mich ins Wasser gefahren.«

»Ins Wasser gefahren?«

Simon erzählte von dem Kinderwagen, erzählte von seiner Schwester Bep, und während er sprach, hatte er das Gefühl, als sei alles, was jenseits der Schlafzimmergardinen war, wie weggewischt. Auf der ganzen Welt gab es nur ein Schlafzimmer, und darin gab es zwei Menschen, und die würden die Welt aufs neue bevölkern, zwei Menschen, die eine Nachkommenschaft zeugen würden, die niemals Krieg kennen würde.

Sie suchten wieder das breite Bett auf und liebten sich, als würden sie sich seit Jahren kennen. Sie ließ sich wieder auf dem Melkschemel nieder, sie tranken beide noch ein Glas Wein. Dann aber, viel später in der Nacht, der Wein war schon lange ausgetrunken, das Feuer aber noch nicht gelöscht, mußten sie zu Leitungswasser übergehen. Lange nach Mitternacht sagte sie: »Was bist du doch für ein Schmusekater.«

»Und was bist du?«

Gegen fünf Uhr schliefen sie ein. Schon bald wurde Simon jedoch wieder wach, weil neben ihm geredet wurde. Er richtete sich halb auf, sah ihr Gesicht im ersten Morgengrauen, das durch die Gardinen schimmerte. Sie träumte und murmelte im Schlaf: »Wird schon nichts... nein, Niek, nein, Pleun, nein.« Sie drehte sich um, wurde halb wach, schaute ihn kurz völlig überrascht an, zog die Decke über sich und schlief wieder ein. Er jedoch lag wach, während die auffällig gewöhnlichen Namen ihm durch den Kopf dröhnten. Niek und Pleun, dachte er bitter, und sicher auch Piet und Jan und Klaas und Gerrit. Es war nicht auszuhalten, daß er nichts wußte. Wer waren Niek und Pleun? Wenn sie sich so selbstverständlich in einem französischen Bett neben einem Wildfremden ausstrecken konnte, könnte sie natürlich auch genauso selbstverständlich in andere Betten purzeln.

Als sie die Augen aufschlug und ihn erst verwundert, dann mit einem glücklichen Lächeln ansah, lag es ihm auf den Lippen zu fragen: Wer sind Niek und Pleun? Ihr Gesichtsausdruck aber hatte etwas so unsagbar Friedliches, daß er sich nicht dazu entschließen konnte. Sie stand auf und sagte: »Meine Schenkel tun mir ganz weh von heute nacht.«

»Findest du es schlimm?« fragte er.

»Nein, aber es ist vielleicht beim Radfahren lästig.«

»Gehst du also wieder?« fragte er.

»Ja, was sollte ich sonst tun?«

»Du könntest doch hierbleiben. Du brauchst vielleicht nächste Nacht wieder eine Adresse, wo du in Sicherheit schlafen kannst.«

»Ich muß weg«, sagte sie, »ich muß andere warnen, mir selbst ein gutes Versteck zum Untertauchen suchen oder wenigstens... nun ja, vielleicht ist das noch nicht nötig. Ich muß erst mal sehen, ob sie bei mir zu Hause gewesen sind, vielleicht... eh, also ich kann immer wiederkommen?«

»Selbstverständlich.«

»Gut, das zu wissen, aber schade, daß du nicht etwas abgelegener wohnst, hier unterzutauchen... nein... nein.«

Sie wusch sich, zog sich schnell an. In der Küche machten sie sich, an der Anrichte stehend, eine paar Butterbrote. Achtlos fragte er, während er sich sparsam Butter aufs Brot strich: »Wer sind Niek und Pleun?«

»Niek und Pleun... woher weißt du...?«

»Du hast heute nacht im Schlaf geredet.«

»Was habe ich denn noch gesagt?«

»Du sagtest: ›Wird schon nichts, nein, Niek, nein, Pleun‹, das war alles.«

»Oh, was für ein Glück.«

»Warum Glück? Du meinst doch nicht, daß ich etwas verraten würde?«

»Nein, aber besser ist es, wenn du so wenig wie möglich weißt.«

»Aber darf ich dann auch nicht wissen, daß du im Widerstand... daß du in einer Gruppe... oder weiß ich was... Wie groß ist diese Gruppe?«

»Nun frag doch nicht, wirklich, das ist besser. Du weißt, wie es mit den Geusen ausgegangen ist.«

»Ich weiß es, du hast recht, ich halte meinen Mund.«

»Ich gehe«, sagte sie.

Sie gingen die Treppe hinunter. Er schaute über den Markt, sah niemanden, überall waren die Gardinen noch zugezogen.

»Ich denke, daß du ungesehen gehen kannst, wenigstens soweit man hier jemals etwas ungesehen tun kann.«

»Ich wage es«, sagte sie, »ich wüßte nicht, wie ich es sonst machen sollte.«

Sie fuhr schnell im Licht der aufgehenden Sonne davon. Er blieb in seiner Apotheke stehen und blickte ihr nach, schon da in leidenschaftlicher Sehnsucht, daß sie zurückkommen möge, daß er wieder ganz nah an ihrem warmen Körper würde liegen dürfen, daß sie wieder mit einem Glas Wein in der Hand auf dem Melkschemel sitzen würde.

Zwart Nazareth

Simon lebte in jenen Tagen wie alle anderen, trank Kaffee-Ersatz mit Magermilch, kaufte gelegentlich eine alte Kaninchendame in der Konijnenbuurt, schlachtete sie selbst und aß dann am ersten Tag Hirn, Wangen, Leber, Herz und Nieren und an den beiden folgenden Tagen das Fleisch. Er brauchte nur wenig und erwartete auch nicht viel. Wenn er überhaupt hatte Hunger leiden müssen, war das in den letzten Monaten des Jahres 1943 nicht der Fall. Er hatte nicht einmal Appetit. Er schleppte nur immer den Melkschemel durchs Haus, setzte sich manchmal selber drauf, stand aber meistens gleich wieder auf. Er hielt zwar nichts von Goethe, murmelte aber doch ab und zu, weil die wenigen Worte haargenau ausdrückten, was ihm fehlte: »Meine Ruh ist hin, mein Herz ist schwer.« Zunächst wollte er nicht glauben, daß auch die nächsten Zeilen aus *Gretchen am Spinnrade* für ihn galten: »...ich finde sie nimmer und nimmer mehr.« Wenn sie nur wiederkommen würde, an einem Freitag, um neues Pulver zu holen, wenn er nur mehr über sie wüßte, dann würde sofort alles gut sein. Und so galt auch für ihn: »Nach ihr nur schaut er zum Fenster hinaus.«

Er nahm sich vor, wenn sie wiederkommen sollte, ihr auf dem grundsoliden alten Fongers, den Onkel Herbert in dem Hinterhöfchen der Apotheke hatte stehenlassen, in aller Seelenruhe zu folgen, sobald sie weggefahren war. Dann käme er wenigstens dahinter, wo sie wohnte. Er pumpte die Reifen auf, fettete den Fongers gründlich ein, ölte die Kette, putzte die Felgen und dachte dabei mißmutig: Wenn ich es aufpoliere und damit fahre, gehe ich natürlich das Risiko ein, daß die Moffen es beschlagnahmen.

An einem Freitagnachmittag kam sie, kurz vor Ladenschluß. Sie bat um verschiedene Arzneien. Ihr Lachen war wie früher, aber sie blieb demonstrativ vor dem Tresen stehen und tat so, als sei nichts zwischen ihnen vorgefallen.

Er fragte: »Alles in Ordnung?«

»Es könnte besser sein, aber das kann zur Zeit jeder sagen.«

»Auch mit Niek und Pleun alles in Ordnung?«

Sie runzelte die Augenbrauen, sah ihn vorwurfsvoll an, antwortete nicht. So sagte er auch nichts mehr, brachte ihr, was sie brauchte, dachte: Nichts, überhaupt nichts, nicht einmal ein Kuß fällt dabei ab.

Als sie den Laden verließ, sagte sie nur: »Danke.«

»Auf Wiedersehen«, sagte er, »ich sehe dich doch wohl wieder.«

Sie nickte nicht einmal, sie verließ hastig den Laden, stieg auf ihr Fahrrad, winkte zwar noch kurz, fuhr dann aber schnell in der Dunkelheit davon. Er schloß den Laden ab, rannte nach hinten, holte den Fongers heraus – zufrieden mit sich, daß er die Reifen nachgesehen und aufgepumpt hatte – und stellte ihn in den Gang neben der Apotheke. Er packte drinnen seinen Wintermantel, rannte hinaus, sprang aufs Fahrrad und fuhr über den Markt. Sie war nirgends mehr zu sehen, aber er vermutete, daß sie wieder zur Klappbrücke gegangen war und nun auf dem Zuiddijk in östlicher Richtung fuhr. Auf der Höhe des Friedhofs war noch immer nichts von ihr zu sehen. Auf dem Vlaardingerdijk sah er sie, schon ziemlich weit vorn, im spärlichen Mondlicht schnell dahinfahren. Das ist eine, die radfahren kann, dachte er, und dieser Gedanke war gepaart mit einem fast körperlichen Schmerz, einem schmerzlichen Verlangen nach ihrer Gesellschaft, ihrem Geruch, ihrem ungestümen Lachen.

Auf dem dunklen Deich blieb er ein Stück weit hinter ihr. Auch wenn sie sich umblicken würde, könnte sie höchstens einen Schatten wahrnehmen, würde sie niemals vermuten können, daß er da fuhr. Sobald sie in Vlaardingen waren und die Schranken überquerten, müßte er sie allerdings einholen. Sie konnte dort überall abbiegen, konnte ihm überall abhanden kommen. Sie fuhr jedoch auf dem Deich weiter, nach Vlaardingen hinein, dann über die Hafenbrücke in den Schiedamseweg. Würde sie quer durch Vlaardingen fahren?

Sie fuhr quer durch Vlaardingen. Er folgte ihr bis nach Schiedam, fuhr hinter ihr her über die Burgemeester Knappertlaan. Plötzlich tauchte aus einer Seitenstraße ein Radfahrer auf. War es der junge

Mann, mit dem sie zusammen in der Apotheke gewesen war? Simon war sich nicht sicher. Der junge Mann fuhr jetzt neben ihr. An ihren wilden Gesten konnte er ablesen, daß sie sich lebhaft unterhielten. Gemeinsam bogen sie plötzlich nach links in eine dunkle Straße ein. Sie fuhren eifrig redend an würdevollen herrschaftlichen Häusern entlang, überquerten Kreuzungen, bogen rechts ab. Links meinte Simon einen Kirchhof zu erkennen. Da ragte aus der Dunkelheit plötzlich eine riesige Mühle auf, gleich dahinter sah er Wasser schimmern, begrenzt vom Ufer hoher Kaden. Hillegonda und der Junge fuhren jetzt langsamer, bogen wieder rechts ab. Sah er richtig, war da eine kleine Schleuse? In einem Wirrwarr von Straßen schossen die beiden davon. Dennoch vermochte er ihnen zu folgen, war ihnen jetzt dicht auf den Fersen, wußte, daß er Gefahr lief, gesehen zu werden, wenn sie sich umblickten. Simon fuhr nun etwas langsamer, ließ die beiden um eine Ecke biegen und wartete einen Augenblick, bevor er selber abbog. Da hörte er, wie sie abstiegen. Er bog nicht ab, er fuhr weiter geradeaus, schaute kurz in die Straße, meinte zu sehen, daß der Junge in seine Richtung blickte, und erschrak. Er fuhr weiter, kehrte um, hielt kurz vor der Ecke und lehnte seinen Fongers gegen die Mauer eines hohen schwarzen Speicherhauses mit runden Fenstern oben unter der Dachrinne. Er lief bis zur Straßenecke, schaute so vorsichtig wie möglich die Straße entlang und sah, daß Hillegonda verschwunden war. Der Junge war noch da, er schob sein Fahrrad in eines der niedrigen Häuschen. Dort also, durfte er annehmen, war Hillegonda bereits mit ihrem Fahrrad hineingegangen. Dort also wohnte sie oder hielt sie sich zumindest auf, es sei denn, sie war weitergefahren, was ihm jedoch weniger wahrscheinlich erschien. Nein, ganz sicher war sie dort hineingegangen. Er hörte Stimmen, hörte Schritte näher kommen, wollte verhindern, daß er gerade an dieser Ecke gesehen wurde. Hastig lief er zu seinem Fongers zurück, schwang sich hinauf und fuhr eilig davon. Er erreichte schon bald eine Kade, sah wieder Wasser, das in dem spärlichen Mondlicht matt in der Dunkelheit schimmerte. Eine Weile irrte er in den Straßen zwischen der Schie, der Noordvest, der Vellevest, dem Korte Haven umher. Es war, als könnte er aus diesem Labyrinth von Gassen, Stegen, Häusern, Innenhöfen nie mehr herausfinden. Er erinnerte sich, daß er Schiedam ab und zu als »Zwart Nazareth« hatte bezeichnen hören, und in den engen Durchgängen verstand er, warum. Er suchte die kleine Schleuse, konnte sie nicht wiederfinden, erreichte schließlich den Vlaardingerdijk. Rechts sah er jetzt den Friedhof. Er fuhr weiter und landete, dem Deich folgend, von selbst wieder in Vlaardingen.

Schweren Herzens fuhr er durch Vlaardingen. Unterwegs sah er fast niemanden, überall war es totenstill. Draußen vor der Stadt, während er auf dem Deich dahinfuhr, versteckte sich die Mondsichel hinter unsichtbaren Wolken. Es war stockdunkel. Zweimal landete er neben dem Deich im hohen, feuchten Gras. Das zweite Mal verlor er sogar die Gewalt über den Lenker, kam zu Fall, krabbelte aber wieder hoch.

Eine Mühle, dachte er, als er zu Hause war, sie wohnt in der Nähe einer Mühle, und eine kleine Schleuse ist dort, und ganz nah auch Wasser zwischen den Mauern der Kaden. Es ist unsagbar dumm, daß ich nicht wenigstens nachgesehen habe, wie die Straße heißt, daß ich davongefahren bin, nur weil mich Schritte erschreckt haben. Aber das schwarze Speicherhaus mit den komischen Fenstern werde ich leicht wiederfinden können.

Alle seine Glieder schmerzten, es war, als würden sie sich nach dem Fall auf dem Deich gegenseitig an Schmerz überbieten. Er schlief in dieser Nacht kaum. Das machte ihm nichts aus, er konnte mühelos den Schlaf einer Nacht entbehren. Er dachte an das Mädchen in Groningen, das er in der Konzertpause gesehen hatte, er dachte an Ditta Krouwel, er dachte an Bep van Gelderen. Es war so merkwürdig, so unbegreiflich, er hatte so viele nett gefunden, aber noch nie war er dermaßen außer Fassung geraten, und noch nie hatte er erlebt, daß er überhaupt einmal von einem Mädchen so aus der Fassung gebracht werden könnte. Im Gegenteil: Sein Techtelmechtel mit Ditta Krouwel hatte ihn nur noch darin bestärkt, daß alles, was mit Liebe zusammenhing, grenzenlos, maßlos überschätzt wurde. Liebe war eine ziemlich feuchte Angelegenheit und manchmal auch angenehm, aber es sollte einem nicht zuviel Zeit kosten.

Und nun dies. Nun war er einem Mädchen fast zwölf Kilometer gefolgt, um ihre Adresse herauszubekommen, nun würde er, das stand schon jetzt fest, ganz bald wieder mit dem Rad nach Schiedam fahren und versuchen, die Straße wiederzufinden. Wußte er, wo sie wohnte, dann würde er auch herausfinden können, wer sie war und mit wem sie sich traf. Vor allem letzteres wollte er wissen: Wer waren Niek und Pleun, und gab es vielleicht noch andere? Gehörte sie zu einer Gruppe? Schlief sie abwechselnd mit all diesen Jungen? Er kannte sich selbst nicht wieder, daß er, wenn er nur flüchtig an die Möglichkeit dachte, sie könnte mit anderen Jungen das Bett teilen, ein wildes, unbändiges Verlangen in sich spürte, fluchend nach unten in seine Apotheke zu rennen und allen Kolben, Pipetten, Tropfenzählern und Büretten mit einem Achatmörser zu Leibe zu rücken.

Mutmaßliche Wiedergeburt

In den letzten Monaten des Jahres 1943 und in den ersten Monaten des Jahres 1944 fuhr er immer wieder mit dem Rad nach Zwart Nazareth. Er hatte stets Glück dabei, sein Fongers wurde nicht beschlagnahmt. Doch waren diese Fahrten ebensooft Mißerfolge. Er hatte so viele Anhaltspunkte – eine auffallend große Mühle, eine kleine Schleuse, ein schwarzes Speicherhaus mit hochgelegenen runden Fenstern –, aber dennoch gelang es ihm nicht, die kleine Straße wiederzufinden. Allein schon eine Bockmühle würde in anderen Städten ausreichen, um zu wissen, wohin er den beiden an jenem Abend gefolgt war. Aber Zwart Nazareth verfügte allein über fünf Bockmühlen, die in unwahrscheinlich engem Abstand voneinander direkt an der Wasserseite einer der Vesten standen. Daher ließ sich nicht nachvollziehen, bei welcher der Mühlen er in die Stadt hineingefahren war. Ebensowenig bot das schwarze Speicherhaus einen Anhaltspunkt. Dutzende schwarzer Speicherhäuser standen in dieser gespenstischen Welt aus Stegen, Sträßchen und Kaden. Nur die kleine Schleuse, die er an dem Abend flüchtig gesehen hatte, war eine letzte Möglichkeit. Sie lag am Fuß der Getreidebörse zwischen Schie und Lange Haven. Er hatte stets auf all seinen Fahrten nach Schiedam diese kleine Schleuse aufgesucht, hatte sich ihr von jeder der fünf Mühlen aus genähert, war sich aber dennoch jedesmal nicht sicher, ob er wieder so fuhr, wie er an jenem Abend gefahren war.

Immer war er bei seinen Fahrten auf dem kleinen dreieckigen Platz beim Sackträgerhaus gelandet. Es war, als ende die Schie dort, als höre sie dort ganz einfach auf zu fließen, als wolle sie absolut nicht weiter und belege deshalb den halben Platz mit Beschlag. Das Ufer, sonst in Zwart Nazareth überall so auffällig hoch gelegen, war hier geradezu lächerlich niedrig. Die Schie brauchte nur wenige Zentimeter zu steigen, um über das Ufer zu treten, und vielleicht tat sie das auch unvermutet, bedeckte vielleicht dann und wann die runden Pflastersteine mit einer Schicht trüben Wassers. Jedenfalls konnte man von diesem Platz mit seinem Kopfsteinpflaster aus, ob überflutet oder nicht, direkt zum Damm hinaufklettern. Er hatte dort auf dem Platz viele Male gestanden, das Fahrrad mit einer Hand haltend, und war jedesmal über diesen steilen Abhang von der Oude Sluis zum Damm hinaufgeklettert. Danach fuhr er nach Hause.

Im Sommer 1944 wagte er nicht mehr, mit seinem Rad nach Zwart Nazareth zu fahren. Zu groß war inzwischen die Gefahr, daß sein grundsolider Fongers beschlagnahmt werden könnte. Manchmal fuhr er an Samstagnachmittagen mit dem Zug nach Schiedam. An einem dieser Nachmittage lief er durch die Overschiesestraat und die Boterstraat in die Stadt. Er kam bei einer schmalen Kade an der Schie heraus, sah auf der anderen Seite Speicherhäuser, deren fensterlose Mauern sich aus dem Wasser der Schie erhoben. Das milde, warme ockergelbe Sonnenlicht weckte Erinnerungen an einen Spaziergang in längst vergangener Zeit. Er hatte als Kind in diesem wohltuenden Sonnenlicht, die ersten heruntergefallenen Blätter vor sich herstoßend, einen Spaziergang durch eine Stadt gemacht. Aber wo und wann konnte das gewesen sein? Oder erinnerte er sich an einen Traum? Eines war sicher: Prins hatte ihn, ab und zu Möwen aufscheuchend, auf seinem Spaziergang begleitet. Er sah sie wieder vor sich, die weißen Möwen, wie sie geradezu herausfordernd aufflogen. Wie eigenartig, sich so genau an etwas zu erinnern, was nie passiert sein konnte. Er war zwar manchmal in Groningen spazierengegangen, aber da waren immer andere dabeigewesen: sein Vater, seine Mutter, Onkel Herbert. Oder sollte er damals bei einem dieser Ausflüge nach Groningen eine kleine Extratour mit Prins gemacht haben, während seine Familie sich irgendwo ausruhte?

Er ging weiter, bis er das Sackträgerhaus erreichte. Er spazierte um die Schie herum, stieg bei der kleinen Schleuse nach oben, hoffte wider besseres Wissen, das Wunder möge geschehen, und Hillegonda würde plötzlich irgendwo aus einem der Stege auftauchen. An der Getreidebörse entlang ging er zum Lange Haven. Hatte hier nicht Piet Paaltjens gewohnt und sich erhängt? Aber warum?

Warum erhängte sich jemand hier inmitten so vieler würdevoller herrschaftlicher Häuser an einem breiten, zwischen Ufermauern tief eingeschnittenen, leicht gewundenen, stattlichen Binnenhafen? Warum war er nicht einfach ins Freie gegangen und hatte eine tüchtige Wanderung gemacht? Das tat immer gut, das war, jedenfalls in seinem Leben, mit Sicherheit das beste Mittel gegen Niedergeschlagenheit.

Während er schnell voranschritt, sah er auf der anderen Seite des Wassers einen jungen Mann aus einem der Stege kommen. Obwohl der Abstand ziemlich groß war, erkannte Simon ihn fast augenblicklich: Es war der Kerl, mit dem Hillegonda in seiner Apotheke gewesen war. Der junge Mann blieb einen Augenblick auf der Hafenkade stehen, sah sich um und begann dann, in dieselbe Richtung wie Simon zu gehen. Sie erreichten fast gleichzeitig die Brücke, die den Lange Haven vom Außenhafen trennte. Er verlor den jungen Mann kurz aus den Augen, sah ihn aber, als er selbst auf der Brücke war, ziemlich weit vor sich eilig durch die Broersvest laufen. Simon folgte ihm. Der junge Mann bog plötzlich zum Heerenpad ab. Simon folgte ihm. Als Simon auf der Höhe des Heerenpad angekommen war und abbiegen wollte, stieß er fast mit dem jungen Mann zusammen. Einen Moment dachte Simon erschrocken, er hätte ihn vielleicht abgepaßt, aber da er überhaupt nicht auf Simon achtete, ja, ihn nicht einmal ansah, mußte er sich irren. Simon ging weiter. Er hörte, wie hinter ihm eine Tür geöffnet wurde, wagte aber nicht, sich umzusehen. Am Ende des Heerenpad mußte er nach dem Baan abbiegen. Er ging noch ein Stück weiter, drehte sich dann um, kehrte zurück und spähte so vorsichtig wie möglich um die Ecke. Der Heerenpad war leer. Schnell lief er zur Broersvest zurück. Da sah er den jungen Mann, nun zusammen mit einem anderen »halbwüchsigen Kerl«, wie er ihn in Gedanken spöttisch nannte, kräftig ausschreitend durch den Broersvest in Richtung Brücke gehen.

»Mir auch recht«, murmelte Simon, »gehen wir also zurück.«

Von dem Zweigespann geleitet, landete er wieder auf dem Lange Haven. Dort verschwanden die beiden unerwartet in einem stattlichen Gebäude, Musis Sacrum genannt. Und sie waren nicht die einzigen. Simon sah, wie Männer unterschiedlichen Alters sich über den Lange Haven näherten. Er schlenderte zum Eingang des Theaters, wandte sich dort an einen schwarzgekleideten Schiedamer mit beginnender Glatze und fragte: »Was findet hier heute nachmittag statt?«

»Wissen Sie das nicht? Pastor Vonk spricht«, sagte der Mann herablassend.

»Worüber?« fragte Simon.

»Die Synode.«

»Ach, die Synode, ach, natürlich, die Synode.«

»Möchten Sie das auch hören?« fragte der Mann.

»Ja«, sagte Simon.

»Dann aber ein bißchen schnell, ich schließe gleich ab.«

Simon betrat einen düsteren Raum, fand in einer der letzten Reihen noch einen Sitzplatz und versuchte, das Zweigespann zu entdecken.

Als seine Augen sich an die Dunkelheit gewöhnt hatten, sah er sie vorn, ganz nah an einem armseligen Stehpult, sitzen. Sie waren in einem eifrigen Gespräch mit mehreren anderen »halbwüchsigen Kerlen«. Doch schon trat aus dem tiefen Dunkel des Theaters ein gedrungener Mann. Er trug einen schwarzen Anzug. Er hob die Hand. Sofort wurde es still im Saal. Der Mann ging an das Stehpult und sagte: »Brüder, ich spreche jetzt ein Gebet für euch.«

Pflichtschuldigst faltete Simon die Hände. Pastor Vonk fuhr fort: »Oh, Herre, unser Gott, du, der du die Treue hältst in Ewigkeit und nie das Werk deiner Hände fahren läßt, du hast hier heute nachmittag dein Volk versammelt, um in den schweren Zeiten, mit denen du uns geprüft hast und nach deinem weisen Ratschluß auch weiterhin prüfst, über den Streit in unserer Kirche zu sprechen und zu denken. Oh, Herr Jesus, unser oberster und einziger Geleitsmann, unser Ursprung und Ziel, lehre uns, auf dein Wort zu lauschen und es so gut zu verstehen, daß wir wissen dürfen, was wir heute zu tun haben, jetzt, wo das Wasser uns bis zum Halse steht wegen der Beschlüsse unserer Synode. Lehre uns, daß wir wieder Nachkommen deiner Gebote sind. Nimm all unsere Übertretungen hinweg, binde uns mit dem Band deines Wortes um Jesu willen, Amen.«

Einen Augenblick schwieg Pastor Vonk. Dann sagte er: »So singen wir nun aus dem Gesangbuch das Lied 105, fünfter Vers: ›Gott wird seine Wahrheit nimmer kränken.‹«

Simon bedauerte, daß er nicht wie die übrigen Anwesenden das Lied auswendig konnte. Nun mußte er so tun, als singe er mit. Er summte irgend etwas, hörte links und rechts tiefe Stimmen, die voller Hingabe von einem Bund sangen, der von einem Kind zum andern befestigt wurde. Hier knüpfte Pastor Vonk denn auch sofort nach Ende des Gesangs an. Umständlich, aber einleuchtend und klar setzte er auseinander, obwohl das inmitten all dieser zweifellos wohlorientierten Brüder kaum notwendig zu sein schien, was in den reformierten Kirchen vor sich ging. Es war, als wüßte er, daß er zumindest einen unter seinen Zuhörern hatte, dem noch nie etwas von der mutmaßlichen Wiedergeburt zu Ohren gekommen war. Simon hörte sich die Darlegung von Vonk, der ein sehr guter Prediger war, mit einem an Bestürzung grenzenden Staunen an. Offensichtlich ging es in den reformierten Kirchen um einen sich zuspitzenden Konflikt wegen der Kindtaufe. Offenbar bekämpften sich die Theologen und Pastoren aus ihren jeweiligen Verstecken heraus, in die sie untergetaucht waren, mit Pamphleten, Broschüren, Sendschreiben, vervielfältigten Predigten, Schmähschriften und Blaubüchern. Die Synode hatte daraufhin eine Anzahl bindender Glaubensvorschriften zur Kindtaufe erlassen. Diese hatte der bekannteste Unruhestifter, Professor Klaas Schilder, jedoch nicht anerkannt. Obwohl er untergetaucht war und sich daher kaum wehren konnte, hatte ihn die Synode vor drei Monaten suspendiert. Mit flammenden Worten prangerte Pastor Vonk die Diktatur der Synode an.

Simon rief noch am selben Abend seinen Vater an. Er fragte ihn: »Du bist doch immer so bewandert in diesen Dingen. Weißt du, was bei den Reformierten los ist?«

»Nein. Was ist es diesmal? Geht es um die Frage, ob Bileams Esel brav zwei Worte geredet hat?«

»Nein, es geht um die mutmaßliche Wiedergeburt.«

»Meine Güte, und was soll das sein?«

»Ich habe es heute nachmittag genau erklärt bekommen. Wenn ich recht verstanden habe, geht es um folgendes: Du kannst nur in den Himmel kommen, wenn du wiedergeboren bist.«

»Dann sieht es für uns schlecht aus.«

»Das wird sich zeigen. Wir können uns immer noch bekehren, wir können immer noch wiedergeboren werden. Denn wir sind verstockte Sünder. Aber stell dir nun einmal vor, daß deine Eltern sehr gläubig sind und dich von Kind auf so erziehen, daß du von deinem ersten Stammeln an ebenfalls tief gläubig bist. In welchem Augenblick deines Lebens wirst du dann wiedergeboren?«

»Das ist das Problem?«

»Ja, ich habe den Eindruck, das ist es, worum es eigentlich geht. Bei jemandem, der von der Wiege an gläubig ist, gibt es im ganzen Leben nicht einen Augenblick, in dem sich der verstockte Sünder in einen bußfertigen, wiedergeborenen Christen wandelt. Und doch muß laut Neuem Testament ein solcher Augenblick einmal im Leben stattgefunden haben, wenn nicht, bist du für ewig verloren.«

»Und wie lösen die Reformierten das Problem nun?«

»Das ist es ja, das ist de facto nicht zu lösen. Aber Kuyper, Abraham Kuyper, du weißt schon, der saubere Herr, der sich in seiner Zeitung *De Standaard* über ›den völlig berechtigten Kampf gegen das übermächtige Judentum‹ ausgelassen hat und dessen einer Enkel zur SS gegangen und kürzlich in Rußland gefallen ist, dieser Kuyper hat nun behauptet, daß bei den gläubigen Kindern, die schon ihre Händchen falten können, bevor sie ihre ersten Zähne bekommen, schon im Augenblick der Taufe von Wiedergeburt gesprochen werden kann. Daher der wunderliche Ausdruck: die ›mutmaßliche‹ Wiedergeburt. Er hat es auch die ›schlummernde‹ Wiedergeburt genannt. Du siehst nichts davon, du merkst nichts davon. Es ist nicht die radikale Wandlung vom Sünder zum Büßer. Also kann man nur mutmaßen, daß die Wiedergeburt im Augenblick der Taufe auf die eine oder andere Weise stattgefunden hat, es sei denn, daß später klar wird, daß dies nicht der Fall war. Wenigstens so habe ich es verstanden. Getaufte Kinder hast du also laut Kuyper ›durch die Zusage Gottes für wiedergeboren zu halten, bis sich beim Heranwachsen in ihrem Handel und Wandel das Gegenteil zeigt‹, wenn ich die Formulierung richtig wiedergebe, denn da muß man schrecklich genau sein.«

»Ja, aber das ist doch zum Verrücktwerden, darüber ist doch in der Bibel nichts zu finden?«

»Siehst du, das denken die Anhänger von Schilder nun auch. Sie glauben nicht an die mutmaßliche oder schlummernde Wiedergeburt, sie fühlen sich dadurch, wie sie selbst sagen: belastet. Du bist also auch belastet.«

«Nun, das darfst du ruhig sagen, belastet fühle ich mich bestimmt. Das ist heutzutage ein Kunststück, im Rathaus noch etwas zustande zu bekommen, und du weißt nie, was du tun sollst. Sollst du Kompromisse schließen, sollst du versuchen, dich mit den Scheißmoffen zu einigen, oder sollst du deinen Grundsätzen treu bleiben, sollst du konsequent nein sagen. Ich weiß es nicht. Es ist manchmal sehr schwer.«

»Ich dachte, daß du mit deiner Kopf-und-Zahl-Philosophie immer gut zurechtkommst.«

»Ich habe festgestellt, daß Kopf und Zahl nur in Friedenszeiten gelten. Von Natur aus bin ich geneigt, Kompromisse zu schließen, und das kann ich auch gut, ich kann die Moffen mit einem Augenzwinkern um den Finger wickeln. Außerdem spreche ich ein paar Brocken Deutsch. Aber ist das richtig? Ich weiß es nicht. Jedesmal mußt du wieder abwägen, und jedesmal läuft es wieder auf Kompromisse hinaus. Du lavierst dich so durch, nun ja, es ist nun mal so. Ich sollte lieber aufhören davon. Du warst gerade dabei, so schön von der mutmaßlichen Wiedergeburt zu erzählen.«

»Ich dachte, ich hätte es doch ein bißchen…«

»Ja, ich fange an zu verstehen, aber es ist kein so deutlicher Fall wie die sprechende Schlange. Es geht also darum: Wiedergeburt muß sein, aber im Leben eines Christen, der von Kindesbeinen an daran glaubt, ist von Wiedergeburt nichts zu merken, also müssen wir mutmaßen, daß diese Wiedergeburt vor oder nach der Taufe stattfindet. Sage ich das nun ein bißchen manierlich?«

»Ja, dein Gehirn arbeitet noch vortrefflich.«

»Was sagt die Bibel eigentlich dazu?«

»Nichts, überhaupt nichts, in der Bibel kommt das ganze Problem schlichtweg nicht vor. Da findest du nicht den kleinsten Hinweis auf die Kindtaufe. Da ist die Reihenfolge immer: Sünder, Wiedergeburt, Büßer, Taufe. Und dann nicht etwa eine Taufe, bei der ein paar Tropfen Wasser auf die Stirn gesprengt werden, nein, Taufe durch völliges Eintauchen. Ich habe es heute abend noch alles in der Konkordanz von Abraham Trommius nachgeschlagen. Meiner Meinung nach ist die ganze Kindtaufe völlig unbiblisch.«

»Denkst du wirklich?«

»Ich glaube, ja. Nirgendwo im Neuen Testament geht es ums Taufen von Kindern.«

»Ja, jetzt, wo du es sagst… Wie kommt es eigentlich, daß du dich plötzlich so für die mutmaßliche Wiedergeburt interessierst? Hast du etwa ein nettes, belastetes Mädchen im Auge… tu's nicht, du, nimm eine ältere Witwe, wirklich, so ein junges Mädchen… und wenn sie dann auch noch reformiert ist… ach, ich mag gar nicht daran denken… Du weißt nie, was aus so einem Püppchen wird.«

»Ach Vater, ein belastetes Mädchen, wie kommst du darauf?«

»Nun, ich weiß nicht so recht, ich finde es außerordentlich eigenartig... Mein Sohn vergnügt sich mit Trommius, liebäugelt mit der mutmaßlichen Wiedergeburt... was steckt dahinter... Für mich taucht da doch ein liebes Frätzchen hinter der Wiedergeburt auf... Daß sie sich übrigens ausgerechnet jetzt darüber in die Wolle kriegen...«

»Ja, das sagte heute nachmittag auch jemand. Er berief sich auf Amos 5, Vers 13: ›Darum schweigt, wer klug ist, zu dieser Zeit; denn es ist eine böse Zeit.‹«

»Und? Wurde er ausgelacht?«

»Nein. Vonk sagte, daß die Beschuldigten schon seit 1942 darauf gedrungen hätten, die Behandlung der Lehrdifferenzen bis nach dem Krieg zu verschieben, daß aber die Synode damit nicht einverstanden ist.«

»Vielleicht können diese Reformierten nicht anders. Auf den ersten Blick scheint es verrückt zu sein, sich gerade jetzt über die mutmaßliche Wiedergeburt zu raufen, aber wenn du heutzutage etwas hast, in das du dich verbeißen kannst und das deine Gedanken ausfüllt, kannst du die Scheißmoffen vielleicht für einen Moment vergessen. Vielleicht ist es doch verständlicher, als es auf den ersten Blick scheint, nur das Problem... das Taufsteinproblem, will ich mal sagen... daß man sich darüber aufregen kann, während es von Tag zu Tag weniger sicher wird, daß es Gott gibt.«

»Wenn man sich wegen eines solchen Hirngespinstes wie der mutmaßlichen Wiedergeburt gegenseitig verketzert, dann steht die Existenz Gottes nicht zur Diskussion, sondern wird als derartig selbstverständlich angenommen, daß der Streit selber fast als Gottesbeweis gelten kann.«

»Oh, Himmel, mein Sohn nun wieder, das ist mir zu hoch, oder warte, nein, ich habe früher selber auch so etwas zu dir gesagt, wenn ich mich recht erinnere, aber nicht in so schönen Worten. Nun ja, laß mich von mir aus dies sagen: Dich hat's ganz schön erwischt, daß du es wegen eines belasteten Backfischs über dich bringst, zu einer solchen Zusammenkunft zu gehen.«

»Es war übrigens unglaublich, dies zu erleben. Vonk hatte noch nicht zu Ende gesprochen, als von irgendwo hinten aus dem Saal ein Mann nach vorn gestürmt kam, der brüllte, daß er als Prediger auch das Recht und die Pflicht habe, zur Versammlung zu sprechen. ›Kommt nicht in Frage, Pastor Helmstrijd‹, riefen einige der Ältesten. Na, du hättest sehen müssen, was dann passierte. Überall standen die Leute auf, versuchten, sich gegenseitig wegzuschieben. Der Prediger rief, daß die Versammlung nicht von Amtsträgern geleitet worden und also revolutionär sei…«

»Oh, prächtig, ja, da hast du die Reformierten in Reinkultur, etwas, das revolutionär ist – das ist wohl so ungefähr das Schlimmste, was sie sich vorstellen können.«

»Also, der Älteste schrie dagegen, daß gerade dieser Prediger sich der Revolution schuldig mache, na ja, und dann begann die ganze Meute aufeinanderlos zu gehen.«

Simon erzählte allerdings nicht, daß die beiden Jungen, denen er am Nachmittag gefolgt war, zusammen mit vier anderen Halbwüchsigen Pastor Helmstrijd gepackt und ihn quer durch die Menge vor sich her geschoben hatten, bis sie, während er noch immer laut schrie, den Ausgang des Theaters erreicht hatten. Einer von ihnen hatte dann die Tür geöffnet, und die anderen hatten den Prediger ein paar Zentimeter vom Boden hochgehoben und ihn dann, durchaus elegant, hinausgeworfen.

Zymbelkraut

Im Sommer 1944 verfolgte er nur von fern den Kirchenkampf. Manchmal ging er am Sonntagmorgen zum Gottesdienst in die reformierte Zuiderkerk. Immer kamen die synodalen Beschlüsse zur Sprache, und so erfuhr er wieder Neues über die mutmaßliche Wiedergeburt. Im Friseurladen von P. C. Molenaar ließ er sich nicht nur die Haare schneiden, sondern manchmal auch rasieren. Dort wurden unwahrscheinlich heftige Diskussionen zwischen Anhängern und Gegnern von Klaas Schilder geführt. Es blieb für ihn auch weiterhin unverständlich, daß ein so törichtes Hirngespinst wie die mutmaßliche Wiedergeburt soviel Zwist und Zwietracht säen konnte, während die ganze Welt in Flammen stand. Je mehr er den Hintergrund des Konflikts kennenlernte, desto besser verstand er jedoch allmählich, daß es sich um mehr handelte als nur um Lehrstreitigkeiten. Der harte Kern·der Kuypesianer war oft prodeutsch und berief sich, selbst wenn er nicht mit der NSB, der Nationaalsocialistische Beweging, sympathisierte, gelegentlich doch auf Römer 13, wonach man der von Gott eingesetzten Obrigkeit untertan zu sein hat. Die Schilderianer dagegen waren ausgesprochen antideutsch und fanden, daß Römer 13 in diesem

Fall überhaupt nicht anzuwenden war. Von Friseur Molenaar, der sich etwas darauf zugute hielt, daß er die »Einstellung«, wie er es nannte, aller Pastoren vom Waterweg »haarklein« kannte, erfuhr er, daß Pastor Helmstrijd »so 'n typisches Römer-13-Männchen« war. Ein unerschrockener Synodaler, erklärter Gegner von Pastor Vonk, mit vielen Anhängern in den Schiedamer Vierteln Gorzen und Konijnenbuurt.

Als er sich Mitte August wieder einmal von Molenaar rasieren ließ, hörte er, daß Klaas Schilder am 11. August in Den Haag die aufrührerische *Akte van Vrijmaking of Wederkeer* verlesen hatte.

»Jetzt ist wirklich Krieg in der reformierten Kirche«, sagte Molenaar.

»Was, meinen Sie, wird Pastor Vonk jetzt in Schiedam tun?« fragte Simon.

»Das wird er sicher erklären, wenn er wieder predigt«, sagte Molenaar.

»Und wann predigt er wieder?«

»Soweit ich weiß, in jedem Fall am Sonntag morgen, den 27. August, in der Julianakerk.«

Am Sonntag morgen nahm Simon in aller Frühe den Zug nach Schiedam. Er ging zur Kade an der Schie, sah zu den hohen Speicherhäusern auf der anderen Seite des Wassers hinüber. Er erreichte den kleinen Platz mit dem Kopfsteinpflaster, der ihm inzwischen so vertraut geworden war. Er kletterte nach oben auf den Damm, lief zur Hoogstraat, trieb sich anschließend in den Straßen, Sträßchen und Stegen zwischen Korte Haven, Schie und Noordvest herum. Es schien, als sei es längst nicht mehr wichtig, weshalb er dort eigentlich herumlief, oder als habe er den Anlaß längst vergessen. Es schien, als interessierten ihn nur noch all diese tristen Straßen, Gassen und Stege. In einem bedrückend engen Durchgang bog man um die Ecke, und auf einmal hatte man den weiten Blick auf den Lange Haven vor sich, oder man stand mit einemmal am Fuß einer mächtigen Branntweinmühle.

Er folgte den großen und kleinen Gewässern, kam, wie schon öfter, schließlich bei einem Ausläufer der Raam an, einem traurigen Eckchen von Zwart Nazareth, wo das Ende aller Zeiten angebrochen zu sein schien. Dabei überraschte es ihn immer wieder, wie hoch das Wasser stand, und als er die St. Anna Zusterstraat und an der Raam entlanglief, schwappte es über die Ufer der Kaden.

Er lief so lange herum, bis es Zeit war, zur Julianakerk zu gehen. Nun, da Pastor Vonk predigen würde und jeder neugierig war, was er über die *Akte van Vrijmaking of Wederkeer* sagen würde, schien es ihm nur wahrscheinlich, daß er die beiden Jungen dort treffen würde. Und vielleicht sogar Hillegonda.

Er bog von der Raamgracht in die Verbrande Erven ein, blieb einen Augenblick an der Ecke Verbrande Erven und dem krummen Sträßchen, das Achter de Teerstoof hieß, stehen. Er kletterte auf den Damm, ging durch den Korte Haven zum Nieuwe Haven. Mit großen Schritten eilte er am Wasser entlang. Rasch erreichte er die Burgemeester Knappertlaan. Er kam gerade noch rechtzeitig. Er ging in die

Kirche und sah sofort, daß es schwierig war, noch einen Platz zu finden. Die Kirche war gedrängt voll. Er blieb hinten stehen, schaute sich um. Währenddessen bestieg einer der Ältesten die Kanzel. Sofort wurde es totenstill in der Kirche. Der Älteste sagte: »Brüder und Schwestern, heute morgen sollte Pastor Vonk hier predigen, aber zu unserem großen Bedauern muß ich euch mitteilen, daß der Kirchenrat gestern abend beschlossen hat, Pastor Vonk vorläufig zu suspendieren. An seiner Stelle wird heute morgen Pastor De Graaf predigen.«

Einen Augenblick noch war es still in der Kirche. Dann hörte man zorniges Gemurmel von Stimmen. Hier und da standen Besucher auf. Eine Frau brach in Tränen aus. Ein Kind schluchzte. Ein alter Mann schlug mit seinem Spazierstock wütend gegen die Seitenlehne einer Kirchenbank. Er setzte seinen Hut auf und marschierte schnurstracks zum Ausgang, wobei er jeder Kirchenbank, an der er entlangkam, einen Schlag versetzte. Überall schoben sich nun Besucher aus den Bänken in die Gänge. Und Simon sah dem Auszug zu, sah, daß mindestens ein Drittel von ihnen die Kirche verließ. Da entdeckte er die beiden Jungen. Auch sie verließen die Kirche mit roten Köpfen. Sobald sie vorbei waren, eilte Simon selbst zum Ausgang. Auf der Straße standen kleine Gruppen in aufgeregtem Gespräch beisammen. Simon sah die beiden jedoch schon in Richtung Nieuwe Haven laufen. Er folgte ihnen in die Innenstadt. Er lief ihnen immer in genügendem Abstand durch die in vollkommener Sonntagsruhe versunkenen, sonnenübergossenen Schiedamer Straßen nach. In der Gegend der Lange Kerkstraat klingelten sie an einem Arbeiterhäuschen. Eine Tür öffnete sich, ein dritter Kerl erschien, bekam einige für Simon unverständliche Worte mitgeteilt, schloß sich daraufhin den beiden anderen an, und weiter ging es durch all diese unseligen, schmalen Sträßchen, in denen nichts Besonders zu sehen war. Sehr bald wurde wieder geklingelt, wiederholte sich, was er zuvor aus der Ferne beobachtet hatte. Wieder schloß sich ein neuer Kerl den dreien an. Er dachte: Sie holen sich gegenseitig ab, aber warum? Wollen sie etwas unternehmen, jetzt wo Pastor Vonk suspendiert ist?

Es wurde ein Streifzug, der kein Ende zu nehmen schien. Vier weitere Adressen wurden aufgesucht. Schließlich folgte er durch die noch immer totenstillen Straßen acht Jungen, die unbeirrt vor ihm her marschierten. Sie liefen durch die Hoogstraat, bogen in den Lange Achterweg ein. Durch den Korte Achterweg, die Nieuwestraat, den Groote Markt und den Breede Marktsteeg kamen sie wieder beim Lange Haven heraus. Sie gingen weiter bis zum Ende, liefen durch die Broersvest zur Spoelingbrug über die Schie und hastig am Fluß entlang weiter. Und er verfolgte sie immer noch und wurde sich zunehmend bewußt, daß die acht Jungen scheinbar kreuz und quer ohne ein wirkliches Ziel durch die Stadt streiften.

Als sie zum zweitenmal auf dem Lange Haven waren – er noch nicht am Taansteeg vorbei, sie schon auf der Höhe des Appelmarkt – drehten sich alle acht plötzlich um und kamen direkt auf ihn zu. Und auf einmal begriff er, daß sie kreuz und quer durch Schiedam gelaufen waren, um zu sehen, ob er ihnen folgen würde. Auch er machte kehrt, lief bis zum Anfang des Lange Haven zurück. Er überquerte die Brücke, ging nun auf der anderen Seite des Wassers. Er lief nicht schnell, auch wenn er die Versuchung dazu heftig unterdrücken mußte, sondern schritt ruhig weiter, den ganzen Lange Haven entlang bis zur Schleuse. Bei der Schleuse ging er zu dem dreieckigen, kleinen Platz mit dem Kopfsteinpflaster hinunter. Er stand dort, er lauschte, hörte aber zunächst keine Schritte. Er schaute zur Kade der Schleuse hinüber, wo am Ufer üppiges Zymbelkraut blühte, das sich offenbar stillschweigend in den Fugen der Kademauer hatte behaupten können. Am Sackträgerhaus vorbei und die Schie entlang konnte er dann zum Bahnhof laufen, und er wollte schon losgehen, als er Stimmen zu hören meinte. Sie kamen, ordentlich aufgeteilt in zwei Gruppen zu je drei und einmal zu zweit von drei Seiten auf ihn zu. Vom Damm herunter, die Schie entlang und von der Schleuse her. Er konnte nach keiner Seite entkommen, alle Fluchtwege waren ihm abgeschnitten. Er stand dicht am toten Wasser der Schie, zu dicht. Er schob sich nach hinten, fort vom Wasser, und war schon fast bei den Häusern, die den kleinen Platz säumten, als ihm, ohne daß ein Wort fiel, ein Bein gestellt wurde. Doch noch, dachte er, doch noch »eins in die Fresse«, und wieder, weil ich wegen eines Mädchens an einem fremden Ort bin, ja, man kann nicht immer Glück haben in seinem Leben, es kann nicht immer gutgehen, es ist unvermeidlich, daß man früher oder später... Dann waren keine Gedanken mehr da, nur noch Schmerzen in Armen, Beinen, Rücken, Bauch, so daß er, auch wenn er das wahrlich nicht wollte, heftig zu stöhnen begann.

Als er wieder zu sich kam und noch immer dort auf dem kleinen Platz lag, auf diesem Kopfsteinpflaster, aber nun mutterseelenallein, von Gott und allen Menschen verlassen, stöhnte er noch immer. Ich glaube, daß ich noch lebe, dachte er erstaunt, ich glaube wahrhaftig, daß ich noch lebe. Haben sie ihre Arbeit nicht zu Ende bringen können? Es ist natürlich auch nicht die beste Tageszeit, um jemanden niederzuschlagen. Das macht man besser spät abends. Oder mitten in der Nacht. Vielleicht sind sie gestört worden. Er sah zum blauen Himmel hinauf, sah genau über sich kleine, weiße, unbewegliche Wölkchen. Er wollte aufstehen, merkte aber, daß es ihm nicht möglich war. Er murmelte: »Sie sagten überhaupt nichts, sie fingen wahrhaftig sofort an zu schlagen, sie hätten doch erst mal etwas sagen können, sie hätten doch wirklich fragen können, warum ich ihnen nachgelaufen bin, dann hätte ich sie nach Hillegonda... Hillegonda.« Er spürte, wie er das Bewußtsein wieder verlor, und streckte seinen Arm aus, um sich an einer der eisernen Stangen des Gitters, das die Wasserkante abgrenzte, hochzuziehen. Er konnte sie jedoch nicht erreichen, versuchte dann, in aller Ruhe vor sich hin fluchend, bei Bewußtsein zu bleiben. Aber er spürte, wie er fort-

glitt, wie er erlosch. Wasser, dachte er, kaltes Schie-
wasser, es ist ganz nahe, und dann auf die Stirn, und
er probierte, ob er sich zum Wasser rollen konnte.
Als er sich aber drehte, durchzuckte ihn der Schmerz
so heftig, daß er sofort wieder wie tot liegen blieb.
Er kämpfte nicht mehr, wollte nicht mehr bei
Bewußtsein bleiben, dachte nur noch: Wenn ich jetzt
sterbe, würde es mir wenig ausmachen. Nur für meinen Vater täte es mir leid. Ihm würde es Kummer
bereiten.

Teil 3
Die Beschuldigung

Er paßte seine Schritte dem Rhythmus von Psalm 90 an: »Denn tausend Jahre sind vor dir wie der Tag, der gestern vergangen ist, und wie eine Nachtwache.« Nach der warmen Mahlzeit, die ihm täglich in seine kleine Seniorenwohnung gebracht wurde, hatte er sich diesen Psalm laut vorgelesen. Natürlich hatte er dem Psalm kein Dankgebet folgen lassen. Von einer Rückkehr zum Glauben seiner Väter konnte keine Rede sein, doch je älter er wurde, desto mehr liebte er die Psalmen. Sie waren das Herz der Bibel. Besaß man eine Bibel von tausendvierhundert Seiten, so stand Psalm 91, den er seinem Vater auf dessen Bitte hin auf dem Sterbebett vorgelesen hatte, genau auf Seite siebenhundert.

»Es ist ein Jammer, daß es nicht wahr ist«, hatte sein Vater gesagt, »aber mag es auch eine Illusion sein, so kann man sich doch an diese Worte klammern. Nicht nur Kinderhände sind schnell gefüllt.«

»So alt bist du gar nicht einmal«, hatte Simon gesagt, »hier, im Psalm davor, steht: ›Unser Leben währet siebzig Jahre, und wenn es hochkommt, so sind es achtzig Jahre.‹ Nun, diese achtzig, die schaffst du nicht mehr.«

»Nein, die schaffe ich nicht mehr, und darüber bin

ich froh. Was hast du von diesen Extrajahren? Sie werden dir am Ende deines Lebens gegeben, wenn du alt, schwach und verbraucht bist. Wenn du zwischen deinem zwanzigsten und dreißigsten Lebensjahr so an die zehn Jahre extra bekämst, das wäre herrlich. Aber nach deinem zweiundsiebzigsten – was hast du davon? Ich habe immer gedacht, daß es mir doch schwerfallen würde, dem Ende ins Auge zu sehen, auch wenn ich mein ganzes Leben lang behauptet habe, sterben sei nicht schlimm, aber ich habe mich damit angefreundet, na ja, die Schmerzen machen es mir leicht. Sie werden mir ab und an so reichlich zugeteilt, daß ich nur allzu gern vom Leben erlöst sein möchte. Es ist nur schade, gerade jetzt, wo die liebliche Maienzeit gekommen ist, einschlafen zu müssen. Nun ja, angenehm für den Totengräber. Feines Wetter zum Graben, über deinem Kopf all die zwitschernden Gelbspötter. Und ich bin dann längst meine Schmerzen los.«

»Wie der Psalm 90 sagt: ›Achtzig Jahre, und wenn's köstlich gewesen ist, so ist es Mühe und Arbeit gewesen; denn es fähret schnell dahin, als flögen wir davon.‹«

Wenn es hochkommt, achtzig Jahre. Simon war nun selber soweit. Er war noch immer einigermaßen gesund, mußte zwar Betablocker gegen allzu heftiges Herzvorhofflimmern und Herzrhythmusstörungen schlucken. Auch sein Blutdruck war trotz der Betablocker jedesmal, wenn er bei seinem Hausarzt war, zu hoch. Offenkundig konnte man aber dennoch alt werden.

Obwohl er nicht mehr so ruhelos war wie vor Jahren, *pikte* er dennoch fast jeden Abend sein *hoofdje*. Er lief dann vom Seniorenheim De Schutsluis, in das seine Wohnung integriert war, durch ein Neubaugebiet zur Apotheke am Markt, um von dort aus seinen eigentlichen Spaziergang zu beginnen.

»Denn unsre Missetaten stellst du vor dich, unsre unerkannte Sünde ins Licht vor deinem Angesicht.« Als er die schmalen Stufen der Breede Trappen hinter sich hatte und oben von der Monsterse Sluis aus über das Wasser des Noordvliet, das still in dem grellen elektrischen Licht der vielen Straßenlampen glänzte, zurückschaute, spürte er, wie der Ärger verflog. Er hatte am Nachmittag Besuch von einer stämmigen, ehrenamtlich tätigen Dame gehabt, die ihm einreden wollte, er müsse Mitglied der Stichting Terminale Thuiszorg, der Stiftung für häusliche Sterbebegleitung, werden. »Dann stehen wir mit hochgekrempelten Ärmeln für Sie bereit, wenn es soweit ist«, hatte sie gesagt.

»Mit hochgekrempelten Ärmeln?« hatte er verblüfft gefragt.

»Sozusagen.«

»Ich habe keinerlei Interesse daran, mich anzumelden.«

»Aber warum denn nicht? Es ist so phantastisch, die Menschen sind so froh darüber. Natürlich haben wir es auch lernen müssen, und nicht jeder eignet sich dafür, aber dennoch, Mijnheer Minderhout, Sie werden sehen, auch Sie werden unsere Sterbebegleitung zu schätzen wissen.«

»Ich habe kein Interesse daran.«

»Aber warum denn nicht? Sie sind allein, niemand kümmert sich um Sie, Sie werden sehen… bestimmt. Denken Sie noch einmal gut darüber nach. Wenn es soweit ist, werden Sie sicher Ihre Meinung ändern. Ich lasse Ihnen auf jeden Fall die Broschüre da. Sie können uns jederzeit anrufen. Und wenn es soweit ist, kommen wir unverbindlich an Ihr Bett.«

Er überquerte die Hoogstraat, ging zur Stadhuiskade hinunter, schlenderte am Hafen entlang und wunderte sich darüber, daß es wie immer totenstill auf den Straßen war. Kein Mensch zu sehen, weder hier, wo es noch am ehesten zu vermuten war, noch auf der Kirchinsel, wo viele neue Wohnungen gebaut worden waren. Da hätte doch jemand spazierengehen müssen. Warum nur war es abends auf den Straßen so still geworden? Saß denn jeder vor seinem Kasten? In den fünfziger Jahren hatte es angefangen. Er hatte bemerkt, daß die Straßen um so stiller wurden, je mehr Antennen es auf den Dächern gab. Schon in den sechziger Jahren konnte man ab und an ein *hoofdje pikken*, ohne irgend jemandem zu begegnen.

Am alten Rathaus vorbei verließ er über eine Treppe die Stadhuiskade. Er wandte sich zum Hafen. In der Ferne hörte er frisierte Mopeds, aber auch hier war niemand zu sehen. Er marschierte zum Bahnübergang, lief durch die Burgemeester de Jonghkade zum Havenhoofd. Es war ein naßkalter, bewölkter Augustabend. Über den Waterweg wehte ein rauher, feuchter Wind, der ihm ins Gesicht schlug. Dennoch blickte er lange über das graue, plätschernde Wasser. Er dachte wieder an Psalm 90: »Erfreue uns so viele Tage, wie du uns beugtest, so viele Jahre, wie wir Unglück litten.« Erfreue uns nach den Jahren '40–'45, dachte er, in denen wir das Böse gesehen haben. Sollte man, konnte man es so lesen? Waren solche Jahre die besten im Leben eines Menschen? Soviel war sicher: Diese fünf Jahre erschienen ihm wie fünf Jahrhunderte im Vergleich etwa zu den Jahren '45–'50. Aus dieser Zeit erinnerte er sich an fast nichts mehr, während die fünf Jahre vorher, auch wenn in seinem eigenen Leben fast nichts Aufsehenerregendes geschehen war, sich tief in sein Gedächtnis eingegraben hatten. Traurige, dunkle, schreckliche, aber auch helle Jahre, Jahre, in denen etwas geschah, Jahre, in denen man versagte oder siegte oder versagte und siegte, Jahre, in denen es darauf ankam, daß man nach Spinozas Worten lernte, wirklich frei zu sein. Und wirklich frei war nur, wer den Tod nicht fürchtete. »Nein«, murmelte er, während er am Fluß stand, »nein, das Ende fürchte ich nicht, aber die Damen von der Sterbebegleitung. Vor denen habe ich eine Heidenangst.«

Er ging in Richtung des neuen Anlegestegs. Wie ansteckend trostlos war das Havenhoofd geworden, nachdem der ganze Baumbestand abgeholzt worden war! Mit Lampen, die einen grellroten Lichtschein auf einen riesigen Parkplatz warfen, wo man sein Auto abstellte, wenn man das Fährboot benutzen wollte. Wie angenehm trübsinnig, wenn es regnete. Dann sah man, wie die Tropfen wie Perlen auf das

Glas der hohen Lampen prallten und danach als unordentliche Spritzer auf den bereits nassen Asphalt herunterfielen. Dann war es, als würde die ganze Welt mit einer schimmernden, glänzenden Wasserschicht überzogen, und man konnte sich vorstellen, daß das ganze Weltall voller Planeten wie die Erde war, auf der traurige Regenschauer, von peitschenden Sturmböen getrieben, auf glänzende, spiegelnde, asphaltierte Plätze niederprasselten. Er blickte zur Bude mitten auf dem Parkplatz hinüber, worin ein einsamer Mann auf Autofahrer wartete, die eine Karte für das Fährboot kaufen wollten. Er stellte sich vor, wie es sein mußte, Abend für Abend in der Bude zu hocken. Jedenfalls sitzt man im Trockenen, wenn es regnet, dachte er, und aufgemuntert machte er sich auf den Heimweg.

Er war schon am Hafen, als er die Motorräder hörte. Sie kamen über die Govert van Wijnkade angedonnert, drehten hoch zur Koe-Paardbrug und fuhren dann in seine Richtung. Er zählte sieben schwere schwarze Maschinen. Auf jeder Maschine saß eine Gestalt, von der man nicht wußte, ob es ein Mann oder eine Frau war, da der Unterschied durch die riesigen Helme und das dicke schwarze Leder, in dem sie steckten, nicht zu erkennen war. Außerdem waren auch ihre Gesichter hinter dem Visier aus durchsichtigem Plastik, das im Regen glänzte, nicht zu sehen.

Als die Motorräder vorbei waren und er sich gerade an der Vorstellung weidete, solch eine Dame von der Sterbebegleitung unvermutet zu sich unter die Decke zu ziehen, wenn sie an seinem Bett Platz genommen hatte, stellte er auf einmal fest, daß die Motorräder auf der Höhe der Taanstraat in einer Art Schlachtordnung auf ihn zu warten schienen. Es ging von diesen sieben Motorrädern, die sich auf der Havenkade so aufgebaut hatten, daß niemand mehr an ihnen vorbeikam, etwas unheimlich Drohendes aus, so daß er erst einmal verblüfft stehenblieb. Er sah die schweren Maschinen an, er sah die schwarzen, behelmten, durch ihre Plastikvisiere unkenntlich gemachten Fahrer an, die dort, einen ihrer schweren Stiefel auf dem Boden, bewegungslos den Durchgang blockierten. Die Turmuhr schlug. Halb elf.

Er ging weiter. Er näherte sich den Motorrädern. Ehe er jedoch bei dieser uneinnehmbaren Barriere von Menschen und Maschinen angelangt war, bog er plötzlich unvermutet in den Zure Vischsteeg ein. Als er in der Mitte der Gasse war, hörte er, wie die Motorräder gestartet wurden. Sie konnten ihm nicht in den Zure Vischsteeg folgen, da er zu eng war. Ruhig ging er durch die schmale Gasse hindurch. Er hörte das Donnern der Maschinen. Sie fuhren offenbar außen herum. Er sah sie kommen, als er den Zandpad erreichte. Und jetzt, eigentlich erst in diesem Augenblick, begriff er, daß die Motorräder es auf ihn abgesehen hatten. Drei kamen durch den Zandpad, drei durch die Taanstraat. Er wandte sich ruhig um, dachte: Gut, wenn sie mich haben wollen, wenn sie mich wieder zusammenschlagen wollen, sollen sie, ich bin bereit. Womit sollte ich es auch verdient haben, daß mir so etwas nur einmal passiert? Und doch werde ich diesmal versuchen, ihnen nicht in die Hände zu fallen. Ich gehe zum Hafen zurück und verschwinde dort in einem Café. Er dachte wieder an Gieten. »Eins in die Fresse?«

Schon damals hatte er gewußt, was er während des ganzen Zweiten Weltkriegs kaum in die Praxis hatte umsetzen können, womit die Moffen übrigens nichts zu tun hatten, daß man unter allen Umständen vermeiden mußte, seine Angst zu zeigen. Bei der Oude Sluis hatte sich alles so schnell abgespielt, daß er kaum Zeit gehabt hatte, sich zu fürchten. Dennoch wußte er: Man mußte aussehen, als ginge man fröhlich, unbekümmert und unbeschwert seinem schrecklichen Schicksal entgegen. Denn was dieses Pack wollte, war wahrscheinlich vor allem eines: sich am Anblick seiner Angst, vielleicht sogar Todesangst weiden.

Ohne zu hasten, lief er durch den Zure Vischsteeg zurück. Er dachte daran, daß er dort mit Hillegonda gegangen war. Nur gut, daß für Melancholie jetzt keine Zeit war. Hinter sich hörte er die Motorräder. Sie schlossen den Zure Vischsteeg hermetisch von Zandpad und Taanstraat ab. Zurück würde er nicht mehr flüchten können.

Vor ihm lockte die helle Öffnung der Gasse. Er sah dahinter den Turm der Groote Kerk mit seiner rot angestrahlten Uhr aufragen. Noch zwei, drei Schritte, und er würde die Stelle erreichen, wo die enge Gasse auf den Hafen mündete. War nicht direkt daneben eine Imbißbude? Oder höchstens ein paar Häuser weiter? Da hinein würde er gehen können.

Während er weitereilte und sogar versuchte zu laufen, erschien in der hellen, lockenden Öffnung plötzlich eins der schweren Motorräder. Fachmännisch blockierte dieses eine Motorrad, eine Harley-Davidson, den engen Eingang. »Das ist doch mal etwas anderes als Sterbebegleitung«, murmelte er aufgekratzt.

Er ging weiter, bis er das Motorrad erreicht hatte.

»Guten Abend«, sagte er munter, »ich möchte gern hier durch. Würden Sie mir bitte Platz machen?«

Er schaute auf das glänzende Plastik des Visiers. Spielerisch schob er es ein Stückchen hoch. Der Motorradfahrer versetzte ihm mit einem der schwarzen Handschuhe einen Puff. Dennoch schob Simon es noch ein Stück weiter hoch.

»Ich möchte gern sehen, wen ich die Ehre habe, auf so besondere Art kennenzulernen«, sagte Simon.

Langsam kam das Gesicht des Motorradfahrers zum Vorschein. Was Simon sah, konnte man nur als Kindergesicht bezeichnen.

»So, hallo«, fragte Simon, »hast du denn schon einen Führerschein?«

Dieses Kind, der Junge, knurrte, hob seine Hand mit dem Handschuh, wollte Simon einen zweiten Puff versetzen, aber der packte den Handschuh, lockerte ihn und zog ihn aus.

»Das sind vielleicht Handschuhe…«

»Gib her.«

»Wenn du Platz machst«, sagte Simon, trat einen

Schritt zurück und versteckte den Handschuh neckend hinter seinem Rücken.

»Nein«, sagte der Junge so barsch wie möglich, »nein, ich geh nicht beiseite. Du kannst nicht durch. Und du kannst auch nicht zurück, das weißt du genau. Also laß das Gefasel. Gib den Handschuh her.«

»Bitte schön«, sagte Simon, »ich habe doch nichts davon, ich bin zu alt, um noch auf einem solchen Motorrad zu fahren. Ich habe übrigens gehört, daß jeder Motorradfahrer früher oder später einmal stürzt. Und dann kann es auf der Stelle aus sein. Ich kapiere nicht, daß der Gesetzgeber das Motorradfahren nicht verbietet. Etwas, was so gefährlich ist.«

»Was laberst du da eigentlich herum, du Pfeife«, sagte der Junge. »Ich würde lieber den Rand halten, du kannst nach keiner Seite durch.«

»Ach, meinst du, mein Junge?«

»Mann, halt doch bloß die Fresse. Oder soll ich von der Maschine runterkommen?«

»Was willst du nun eigentlich, Kerlchen?«

»Zehntausend Mäuse.«

»Zehntausend Mäuse?« fragte Simon verblüfft. »Und wofür bitte? Für freien Durchgang hier? Aber du meinst doch nicht, daß ich soviel Geld in der Tasche habe?«

»Nein, du Pfeife, nicht, um dich hier durchzulassen. Zehntausend, damit ich meine Schnauze halte.«

»Deine Schnauze hältst? Worüber?«

»Das weißt du selbst genau, dreckiger Verräter.«

»Es tut mir leid, aber ich habe keine Ahnung, wovon du redest.«

»Ach nein? Na, ich aber, und ich kann damit überall hingehen, zu den Zeitungen, zum Fernsehen.«

»Dann kapiere ich nicht, was du hier machst.«

»Herrgott, du Schwachkopf, bist du wirklich so dumm? Zehntausend Mäuse, oder jeder wird erfahren, daß du im Krieg eine Gruppe von Leuten verraten hast, die dann alle hingemacht worden sind.«

»Nun, mein Junge, da weißt du mehr als ich.«

»Ah, das hast du vor. Du willst dich dumm stellen. Das hast du also vor.«

Der Junge schwieg eine Weile, fingerte nervös an seinem Helm herum, zog seinen Handschuh wieder an und sagte dann: »Übermorgen stehst du hier, dieselbe Zeit, mit zehntausend Mäusen, sonst...«

»Ich mache einen Vorschlag zur Güte«, sagte Simon. »Ich bin, ehrlich gesagt, wahnsinnig neugierig, was du von mir zu wissen meinst. Ich würde das gern schwarz auf weiß in der Zeitung lesen. Laß es uns so verabreden: Wenn ich eine schöne Geschichte über mich in der Zeitung lese, werde ich dir ein paar Gulden spendieren, mit denen du dir was zu kiffen leisten kannst. Was hältst du davon?«

Der Junge hantierte nervös an den Griffen seines Lenkers. Er schluckte ein paarmal, murmelte etwas, was Simon nicht verstehen konnte. Simon beugte sich vor, schaute das Motorrad an und sagte: »Laß mich dein Kennzeichen notieren, das könnte vielleicht einmal wichtig sein.«

»Hau doch ab«, sagte der Junge böse, »verpiß dich, alter Schwachkopf, ich... Weißt du denn nicht mehr... Menten, Waldheim...«

»So, so, du hast gut aufgepaßt in der Schule«, sagte Simon, »und nun dachtest du, einem neuen Menten auf der Spur zu sein, und hofftest, einige hübsche Erpressungscenten zu kassieren. Mein lieber Junge, geh du nur ruhig mit deiner Geschichte zur Presse oder wohin auch immer, denn du brauchst wirklich nicht zu denken, daß ich dir etwas rüberschiebe, damit du deinen Mund hältst. Wenn du meinen Namen in die Zeitung bekommst, kriegst du Geld für ein Eis von mir.«

Simon sah ein Polizeiauto auf der Havenkade angefahren kommen. Er gab dem Jungen unerwartet einen kräftigen Stoß. Der Junge versuchte, sitzen zu bleiben, verlor jedoch das Gleichgewicht. Langsam, aber unaufhaltsam kippte das Motorrad um. Simon kletterte über den Gepäckträger hinweg und rannte, mit beiden Armen winkend, die Kade entlang. Das Polizeiauto blieb stehen. Ein Fenster wurde heruntergedreht. Simon lief darauf zu und rief: »Meine Herren, ich werde hier von einigen Kerlen auf Motorrädern belästigt. Dürfte ich vielleicht bei Ihnen hinten im Wagen Platz nehmen, bis sie verschwunden sind?«

Äußerst skeptisch wurde er von dem Polizisten am Steuer angestarrt. Der Polizist auf dem Nebensitz schaute ihn etwas freundlicher an.

»Ich sehe nur ein Motorrad«, sagte der erste unwirsch.

»Die anderen blockieren die Rückseite vom Zure Vischsteeg.«

Der Junge startete inzwischen sein Motorrad und

fuhr am Hafen entlang davon. Simon konnte gerade noch die vier Buchstaben und die beiden Ziffern des Nummernschilds erkennen.

»Da fährt er«, sagte der Polizist. »Also, worüber beschweren Sie sich?«

Er schloß das Fenster. Langsam glitt das Polizeiauto durch den dunklen Hafen fort. Simon schaute ihm nach, ging dann schnell in Richtung Klappbrücke. Hinter sich hörte er, wie beim Zure Vischsteeg die Motorräder gestartet wurden. Er eilte über die Klappbrücke, hastete am Zuidvliet entlang, schaute sich kurz um, sah niemanden, verschwand dann im Sluispolderhofje und wußte sich dort vorläufig sicher. Er blieb stehen, bis er die Turmuhr elf schlagen hörte, lief dann durch Gäßchen und Gänge hinter den Neubauten zu seiner Seniorenwohnung. Zu Hause angekommen, dachte er: Ach, die wissen natürlich genau, wo ich wohne, es war also ziemlich unsinnig, so nach Hause zu schleichen. Nun ja, doch spannend, auf meine alten Tage so etwas noch einmal erlebt zu haben. Und sehr lehrreich zu wissen, daß man in einem solchen Fall nicht auf die Hilfe der Polizei zählen kann.

Spinnen

Er ließ sich durch den Vorfall nicht einschüchtern. Am nächsten Abend *pikte* er sein *hoofdje* wie immer zur selben Zeit. Und wie immer streifte er durch totenstille Straßen. Keine Motorräder. Es war kalt und neblig, und es blieb kalt und neblig, zwei Wochen lang. Er hatte die abendlichen Straßen für sich allein, sah höchstens hier und da einsame Gestalten, die irgendeinem Ziel entgegenhasteten. Er hatte kein Ziel, er schweifte umher, wie immer.

Nach zwei Wochen hatte sich der Vorfall wie in Luft aufgelöst, dachte er nicht mehr daran, wenn er durch »diese dunklen Straßen voll Nebelduft und Seligkeit« wanderte. An einem grauen Freitagmorgen wurde er jedoch wieder daran erinnert. Wie immer erschien um Viertel nach neun eine Angestellte des Altersheims, um seine Wohnung sauberzumachen. Er verstand sich gut mit der Frau, einer resoluten Türkin, die bohnernd, staubsaugend, schrubbend, staubwischend seine Zimmer auf den Kopf stellte und sie dann wieder in ihren ursprünglichen Zustand zurückversetzte. Sie haßte Spinnen, wischte stets mit einem Mop an der Decke entlang, um sie zu verjagen.

Er liebte Spinnen, sagte immer: »Mevrouw Yemnik, lassen Sie sie doch sitzen, sie tun niemandem etwas zuleide.«

»Mijnheer Minderhout, Spinnen weg müssen«, sagte sie energisch.

Folglich fing er donnerstags vorsichtig so viele Spinnen wie möglich und setzte sie in sein kärgliches Vorgärtchen, um zu verhindern, daß sie am Freitag mit einem Mop abgeschlachtet wurden. Es war Feinarbeit. Meistens übersah er einige, und oft hörte er dann am Freitag, wenn er ruhig in seinem Wohnzimmer saß, aus Küche oder Schlafzimmer plötzlich Schreie, die zeigten, daß Mevrouw Yemnik wieder eine Spinne geortet hatte. Dann stand er auf, lief in die Küche oder ins Schlafzimmer und versuchte, sie daran zu hindern, die Spinne zu töten.

»Ich nehme sie schon weg, Mevrouw Yemnik, ich setze sie nach draußen.«

»Kommt sie wieder zurück.«

»Das macht nichts, so eine Spinne tut niemandem etwas zuleide, die darf hier gern überwintern.«

»Spinne muß weg, Spinne ist schmutzig.«

Er entfernte zwei, die vom Tode bedroht waren, aus der Küche, mußte dafür sogar eine Trittleiter aus der Abstellkammer holen, aber das war es ihm wert. Er genoß jedesmal dieses Scharmützel mit Mevrouw Yemnik.

Als er die Leiter geholt hatte und hinaufgestiegen war, sagte Mevrouw Yemnik: »Ich habe ein Stück über Sie in der Zeitung gesehen.«

»In der Zeitung? Welcher Zeitung?«

»In der Zeitung, die wir immer in den Briefkasten

bekommen. Sie bekommen sie hier bestimmt auch in den Briefkasten. Die Zeitung kommt überall.«

Er war noch nicht alarmiert, dachte noch nicht an die Drohungen des jugendlichen Motorradfahrers. Außerdem mußte er noch die kleine Spinne fangen, die gerade versuchte, sich in der Deckenleuchte zu verkriechen.

»Aber welche Zeitung denn?«

»*De Havenloods,* glaube ich.«

»Ach so, dieses Anzeigenblättchen. Und darin stand ein Artikel über mich, sagen Sie?«

»Ja, ein kleines Stück, mein Mann hat es gelesen, ich nicht.«

»Wovon handelte es denn?«

»Mein Mann sagte: vom Krieg.«

Simon vergaß die Spinne. Sie verschwand hastig zwischen Zimmerdecke und Lampe. Simon stand da, auf dieser Trittleiter, ein alter Mann, der wackelige Trittleitern lieber meiden sollte. Nachdem er eine Weile wie erstarrt dagestanden hatte, sagte er leichthin: »Ach, dieses Anzeigenblättchen, wer liest das schon.«

Er stieg die Leiter hinunter, klappte sie zusammen und stellte sie in die Abstellkammer zurück. Ordentlich aufgestapelt, lagen dort alle Drucksachen und Anzeigenblättchen, die ihm in den vergangenen Wochen in den Briefkasten geworfen worden waren. Alle drei Wochen holte ein kleiner Junge aus einem Korbballverein den Stapel ab.

Simon suchte in dem Stapel nach den Ausgaben der *Havenloods* aus den vergangenen drei Wochen.

Sie waren leicht zu finden. Er nahm sie mit ins Wohnzimmer. In der ältesten Ausgabe fand er nichts, danach blätterte er die neueste Nummer durch, fand darin ebenfalls nichts, und nahm dann das dritte Exemplar zur Hand. Auch darin stieß er auf nichts. Hatte er es übersehen? Noch einmal sah er alle drei Zeitungen durch, jetzt etwas sorgfältiger. Er fand den kurzen Bericht auf der vorletzten Seite der letzten Nummer des *Havenloods*. Er stand weit unterhalb des Knicks, wo die Zeitung gefaltet war, eingeklemmt zwischen Anzeigen für Teppichreiniger und Schlankheitsmittel. Dennoch spürte er, als er den widerlichen Bericht las, daß sein achtzigjähriges Herz sich heftig klopfend von all den Adern, die es an seinem Platz hielten, losreißen wollte. »Dann ist es«, hatte er vor einiger Zeit zu dem Kardiologen gesagt, »als wäre mein Herz ein Schiff, das bei heftigem Sturm im Hafen liegt und an seinen Trossen zerrt, um loszukommen. Und das könnte jeden Augenblick passieren. Es ist, als würde sich das Herz wirklich losreißen können.«

»Soweit wird's schon nicht kommen«, hatte der Kardiologe lächelnd gesagt, und er hatte den schematischen Querschnitt eines Herzes vor Simon hingelegt und darauf eingezeichnet, was seiner Meinung nach vor sich ging. »Der Blutdruck, oder auch der systolische Blutdruck«, hatte der Kardiologe gesagt, »steigt dann plötzlich enorm an. Dadurch entstehen kleine Wirbel im Blut, ebenso wie sie in schnell strömendem Wasser entstehen.« Mit kleinen Halbkreisen hatte er sie in den rechten Vorhof des Herzens eingezeichnet. »Durch diese Wirbel wird die Reizleitung der Herzvorkammer durcheinandergebracht, die normalerweise durch den Sinusknoten gelenkt wird. Die Muskeln der Herzvorkammer ziehen sich mehr oder weniger aufs Geratewohl zusammen, und das ist es, was Sie spüren.« Der Kardiologe hatte ihn für einen Augenblick fast schelmisch angesehen und dann gesagt: »Es ist eine unangenehme, im Prinzip aber gutartige Erscheinung. Wir nennen sie Vorhofflimmern. Es kann mehr oder weniger von selbst vorübergehen, ein paar Betablocker wie Sotacor können es unterdrücken, aber wenn es bleibend ist und zu Herzrhythmusstörungen führt, werde ich Ihnen einen kleinen Elektroschock geben müssen. Vorhofflimmern kann nämlich zu Gerinnseln im Herzen führen. Die können dann losschießen und über die Blutbahn im Gehirn landen, und dann kommen Sie vom Regen in die Traufe. Deshalb werde ich Ihnen auf jeden Fall ein Rezept für ein blutverdünnendes Mittel geben.«

So also wußte Simon seit langem, daß es nicht tödlich war, wußte auch, daß er es einigermaßen beschwichtigen konnte, indem er tief einatmete, einen Augenblick lang wartete und dann langsam ausatmete. Außerdem konnte er immer noch eine zusätzliche Tablette Sotacor nehmen. Und doch: Panik. Richtige Panik, richtige Angst, niemals lange, höchstens ein, zwei Minuten, aber dennoch.

Er saß da, atmete tief ein, wartete, atmete langsam aus. Das Flattern würde bleiben. Das wußte er, den ganzen Tag, aber es würde weniger werden. Damit konnte man leben, damit konnte man offenbar sogar alt werden. Bei sechzig Prozent der Männer über sechzig trat es auf. Warum also erschrak er jedesmal wieder so heftig? Er las den Bericht noch einmal.

»Wer erinnert sich nicht daran, daß fünfzig Jahre nach dem Überfall der Deutschen auf die Niederlande in Schiedam eine Gedenktafel zur Erinnerung an die Schiedamer Widerstandsgruppe, die im Jahre 1944 von den Deutschen verhaftet worden war, enthüllt wurde. Die acht Mitglieder der Gruppe wurden Ende 1944 erschossen. Man hat immer vermutet, daß die Widerstandsgruppe verraten worden ist. Nie ist jedoch bekannt geworden, wer dafür verantwortlich gewesen sein könnte. Erst jetzt stellt es sich als sehr wahrscheinlich heraus, daß der Verräter noch immer unter uns ist. Es soll sich um den inzwischen pensionierten Apotheker Simon M. handeln. Näheres hierzu folgt.«

Lange hatte Simon auf den Bericht gestarrt. Ein Foto der Gedenkplakette in Größe eines Paßfotos illustrierte den lächerlich dummen, aber gleichwohl alarmierenden Artikel. Simon lernte erst in dem Augenblick, wo er ein Alter erreicht hatte, das man auch als weise bezeichnet, diese Lektion: Daß ein Zeitungsbericht mit einer so vernichtenden Beschuldigung ihn, Roemer Simon Minderhout, der sich selten in seinem Leben aus der Fassung hatte bringen lassen, wie ein Todesurteil treffen konnte. Er saß da, dachte: Nur gut, daß ich Apotheker gewesen bin und, als ich aufgehört habe, diverse Schlaftabletten... große Mengen... Nachher, wenn Mevrouw Yemnik gegangen ist...

Mevrouw Yemnik verließ seine Wohnung jedoch erst um halb eins. Da hatte er bereits zwei Stunden lang über den Bericht nachdenken können und war von seinem ursprünglichen Vorsatz abgekommen, noch an diesem Nachmittag von seinem riesigen Vorrat an Schlaftabletten Gebrauch zu machen. Mevrouw Yemnik hatte ihm wegen seines schwachen Kreislaufs eine Tasse Getreidekaffee gemacht und für sich selbst eine Tasse Nescafé. Sie war nicht auf den Bericht zurückgekommen, hatte von den körperlichen Beschwerden des arbeitslosen Mijnheer Yemnik berichtet und dann wieder gebohnert und gewischt.

Bis tief in den Nachmittag hinein saß er fast bewegungslos in seinem Lehnstuhl. Ab und zu nahm er zwar das Buch, in dem er am Morgen gelesen hatte, in die Hand, nahm aber kein Wort von Daniel C. Dennetts *Consciousness Explained* auf und legte es dann wieder weg. Das einzige, woran er denken konnte, war der Zeitungsartikel. Er erwog, den *Havenloods* zu überfallen und die Redaktion anzuschreien: »Wie ist es um Gottes willen möglich, daß ihr einer solchen Rotznase glaubt?« Er erwog, einen Brief an die Redaktion der Zeitung zu schreiben. Er erwog, zur Polizei zu gehen, verwarf auch das sofort wieder.

Als gegen Abend seine liebste Stunde kam, wenn es draußen fast unmerklich zu dämmern begann und er den Augenblick, an dem er drinnen seine Lampen anzünden müßte, immer so lange aufschob, bis er fast nichts mehr sehen konnte, kam er einigermaßen zur Ruhe. »So einfach lasse ich mich von denen nicht unterkriegen«, murmelte er den langen, tiefen Schatten in seinem Wohnzimmer zu. Dennoch wußte er immer noch nicht, was er tun sollte. Vielleicht sollte er die Sache auf sich beruhen lassen, sollte er darauf vertrauen, daß außer Mijnheer Yemnik, der arbeitslos zu Hause saß und nichts anderes zu lesen hatte als Anzeigenblättchen, so gut wie niemand den kurzen Artikel gesehen hatte.

Am Samstag war er gezwungen, aus dem Hause zu gehen, um einige Einkäufe für das Wochenende zu machen. So früh wie möglich ging er zum Bäcker. Er war bei Van der Veer auf der Dr. Abraham Kuyperkade der erste und zunächst noch einzige Kunde. Er verlangte ein Vollkornbrot. Ohne jedes Zögern wurde es ihm gegeben.

»Bitte sehr«, sagte die ältere Frau, die ihn bediente. Es klang bissig, aber nicht bissiger als an anderen Samstagen. Man konnte in diesem Städtchen schon froh sein, wenn man nicht angeschnauzt wurde. Und soviel war sicher: Falls diese Frau den Artikel schon gelesen hatte, war das für sie offenbar kein Grund, ihm ein Vollkornbrot vorzuenthalten.

Auch woanders bediente man ihn genauso unfreundlich, antwortete man ihm genauso unfreundlich wie an anderen Samstagen. Von Ärger, Vorwurf, Zorn oder Wut war nichts zu merken. Höchstwahrscheinlich hatten alle den Bericht im *Havenloods* übersehen. Wie sollte es auch anders sein. Meistens landete die wöchentliche Sturzflut von Gedrucktem sofort auf dem Altpapierstapel.

Am Samstag nachmittag ging er in der kühlen Septembersonne über den Marktplatz. Wie immer wurde er von älteren Mitbürgern gegrüßt, die ihn noch als Apotheker gekannt hatten. Am frühen Abend machte er wieder seinen Spaziergang, lief am Hafen entlang der niedrig stehenden Sonne entgegen. Es war ein Samstag wie alle Samstage. Man erwartete etwas, man erhoffte etwas, man ersehnte etwas, auch wenn man nicht wußte, was, doch was man erwartete, was man erhoffte, was man ersehnte, blieb im allgemeinen aus, wie es an all den bisherigen Samstagen in seinem Leben beinahe immer ausgeblieben war. Dennoch behielt der Samstagnachmittag den Glanz des ganz besonderen Nachmittags der Woche, des Nachmittags, an dem er früher oft in Rotterdam in einem Konzert seines geliebten Orchesters gewesen war und an dem er sich in späteren Jahren regelmäßig eine Schallplatte gekauft hatte. Jetzt war es zu spät, um zum Einkaufen nach Rotterdam zu fahren, aber er hätte es tun können, niemand hätte ihn merkwürdig angesehen. Es war ein Artikel über ihn im *Havenloods* erschienen, aber nun stand fest, daß ihn keine Sterbensseele verdächtigte. So würde es wahrscheinlich, hoffentlich, bleiben. Welch ein Narr war er gewesen, am Tag zuvor noch an Schlaftabletten zu denken! Er hatte noch viele Samstagnachmittage vor sich, in den Schallplattenläden lockte beispielsweise eine neue Aufnahme des Streichquintetts von Bruckner. Die, nahm er sich vor, würde er am nächsten Samstag nachmittag kaufen.

Hagel

Ein paar Tage später legte Simon am frühen Abend das Buch von Dennett beiseite, um die Dämmerung zu beobachten. Er saß ruhig in seinem Lehnstuhl am Fenster, das auf den kleinen Innenhof der Seniorenanlage hinausging. Plötzlich heulte der Wind auf, erklang ein Donnerschlag. Ein Geräusch erfüllte die Luft, als beginne eine Symphonie von Bruckner. Er gewahrte eine Gardine aus Hagelkörnern, die jedesmal, wenn sie blitzschnell an den Straßenlampen vorbei herunterfielen, märchenhaft blau aufleuchteten. Das Geräusch übertönte die Sonate für Violine und Klavier von Albéric Magnard, die gerade sein Wohnzimmer füllte. Er hatte antiquarisch ein kleines französisches Buch über den Komponisten entdeckt und hatte es an diesem Nachmittag gründlich studiert. Auf mehreren Plattenhüllen hatte er bereits gelesen, wie Magnard umgekommen war. Im Ersten Weltkrieg waren die Deutschen in das Dorf Baron einmarschiert, in dem Magnard wohnte. Magnard soll von seinem Wohnhaus aus auf die Deutschen geschossen haben, woraufhin sein ganzes Haus in Schutt und Asche gelegt worden ist. Aus dem Buch hatte er jedoch erfahren, daß viel mehr dahintersteckte. Er nahm sich vor, es noch einmal genau zu lesen. Soviel stand fest: Was damals in Baron geschehen war, würde nie ganz geklärt werden können. Vielleicht war das immer so, entzog sich alles Vergangene grundsätzlich unserer Erkenntnis.

Er schaute auf die Hagelkörner und war erstaunt. Es war erst September. Und bereits Hagel? Was da herunterfiel, bedeckte, kurz aufleuchtend wie zerbrechliche Edelsteine, den Innenhof und begann dann, langsam zu schmelzen.

Er hörte, daß etwas durch seinen Briefkastenschlitz geworfen wurde. Was konnte das sein? Das soundsovielte Anzeigenblatt? Er blieb ruhig sitzen. Was dort heruntergefallen war, konnte liegenbleiben. Nachher würde er es aufheben. Er dachte daran, wie er früher sofort neugierig zum Briefkasten geeilt wäre. War er jetzt zu alt, oder hatte er etwas gelernt? Konnte man jemals etwas lernen? Sein Vater hatte immer gesagt: »Die Erfahrung lehrt uns, daß wir nichts aus der Erfahrung lernen.« Er war geneigt, es seinem Vater nachzusprechen. Aber das galt für alles, was sein Vater je gesagt hatte. Er hegte und pflegte dessen Sprüche.

Die Zeit verstrich, der Himmel wurde dunkelblau, der Hagel war in Regen übergegangen, er sah im gelben Licht der Straßenlampen die Tropfen fallen. Wieder wurde etwas durch den Briefkastenschlitz geworfen. Es wurde geklingelt, er hörte Stimmengejohle. Obwohl er nur mühsam hochkam, lief er doch unerwartet schnell zur Haustür. Vorsichtig öffnete er. Niemand war zu sehen. Ein Klingelstreich, dachte er erstaunt. Er schaute noch einmal nach den Regentropfen, schloß dann seine Tür.

Auf der Fußmatte drinnen hinter der Haustür lagen zwei Exemplare des *Rotterdams Nieuwsblad*. Da er diese Zeitung nicht abonniert hatte, verstand er nicht, warum ihm auf einmal zwei Exemplare beschert worden waren. Er hob sie auf, ging damit ins Wohnzimmer, machte es sich wieder in seinem Lehnstuhl bequem. Er blätterte eine der beiden Zeitungen durch und schlug dann die Freitagabendbeilage auf. Unten, auf einer der Seiten, war ein kleines Foto von ihm. Und da, noch bevor er etwas gelesen oder auch nur begriffen hatte, worum es sich handelte, war es schon, als springe sein Herz in der Brust wie wild hin und her. Er legte die Zeitung hin, atmete tief ein, hielt den Atem so lange wie möglich an, atmete tief aus. Er stand auf, ging ins Badezimmer und nahm einen Betablocker ein.

Zurück im Wohnzimmer, verkroch er sich in seinen Lehnstuhl und versuchte, sein Herz mit Hilfe der Atmung zu beruhigen. Erst als es wieder etwas regelmäßiger schlug, wagte er dem ins Auge zu sehen, was man über ihn geschrieben hatte. Der Artikel füllte eine ganze Seite. Obendrüber waren acht eindrucksvolle Fotos der Schiedamer abgebildet, die im Herbst 1944 von den Deutschen erschossen worden waren. Er las: »Im September 1944 überfiel eine Schiedamer Widerstandsgruppe eine Zuteilungsstelle für Lebensmittelmarken in Maassluis, die im Gebäude Sursum Corda an der Fenacoliuslaan untergebracht war. Während des Überfalls konnte einer der Bewacher entkommen. Die Mitglieder der Widerstandsgruppe bemerkten das unmittelbar danach und flohen, bevor die alarmierten Deutschen in Sursum Corda auftauchten. Sie scheinen über die Wipperskade und die Trekkade am Noordvliet entlang geflüchtet zu sein. Obwohl die Deutschen nur eine vage Beschreibung hatten, ist es dem SD gelungen, innerhalb einer Woche alle acht Mitglieder der Widerstandsgruppe aufzuspüren. Kurze Zeit später sind die acht im Konzentrationslager Vught erschossen worden.«

Nach einer Zwischenüberschrift folgte ein ausführlicher Text über die Gedenktafel, die 1990 in Schiedam enthüllt worden war. Simon überflog diesen Teil und las nach der unheilvollen Überschrift »Verrat?«, die Schlimmes ahnen ließ, weiter.

»Die große Frage ist: Wie hat der SD die acht Mitglieder der Widerstandsgruppe so schnell aufspüren können? Die Schiedamer Widerstandsgruppe war schon seit 1942 aktiv. Ihre Mitglieder waren äußerst vorsichtig. Sie hatten aus der Katastrophe der Widerstandsgruppe ›Die Geusen‹ gelernt. Sie haben zwei Jahre lang problemlos operieren können. Sie haben vor allem Rationierungskarten an Untergetauchte verteilt, diese möglichst sicher untergebracht und geeignete Verstecke gesucht. Ihr Überfall auf die Zuteilungsstelle in Maassluis ist eine ihrer ersten größeren Aktionen gewesen. Leider mißlang der Überfall, aber die acht konnten immerhin entkommen. Dennoch wurden sie kurze Zeit später aufgegriffen.

1990 bei der Enthüllung der Gedenktafel wurde erneut die Frage gestellt: Kann Verrat im Spiel gewesen sein? Wie sonst ist es zu erklären, daß diese acht Schiedamer Jungen, die so sorgfältig vorgingen und die so sehr auf Geheimhaltung ihrer Aktivitäten achteten, dennoch so einfach aufgespürt werden konnten? Erst jetzt, nach so vielen Jahren, scheint man offenbar auf die Frage: Kann Verrat im Spiel gewesen sein?, eine bestätigende Antwort geben zu können.«

Wieder folgte eine Zwischenüberschrift mit einem Fragezeichen: »Medikamente?« Simon brauchte eigentlich nicht mehr weiterzulesen. Was nun folgte, wußte er schon, begriff er schon. Dennoch konnte er der Versuchung nicht widerstehen, mit eigenen Augen zu lesen, was über seinen bescheidenen Anteil festgehalten wurde. Er las: »Bereits 1942 wurden mehrere Untergetauchte von der Schiedamer Widerstandsgruppe mit Lebensmittelmarken etc. versorgt. Einer der Untergetauchten litt an einem seltenen Leberleiden und mußte mit einem besonderen Medikament versorgt werden. Dies stellte die Gruppe vor große Probleme. Sie wagten es nicht, das Medikament von einem der Schiedamer Apotheker zu beziehen. Sie bekamen einen Tip, daß sie es vielleicht von dem Apotheker Simon M. beziehen könnten. Ein Mädchen, das die Mitglieder der Widerstandsgruppe in einem Korbballverein kennengelernt hatten, wurde vorgeschickt, um es zu besorgen. Es gelang ihr, dem oben genannten Apotheker das Medikament abzuschwatzen. Später hat sie noch regelmäßig weitere Arznei bei ihm geholt. Durch die Kurierdienste dieses Mädchens hat M. Wind von dem Bestehen der Widerstandsgruppe bekommen. Nun wäre überhaupt kein Anlaß gewesen, ihn nach so vielen Jahren noch als möglichen Verräter dieser Gruppe zu brandmarken, wenn er nicht zunehmend ein besonderes Interesse für diesen weiblichen Kurier und für die Widerstandsgruppe gezeigt hätte. So ist er ihr an einem Abend mit dem Fahrrad gefolgt, als sie nach einem Besuch in der Apotheke nach Schiedam zurückfuhr. Er hat sie wahrscheinlich in das Haus hineingehen sehen, in dem eines der Mitglieder der Widerstandsgruppe wohnte. Auch ist er an einem Samstagnachmittag zwei Mitgliedern der Widerstandsgruppe lange und ausdauernd durch Schiedam gefolgt. Sie waren auf dem Weg zu einer Versammlung der ›belasteten‹ Reformierten, bei der auch vier andere Mitglieder anwesend waren. M. hat an dieser Versammlung teilgenommen und ist danach den sechs Mitgliedern der Gruppe gefolgt. Auch später haben ihn mehrere Mitglieder der Gruppe oft durch Schiedam streifen sehen. Wenn er einen der acht entdeckte, begann er, ihm sofort zu folgen. Auf diese Weise hat er wahrscheinlich die Adressen aller acht Jungen in Erfahrung bringen können. Hinzu kommt, daß die Botin ihn einmal, nachdem sie in der Apotheke gewesen war, darum gebeten hat, ihm das Gebäude Sursum Corda zu zeigen. Er hat dies getan und wußte daher, daß die Widerstandsgruppe sich für die Zuteilungsstelle für Lebensmittelkarten interessierte. Dies geschah übrigens lange, bevor er anfing, den Mitgliedern der Gruppe zu folgen. Nachdem er solch ein besonderes Interesse für die Gruppe an den Tag zu legen begann, hatte die Botin sich nämlich nicht mehr wegen Arznei an ihn gewandt.«

Simon hörte, daß wieder etwas durch seinen Briefkastenschlitz geworfen wurde. Ihm war sofort klar, daß es wieder ein Exemplar des *Rotterdams Nieuwsblad* sein mußte. Sein ganzer Körper versteifte sich. Was für Leute belieferten ihn nur mit all diesen Zeitungen? Wollte man ihm zu verstehen geben: Denk dran, Verräter, wir haben gelesen, was man über dich geschrieben hat? Aber warum warfen sie dann ganze Zeitungen durch den Schlitz? Warum dann nicht nur den ausgeschnittenen Artikel? Als Simon später am Abend auf den Flur schlich, nachdem noch einige Male etwas hineingeworfen worden war, sah er sofort, daß auch ausgeschnittene Artikel dabeilagen. Einer der Absender hatte den Artikel sogar mit einem Filzstift rot umrandet. In dem Moment, als er sich bückte, um alles aufzuheben, roch er, daß auch noch etwas anderes hineingeworfen worden war. Er fuhr zurück, er ließ alles liegen.

Obwohl ihn beim Anblick der hauchdünnen Schicht Hagelkörner, die nach dem Schauer draußen liegengeblieben war und den Innenhof verzauberte, die Sehnsucht nach seinem Abendspaziergang überkam, wagte er es nicht, aus dem Haus zu gehen.

Am nächsten Tag kaufte er ohne Probleme auf der Dr. Abraham Kuyperkade sein Vollkornbrot. Als er jedoch in der Septembersonne, die nach dem Hagelschauer unerwartet warm und hell und strahlend schien, nach Hause spazierte, kam ein großer schwarzer Schatten an ihm vorbei. Simon erkannte, geblendet von der Sonne, nur vage die Gestalt eines Mannes. Fast achtlos wurde ihm im Vorübergehen ein Wort zugeworfen. Er war schon drei Häuser weiter, als es allmählich zu ihm durchdrang, daß das Zischen für ihn bestimmt gewesen war. Und nicht einmal da brachte er das Wort, das wie beiläufig hingeworfen worden war, mit sich selber in Verbindung. Erst als er zu Hause war, sollte er begreifen, daß das Wort »Judas« tatsächlich für ihn bestimmt gewesen war.

Später an diesem Tag fand er noch zahlreiche vollständige Exemplare des *Rotterdams Nieuwsblad* auf seiner Matte hinter der Haustür, ebenfalls einige ausgeschnittene Artikel. Auch wurden noch zweimal Exkremente, eingewickelt in braune Briefumschläge, durch den Schlitz seines Briefkastens geworfen.

Gegen Mittag klingelte das Telefon. Er nahm ab, nannte seinen Namen und hörte eine schrille Frauenstimme: »Sie sprechen mit Radio Rijnmond. Sie sind jetzt direkt auf Sendung. Wir möchten Ihnen gern ein paar Fragen stellen. Haben Sie den Artikel im *Rotterdams Nieuwsblad* von gestern abend gelesen?«

»Das habe ich«, sagte er.

»Und? Was ist Ihre erste Reaktion?«

»Meine erste und einzige Reaktion ist: Es ist nicht wahr.«

»Also haben Sie keine Medikamente ausgegeben?«

»Doch, das habe ich.«

»Oh, also das ist wahr. Was ist dann nicht wahr? Daß Sie die Mitglieder der Widerstandsgruppe verfolgt haben?«

Er zögerte einen Moment, sagte dann ruhig: »Ja, ich bin ihnen nachgegangen.«

»Oh, das ist also auch wahr. Dann wird der Rest doch wohl auch wahr sein?«

»Nein«, sagte er, »nein, das ist nicht wahr.«

»Aber warum haben Sie die Mitglieder der Widerstandsgruppe dann verfolgt?«

»Ich habe sie nicht verfolgt, ich bin ihnen nachgegangen.«

»Gibt es da einen Unterschied?«

»Für mich schon.«

»Gut, dann stelle ich die Frage anders: Warum sind Sie ihnen nachgegangen?«

»Ich war neugierig. Ich hatte schon viel Arznei ausgegeben. Ich wollte wissen, für wen und warum.«

»Danach hätten Sie doch einfach fragen können.«

»Man wollte es mir nicht sagen.«

»Also, Sie sind nur aus Neugier hinter diesen Menschen hergegangen... merkwürdige Sache... Aber gut, wollen Sie bitte in der Leitung bleiben. Wir legen jetzt eine Platte auf, und gleich reden wir weiter.«

Sofort brach einer dieser schrecklichen Ohrwürmer los: eine Popnummer. Er hörte sich die hämmernden Bässe und das Geschrei nicht lange an, ließ langsam den Hörer auf den Apparat sinken. Er blieb eine Weile ganz still und todunglücklich sitzen. Das

Telefon klingelte wieder. Er nahm nicht ab. Im Laufe des Tages klingelte das Telefon noch viele Male, aber er nahm kein einziges Mal mehr ab.

Auch am Sonntag klingelte das Telefon immer wieder. Er nahm nicht ab. Er verbrachte seine Zeit im Lehnstuhl, sah nach draußen auf den stillen Innenhof, wo der unzeitgemäße Hagel längst buttergelbem Septembersonnenschein gewichen war. Alle Gedanken, Hirngespinste, Grübeleien, die ihm wie Mühlräder im Kopf herumgingen, mündeten immer wieder in einen einzigen Gedanken: Aber ich hätte doch schon längst tot sein können, warum bin ich nicht schon längst tot, so daß mir dies erspart geblieben wäre?

Er stand ein paarmal auf, wanderte unruhig durchs Haus. Während einer dieser Wanderungen schaute er durch ein kleines Seitenfenster auf die stille Straße hinaus, in der seine Wohnung lag. Er blickte in ein Männergesicht. Gleich darauf wurde geklingelt. Er konnte schwerlich so tun, als sei er nicht zu Hause. Er faßte sich ein Herz und öffnete die Haustür.

Er sah auf einer Schulter eine gewaltige Fernsehkamera, sah ein Mikrofon, hörte eine Frage: »Haben Sie den Artikel im *Rotterdams Nieuwsblad* gelesen?«

»Das habe ich«, sagte er, »und ich kann Ihnen sagen: Es ist nicht wahr.«

»Ja, aber…«

»Mehr will ich nicht sagen. Ich sage nur dies: Es ist nicht wahr.«

»Haben Sie dann keine…«

»Ich will nur sagen: Es ist nicht wahr.«

»Also, Sie sind nicht…«

»Es ist nicht wahr, es ist ganz einfach nicht wahr.«

Und da stand er. Er selbst hatte den Eindruck: aufrecht und stolz. Als er sich am nächsten Tag nachmittags in den Vier-Uhr-Nachrichten wiedersah, begriff er, daß niemand diesem gebrechlichen, alten, zusammengesunkenen Mann, den Blick von der Kamera abgewandt, jemals Glauben schenken würde. Er erkannte sich selbst kaum. War er das? Er machte wahrlich einen höchst bedauernswerten, aber dadurch auch höchst verdächtigen Eindruck. Er wirkte wie ertappt. Daß es so weit mit mir hat kommen können, dachte er, wie ist das nur möglich? Warum muß ich das durchmachen? Nicht einmal die Gewißheit, daß er dem Ganzen sofort ein Ende machen konnte, wenn er wollte, war ein Trost. Beging er Selbstmord, so würde man das sogar noch als Schuldbekenntnis interpretieren. Er wußte jedoch, daß er dies nicht sehr lange würde durchhalten können. Ich verstehe nicht, sagte er sich, als er sich wieder in seinem Lehnstuhl verschanzt hatte, daß dies auf einmal so viel Staub aufwirbelt, daß sofort ein solcher Rummel einsetzt. Und soll dies nun so weitergehen? Dieses Telefonieren? Fernsehen? Zeitungen? Radio? Werden sie mich auch weiterhin jagen? Aber das ist doch unmöglich!

Lange saß er zusammengesunken in seinem Lehnstuhl. Dann ermahnte er sich. Er griff zum Telefon, wählte eine Nummer, wartete. Das Telefon klingelte. Bei jedem weiteren Signal wurde die Chance geringer, daß abgenommen wurde. Er wußte, daß nach sechsmal Läuten die Chance fast gleich Null war. Und doch ließ er das Telefon in dem offenbar leeren Haus weiterklingeln. Er lauschte dem Signal, es hatte etwas Tröstliches. Sie waren nicht da, aber er konnte jederzeit wieder anrufen. Er wollte schon auflegen, als er plötzlich eine Stimme hörte: »Oberstein.«

»Aaron, du… bist du… bist du zu Besuch…«

Er war so aufgeregt, daß er kaum ein Wort herausbrachte.

»Ich sah dich doch wahrhaftig vorhin im Fernsehen«, sagte Oberstein nur.

»O Gott, du denkst doch nicht… ich… du weißt doch…«

»Ich weiß nicht, was ich denken soll. Du sahst schlecht aus. Ich mache mir Sorgen um dich.«

»Meinst du… ob deine Tochter und dein Schwiegersohn… ach, du bist ja nun offensichtlich da. Sie werden keinen Platz haben…«

»Was faselst du da? Was willst du?«

»Ich muß hier weg, sie machen mich verrückt. Ich hoffte, daß ich vielleicht bei Joanna und Alexander für eine Weile untertauchen könnte, ich…«

»Joanna singt in England, Alexander hat sie tatsächlich begleitet, ich hüte für eine Weile ihr Haus. Ich bin hier mutterseelenallein, ich kann sehr gut ein bißchen Gesellschaft gebrauchen. Was mich betrifft, komm so schnell wie möglich hierher.«

»Dann siehst du mich bald bei dir auftauchen«, brachte Simon noch heraus. Er legte den Hörer auf und begann, wie ein Kind zu schluchzen. Nach einer halben Minute hatte er sich gefangen, wischte sich die Tränen aus den Augen und sagte mit der Stimme seines Vaters: »Nein, nein, Roemer, so kenne ich dich nicht. Und noch dazu in deinem Alter.«

Am liebsten wäre er an jenem Montagnachmittag sofort abgereist. Er bedauerte plötzlich, daß er nie seinen Führerschein gemacht hatte. Jetzt wäre das praktisch gewesen. Oder vielleicht doch nicht? Wo ein Auto war, war ein Nummernschild, konnte man aufgespürt werden. Gut, also nicht mit dem Auto. Mit dem Zug also? Und den letzten Teil der Reise mit einem Bus? Konnte man denn überhaupt verschwinden, ohne daß sich ermitteln ließ, wohin man gegangen war? Das schien höchst unwahrscheinlich. Radfahren? Er hatte kein Fahrrad mehr. Er ging langsam durchs Haus. Wie sollte er ungesehen abreisen, untertauchen? Er würde um sechs Uhr weggehen können. Dann saß jeder beim Essen, die Straßen waren wie ausgestorben. Er würde nach Delft laufen und dort, wo ihn niemand kannte, den Zug nehmen. Die letzten sechs, sieben Kilometer würde er zu Fuß zurücklegen. Sicher war ebenfalls, daß er, auch wenn er um sechs Uhr ginge, niemals ungesehen wegkäme. Sein Aufbruch würde gesehen werden. Alles wurde ja jederzeit beobachtet. Das war eines der wenigen Dinge, die ihn die Erfahrung doch gelehrt hatte.

An der Küchenanrichte stehend, aß er eine dunkelbraune Scheibe Vollkornbrot. Etwas Unterwäsche, eine Zahnbürste und sein Rasierapparat paßten in ein Köfferchen. Er sehnte sich nach einem langen Spaziergang. Am liebsten würde er jetzt ganz einfach ein *hoofdje pikken*. Jedesmal aber, wenn er sich vorstellte, daß er in aller Seelenruhe über die Straße gehen würde, durchfuhr es ihn, wie beiläufig ihm das Wort »Judas« zugezischt worden war. Er fragte sich, ob er dreißig Jahre früher auch so furchtsam gewesen wäre. War es das Alter, das ihn all seinen Schneid, seinen Stolz gekostet hatte?

Als es endlich dämmerte, rief er noch einmal Aaron Oberstein an.

»Ich mache mich heute nacht ungefähr um drei Uhr auf den Weg«, sagte er, »dann bin ich gegen fünf in Delft. Dort nehme ich den ersten Zug und bin dann, bevor es hell wird, bei dir. Ich hoffe nur, daß mich keiner sieht.«

»Ich würde dich gern abholen, aber ich habe kein Auto hier, und meine Kinder haben keins.«

»Das ist nicht nötig. Ich gehe so um drei hier los…«

»In tiefster Nacht! So hör ich's gern. Ich sorge dafür, daß eine starke Tasse Tee für dich bereitsteht, und morgen früh werde ich gleich Besorgungen für *Mittagessen* und *Abendbrot* machen.«

Kurz nach drei Uhr in der Nacht von Montag auf Dienstag verließ Simon Minderhout seine Seniorenwohnung. Der Himmel war dicht bewölkt, kein Blatt rührte sich, die Straßenlampen leuchteten. Er sah niemanden. In keinem einzigen Haus brannte

Licht. Hastig lief er durch die ausgestorbenen Straßen. Er hatte das Gefühl, als wäre ihm der Tod selbst auf den Fersen.

Als er erst einmal auf der stockfinsteren Wipperskade angelangt war, ging er allmählich etwas langsamer. Er fand sogar Gefallen daran: Daß er da ging, in tiefer Nacht, und daß es ein so angenehmes Wanderwetter war! Allerdings ziemlich kalt, aber das brauchte einen dick eingepackten Wanderer nicht zu kümmern. Wenn es nur nicht regnete oder stürmte. Oder regnete und stürmte, das wäre noch schlimmer.

Er ging die Trekkade entlang. Es wurde ihm klar, daß er auf demselben Weg aus der Stadt flüchtete, den damals die acht Schiedamer genommen hatten. Auch auf der Trekkade begegnete er keinem Menschen. Nur am Ende der Kade entdeckte er, weit entfernt auf dem Bommeer, ein Fischerboot. In sich zusammengesunken, hockte darin eine Gestalt unter einem riesigen Regenschirm. Sie angelte nicht, saß nur da, regungslos, unnahbar, unwirklich, unerreichbar. Obwohl die Entfernung groß war und es ausgeschlossen schien, daß der Mann Simon erkennen würde, drückte er dennoch seinen Hut tiefer in die Stirn.

Über den neuen Fahrradweg und die alte Eisenbahnbrücke näherte Simon sich dem Dörfchen Schipluiden. Durch ein Neubauviertel, das wie um den Fahrradweg herum angelegt zu sein schien, ging er ins Dörfchen hinein und wieder hinaus. An der Gaag entlang lief er auf dem Fahrradweg weiter.

Dort kam ihm ein Motorroller entgegen. Der Fahrer blickte stur geradeaus, verschwand rasch im nächtlichen Dunkel.

Um Viertel nach fünf erreichte er Den Hoorn. Am Buitenwatersloot entlang wanderte er nach Delft hinein. Er bog in die Coenderstraat ein. Dort irgendwo mußte an einer Straßenecke eine fast versteckte Öffnung sein. Wagte man sich da hinein, war man plötzlich unter den Eisenbahngleisen und erreichte ungesehen den Bahnhof. Er kam sich vor wie Orpheus, als er vorsichtig in die unterirdische Höhle hinabstieg. Im Bahnhof waren die Schalter noch geschlossen. Er löste sich eine Karte am Automaten. Das befriedigte ihn zutiefst. Kein Schalterbeamter, der hinterher etwas von einem alten Mann und seinem Fahrziel erzählen konnte.

Auf dem Bahnsteig gingen Leute auf und ab. Sie beachteten Simon nicht. Auf einer Bank saß eine bleiche Dame. Sie rauchte eine Zigarette, starrte vor sich hin. Kurz vor halb sechs kam ein schäbiger Zug an. Die Pendler stiegen ein, Simon stieg ein, die Frau blieb sitzen. Worauf wartete sie? Auf den nächsten Zug? Oder wartete sie auf jemanden, der hätte aussteigen sollen? Würde sie jetzt bis zum nächsten Zug sitzen bleiben? Wie rätselhaft waren oft die gewöhnlichsten Dinge.

Nach der Zugfahrt lief er auf noch immer stillen Nebenstraßen weiter. In der Ferne eine Schnellstraße mit viel Verkehr. Er hörte das Summen und Brummen. Wer fuhr da im Morgengrauen? Und warum schien der Rest der Niederlande zu dieser frühen

Stunde wie ausgestorben? Er sah einen Mann mit Aktentasche auf einer Verkehrsinsel stehen. Ein früher *carpooler*, der auf seinen Kollegen wartete? Er sah einen Zeitungsträger. Er sah zwei Ausländerinnen mit Kopftüchern in eine Seitenstraße einbiegen. Er sah zwei Mönche in grauen Kutten ein paar Schafe vor sich hertreiben. Auch wenn es ihm schwerfiel, drehte er sich nicht um, nachdem er an ihnen vorbeigegangen war. Mönche, die Schafe trieben, warum, wozu? Er dachte, was er so oft gedacht hatte: Niemals werde ich etwas von diesem Leben verstehen. Ja, ich habe mir Mühe gegeben, ich habe sogar die großen Philosophen ziemlich gründlich studiert, aber auch davon bin ich nicht weiser geworden. Man kann letztlich nichts begreifen. Sogar das Bewußtsein ist ein großes Rätsel, lies nur Dennett. Ob es irgendwo im Weltall anders ist? Oder ob in anderen Milchstraßensystemen – was von ganzem Herzen zu hoffen war – gar keine Menschen oder menschenähnliche Wesen zu finden sind? Er wanderte, und schon das Gehen selbst war, wie immer, erquickend, auch wenn sein Alter da noch ein Wörtchen mitzureden hatte. Vielleicht, überlegte er, rühren die Leiden der heutigen Menschheit daher, daß niemand mehr lange Strecken zu Fuß zurücklegt. Vielleicht müssen wir wieder zu Fuß gehen, spazierengehen, marschieren, umherziehen, im Garten arbeiten, wandern, ausschreiten. Er murmelte: »Ja, mein liebes Väterchen, du hast recht, die Sprache ist manchmal merkwürdig verschwenderisch.«

Auf dem letzten Teil seiner Wanderung begegnete er ziemlich vielen Radfahrern. Es war jedoch noch stockdunkel. Es schien ihm wenig wahrscheinlich, daß sich jemand später erinnern würde: Ich habe einen alten Mann auf der Straße gehen sehen. Auf dem Kopf einen altmodischen Schlapphut, in der linken Hand ein Köfferchen. Man wußte natürlich nie. Jedenfalls begegnete er auf dem Pfad am Wasser, der zum Bungalow der Goudveyls führte, niemandem mehr. Wie ihm schien, erreichte er ungesehen die kurze Auffahrt zum Haus. Es brannte bereits Licht. Man hatte ihn drinnen bemerkt. Eine Tür flog auf, er ging hinein, die Tür wurde sofort hinter ihm geschlossen.

»Ruh dich erst mal aus«, sagte Aaron, »dann schenke ich dir eine starke Tasse Tee ein.«

»Gern«, sagte er.

»Wie siehst du nur aus? ›*Ein Greis im grauen Gewand; tief hing ihm der Hut.*‹«

Simon nahm den Hut ab. »So besser?« fragte er.

»Nicht im geringsten. *Colla marmorea testa*. Eine solche Wanderung – vielleicht doch etwas viel in unserem Alter. Aber gut, stärke deinen inneren Menschen mit Tee und Brot und Butter, und dann würde ich dir empfehlen, dich ein Weilchen hinzulegen.«

»Werde ich tun, ja, Tee... dann muß ich... Herrgott, mir fällt ein, daß ich alle meine Pillen zu Hause habe liegenlassen. Ich muß bereits am Morgen zu meiner ersten Tasse Tee einiges einnehmen.«

Aaron Oberstein brach in Lachen aus, sagte begeistert: »Ein Apotheker, der seine Pillen vergißt!«

»Ja, lach nur, wenn ich sie nicht einnehme...«

»Fällst du sofort tot um.«

Aaron lachte wieder, fügte dann hinzu: »In unserem Alter passiert das nicht mehr, wir sind zu alt, um einfach tot umzufallen. Wenn du auf die Achtzig zugehst, hat der Tod kein Interesse mehr an dir. Nur hättest du von Rechts wegen eigentlich schon lange tot sein müssen. Daß ich noch lebe, ist nicht weiter verwunderlich, große Dirigenten werden uralt, aber du, ein Apotheker... *Enfin*, was diese Pillen angeht... was nimmst du ein? Ich habe ein ganzes Arsenal zur Verfügung. Ich schlucke den ganzen Tag alles mögliche. Vielleicht können wir uns das teilen, und wenn nicht, so habe ich hier im Dorf gute Beziehungen zum Apotheker. Ich habe mich immer erstaunlich gut mit Apothekern verstanden. Also, was du brauchst, kann ich dir nachher gleich holen.«

»Ich nehme Sotacor...«

»Wegen des Herzens, nehme ich an? Das habe ich zuerst auch eingenommen, aber nun darf ich es nicht mehr. Es ist schlecht für die Nieren, ich nehme jetzt ein Digitalispräparat. Das könntest du auch probieren. Allerdings nützt es mir, ehrlich gesagt, nicht viel. Aber nun erst einmal eine Tasse Tee! Streichle deine Speiseröhre. Erfreue deinen Magen mit Getreide.«

Simon trank, Simon aß, Simon schluckte einige Pillen, Simon wurde auf die breite Wohnzimmercouch gelegt und mit einem Plaid zugedeckt. Aaron sang leise: »*In festen Schlaf verschließ ich dich.*«

»Daß du das singst – Wagner«, sagte Simon.

»Ja, Wagner, *Die Walküre*, Ende dritter Akt.«

»Wenn jemand ein Antisemit war, dann...«

»Stimmt, er war einer der Schlimmsten. Die meisten Leute wissen nicht einmal annähernd, wie schlimm. Cosima schreibt am 18. Dezember 1881 in ihr Tagebuch, daß Wagner in ›heftigem Scherz‹ sagt, alle Juden sollten bei einer Aufführung von Lessings *Nathan der Weise* verbrannt werden.«

»Luther, Wagner, Hitler, dieses Dreigespann...«

»Ganz deiner Meinung, völlig deiner Meinung, und doch... und doch... Ich erinnere mich noch so genau an das erste Mal bei *Lohengrin*. Ich saß da im Dunkeln, die Geigen setzten ein. Als würde Gott selbst voller Erstaunen in der Dunkelheit mitsummen. Er war ein abscheulicher Antisemit, aber auch einer der größten Komponisten. Allein schon diese Gegenstimme im Menuett der Lehrjungen in den *Meistersingern*. Unglaublich.«

»Nun, ich...«, sagte Simon schläfrig.

»Er schrieb ein Pamphlet über das Judentum in der Musik – der Teufel selber müßte sich dessen noch schämen. Dennoch wurde er von jüdischen Musikern auf Händen getragen und ließ sich auch von jüdischen Musikern auf Händen tragen – man bedenke das erschütternde Paradox.«

Simon hörte es nicht mehr, Simon versank in einen tiefen Schlaf. Und doch schien es, als sei er nicht völlig abwesend. Er hörte Aaron summen, sah ihn auf Zehenspitzen durchs Zimmer gehen, sah, wie er versuchte, so geräuschlos wie möglich seine Morgenzeitung aufzuschlagen. Oder träumte Simon das alles? Er lag, ohne sich zu bewegen, da, es war, als würde er nie wieder aufstehen.

Stunden später wurde er von zarter Klaviermusik geweckt. Er öffnete vorsichtig die Augen und sah Aaron am Flügel sitzen, ihn betrachten und dabei ruhig weiterspielen.

»Merkwürdig, ich habe schon so viel gespielt, und ausgerechnet hiervon wirst du wach. *Étude tableau* in a-moll von Rachmaninow. Zwei Stimmen, die unabhängig voneinander weiterlaufen, einander nie erreichen, einander nichts zu sagen haben. Zwei Welten, die sich unverstanden umeinander drehen.«

Nach dem Schlußakkord stand Aaron auf, kam zu ihm, zog ihn hoch. Es war, als würde er wie die Tochter des Jairus auferstehen, und er dachte: Das arme Schaf! Hat zweimal sterben müssen, Gott sei Dank brauche ich nur einmal zu sterben.

»Soll ich dir jetzt mal eine starke Tasse Kaffee machen?« fragte Aaron.

»Ich darf keinen Kaffee mehr trinken.«

»Du auch nicht? Dann werden wir uns beide mit einem Täßchen Kaffee-Ersatz sinnlos betrinken. Als wenn es wieder Krieg wäre!«

Aaron verschwand in der Küche. Gleich darauf kam er mit zwei Bechern wieder, aus denen der Dampf aufstieg, stellte sie vorsichtig auf ein niedriges Tischchen und sagte: »Ich habe letzte Woche Freitag einen langen Artikel über dich in der Zeitung gelesen, erzähl mir...«

»Gibt es denn hier auch das *Rotterdams Nieuws-blad*?«

»Nein, aber du weißt doch, daß alle Tageszeitungen, wie sie auch heißen mögen, dasselbe schreiben.«

»Hat es dann etwa in allen Zeitungen gestanden?«

»Jedenfalls in allen Zeitungen, die zu dem Konzern gehören, zu dem das *Rotterdams Nieuwsblad*...«

»Gott im Himmel, dann haben die halben Niederlande es gelesen.«

»Damit mußt du allerdings rechnen. Aber erzähle mir jetzt erst einmal: Was soll ich davon halten?«

»Du mußt als erstes wissen, was nicht in der Zeitung stand. Daß ich neulich abends, als ich meinen Spaziergang machte, von einer Meute Motorradfahrer verfolgt wurde, von denen einer mich dann schließlich angesprochen hat. Er forderte von mir zehntausend Gulden. Wenn ich sie ihm nicht gäbe, würde er dies und jenes publik machen. Er rückte nicht richtig damit heraus, was er erzählen würde, murmelte nur ein paar Namen, Menten, Waldheim, als wollte er damit andeuten, daß er über mich ähnliche Dinge wüßte. Ich habe dann zu dem Kerl – es war eigentlich nur ein Kerlchen – gesagt, daß ich selbst auch neugierig auf das sei, was er zu enthüllen hätte, und ihm gern ein kleines Trinkgeld geben würde, wenn er irgend etwas über mich in die Zeitung...«

»Nein, sag mal, eine richtige Erpressung! Jetzt wird auf einmal alles viel klarer. Und du dachtest, du könntest dieses Kerlchen mit einem Bluff abschütteln! Und nun sitzt du mitten in der Patsche. Und bevor du dich versiehst, kommt er vielleicht auch noch an, um sich sein Trinkgeld abzuholen. Vielleicht steht er bei dir schon an der Tür. Erpressung! Dann muß dieser junge Mann seiner Sache aber sehr sicher gewesen sein.«

Aaron schwieg, nahm einen Schluck Kaffee-Ersatz, sagte: »Aber wenn du jemanden erpressen willst, gibst du deine Trümpfe nicht so einfach aus der Hand, nein, dann kommst du, wenn dein Opfer anfangs unwillig ist, mit schwererem Geschütz. Dann enthüllst du so nach und nach, was du weißt. Eventuell läßt du sogar Fotokopien von Dokumenten sehen. Aber du gehst nicht sofort mit deinen Informationen zu einer Zeitung. Denn dann verspielst du deine Chance, jemandem Schweigegeld abzuknöpfen. Offenkundig ist in diesem Fall dein Quälgeist sofort zu einer Zeitung marschiert. Oder sollte dies nur ein Schuß vor den Bug sein? Sollte er etwa noch mehr wissen? Kommt er demnächst mit seinem Motorrad hier angefahren? Will er dann Schweigegeld, um alles, was er außerdem noch weiß, für sich zu behalten?«

Aaron stützte seinen großen Kopf in seine schwarzbehaarten Hände. Nachdenklich schaute er Simon an.

»Aber was kann so ein Junge eigentlich über dich wissen? Es sollte mich doch außerordentlich wundern, wenn du im Krieg... Ich kann es nicht glauben, ich dachte, daß ich dich doch ziemlich gut kenne, na ja, wir haben uns dadurch, daß ich untergetaucht bin, nach '42 für eine Weile aus den Augen verloren. Damals, dieser Tag am Strand, das war das letzte Mal, daß wir uns im Krieg gesehen haben, aber daß du dich danach als Verräter entpuppt haben solltest... nein, das scheint mir höchst unwahrscheinlich, und doch: Dieser Junge muß sich seiner Sache sehr sicher gewesen sein, sonst wagst du dich nicht an eine Erpressung. Dafür ist das eine viel zu heikle Angelegenheit.«

»Meinst du nicht, daß du dir erst einmal anhören solltest, was ich dazu zu sagen habe?«

»Ja, aber du kannst mir natürlich alles mögliche erzählen.«

»Glaubst du das wirklich, denkst du, daß ich...«

»Dir liegt natürlich furchtbar viel daran, jeden, also auch mich, glauben zu machen, daß du mit einer weißen Weste durch den Krieg gekommen bist. Du würdest mir, gerade mir, niemals erzählen, daß du einen Fehltritt begangen hast, also ja...«

»Aber du kennst mich doch. Ich habe versucht, dich nach England zu bekommen, wir haben, ich... es ist unglaublich, daß du... Was muß ich dir denn erzählen, um dich zu überzeugen?«

»Du kannst dich nicht darauf berufen, daß wir uns schon mehr als ein halbes Jahrhundert kennen. Natürlich willst du nicht unsere enge Freundschaft – so darf ich es doch nennen – aufs Spiel setzen. Man kann sich kennen, jahrelang kennen, und denken, daß man alles voneinander weiß, daß man keine Geheimnisse voreinander hat, und doch... was sagt eine Mutter, wenn sie erfährt, daß ihr Sohn einen

Mord begangen hat? Sie sagt: ›Ich kenne mein Kind besser als jeder andere, mein Kind tut so etwas nicht.‹«

»Also, du denkst, daß ich... nun, dann gehe ich sofort wieder.«

»Nein, du gehst nicht. Du erzählst mir zuerst, was deiner Meinung nach dahinterstecken kann.«

Aufmerksam lauschte Aaron, die ganze Zeit über den Kopf in den Händen, Simons Geschichte von einem schwedischen Liedchen, und wie sein »Herz« vor einem halben Jahrhundert »schwer« und seine »Ruh« vor einem halben Jahrhundert »hin« war. Und von einer Eifersucht, die auch von ihm selbst kaum akzeptiert, kaum begriffen worden war, aber dennoch alles überschattete, ihn quälte. Daß er wissen wollte, wo sie wohnte, bei wem sie wohnte, welcher Gruppe sie angehörte, wer zu der Gruppe gehörte.

»Nun sag einmal ehrlich«, sagte Aaron plötzlich, »ist dir damals, als du, verzehrt von Eifersucht, diesen jungen Leuten durch Schiedam nachliefst, niemals der Gedanke gekommen: Ich könnte sie alle miteinander beim SD anzeigen, dann bin ich meine Rivalen auf einen Schlag los?«

»Natürlich nicht, dann würden sie das Mädchen auch festgenommen haben.«

»Nicht, wenn du die Möglichkeit gehabt hättest, sie rechtzeitig zu warnen, sie vielleicht sogar wieder bei dir aufzunehmen. Eins ist sicher: Sie ist damals nicht festgenommen worden, das ist doch merkwürdig.«

»Also, du denkst, daß ich…«

»Ich denke nichts, oder eigentlich: Ich denke alles, ich halte alle Möglichkeiten offen, ich will dir nur allzu gern glauben, aber sicher ist auch… Eifersucht weckt Dämonen, *una è povera preda al furor mio, sangue! sangue! sangue!*, und auch, wenn du es mir nicht sagen willst. Ich bin mir fast sicher, daß es einen Moment gegeben haben muß, in dem es dir durch den Kopf geschossen ist: Ich könnte die Leute anzeigen. Ich bin mir ganz sicher.«

»Wenn ich schon an so etwas gedacht habe, dann habe ich mich sofort deswegen verflucht.«

Sie sahen sich stumm an. Aaron sagte schließlich: »Wir brauchen nicht auf andere zu zeigen, wenn wir sagen wollen: Der Mensch ist durch und durch verdorben. Wir brauchen den Zeigefinger nur auf uns selber zu richten. Wer sich selbst kennt, weiß, wäre er nicht zufällig ein verfolgter Jude gewesen, dann hätte er auch ebensogut auf der anderen Seite stehen, hätte ein Nazi-Henker sein können.«

»Ich denke nicht, daß alle Menschen gleich schlecht sind.«

»Ich denke, daß alle Menschen, wenn die Umstände entsprechend sind, zu den entsetzlichsten Dingen fähig sind.«

»Nun, dennoch habe ich die Jungen nicht angezeigt.«

»Du hättest sie in Ruhe lassen sollen.«

»Das hätte ich, aber ich muß dir, außer der Sache mit dem Mädchen, noch etwas gestehen. Als der Krieg ausbrach, brannte ich vor Ungeduld, etwas zu tun. Ich habe sofort arrangiert, daß ihr nach England flüchten konntet... *enfin*, das ist jämmerlich mißlungen, darunter habe ich während des ganzen Krieges gelitten. Aber das Verlangen, etwas zu unternehmen, war damit nicht weggewischt, das ist den ganzen Krieg hindurch geblieben. Und weißt du, was so merkwürdig war: Ich bin nicht einmal in die Lage gekommen, irgend etwas zum Widerstand beizutragen, zu Sabotage oder was auch immer. Ich habe in den letzten Jahren soviel über den Krieg gelesen...«

»Und dann«, sagte Aaron ironisch, »hast du von all dem gelesen, was du hättest tun, wobei du hättest mitmachen sollen...«

»...und selbst nie mitmachte, ja, das auch, aber in allem, was ich gelesen habe, bin ich nie jemandem begegnet, der so unendlich gern mitmachen wollte, aber aus irgendwelchen Gründen außen vor geblieben ist. Erst lange nach dem Krieg ist mir aufgegangen, daß das meine große Tragödie gewesen ist. Fünf Jahre lang habe ich Pillen und Tröpfchen und Pulver zubereitet. Ich bin durch die Stadt getrabt und habe sie selbst ausgetragen, aber ich bin nie am Widerstand beteiligt gewesen, an Sabotage, Streiks. Und warum? Weil ich nicht sozial genug bin, um mich einer Gruppe anzuschließen? Weil ich so dämlich war zu warten, bis man an mich herantreten würde? Weil ich unbewußt doch nicht wollte? War ich vielleicht schon zu alt? Ich weiß es nicht. Ich weiß nur, daß ich nichts getan habe, daß in unmittelbarer Nähe meiner Apotheke sowohl links wie rechts jüdische Familien wohnten, die unter meinen Augen abgeführt worden sind. Nichts habe ich getan, all die Jahre nicht, obwohl ich so gern wollte. Da komme ich zufällig durch das Mädchen mit dieser Gruppe in Kontakt, habe ich plötzlich die Hoffnung, doch noch mitmachen zu können. Und hinzu kam: Ich war rasend neugierig.«

»Aber dann läuft man ihnen doch nicht so dummerhaftig nach?«

»Nein, jetzt im nachhinein sage ich: Es war lächerlich.«

»Damals fandest du es nicht lächerlich?«

»Damals empfand ich vor allem, daß ich etwas tat. Du folgtest ihnen durch die dämmrigen, trüben Straßen, du warst in Bewegung, du liefst, du lebtest, es geschah etwas, wie wenig es auch sein mochte, damals war es offenbar genug, aber jetzt... Neulich las ich in einem Buch etwas über Raoul Wallenberg. Der Mann hat zehntausend Juden in Ungarn das Leben gerettet, und ich... was habe ich getan, ich habe nicht einem einzigen das Leben gerettet. Der einzige Widerstand – na ja, Widerstand –, den ich geleistet habe, war, daß ich mein Radio und mein Kupfer nicht abgeliefert habe – übrigens ohne irgendwelche Folgen – und mich '42 nicht in der Apothekerkammer angemeldet habe. Ich habe so entsetzlich versagt.«

»Wie so viele.«

»Das ist keine Entschuldigung. Für mich kann das nicht als Entschuldigung dienen. Wenn ich nur irgend etwas getan hätte.«

»Du wolltest ein Held sein. Warum eigentlich? Aus Eitelkeit?«

»Spielen Motive eine Rolle? Und wenn schon aus Eitelkeit. Falls Wallenbergs Motiven auch Eitelkeit zugrunde gelegen hat, ist deshalb alles, was er als ›Engel des Lichts‹ geleistet hat, weniger wert? Wenn ich mich mit ihm vergleiche, was sage ich, wenn ich mich mit dem erstbesten Bauern vergleiche, der heimlich Juden bei sich versteckt hat, habe ich jämmerlich versagt.«

»Nun hör mal zu, du saßest da *unberufen* zwischen den halbleeren Regalen deiner Apotheke. Wärst du als schwedischer Diplomat in Budapest stationiert gewesen, hättest du vielleicht auch...«

»Ich wollte, ich könnte glauben, daß das wahr ist, aber die Wahrheit ist, daß ich nicht einmal einen Finger gerührt habe, als ganz in meiner Nähe zwei jüdische Familien nota bene von niederländischen Polizeibeamten...«

»Kein Mensch in dem elenden Hafenstädtchen hat damals auch nur einen Finger gerührt, nicht ein einziger.«

»Das stimmt nicht ganz. Am Abend, bevor sie abgeführt wurden, sind sie gewarnt worden. Aber sie wollten nicht untertauchen. Nur die Kinder des Fotografen Colthof sind untergetaucht. Die haben den Krieg überlebt. Wie du's auch drehst und wendest: Ich war jedenfalls nicht derjenige, der sie gewarnt hat.«

»Du hast die Angelegenheit jetzt übrigens listig umgedreht. Du wirst ja nicht beschuldigt, daß du keinen Finger gerührt hast, um wem auch immer zu helfen. Du wirst beschuldigt, daß du Menschen verraten hast. Wenn jemand deinen Klagegesang mitangehört hätte, könnte er nämlich zynisch folgern, daß du den Leuten vom Widerstand aus Wut, weil du selbst nichts zum Widerstand beitragen konntest, Knüppel zwischen die Beine geworfen hast. Darauf wirst du in den nächsten Tagen bestimmt noch manches Mal angesprochen werden, *la calunnia è un venticello. Enfin*, ich werde dir nach besten Kräften zur Seite stehen. Solange nicht unumstößlich feststeht, daß du so etwas getan hast, halte ich daran fest, daß so etwas undenkbar ist.«

Aaron stand auf, ging zu einem Schrank, in dem Dutzende CDs standen, sagte: »Du sprachst vorhin von einem schwedischen Liedchen über eine Sommernacht. Neulich, als ich ein paar von den *ausgefallenen Sachen* meines Schwiegersohns anhörte, stieß ich auch auf Lieder von... wie heißt der Mann schon wieder?... Ein Schwede... Es war ein Lied über eine Sommernacht dabei... mal sehen...«

Er hielt inne, suchte unter den CDs, sagte: »Da ist er! Lindblad. Wer weiß?«

Nur wenig später erklang ein hoher Sopran durch den Raum. Simon sagte: »Das ist es. Wie ist das möglich? Wie kannst du...«, und er schwieg. Er lauschte erstaunt, gerührt, beklommen dem Lied, das er nach über fünfzig Jahren sofort erkannte. Wie unbegreiflich, daß er schon nach dem Vorspiel jede Note, die folgte, mitsummen konnte, während er sich das Lied aus eigener Kraft niemals ins Gedächtnis hatte zurückrufen können. Wie unglaublich geheimnisvoll arbeitete das Gedächtnis. Irgendwo in den Zellen, Synapsen, Nervengeweben seines Gehirns war es gespeichert gewesen, aber nicht so, daß es auf Abruf zur Verfügung stand. Erst nach zwei, drei Takten hatte das Gehirn wie versehentlich seine Beute entkommen lassen. Dennett, dachte er, nicht einmal du kannst in deinem Buch ein Zipfelchen von diesem Schleier lüften.

Später spielte Aaron das Liedchen auf dem Klavier.

»Welch erstaunliche Eingebung. Dabei ist es so unglaublich einfach.« Er drehte sich halb auf seinem Klavierhocker um, fragte: »Und nach dem Krieg? Hast du nach dem Krieg noch versucht, diese kleine Sängerin wiederzufinden?«

»Ja, habe ich.«

»Nicht gelungen?«

»Doch gelungen, ein bißchen gelungen. Ich wußte, daß sie eine Lehre als Netzflickerin machte. Von einer alten Schiedamer Flickerin, der sofort klar war, wen ich meinte, als ich ihr von einem Mädchen erzählte, das so ungestüm lachen konnte, erfuhr ich, daß sie gleich nach dem Krieg einen gewissen Bram Cornalyn geheiratet hat, und da habe ich...«

»Da hast du es dabei belassen?«

»Ja.«

Sündenbock

Anfänglich schien es, als würde es bei dem einen Artikel im *Rotterdams Nieuwsblad* und dem kurzen Fernsehauftritt bleiben. Sein Verschwinden aus der Seniorenwohnung wurde weder in Zeitungen noch im Radio oder Fernsehen erwähnt. Je mehr Tage verstrichen, desto mehr gewann er seinen alten Stolz zurück. Gemeinsam mit Aaron Oberstein verbrachte er äußerst vergnügliche Stunden. Der alte Dirigent, von Haus aus zwar Geiger, spielte fast den ganzen Tag auf dem Flügel. Simon lauschte, während er im ersten Band der neunbändigen Bruckner-Biographie von Göllerich und Auer las, die er im Bücherschrank von Alexander Goudveyl entdeckt hatte, dem exzellenten Klavierspiel des Maestro.

Gemeinsam hörten sie auch die CDs der Goudveyls an. Aaron sagte ab und zu: »Sie haben die wunderlichsten Dinge in ihrem Schrank stehen, *ausgefallene Sachen*, von denen ich noch nie etwas gehört habe, zum Beispiel Symphonien von Chadwick, einem Amerikaner, der nichts zustande gebracht hat. Nur im Mittelsatz seiner zweiten Symphonie schlägt die Inspiration auf einmal gnadenlos zu. Es ist schon spannend, das eine oder andere zu hören, aber Alexander hat wirklich viel zuviel. Ein

Komponist sollte nicht die Musik anderer hören, er muß Musik in seinem eigenen Kopf hören.«

»Hat er schon mit der Oper angefangen, die er, wie du vorgeschlagen hast, komponieren sollte?«

»Er sucht immer noch nach einem geeigneten Libretto.«

»Also wird wohl nie etwas daraus werden?«

»Ach, warum nicht? Wenn sie zurück sind, werde ich noch einmal darauf dringen. Und sonst... wer weiß, vielleicht erleben wir in den nächsten Tagen Dinge, aus denen sich ein Libretto machen ließe. Ich kann mir nicht vorstellen, daß du so einfach davonkommen wirst. Es wird bestimmt nicht bei einem *venticello* bleiben, nein, der große Knall kommt noch.«

Die Wochenendbeilage der Zeitung, die bei den Goudveyls im Briefkasten lag, enthielt einen ganzseitigen Artikel über, wie es hieß, den »Fall Minderhout«. Er bestand hauptsächlich aus Kurzinterviews, die Mitarbeiter von Radio Rijnmond mit einer Reihe von Simons Mitbürgern gemacht hatten. In der Zeitung war einfach nur mit den Initialen der Interviewpartner alles mögliche, was von den einzelnen Redakteuren für die verschiedenen Sendungen auf Band aufgenommen worden war, nacheinander abgedruckt.

K. P.: »Minderhout, ja, natürlich erinnere ich mich an Minderhout. War schon immer, wenn du mich fragst, da lüge ich nicht, ein komischer Kauz. Ich weiß genau, ich war damals noch ein Knirps, aber ja, man hörte doch so das eine oder andere, daß anfangs jeder erstaunt war, weil er die Arznei selbst austrug.«

»Arznei austrug?«

»Ja, das gab es damals noch. Jetzt gehst du mit deinem Rezept in die Apotheke und kriegst zu deinem Medikament sofort diesen praktischen gedruckten Zettel, wie du es einnehmen mußt. Damals brachtest du das Rezept hin, und was du brauchtest, mußte immer erst nach allen Regeln der Kunst gemischt, gestampft, gedreht oder tropfenweise zusammengestellt werden. Und das holtest du dann nicht ab, so wie du es später machtest, nein, es wurde gebracht. Der Apotheker, der da war, bevor Minderhout kam, sein Onkel war das – auch ein komischer Kauz, wenn du mich fragst, aber anders –, hatte dafür einen Laufjungen angestellt, zuerst Maarten Westeijn, aber der brach plötzlich oben auf dem Deich zusammen, die Puste ging ihm aus, tot, und dann Job... eh, wie hieß der noch gleich, na, ist mir entfallen, komme gleich wieder drauf, na gut, dieser Job, bei dem stimmte es nicht ganz im Oberstübchen, aber Arznei austragen, das konnte er gerade noch. Er trug so eine schwere Kiste vorm Bauch, mit Riemen über den Schultern. Wenn er an die Tür kam, dann wurde die Kiste aufgemacht, und du kriegtest dein Arzneifläschchen. Aber dieser Minderhout... was hat er damals eigentlich mit Job gemacht, tja, das weiß ich nicht... Also gut, dieser Minderhout trug die Arznei selber aus. Na, das fanden die Leute sehr merkwürdig, das hat damals viel Staub aufgewirbelt. Als wenn er einem armen Schlucker keinen Cent Taschengeld gönnte.

So trieb er sich also auf der Straße herum. Schwatzte mit diesem und jenem. Ja, das war's, ein Schwätzer war er. Ich sehe ihn im Krieg noch durch die Gegend rennen. Er kam natürlich überallhin, ja, er war ein komischer Kauz.«

Mevr. A. H.: »Woran ich mich sehr gut erinnere, ist der Bombenangriff. Ich war damals sechzehn. Ich weiß noch genau, daß ich gesehen habe, wie Minderhout da zugange war. Verbinden, helfen, Trümmer beiseite räumen, die Ärmel hochkrempeln – das konnte er wirklich, das muß man ihm lassen, aber... ja, damals drang das noch nicht so zu einem durch, das fiel einem damals nicht weiter auf, man war durch all die Bomben ganz betäubt, aber als ich in den Nachrichten hörte, daß er vielleicht die Schiedamer angezeigt hat, sah ich ihn plötzlich wieder vor mir, wie er gleich nach dem Angriff die ganze Zeit eifrig mit zwei Deutschen zusammenarbeitete. Diese beiden Deutschen zogen die Menschen unter den Trümmern hervor, und er versorgte sie, verband sie, kurz und gut, ja, so auf die Art, ja, mehr kann ich auch nicht darüber sagen. Er war nicht mein Typ, er rannte immer mit großen Schritten durch die Straßen, als hätte er es furchtbar eilig. Und er sprach so vornehm, immer so schnieke Wörter. Klaas, weißt du noch so eins von diesen schnieken Wörtern? Was sagst du? Verletzung? Ja, du sagst es, das war mir einer. Ein normaler Mensch würde sagen: Du hast 'ne Macke im Finger, oder notfalls sagst du: Schnitt, aber er hatte es dann gleich mit Verletzung. Warte mal, ist das mit seiner Frau damals nicht auch auseinandergegangen? Oh, erst nach dem Krieg. Klaas, hat er denn erst nach dem Krieg geheiratet? Im Krieg ging er doch immer... schade, daß dir das alles manchmal so wegrutscht.«

P. de B.: »Ich bin schon immer ziemlich helle gewesen. Daher kann ich mich noch gut an alle Einzelheiten erinnern, was er sagte, als der Krieg anfing. Ich weiß noch genau, wir marschierten damals ganz früh zum Hoofd, Gijs Vreugdenhil, Koos van Baalen und ich. Wir guckten uns die Augen aus nach den Fallschirmspringern, man konnte sie verflixt gut runterkommen sehen, und er kam da auch angerückt, und sofort legte er los, daß wir nicht die geringste Chance gegen die Moffen hätten und daß unsere Flugzeuge wie Tontauben aus der Luft abgeknallt würden. Tontauben, sagte er, stell dir vor, damals hat er schon zu den Moffen gehalten, und dabei fing da alles überhaupt erst an. Es ist dumm, daß man nicht sofort kapiert, daß einer so link ist wie nur was. Aber ja, was hätten wir tun sollen? Hätten wir ihn sofort in den Kanal plumpsen lassen sollen? Nachher sagt sich's leicht: Das wäre so unterm Strich das Beste gewesen, aber na ja, das konnte man damals ja nicht wissen. Heute sage ich: Jetzt noch ersäufen, diesen Kriegsverbrecher, einfach jetzt noch ersäufen, ich will gern dabei helfen. O ja, nun hätte ich wahrhaftig das Wichtigste vergessen. Weißt du, was er noch sagte? Er sagte, das werde ich mein Leben lang nicht vergessen, er sagte: ›Gut, daß der Schwimmbagger dabei ist, die Hafeneinfahrt zu vertiefen. Können die Moffen gleich mit ihrem ganzen Sack und Pack durchkommen.‹ Das sagte der, wahrhaftig, das sagte der, können sie ganz einfach durchkommen!«

Mevr. C. van de M.: »Ich sagte sofort zu meinem Mann, als ich dieses Scheusal im Fernsehen sah: Weißt du noch, was er auf dem Hoofd zu uns sagte? Na, mein Mann wußte es nicht mehr, aber ich weiß es noch wie gestern: Er sagte, daß wir unsere Segnungen zählen müßten, nun, wo die Moffen da seien, wirklich wahr, Segnungen.«

»Was für Segnungen denn?«

»Ja, da fragen Sie was. Das weiß ich jetzt auch nicht mehr. Da müßten Sie meine Schwester fragen, die war auch dabei, oder ihren Mann. Wir waren zu viert, weiß ich noch, und als wir weggingen und ich mich noch einmal nach dem Scheusal umsah, hat er mir auch noch schmierig zugeblinzelt. Denn so einer war das auch noch. Nichts als Blicke zuwerfen und blinzeln. Ach, wie schade, daß ich jetzt nicht mehr weiß, welche Segnungen... Warte, ich rufe eben meine Schwester an, die weiß es sicher noch.«

(Mevr. C. van de M. rief ihre Schwester an.) »Hör mal, Mädchen, ich sitze hier mit einem Mann von Radio Rijnmond. Es geht um unseren früheren Apotheker, weißt du noch, sie haben doch rausgekriegt, daß er damals in Schiedam... ja, genau, hast du ihn auch im Fernsehen gesehen? Also, was ich fragen wollte: Weißt du noch... damals auf dem Hoofd hat er über Segnungen gesprochen, ja genau, Segnungen... Was sagst du? Etwas mit Fahrrädern, nannte das eine Segnung, ja, nun, wo du's sagst, ja, es war irgendwas mit Fahrrädern, daß sie unsere Fahrräder beschlagnahmt haben oder so was... das nannte er eine Segnung.«

J. van S.: »Der Mann paßte nicht hierher. Er trug die Nase viel zu hoch, er fühlte sich über uns erhaben, wir waren ihm viel zu gewöhnlich, und er gehörte zu keiner Kirche und gar nichts, er kannte weder Gott noch Gebot. Solche studierten Leute, die so hoch hinauswollen, die sind überhaupt nicht mein Fall. Immer sahst du ihn durch die Straßen laufen, das war nicht zu glauben, wo du auch gingst, immer begegnetest du ihm. Und er war immer ganz schön in Fahrt, im Nu war er an dir vorbei. Wenn du mit ihm in derselben Straße losgingst, warst du erst halb durch die Straße, er war schon um die Ecke. Aber meiner Meinung nach kann es nicht wahr sein, daß er die Schiedamer Jungen verpfiffen hat, das glaub ich nie im Leben, darüber war der doch erhaben. Solche Jungen, die übersah der doch einfach, die waren ihm viel zu gewöhnlich, die verpfiff er nicht. So dicke Hechte hätte er vielleicht verpfiffen, notfalls noch die Leute, die was zu sagen hatten, aber solche armen Luder, solche *jeneverjongens* aus der Gegend von Schiedam, nein, das will mir nicht in den Kopf, das kann nicht sein.«

Mevr. P. van S.-H.: »Daß er ziemlich überheblich war, ja, das kann ich bestätigen, aber es gab doch auch viele, die ganz weg von ihm waren. Er war immer für dich da. Wenn du spät abends plötzlich noch irgend etwas dringend brauchtest, konntest du einfach in der Apotheke anrufen, und er bediente dich noch. Er war nur... ja, nicht von oben herab, aber doch... er stand einfach hoch über uns, so ein Gefühl hattest du, er ist nie ein richtiger *Sluizer* geworden, nie. Seine Art paßte einfach nicht zu unserer, er paßte nicht zu uns Menschen hier.«

W. V.: »Als ich noch auf dem Markt bei Krämer Groenewegen arbeitete, ach, der ist nun schon lange tot, du kannst ihn selbst nicht mehr fragen, also gut, als ich noch bei dem arbeitete, erzählte Huib oft, daß Minderhout mit einem Mof bekannt war, mit einem alten Mof, mit so einem, der Abraham noch gekannt hatte. Der schlich sich abends über den Markt und verschwand klammheimlich in dem schmalen Gang neben der Apotheke. Dann ging die Seitentür schnell auf, hopp, Mof weg, hopp, Tür wieder zu. Blieb dieser Mof da manchmal einen ganzen Abend. Was sie taten? Kungeln, tuscheln, ja, was sonst? Als ich das hörte, von den Schiedamer Jungen, mußte ich sofort daran denken, hopp, Tür auf, Mof weg, hopp, Tür zu. Dem hat er natürlich was gesagt von den Schiedamer Jungen. Ich finde, daß man ihn jetzt noch im Vliet ersäufen muß, dieses Ekel. Den ganzen Krieg ein Mof bei sich zu Hause, du kannst es fast nicht glauben, hopp, Tür auf, Mof weg, hopp, Tür zu. Wo dieser Mof herkam? Das müßtest du Groenewegen fragen, aber der ist ja nicht mehr.«

Mej. I. van 't W.: »Er war ein guter Chef, es war angenehm, für ihn zu arbeiten, immer ein Schwätzchen, immer ein Späßchen. Er scheuchte einen nie, und dabei war er selbst flink wie ein Floh. Aber ja, ich kenne ihn allerdings erst aus der Zeit lange nach dem

Krieg. Ich habe ihn im Krieg nicht erlebt, jedenfalls habe ich keine schlechten Erinnerungen an ihn. Was sagen Sie? Ob er Annäherungsversuche machte oder so was? Nein, wissen Sie, so war er überhaupt nicht, ich habe zwar gehört, daß er in ein Mädchen aus der Apotheke verliebt war, seine Frau soll deshalb weggelaufen sein. Nein, die Frau habe ich nicht mehr kennengelernt, das war vor meiner Zeit. Ich glaube, sie ist längst tot, ich fürchte, Sie können sie nicht mehr fragen. Ich möchte aber noch sagen, ich glaube nicht im entferntesten, daß er die Schiedamer Jungen verraten hat. Das kann einfach nicht wahr sein, wenn einer kein Leisetreter war, dann er. Das einzige war, daß man nicht gegen ihn ankam, immer hatte er das letzte Wort, man zog immer den kürzeren, aber darüber mußte man dann oft auch furchtbar lachen.«

S. van B.: »Reichlich genug, um vor ihm auszuspucken, haufenweise. Eigentlich habe ich gar keine Lust, was zu sagen, aber ich erinnere mich an noch etwas, ich weiß noch etwas... ja. Es kann sein, daß ich das alles in den falschen Hals gekriegt habe, es ist vielleicht auch weither geholt, und doch! Paß auf, ich will nur etwas erzählen, die Tatsachen sprechen ja für sich: Ich bummle da, und nun rede ich von vor dem Krieg, verstehen Sie mich richtig. Ich bummle also an einem Sonntagnachmittag über den Markt. Seh ich ihn da aus der Apotheke kommen. Ich dachte sofort... na gut, mag sein, daß ich das damals nicht gedacht habe, daß mir erst später eine Stallaterne aufging. Du hast alles kommen sehen, aber du dachtest nicht weiter. Also, er kam auf den

Markt, und er war nicht allein. Neben ihm stapfte ein kleines altes Männchen – ich spreche also noch von vor dem Krieg –, und mit diesem Männchen ging er bis Nummer acht. Da blieben sie stehen, er zeigte auf Nummer acht, und dann stapften sie wieder weiter. Das war so ein komischer Kauz, mit dem er da herumzog, daß ich dachte, muß ich mir doch mal angucken, wohin sie losziehen. Na, sie gingen den Zuidvliet herunter, ganz runter, beinahe bis ans Ende. Ich blieb ein ganzes Stück hinter ihnen. Ich war erst bei der Hoekerdwarsstraat, als ich sah, daß sie wieder stehenblieben. Und wieder streckte der Apotheker seinen Arm aus, um auf etwas zu zeigen. Worauf er zeigte? Das will ich Ihnen sagen: Er zeigte auf die Groen van Prinstererschool. Dann bogen sie in die St. Aagtenstraat ein, und ich verlor sie aus den Augen. Und was passiert? Ich ging wieder zum Markt zurück, ging auf die Klappbrücke, hielt da ein Schwätzchen, und wen sehe ich da? Wieder den Apotheker mit dem komischen Kauz. Sie stapften zum Hafen, ich hinterher. Und wo blieben sie stehen? Du kannst es beinahe schon raten, wenn du weißt, was da gespielt wurde. Bei Nummer elf. Wieder dieses Hinzeigen natürlich. Und dann gingen sie wieder weiter. Ich bin dann nicht mehr hinterhergegangen, ich hatte es satt, ich konnte so schon raten, wohin sie gingen. Zur Koningin Wilhelminaschool in der President Steynstraat. Und doch, wissen Sie, auch wenn ich wußte, wohin sie wollten, und doch habe ich damals nicht begriffen, was los war. Und ich sage immer noch: Vielleicht steckte gar nichts dahinter, vielleicht seh ich das alles falsch, aber eins ist sicher: Er lief mit diesem komischen Kauz alle Plätze der Jungens vom Etappenbataillon ab. Und ist es nun zu weit hergeholt, wenn man annimmt, daß dieser komische Kauz ganz einfach ein Deu... nee, will ich's mal lieber nicht laut sagen. Wenn du denkst, was ich denke, denken wir beide dasselbe.«

Gemüsehändler Arie K.: »Ich weiß noch genau, daß ich vor dem Krieg in einer Oberwohnung in der Joubertstraat klingelte. Wohnte da doch so ein keckes Frauchen, das auf Katendrecht arbeitete, eine vom horizontalen Gewerbe sozusagen. Und wie ich so klingele, fliegt die Tür auf, und wer kommt da die Treppe runtergestapft mit seinem Arzneikasten? Minderhout. Es kann gut sein, daß er da einen Haufen Arznei abgeliefert hat, wer weiß, aber wenn du mich fragst, sah er ganz schön erhitzt aus. Kurz und gut, als er mit seinen langen Beinen an mir vorbeirannte, sagte ich so nebenher: ›Ja, ja, es ist doch merkwürdig eingerichtet, das *Mokkelchen*, wo du gerade herkommst, verdient mit einer einzigen Pflaume mehr als ich mit meiner ganzen Gemüsekarre.‹ Aber er stellte sich taub, stiefelte an mir vorbei in die Joubertstraat. Und weg war er.«

Als Simon den Artikel zu Ende gelesen hatte, war es ihm kaum möglich, die Zeitung zusammenzufalten. Es war, als schlüge sein Herz wie ein Hammer gegen das Brustbein. Aaron, der in die ersten Seiten der Zeitung vertieft gewesen war, schaute auf und sagte erstaunt: »Die Flammen schlagen aus dir.«

»Lies es«, sagte Simon, »aber bevor du anfängst, muß ich dir noch erzählen, daß ich zu Beginn des Krieges ein paarmal einen Mof zu Besuch gehabt habe, den ich bei den Konzerten deines Orchesters kennengelernt hatte. Mit diesem Mann hörte ich mir 78er Platten an, er verstand viel von Musik, sehr viel. Er liebte Mendelssohn, brachte das Streichquartett in e-moll mit.«

»Laß mich erst einmal sehen, was sie über dich schreiben.«

Aaron las den Artikel und fragte: »Wie war das mit den Moffen nach dem Bombenangriff?«

»Es waren zwei junge Kerle. Sie schufteten wie die Pferde, sie holten Opfer unter den Trümmern hervor, und dann kam ich mit meinem Erste-Hilfe-Koffer. Aber von einer Zusammenarbeit kann nicht die Rede sein. Jeder tat, was er tun mußte. Das war alles.«

»Und all die anderen Dinge? Die Segnungen beispielsweise?«

»Nicht zu glauben, daß man das nach fünfzig Jahren noch vor die Füße geworfen kriegt. Ich weiß auch nicht mehr so genau, was ich damals gesagt habe. Ich weiß nur noch, daß die beiden Ehepaare da etwas zu meckern hatten... Irgendwas war sehr teuer geworden, o ja, der Fisch, und ich habe mich schwarz geärgert, daß sie darüber jammerten, während viel schlimmere Dinge passierten, da wollte ich sie provozieren und sagte: ›Zählt doch die Segnungen, ihr dürft abends ohne Licht Fahrrad fahren.‹«

»Na, eine hübsche Geschichte. Sie haben wirklich Fahndungsarbeit geleistet, muß ich sagen. Doch glaube ich nicht, daß dir das sehr schaden kann.«

»Wir müssen abwarten, es kommt bestimmt noch mehr.«

»O ja, das kann ich dir schriftlich geben, wenn sie sich erst einmal an jemandem festgebissen haben...«

»Aber warum? Ich bin doch kein Menten oder Waldheim.«

»Das tut nichts zur Sache. Wenn ein Sündenbock auftaucht, und wär's auch nur ein Böckchen, muß er doch den Jesus Christus spielen, muß er doch in die Wüste. Was kann befreiender sein, als jemanden mit Schuld zu beladen? Sobald jemand einen Fehltritt begeht oder man über einen Fehltritt berichten kann, notfalls einen Fehltritt, der Jahre her ist, bricht Hysterie aus. Wie war das noch mit diesem Fall in Schweden? Die Vizepremierministerin, die mit einer Kreditkarte der Regierung Schokolade für sich gekauft hat. Sie sind der Frau sogar bis in ihr Schlafzimmer mit den Fernsehkameras gefolgt. Sogar ihre Mutter wurde gefilmt. Die Menschen sind so unglaublich moralisch. Und dann denken sie heutzutage, daß sie so sozial sind, so tolerant. Aber sieh dir an, was passiert, wenn jemand wegen irgendwas beschuldigt werden kann. Die Welt ist klein geworden, und an jeder Straßenecke steht heutzutage eine Fernsehkamera. Früher wurde alles gesehen, aber jetzt wird auch noch alles festgehalten und früher oder später gegen dich verwendet. Übrigens, was du neulich gesagt hast, stimmt also nicht.«

»Was? Was meinst du?« fragte Simon erschrocken.

»Daß du im Krieg nichts getan hast. Wie war das mit dem Luftangriff?«

»Ach ja«, sagte Simon, »der Bombenangriff. Neulich las ich in einem Buch Berichte von mehreren Menschen, die den Angriff miterlebt haben. Die letzte Geschichte stammte von dem Sohn des Friseurs, in dessen Laden ich mir morgens noch die Haare hatte schneiden lassen. Dieser Sohn erzählte bis in alle Einzelheiten, daß er an dem Nachmittag des Angriffs mit seiner Mutter zu den Großeltern ging. Dort gab ihm sein Großvater einen Stapel Trauerkarten, die er aufbewahrt hatte. Papier war knapp, und daher war das Kind sehr glücklich über diese Trauerkarten. So konnte er auf den schneeweißen Rückseiten nach Herzenslust malen.«

»Was soll ich heute spielen?« fragte Aaron.

»Brahms«, sagte Simon, »den habe ich noch nicht von dir gehört.«

»Die Wiegenlieder seines Schmerzes? Opus 118 und 119? Einverstanden, da kannst du hören, wie der Grizzlybär Brahms auf der Suche nach Honig ist.«

»Grizzlybären mögen doch gar keinen Honig?« fragte Simon.

»Alle Bären mögen Honig.«

Aaron setzte sich an den Flügel, hob die Hände, um einen Akkord anzuschlagen, sagte dann aber: »Wenn du, während ich spiele, wieder anfängst, immer lauter mitzusummen, bitte ich dich inständig, den Ton zu halten und im Takt zu bleiben.«

»Ich singe nie mit.«

»Oh, nein? Ob ich nun spiele oder ob wir eine Platte auflegen, du brummst, du summst, du zwitscherst mit. *Mitsummen muß er immer.* Nur leider durchweg falsch und immer unrhythmisch.«

»Ich bin mir keiner Schuld bewußt«, sagte Simon.

Aaron senkte seine Hände. Er spielte einige Akkorde. Laut klingelte es an der Haustür.

»Willst du eben für mich öffnen?« bat Aaron.

»Will ich schon«, sagte Simon, »aber was ist, wenn jemand vor der Tür steht, der mich sucht?«

»Ausgeschlossen.«

»Kann sein, aber ich laß mich lieber nicht blicken.«

»Dann machen wir einfach nicht auf.«

»Von mir aus, aber die haben dich bestimmt spielen hören.«

Während Aaron weiterspielte, klingelte es wieder. Aaron beendete brüsk sein Spiel, rannte mit großen Schritten durchs Wohnzimmer, ging in den Flur und öffnete die Haustür.

»Guten Tag«, hörte Simon eine helle Altstimme sagen, »könnte ich Mijnheer Minderhout bitte sprechen?«

»Der ist nicht hier«, sagte Oberstein ruhig.

»Ich habe gute Gründe anzunehmen, daß er doch hier ist. Ich würde ihn gern sprechen.«

»Mevrouw, es tut mir außerordentlich leid, Simon ist nicht hier, ist nie hier gewesen, und ich weiß leider auch nicht, wo er ist.«

»Meiner Meinung nach ist er hier.«

»Sie wissen mehr als ich.«

»Ich würde ihn wirklich gern sprechen. Ich würde furchtbar gern herausfinden, was eigentlich dahintersteckt und warum man erst jetzt mit dieser schweren Beschuldigung herausgerückt ist. Dazu brauche ich seine Mitarbeit. Ich will ihn nicht an den Pranger stellen. Ich will nur Aufklärung.«

»Die werden Sie hier nicht bekommen.«

»Darf ich dann Name, Adresse und Telefonnummer hinterlassen? Sollten Sie Mijnheer Minderhout sehen, dann können Sie ihm vielleicht sagen, daß ich es gut mit ihm meine und daß ich ihn wahnsinnig dringend sprechen möchte. Er soll doch Kontakt mit mir aufnehmen.«

»Das wird er, soweit ich ihn kenne, nicht tun.«

»Er wird vielleicht anders darüber denken, wenn diese Hetze gegen ihn anhält, wenn er immer mehr in die Enge getrieben wird. Ich weiß nicht, ob Sie darüber informiert sind, daß Cynthia Winter Freitag nachmittag in ihrer Talk-Show drei Frauen zu Gast hat, die ihn von früher her kennen.«

»Auch wenn er es weiß, wird er sicher so vernünftig sein, es sich nicht anzusehen.«

»Es ist geradezu unverzeihlich«, sagte Aaron, als er wieder ins Wohnzimmer kam, »eine so hübsche Erscheinung von der Tür zu weisen. *Krasnaja devitsa*! Sie wollte dich wahnsinnig dringend sprechen. Rothaarig, groß, ich schätze, so ein Meter achtzig, kräftiges Kinn, hinreißende *Schalksgrübchen*, das Haar hinten zusammengebunden, große Hände, schöne Augen, ziemlich schlank. Ich bedaure jetzt schon, daß ich sie nicht hereingebeten habe. Aber wie ist es in Gottes Namen möglich, daß so jemand weiß oder vermutet, daß du hier bist? Das verstehe ich nicht. Und wenn sie es weiß, wissen es andere vielleicht auch.«

Sie wurden jedoch in den nächsten Tagen unbehelligt gelassen. Am Freitag nachmittag erhob sich die Frage, ob sie sich die Talk-Show von Cynthia Winter ansehen sollten.

»Für deine Gemütsruhe wäre es zweifellos besser,

wenn wir den Fernseher ausgeschaltet ließen«, sagte Aaron Oberstein.

»Aber wer... welche drei Frauen... das würde ich doch gern wissen wollen.«

»Nun, weißt du was, du setzt dich oben hin, ich schaue zu und erstatte Bericht.«

Natürlich kam es anders. Natürlich wurde der Apparat um fünf Uhr nachmittags eingeschaltet, und Aaron und Simon schauten sich die Talk-Show an, die immer wieder von Werbung unterbrochen wurde.

»Einen schönen guten Tag, meine Damen und Herren«, sagte die etwas korpulente, aber tadellos geschminkte und zumindest im Fernsehen attraktive Cynthia Winter. »Sie haben mit Sicherheit von dem aufsehenerregenden Fall des Apothekers Simon Minderhout gehört oder gelesen. Er hat wahrscheinlich, wie sich erst jetzt herausgestellt hat, im Jahre 1944 acht Schiedamer Widerstandskämpfer bei den Deutschen angezeigt. Die Zeitungen waren voll davon.«

Im Bild erschienen sofort mehrere Schlagzeilen. Simon atmete so tief wie möglich ein, wartete so lange wie möglich mit dem Ausatmen. Dennoch war ihm, als würden Wespen in seiner Brust ziellos umhersummen. Offenbar halfen unter diesen Umständen auch die beiden Extra-Betablocker nicht, die er am Nachmittag eingenommen hatte.

Nach den Schlagzeilen wurden, während die angenehme Stimme von Cynthia ruhig weitersprach, ein paar Fotos von Simon gezeigt. Es war sogar ein Foto dabei, das kurz vor dem Krieg von Colthof aufgenommen worden war.

»Wie kommen sie an all diese Fotos?« fragte Aaron verblüfft.

»Keine Ahnung«, sagte Simon fassungslos.

»Es ist uns gelungen«, sagte Cynthia Winter, »drei Frauen ausfindig zu machen, die den Apotheker noch von früher her kennen, drei ganz besondere Frauen. Zuerst hier direkt neben mir Mevrouw Schuitemaker.«

Im Bild erschien eine uralte Dame mit graumeliertem Haar, die scheu in die Kamera blickte.

»Guten Tag, Mevrouw Schuitemaker«, sagte Cynthia Winter energisch, »wie phantastisch, daß wir Sie heute nachmittag hier begrüßen dürfen.«

Die alte Dame nickte verlegen.

»Und neben ihr«, sagte Cynthia mit ausladender Geste, »sitzt Mevrouw Weltevreden. Guten Tag, Mevrouw Weltevreden.«

Die Kamera holte eine stämmige, auch schon sehr betagte Dame heran, die kerzengerade dasaß und in die Kamera blickte, als wolle sie ihr zu Leibe rücken.

»Und unser dritter Gast heute nachmittag ist Mevrouw Toornvliet«, sagte Cynthia, »guten Tag, Mevrouw Toornvliet.«

Auch diese Dame wurde gezeigt. Sie schien groß zu sein. Auch sie mußte schon alt sein, aber es war ihr kaum anzusehen. Sie spitzte ihre Lippen und blickte unbefangen in die Kamera.

»Wer sind diese hochbetagten Walküren?« fragte Aaron neugierig.

»Ich weiß es nicht«, sagte Simon. »Ich kenne sie nicht, ich weiß nicht, wer sie sind.«

»Ich möchte mit Ihnen anfangen, Mevrouw Weltevreden, denn Sie haben, wenn ich es richtig verstanden habe, sogar ein Verhältnis mit demjenigen gehabt, um den es heute nachmittag geht.«

»Verhältnis ist übertrieben«, sagte die alte Dame streitlustig, »ich bin ein paar Tage mit ihm gegangen, aber ich merkte schnell, daß das überhaupt nichts für mich war.«

»Wie haben Sie das gemerkt?«

»Eigentlich schon von Anfang an. Er konnte nicht reden, er hatte keine Zunge mehr.«

»Was sagen Sie da? Keine Zunge mehr?«

»Ja, er hatte keine Zunge mehr.«

»Ja, aber man kann doch nicht einfach seine Zunge verlieren?«

»Doch, doch, er hatte keine Zunge mehr. Er konnte nichts sagen, sein Kollege hat für ihn geredet.«

»Wie hatte er denn seine Zunge verloren?«

»Das weiß ich nicht. Geprügelt vielleicht oder ein Unfall. Ich weiß es nicht. Ich weiß nur, daß er sie nach einer Weile wieder hatte.«

»Ja, aber… wenn man seine Zunge verliert, wie kann sie dann wieder dasein?«

»Vielleicht hat man sie ihm wieder angenäht.«

»Ging das damals denn schon?«

»Das weiß ich nicht«, sagte Mevrouw Weltevreden mürrisch. »Er hatte seine Zunge einfach wieder, er konnte wieder reden, genau wie jeder andere auch. Die Zunge war eben eine Zeitlang weggewesen. Darüber brauchen Sie sich gar nicht so aufzuregen...«

»Ich rege mich nicht darüber auf, ich bin nur erstaunt, Zunge weg, Zunge wieder da, ich weiß nicht, was ich davon halten soll.«

»Seine Zunge war wieder da«, sagte die alte Dame beleidigt, »und damit basta, und da wollte er mich heiraten, ist vor mir auf die Knie gefallen und hat mich angefleht, daß ich ihn heirate, irgendwo in einem Park war das. Ich schämte mich entsetzlich, daß er da so kniete, ich sagte: ›Steh bitte auf‹, aber von wegen, er blieb einfach knien, na, da bin ich dann weggelaufen. Ich wollte nichts mehr von ihm wissen, und darüber bin ich jetzt hinterher sehr froh, wirklich sehr froh.«

»Vielen Dank, Mevrouw Weltevreden, wir gehen nun wegen der Werbung für einen Augenblick aus der Sendung, aber wir sind gleich wieder bei Ihnen.«

Aaron stellte den Ton mit der Fernbedienung ab. Er fragte: »Deine Zunge war weg? Ist das wahr?«

»Ich hatte Natronlauge aufgesogen. Bei einem Praktikum. Ein Teil meiner Zunge war dadurch verletzt worden, war weggeätzt. Ich konnte nicht mehr sprechen.«

»So, wie die Frau das erzählte, klang es, als wäre etwas erstaunlich Geheimnisvolles passiert. Was soll ein normaler Fernsehzuschauer nun davon halten, Zunge weg, Zunge wieder da. Es war beinahe surrealistisch.«

»Es war nichts Besonderes«, sagte Simon.

»Erkennst du die Frau jetzt wieder?«

»Ja, natürlich, das ist Ditta Krouwel. Offenbar hat sie geheiratet oder ist mit einem gewissen Mijnheer Weltevreden verheiratet gewesen. Sie konnte phantastisch küssen. Bei ihr habe ich zum erstenmal gemerkt, daß küssen auch Spaß machen kann.«

»Ich bin nie darauf versessen gewesen«, sagte Aaron. »Es ist so umständlich, überhaupt die ganze Liebe, wirklich etwas für Menschen, die nichts Besseres zu tun haben. Ich begreife nicht, daß die Menschheit soviel Aufhebens davon macht. Du mußt immer mindestens zu zweit sein, mußt deine Kleider aus- und manchmal auch wieder anziehen, schon das allein. Hinterher stehst du so dämlich da und mußt all die Mistknöpfe an deinem Oberhemd wieder schließen. Bist noch ein bißchen benebelt, steckst den obersten Knopf ins falsche Knopfloch, der ganze Rest wird falsch, alles sitzt schief, und du kannst wieder von vorn anfangen.«

»Umständliches Getue, meinst du das wirklich? Und mit Ruth?«

»Ruth habe ich geliebt«, sagte Aaron kurz angebunden. Er schwieg, murmelte dann: »Sie fangen wieder an, glaube ich.«

Aaron stellte den Ton mit der Fernbedienung wieder an. Cynthia Winter lächelte äußerst liebenswürdig in die Kamera. Sie sagte: »Heute nachmittag spreche ich mit drei Frauen über den Apotheker Simon Minderhout, der in die Schlagzeilen geraten ist, weil er, wie sich erst jetzt herausgestellt hat, wahrscheinlich im Krieg eine Schiedamer Widerstandsgruppe angezeigt hat. Mevrouw Schuitemaker, Sie haben Simon Minderhout auch gekannt?«

»Gekannt ist übertrieben«, sagte die zerbrechliche Dame. »Ich bin ihm eigentlich nur ein einziges Mal begegnet. In einer Konzertpause.«

»Was für ein Konzert war das?«

»Ein Konzert der Groninger Orkestvereniging. In der Pause unterhielt ich mich mit einer Freundin und merkte dann, fühlte dann, wie mich ein Junge anblickte.«

»Und dieser Junge war Simon Minderhout?«

»Ja, er war es.«

»Woher wissen Sie das nach so vielen Jahren noch so sicher?«

»Mein Vater hatte es auch gesehen und sagte nach dem Konzert: Das war einer von Jacob Minderhout, der hier im Rathaus gearbeitet hat. Mein Vater sagte mir, ich solle mir nichts in den Kopf setzen, das sei kein Junge für mich, weil...«

»Weil?«

»Das tut jetzt nichts mehr zur Sache.«

»Sind Sie sicher?«

»Ja, darüber möchte ich lieber nicht sprechen.«

»Gut, aber er sah Sie an.«

»Ja, er sah mich an. Es war, als würde ich Flügel bekommen oder als würde ich hochgehoben. Es war, als blicke er durch mich hindurch. Niemals vorher und niemals später hat mich jemand so angesehen. Es war, als würde ich lichterloh brennen, als...«

»Aber wie blickte er denn? Durchdringend?«

»Ich weiß nicht, wie ich es beschreiben soll, durchdringend, ja, das könnte man sagen, aber nicht nur das. Es war ein Blick, oh, das war unglaublich, ich stand in Flammen, und dann kam er auch noch zu mir und fragte irgend etwas über das Konzert und ob ich aus Groningen käme.«

»Und dann?«

»Dann klingelte es. Wir mußten auf unsere Plätze zurück. Ich habe ihn danach nie wiedergesehen, aber dieser Blick... dieser Blick hat mich immer begleitet...«

»Sie erschraken davor?«

»O ja, sicher, das auch, aber...«

»Sie hatten Angst?«

»Angst, natürlich hatte ich Angst, aber nicht nur das, ich war auch... wie soll ich das nur sagen... ich war begeistert, ich war wie beflügelt, ich konnte beinahe fliegen, ich... Dieser Blick, Mevrouw Winter, wenn Sie wüßten, was dieser Blick in meinem Leben bedeutet hat, dieser durchdringende Blick hat mich immer begleitet, er hat mich verwandelt, er hat mir... so seltsam es ist, denn ich hatte Angst, als er mich so anblickte, ich erschrak zu Tode... und doch, im Krieg, als ich untergetaucht war, hat mir dieser Blick – ja, es klingt vielleicht seltsam – Kraft gegeben, mich in schwierigen Augenblicken aufgerichtet, und sogar vor kurzem noch... als mein Mann starb, und das war sehr schwer, sogar da... dieser Blick...«

»Aber wie kann nun ein solcher Blick...«

»Ja, das kann die Jugend von heute vielleicht nicht

mehr verstehen, daß ein solcher Blick... Aber mit diesen Augen sagte er alles, wirklich alles, nach diesem Blick fühlte ich mich auf einmal wunderschön, war ich mir plötzlich bewußt, daß ich begehrenswert war. Ich hoffe nur, daß er jetzt diese Sendung sieht, denn ich möchte ihm sagen: Dieser Blick, du lieber Junge, dieser Blick hat mich getragen, mein Leben lang.«

»Und jetzt, wo Sie wissen, daß er im Krieg...«

»Oh, aber das kann nicht wahr sein, ich weiß es fast sicher, daß das nicht wahr ist. Jemand, der so blicken kann, der so viel Liebe, so beängstigend viel Liebe in einen Blick zu legen weiß, o nein, das ist nicht wahr, und es kommt noch hinzu... mein Vater kannte seinen Vater sehr gut, er...«

»Mevrouw Toornvliet, meinen Sie auch, daß es nicht wahr ist?«

Die ziemlich streng aussehende, große, kräftig gebaute Frau sagte: »Ich hoffe inständig, daß es nicht wahr ist, wir können nur abwarten. Es werden jetzt wohl Ermittlungen angestellt werden. Ich zumindest hoffe inständig, daß es nicht wahr ist. Ich habe die allerbesten Erinnerungen an ihn. Ich ging mit ihm in die erste Klasse des Gymnasiums in Assen, er war der Jüngste in der Klasse...«

»Sieberig!« schrie Simon plötzlich in heller Aufregung. »Das ist Sieberig, Sieberig Quanjer.« Er fuhr aus seinem Lehnstuhl hoch, fiel wieder zurück, griff sich krampfhaft mit der linken Hand an die Brust, und Aaron sagte: »Ich bitte dich, warte noch etwas mit dem Sterben. Das hier ist so *wunderbar*.«

»Gut, gut, ich warte noch ein bißchen«, sagte Simon.

»Ich kann mir vorstellen, daß es dich aufwühlt«, sagte Aaron, »aber atme um Gottes willen weiter, sonst habe ich später so viel zu erledigen. Dazu habe ich nicht die geringste Lust.«

»Waren Sie ein bißchen verliebt in ihn, Mevrouw Toornvliet?«

»Ach, Mevrouw, verliebt… das ist so ein Wort. Ich habe in meinem langen Leben gelernt, daß das Gefühl, das man für jemanden hat, von diesem andern gefärbt wird. Jemand imponiert uns, wir fühlen uns ihm gegenüber klein, wir schauen zu ihm auf, wir nennen es Verliebtheit. Der andere ist schüchtern und schwächlich, den wollen wir in den Arm nehmen, beschützen, er weckt in uns ein Gefühl von Mitleid, und auch das nennen wir Verliebtheit. Aber wie himmelweit sind diese Gefühle voneinander entfernt! Wir können auf hundert verschiedene Arten verliebt sein. Wenn ich in ihn verliebt war, so war es die Mitleidsvariante. Er war damals noch so klein, so schüchtern, er war noch so ein lieber, zerbrechlicher, kleiner Junge. Und doch verblüffte er uns alle, als er in der Klasse zu unserem Rektor sagte, daß es Gott nicht gibt.«

»Das sagte er?«

»Ja, er sagte knallhart zum Rektor: ›Gott gibt es nicht.‹«

»Da hast du es«, sagte Mevrouw Weltevreden bissig.

»So, jetzt kommt wieder Werbung. Wir unterbrechen kurz«, sagte Cynthia Winter, »aber gleich sind wir wieder bei Ihnen, und dann habe ich noch einen besonderen Gast für Sie, der uns aus einer ganz unerwarteten Perspektive noch sehr viel über Simon Minderhout erzählen kann.«

Aaron stellte sofort den Ton ab und stand auf.

»Jetzt habe ich ein Schnäpschen nötig, und du, schüchterner, zerbrechlicher, kleiner Junge, mußt nun ein beruhigendes Becherchen warme Milch trinken. Den werde ich dir jetzt machen. Dein Kopf ist röter als die Brust eines Rotkehlchens während der Mauser. Ich würde an deiner Stelle noch ein Betablöckerchen einnehmen.«

»Tu ich«, sagte Simon, »aber verschone mich bitte mit diesen dummen Verkleinerungsformen. Dann ist es mir sogar lieber, wenn du wieder mit deinen Opernzitaten ankommst.«

Kurz darauf hatte Aaron ein Gläschen jungen Genever vor sich stehen und Simon einen Becher dampfende Milch. Aaron sagte: »Du kommst noch viel zu gut dabei weg, mein Freund. Es ist jammerschade, daß sie mich nicht eingeladen haben. Ich würde ihnen so das eine oder andere erzählen können, da würden die staunen. Aber vielleicht kommt das noch, vielleicht dürfen nächstens in den Talk-Shows auch alle Männer, die dich gekannt haben, ihr Sprüchlein über dich aufsagen. Ist es nicht unglaublich, daß dies möglich ist, getan wird, geschieht – daß hier drei Frauen jede mit dir geteilte Minute ihres Lebens überdimensional darstellen dürfen? Welch ein beängstigendes Medium! Es hat unser aller Leben tiefgreifend verändert, es ist ein großes Auge da, das alles ausspäht, registriert und das Resultat dann in die Wohnzimmer schleudert.«

Er kippte seinen Genever herunter.

»Ich glaube, daß noch längst nicht genügend verstanden wird, wie sehr die gewaltigen Veränderungen in unser aller Leben seit den sechziger Jahren in erster Linie dem Fernsehen zu verdanken, oder wenn man so will, zuzuschreiben sind. Ach Gott, hör dir das an, der alte Trottel will plötzlich den Soziologen hervorkehren. Ich habe nichts gesagt, du hast nichts gehört. Sieh einer an, sie beginnen wieder, nun bekommen wir noch eine Überraschung.«

»Meine Damen und Herren«, sagte Cynthia Winter, »Sie sind wieder bei der Winter-Show. Heute geht es um den des Verrats beschuldigten Apotheker Simon Minderhout. Ich habe mich mit drei Gästen über ihn unterhalten und darf Ihnen nun einen vierten Gast ankündigen, Mevrouw Blankenberg.«

Hinten im Bild öffnete sich eine Tür. Eine Frau mittleren Alters kam eine cremefarbene Treppe herunter.

»Noch eine, die sich an deinen versengenden Blick erinnert«, sagte Aaron spöttisch.

»Ich habe die Frau noch nie gesehen«, sagte Simon.

»Mevrouw Blankenberg, setzen Sie sich zu uns, Sie sind schon seit vielen Jahren Krankenschwester in der Anstalt Dennenoord. Sie haben dort, wenn ich mich nicht täusche, mehr als zwölf Jahre...«

»Zwanzig Jahre«, sagte Mevrouw Blankenberg.

»Mehr als zwanzig Jahre lang eine Schwester von Simon Minderhout in Ihrer Obhut gehabt.«

»Gott im Himmel«, sagte Simon.

»Das stimmt«, sagte die Frau, »ich habe seine Schwester Elisabeth oder Bep, wie sie genannt wurde, versorgt und später auch gepflegt.«

»Das war seine einzige Schwester?«

»Nein, er hatte noch zwei Schwestern, die waren beide älter als Bep, die haben sie regelmäßig besucht. Ja, sie sind nun schon alle längst tot, aber die beiden Schwestern kamen seinerzeit oft zu Besuch. Aber er, Minderhout selbst, ist niemals dagewesen, er hat seine Schwester nie besucht.«

»Sie meinen, daß er sich in all den Jahren nie um seine Schwester gekümmert hat?«

»Nie, wirklich nie, nicht das geringste Lebenszeichen, und Bep hat schrecklich darunter gelitten. Ich habe ein paarmal versucht, ihn anzurufen, ich habe ihm geschrieben, aber nichts... wirklich gar nichts, kein Lebenszeichen.«

»Und Bep hat durch seine Schuld in früher Jugend etwas Schreckliches erlebt?«

»Ja, Bep erzählte die Geschichte immer wieder, es war ein richtiges Trauma, sie kam immer wieder darauf zurück. Als sie ungefähr zehn Jahre alt war, erwartete ihre Mutter Zwillinge. Der älteste wurde tot geboren, der zweite war Simon. Die Mutter erzählte ihr, daß Simon sein Brüderchen in der Gebärmutter totgetreten habe. Das hat einen tiefen Eindruck auf Bep gemacht, sie fand, daß Simon dafür büßen müsse. Einmal spazierte sie mit Simon im Kinderwagen durch Groningen. Da sagte Gott zu ihr: ›Prüf und sieh, ob sein Gemüt etwas Schlimmes oder Ungehöriges ausbrütet.‹«

»Und dann?« fragte Cynthia mit aufgerissenen Augen.

»Dann schob sie Simon mit Kinderwagen und allem ins Wasser. Der Wagen trieb auf dem Wasser.«

»Also hat Simon überlebt?«

»Ja, das Baby wurde gerettet.«

Einige Sekunden lang war es still. Dann bemerkte Cynthia: »Ich glaube, ein Engel geht vorbei.«

»Darf ich noch etwas sagen?« fragte Mevrouw Toornvliet. Cynthia nickte.

»Ich habe eine Zeitlang als Krankenschwester in der gynäkologischen Abteilung eines Krankenhauses gearbeitet. Da habe ich einiges gelernt. Es ist ausgeschlossen, daß während einer Schwangerschaft einer der beiden Zwillinge den andern tottritt. Bei eineiigen Zwillingen passiert es manchmal, daß sich die beiden eine Plazenta teilen. Dann kann es vorkommen, daß ein Kind kräftiger ist als das andere. Das kräftige Kind saugt alle Nahrung der Mutter aus der Plazenta, und dadurch schrumpft das andere Kind zusammen, das dann schließlich tot geboren wird.«

»Also kann man in der Tat sagen, daß Simon sein Brüderchen umgebracht hat.«

»Ja, das könnte man so sagen«, sagte Mevrouw Toornvliet widerstrebend.

Simon lag in seinem Gästebett. »Wenn mir doch nur die Augen zufielen und ich einschlafen könnte«, murmelte er. Aber er blieb hellwach. Wie so oft in seinem Leben konnte er keinen Schlaf finden. In früheren Jahren hatte er sich dann an alle Mädchen und Frauen erinnert, die er in seinem langen Leben begehrt hatte, eine nach der anderen. Irgendwann verzählte er sich, und der Schlaf erbarmte sich seiner. Diesmal jedoch verdeckten die drei Mädchen aus den längst verflossenen Jahren vor dem Krieg die Erinnerungen an die anderen. Mädchen? Es waren inzwischen alte Damen. Sieberig, damals ein robustes, knochiges, fast zu kräftig gebautes Mädchen, war am wenigsten gealtert. Es hatte ihn gerührt, beinahe erschreckt, als er im Nachspann des Programms ihren Namen gelesen hatte: Becky. Er hatte sofort begriffen, daß sie ihren eigenartigen Vornamen Sieberig durch Rebecca ersetzt hatte. Aus Rebecca war schließlich Becky geworden. Ob ein solcher Name Sieberig vorzuziehen war – er wußte es nicht, er wußte nur, daß er den Namen Rebecca vorgeschlagen hatte.

Er mußte an die Geschichte von Isaak denken, die ihn als Kind so beeindruckt hatte. Genesis 24. Abrahams Knecht macht sich auf, um eine Frau für Isaak zu suchen. Er »zog hin«, heißt es, und kam an einen Brunnen. Und er denkt: Wie soll ich diese Frau finden? Er nimmt sich vor, daß er das erste Mädchen, das an den Brunnen kommt, bitten will, Wasser für ihn zu schöpfen und seine Kamele zu tränken. Weigert sich das Mädchen, dann scheidet es aus, weigert es sich nicht, dann ist es die richtige. Kaum hat er sich das überlegt, als ein Mädchen daherkommt, Rebecca, »eine sehr schöne Dirne von Angesicht, noch eine Jungfrau, und kein Mann hatte sie erkannt«. Sie tränkt seine Kamele. Der Knecht übernachtet im Haus ihres Vaters. Nach längeren Verhandlungen und vielen Geschenken erlaubt ihr Vater, daß sie mitgeht, um Isaak zu heiraten. Und Simon schluckte, als er an die beiden Bibelverse dachte, die ihn als Kind so sehr beeindruckt hatten. Und Isaak »war ausgegangen zu beten auf dem Felde um den Abend, und hob seine Augen auf, und sahe, daß Kamele daherkamen. Und Rebecca hob ihre Augen auf, und sahe Isaak; da fiel sie vom Kamel.«

Sie fiel vom Kamel, dachte Simon, und er erinnerte sich, wie er damals, ein Kind noch, »um den Abend« über die Allmende gegangen war, erfüllt von der törichten Sehnsucht nach einem Mädchen, das um seinetwillen von einem Kamel fiel. Er seufzte, drehte sich auf die andere Seite. Er dachte daran, wie sein Leben verlaufen war. Würde er es anders führen, wenn er noch einmal die Möglichkeit dazu hätte? Er wußte es nicht. Er dachte: Was du auch tust, was du auch läßt, du bedauerst es hinterher so oder so, es gibt so viele versäumte Gelegenheiten. Hätte er Sieberig heiraten sollen? Wäre er dann glücklicher geworden? Nach dem Krieg war er jedenfalls einigermaßen glücklich gewesen. Sicher, seine Ehe war gescheitert, und er hatte es jahrelang bedauert, daß ihm Nachkommen versagt blieben, aber er war durch die Straßen gewandert, hatte Konzerte besucht, nach seiner Scheidung vorübergehende Beziehungen gehabt, mit guten Freunden getafelt, einige weite Reisen gemacht. Er war nie ernsthaft krank gewesen, hatte nie Armut kennengelernt. Was konnte man sich mehr wünschen? Wie erschreckend, wie irritierend, jetzt, sozusagen vor dem Abschied, noch mit einer so bestürzenden Beschuldigung konfrontiert zu werden, und dazu mit zwei Engeln und zwei Rachegöttinnen aus einer Lebensphase, die ausgelöscht zu sein schien.

Er warf sich auf die andere Seite. Er stöhnte, erhob sich und schlug die Decken beiseite. Ich werde mir ein Glas warme Milch machen, dachte er. Er schlich durchs Haus in die Küche, öffnete den Kühlschrank und nahm eine Tüte Milch heraus. Er füllte einen Becher, stellte ihn in die Mikrowelle und machte den Apparat an. Er zuckte zusammen. Das summende Geräusch erschreckte ihn. Wenn ich nur Aaron nicht wecke, dachte er. Mit dem Becher warmer Milch in der Hand ging er leise ins Wohnzimmer. Er schaltete die Leselampe ein, nahm eine Zeitschrift vom Stapel, setzte sich, blätterte darin. Vorsichtig trank er, verbrannte sich aber trotzdem die Zunge. Er las ein paar Seiten, blätterte weiter, sah über einem Gedicht die Zeile stehen: »Du schaust ins Aug den Dämmerungen.« Die erste Strophe des Gedichts lautete:

Du schaust ins Aug den Dämmerungen,
Derweil die Stadt die Lichter setzt,
Der Duft vom Meer ist durchgedrungen,
Fabriksirenen heulen jetzt.

Wie durch einen Zauberklang riefen diese vier Zeilen jene Herbst- und Winterabende in den fünfziger Jahren in ihm wach, wenn die schrillen Fabriksirenen der Touwbaan und der Sargfabrik Aart de Neef in der frühen Abenddämmerung das Ende des Arbeitstages anzeigten. Er las weiter:

In unbestreitbarem Gewirre
Die Seele in den Nebel sinkt...
Ein roter Mantel führt dich irre
und eine Frauenstimme klingt.

Eine unverständliche Rührung überfiel ihn. Es war, als hätte er diese Zeilen selber schreiben können. So, genau so, war es gewesen: in unbestreitbarem Gewirre, die Seele in den Nebel sinkt, ein roter Mantel, eine Frauenstimme. Es war wie damals mit Mendelssohn – eine Melodie, die dich bis ins Innerste deiner Seele berührt, weil du plötzlich weißt, daß es jemanden gibt, der ist wie du, hat dieselben Gefühle, dieselben Sehnsüchte, dieselben Verzweiflungen, dasselbe Verlangen. Und wenn er Musik auch noch so leidenschaftlich liebte, hatte sie ihn doch in den letzten zehn, zwanzig Jahren nie wieder so heftig ergriffen wie damals das Violinkonzert von Mendelssohn. Und jetzt... Ein paar einfache Gedichtzeilen, und wie in einem Zauberspiegel stand dort geschrieben, was in der Tiefe seiner Seele ruhte. Ein roter Mantel, eine Frauenstimme. Er las weiter:

> Dein Geist fällt zaghaft immer wieder
> Gleich der modernen Kleider Fall...
> Der Wimpern Pfeile schlagen nieder
> Die Frauen oft und überall.

Simon schaute auf, schüttelte den Kopf. Daß dies möglich war, vier Gedichtzeilen, und die eigene Wirklichkeit stand auf dem Papier. Der Wimpern Pfeile! Als würde sein ganzes Leben darin zusammengefaßt. Denn das war es ja, was er immer getan hatte: in die Gesichter der Frauen schauen. Einmal jedenfalls war es gut ausgegangen, einer hatte er dabei zwar Angst eingejagt, aber sie hatte ihre Angst in Selbstbewußtsein umwandeln können. Er las wieder weiter:

> Wen sahst du denn im glitschigen Dunkel?
> Wes Fensterlicht durch Nebel drang?
> Gleich Tempeln Restaurants hier funkeln,
> Auf steht der Dom – ein Restaurant...

> An ausweglosen Trug zu denken
> Ist stets umsonst dein Geist bereit:
> Der Mädchen Augen und der Schenken
> Verlöschen zur bestimmten Zeit.

Um seine Rührung beherrschen zu können, mußte er die Zähne zusammenbeißen. Am liebsten hätte er geweint. Er wiederholte die beiden letzten Zeilen: »Der Mädchen Augen und der Schenken/Verlöschen zur bestimmten Zeit«, murmelte die Zeilen von neuem vor sich hin, während er zurückblätterte, um zu sehen, wer das Gedicht geschrieben hatte. Es war von Alexander Blok. Er las die drei anderen Gedichte. Die ersten beiden sprachen ihn weniger an. Aber das dritte Gedicht über den Tod erlebte er ebenso als Offenbarung wie »Du schaust ins Aug den Dämmerungen«. Immer wieder las er es, die letzten Zeilen sagte er leise vor sich hin:

An das Erbeben unterm Eiseshauche
Gewöhne die erschöpfte Seele dein,
Auf daß sie *hier* auf Erden nichts mehr brauche,
Wenn einst *von dorten* strömt des Lichtes Schein.

Eine Tür wurde geöffnet. Er schlug die Zeitschrift zu, trank langsam seine Milch aus.

Aaron kam ins Zimmer.

»So, kannst du nach dieser Fernsehsendung nicht schlafen, hat sie dich so mitgenommen?«

»Ja, ziemlich«, sagte er, »ich verstehe einfach nicht, warum mir das passieren muß. Und warum auch noch dieses entsetzliche Talk-Show-Interesse...«

»Nun, das ist nicht so erstaunlich. Diese Cynthia ist, glaube ich, zweimal pro Woche im Fernsehen. Sie hat natürlich ein Redaktionsteam, das fieberhaft nach geeigneten Themen sucht, *any topic will do.* Nein, das verwundert mich überhaupt nicht, und bilde dir ja nicht ein, daß sie sich für dich interessiert, ach wo, es geht darum, die Zeit zu füllen, heute Simon Minderhout, morgen ein anderer Schurke.«

»Und bis dahin werde ich zwischen den Mühlsteinen der Publicity zermahlen.«

»Junge, Junge, welch große Worte, du bist nicht daran gewöhnt, das ist alles. Ich weiß noch, wie es war, als ich als Geiger die ersten Kritiken über mich las und auch das Gefühl hatte: Aber das ist unmöglich, daran gehe ich zugrunde. Und später legst du sie achtlos beiseite, liest du nicht einmal mehr, was über dich geschrieben wird.«

»Du bist nie als Kriegsverbrecher bezeichnet worden.«

»Gott sei Dank nicht, aber ich weiß, daß ich, wäre ich nicht Jude gewesen, einer hätte sein können. Wie ich es genossen habe, ein Orchester zu drillen, es anzubrüllen, Macht auszuüben! Du kannst ruhig wissen, daß ich manche dieser beschränkten Orchestermitglieder am liebsten geprügelt hätte!«

Er ging mit großen Schritten im Zimmer auf und ab.

»Ich habe dich aufstehen hören. Ich kann auch nicht schlafen, es läßt mich auch nicht los, obwohl mir nichts vorgeworfen wird. Komm, wir packen uns gut ein. Es ist tiefe Nacht, kein Mensch mehr auf der Straße, niemand, vor dem du Angst haben müßtest. Wir machen eine Sabbatwanderung. Das tat ich früher mit meinem Vater auch oft in der Nacht von

Freitag auf Samstag. Da liefen wir unter dem weiten Sternenhimmel von Preußen, ach, Junge…«

Eine Viertelstunde später liefen sie unter dem begrenzten Sternenhimmel von Holland. Es war leichter Frost, der Himmel war wolkenlos.

Aaron schaute hoch.

»Gott sei Dank eine Nacht, in der man die Sterne sehen kann. Aber wie schade – nun ja, ich will nicht so ein typischer alter Mann sein, der behauptet, daß in seiner Jugend alles besser gewesen sei, dennoch ist es nicht zu leugnen –, wie bedauerlich ist es doch, daß es so viel Streulicht gibt. Man sieht fast nichts mehr. Früher sah man mit bloßem Auge den Andromedanebel. Nun sieht man kaum noch die Plejaden.«

Er ging eine Weile schweigend neben Simon her.

»Wollen wir eine große Seereise machen? Mitten auf dem Meer ist es stockfinster, da kann man den Sternenhimmel in seiner ganzen Herrlichkeit sehen.«

»Dann«, sagte Simon, »mußt du nach Hawaii, auf den Mauna Kea. Da oben auf dem Berg hast du den besten Blick auf die Milchstraße.«

»Gut, fahren wir nach Hawaii«, sagte Aaron vergnügt, »dann schlagen wir zwei Fliegen mit einer Klappe.«

»Wenn ich mit heiler Haut davonkomme.«

»Natürlich kommst du mit heiler Haut davon. Warte nur ab, und die Medien haben wieder ein anderes Thema.«

»Ja, aber inzwischen bin ich gezeichnet, für immer stigmatisiert…«

»Wieder diese großen Worte. Stigmatisiert, ach nein, man vergißt so schnell. Was verlangst du denn? Einen Prozeß? Rehabilitierung? Schmerzensgeld? Dazu wird es nie kommen. Sei sicher, die Anschuldigungen gegen dich sind austauschbar, demnächst ist wieder jemand da, der Schmiergeld angenommen hat oder mit einer staatlichen Kreditkarte zu Prostituierten gegangen ist oder an seinem Arbeitsplatz umsonst privat telefoniert hat. Auf den richten sie dann ihre Kameras. Es wird immer ein Bedürfnis nach Sündenböcken geben. Wie einfach, andere zu beschuldigen! Wie phantastisch, den Stab über jemandem zu brechen! Welch ein Genuß, die Uraltsünden anderer ans Tageslicht zu zerren! Das ist der wahre Kern all der Sensationsspalten und der Talk-Shows!«

Er wies zum Himmel.

»Sieh lieber zum Sternenhimmel hinauf. Dann fällt alles von dir ab. Es ist so unermeßlich, dieses Weltall, in dem wir leben. In seiner unermeßlichen Weite verlieren sich all unsere Kümmernisse. Der Andromedanebel, das nächste Sternsystem, ist zwölfeinhalb Millionen Lichtjahre von uns entfernt, und das ist nur eines von vielen Milliarden Sternsystemen. Alle anderen sind noch weiter weg, manchmal Milliarden Lichtjahre. Ich würde so gern, bevor ich sterbe – und das geschieht, wenn nicht heute, dann morgen –, noch eines wissen: Gibt es woanders auch Leben?«

»Aber ganz sicher«, sagte Simon, »es wimmelt im Weltall von Leben.«

»Warum merken wir dann nichts davon?«

»Weil die anderen so weit entfernt sind. Wenn wir in diesem Augenblick eine Nachricht zum Andromedanebel schickten, dauerte es über zwei Millionen Jahre, bevor sie dort ankäme. Also sind Nachrichten von dort vielleicht längst auf dem Wege zu uns.«

»Ich würde es so gern wissen. Ich finde es nicht schlimm zu sterben, aber schlimm zu sterben, ohne darüber auch nur etwas zu wissen. Ein solches Weltall, Milliarden Sternsysteme, Milliarden mal Milliarden Sonnen und drumherum eine Vielfalt von Planeten, vielleicht voller Leben, voller Formen von Leben, wovon wir keine Ahnung haben, und nichts weiß man darüber. Wir wissen nicht einmal, ob der Stern, der Alpha Centauri, der uns am nächsten ist, Planeten hat. Man könnte rasend werden.«

Einige Tage später sahen sie sich wie immer die Acht-Uhr-Nachrichten an.

»Zwanzig Minuten lang Trauer und Leid, damit wir Alten es in aller Seelenruhe erwarten können, bald die *Zwiebeln* von unten anzusehen«, sagte Aaron.

»Ich habe neulich von einer Frau in einem Pflegeheim gehört, die mit ihrem Arzt Euthanasie verabredet hatte. Der Arzt kam um halb acht mit den Tropfen, woraufhin die Frau sagte: ›Jetzt noch nicht, erst noch die Nachrichten ansehen.‹«

»Und danach wird sie es nicht mehr so schlimm gefunden haben zu sterben«, sagte Aaron.

Simon und Aaron schauten sich zehn Minuten lang die Bilder flüchtender, schluchzender Menschen aus dem ehemaligen Jugoslawien an. Dann folgte ein Bericht über aufgeschobene Lohnrunden und Streikdrohungen. Danach erschien rechts oben im Bild ein kleines Porträt von Simon. Die Nachrichtensprecherin berichtete jedoch von einer Demonstration auf dem Binnenhof. Simons Porträt verschwand lautlos. Dennoch atmete er tief ein, und Aaron sagte: »Sah ich da nicht einen ehemaligen Apotheker? Ob da etwas über dich gesendet wird?

Solltest du vielleicht schon mal ganz höflich und stillschweigend vorgewarnt werden?«

Simon schluckte, er spürte sein Herz »wie's Schifflein auf wogendem Meer«.

Wieder erschien sein Porträt im Bild. Die Nachrichtensprecherin sagte aufgeräumt: »In Leiden ist
ein umfangreiches Schriftstück über Antisemitismus
gefunden worden, verfaßt von Simon Minderhout,
der kürzlich in die Schlagzeilen geraten ist, weil er
möglicherweise im Zweiten Weltkrieg eine Schiedamer Widerstandsgruppe angezeigt hat.«

Auf dem Bildschirm wurde, zunächst geschlossen,
ein vergilbtes Schriftstück gezeigt. Dann tauchte ein
Mann auf, der es triumphierend unter dem Arm
hielt. Es war ein Mann mittleren Alters. Winziger
Spitzbart, eine vertrauenerweckende Pfeife, natürlich mit Brille. Er sagte mit geradezu aufreizender
Beiläufigkeit: »Beim Aufräumen einiger Schreib-
tischschubladen stießen wir gestern nachmittag auf
eine umfangreiche schriftliche Arbeit von Simon
Minderhout, der vor dem Krieg an der Universität
Leiden nicht nur Pharmazie studiert hat, sondern,
wie sich jetzt herausgestellt hat, auch Philosophie.
Er hat diese Arbeit im Zusammenhang mit seinem
Staatsexamen eingereicht. Wir hatten noch nicht
genügend Zeit, um sie ausführlich zu studieren,
aber beim Durchblättern haben wir festgestellt, daß
die umfangreiche Arbeit in extenso vom Antisemitismus handelt. Unser erster, vorläufiger Eindruck ist der, daß Minderhout aus der gesamten
deutschen Philosophie Bausteine zusammenträgt,

um seinen eigenen Antisemitismus zu untermauern.«

»Bausteine, um zu untermauern«, brummte Aaron.

Simon sagte nichts, schaute nur mit weit aufgerissenen Augen den Leidener Philosophen an, der noch etwas murmelte von »Einblick in Minderhouts weniger glückliche Haltung während des Zweiten Weltkriegs« und »genauerem Durchlesen«. Wonach schon wieder etwas anderes folgte und es fast so schien, als seien diese wenigen Sekunden, die dem Fund des Manuskripts gewidmet waren, gar nicht gewesen.

»Wäre doch jetzt nur der Doktor mit seinem Euthanasietrunk hier«, sagte Aaron, während er Simon beruhigend auf die Schulter klopfte, »dann könntest du sofort aussteigen.«

»Ich begreife nicht...«, keuchte Simon. »Ich habe... es ist gerade... können die denn nicht lesen?«

»Versuche, ruhig zu bleiben«, sagte Aaron, »tief einatmen, Luft anhalten und bis fünf zählen, tief ausatmen.«

Simon fügte sich, hatte sich nach etwa zehn Minuten weitgehend beruhigt, sagte dann: »Das Beste wäre jetzt ein flotter Spaziergang.«

»Na, dann laß uns das tun«, sagte Aaron. »Von mir aus können wir gern ein bißchen laufen.«

»Ja, aber wenn ich draußen...«

»Ach, alter Junge, wovor hast du Angst. Komm mit, es ist trocken draußen, und bis auf unsere Sabbatwanderung hast du jetzt fast zwei Wochen lang drinnen gehockt. Schlimmer kann es nun kaum noch werden.« Und Aaron sang: »*Un tremuoto, un temporale, un tumulto generale, che fa l'aria rimbombar.*«

Sie zogen beide ihren Mantel an, setzten beide einen Hut auf und spazierten wenig später unter einem unruhigen Himmel. Wolken jagten darüber hin, enthüllten den Mond und verhüllten ihn gleich wieder. Manchmal war es, als würde es anfangen zu regnen, doch nur, wenn der Himmel etwas aufklarte, fielen ein paar Regentropfen, die Aaron als »sympathische Regenschauer« bezeichnete.

Sie gingen eine Zeitlang schweigend nebeneinanderher. Nachdem sie das Dorf durchquert hatten, kamen sie an eine lange, schmale Brücke. Nacheinander gingen sie über die Brücke zu einer Insel in einem Erholungspark.

»Es erstaunt mich übrigens, daß du dich an der Philosophie versündigt hast«, sagte Aaron, als sie auf der anderen Seite angekommen waren.

»Ja, das verstehe ich nachträglich auch kaum, aber als ich so sechzehn, siebzehn war, hatte sie mich gepackt. Ich wollte etwas vom Leben, von der Welt begreifen. Ich dachte, daß die Philosophie mir dabei helfen würde.«

»Wir bekamen einen kleinen Happen davon auf der *Oberrealschule* vorgeworfen«, sagte Aaron. »Wir hatten einen Lehrer, der war begeistert von Heideggers *Sein und Zeit*, das damals gerade erschienen war. Der Mann schwelgte darin und ließ uns auch etwas daran nippen. Aber ich kann dir versichern, daß ich damals sofort den dreckigen Nazigestank gerochen habe, der aus dieser widerwärtigen Schrift aufsteigt. Dadurch war ich für alle Zeiten vor jeder möglichen Anfechtung gefeit, mich jemals mit Philosophie zu beschäftigen, na ja, ich habe schon einiges gelesen, Hegel zum Beispiel, das ist wirklich der größte Blödsinn, den jemand hervorgebracht hat... Ich habe von diesem Mann einen Satz behalten: ›Die Elektrizität ist das reine Ziel der Form, die sich von sich selbst befreit.‹«

»Ja, und dieser Hegel war genau wie fast alle anderen deutschen Philosophen ein Antisemit. Du solltest mal seine theologischen Jugendschriften lesen.«

»Habe ich nie getan. Die einzige philosophische Schrift, die für meinen Geschmack noch von einigem Verstand zeugt, sind die *Aphorismen zur Lebensweisheit* von Schopenhauer.«

»Gesunder Menschenverstand? Reine Angsthasenphilosophie, und auch dieser Schopenhauer...«

»Ich weiß, auch er war ein Vollblutjudenhasser. Von ihm ist es nur noch ein Schritt bis zu Nietzsche. Der komponierte auch noch, dieser Pastorensohn, ein unvorstellbares Gestümper. Man kann es nicht einmal *abgedroschen* nennen! Das gilt vielleicht nicht für das, was er schrieb, aber was ich gelesen habe... Alles vage Behauptungen, die mit großem Aplomb aufgestellt werden. Aber Nietzsche versucht selten oder nie, seine Behauptungen plausibel zu machen, geschweige denn, Beweise dafür zu liefern.«

»Ja, so könntest du die ganze westliche Philosophie charakterisieren: alles Behauptungen ohne Beweise.«

»Meiner Meinung nach hat Newton jede Philosophie überflüssig gemacht. Meinst du nicht auch? Es fällt mir immer wieder auf, wie tief Physiker die Philosophen verachten. Der Physiker John Bahcall sagt irgendwo: ›Ich glaube, daß es Leibniz war, der einst die Philosophie als die Disziplin beschrieb, in der man eine Menge Staub aufwirbelt und sich dann darüber beklagt, daß man nichts sehen kann. Das ist eine Meinung, die von vielen Gelehrten geteilt wird.‹«

Aaron lächelte vor sich hin.

»Ich würde sogar so weit gehen zu behaupten, daß Philosophen, sagen wir mal, ihren Platz noch nach den Hooligans haben sollten, denn Hooligans wissen es nicht besser, Philosophen müßten es besser wissen. Und der Abgott der heutigen Philosophen, Wittgenstein, tat nichts lieber, als sich Cowboyfilme anzusehen. Und vor so jemandem soll man nun tiefen Respekt haben, ach komm.«

»Und doch war ich als Junge hingerissen von Spinoza«, sagte Simon.

»Ja, aber in der Jugend sehnst du dich nach einem festen Weltbild. Später begreifst du, daß es das nicht gibt. Mir sind dank diesem Nazischuft Heidegger philosophische Anfechtungen erspart geblieben. Ich dachte zwar immer: Nützt's nichts, so schadet's nichts, es hält in jedem Falle einige Narren von der Straße. Kürzlich las ich in dem Buch des Nobelpreisträgers Weinberg *Dreams of a Final Theory* das Kapitel *Against Philosophy*. Weinberg sagt darin, daß Philosophie gefährlich, ja, schädlich sei, Vorurteile aufrechterhalte und den wissenschaftlichen Fortschritt bedrohe und behindere. Seiner Meinung nach ist es der Grundfehler der Philosophen, daß sie meinen, mit Denken etwas erreichen zu können. Mit Denken erreicht man seiner Meinung nach nichts. Man müsse beobachten, experimentieren und die Ergebnisse mathematisch auswerten. Nur dann könne man einen winzigkleinen Schritt vorwärtskommen.«

»Ach ja, Spinoza dachte noch, es gäbe eine Form des Denkens, des Schauens, die uns der Wahrheit näherbringt. Er war doch ein großer Mann. Mir bedeutet Philosophie zwar nichts mehr, aber ihn bewundere ich weiterhin. Und in letzter Zeit lese ich viel Dennett. Der gefällt mir ausgezeichnet, vielleicht ist doch nicht alles Unsinn.«

»Also erzähl, ich habe…«

Aaron verstummte, blieb stehen. Ein paar Regentropfen landeten wie Taufwasser mitten auf seiner Stirn und glitzerten dort bedrohlich im Mondlicht.

»Was ist los?« fragte Simon.

»Ich dachte, ich hätte etwas gehört. Rascheln, Schritte, dabei triffst du abends hier auf der Insel gottlob nie jemanden, da sie für Hunde verboten ist.«

»Du willst damit sagen, daß man abends auf der Straße nur Leuten begegnet, die ihren Hund noch einmal spazierenführen?«

»Ja, aber sei jetzt mal still, hör doch…«

Schweigend spähten sie eine Weile in die Dunkelheit. Noch immer segelten Wolken vor dem Mond dahin, und dunkle Äste peitschten in dem kräftigen Herbstwind hin und her. Sie hörten nichts, und so gingen sie weiter. Aaron sagte: »So, die Philosophie haben wir nun in Grund und Boden verdammt. Gibt es noch etwas, was wir so herrlich schnell ein für allemal abfertigen können? Die Zwölftonmusik beispielsweise? Oder die Psychoanalyse von Schaumschläger Freud?«

»Sollen wir damit noch anfangen? Vielleicht haben wir uns nun schon lächerlich genug gemacht.«

»Ja, zwei uralte, erzdumme, senile Männer! Ach ja, lassen wir's dabei.«

»Ich würde gern etwas anderes von dir wissen. Du bist fast dreißig Jahre nicht in den Niederlanden gewesen. Du hast dich nie um deine Tochter gekümmert, und nun plötzlich...«

»Rennst du ihr die Tür ein.«

»Genau. Wieso?«

Aaron antwortete nicht sofort. Ein paar Sekunden lang hörte man nur das Geräusch fallender Regentropfen. Der Mond zeigte sich, und zwischen den jagenden Wolken schien es, als jage er selbst über den Himmel. Aaron wollte, als sie um eine Ecke bogen, etwas sagen, aber gleich hinter der Ecke lag ein schmaler Pfad vor ihnen, und mitten auf diesem Pfad blockierte eine junge Frau den Weg. Sie trat nicht beiseite, sie stand dort, abwartend, schweigend und deutlich die niedrigen Sträucher längs des Weges überragend. Simon und Aaron blieben etwa einen Meter vor ihr stehen und schauten sie ziemlich konsterniert an.

»Würden Sie vielleicht zur Seite gehen?« fragte Aaron.

»Geschafft«, sagte die junge Frau, »endlich geschafft.«

»Wahrhaftig, Sie sind es, meine *krasnaja devitsa*. Nun erkenne ich Sie wieder, zuerst an der Tür und nun... Also, ganz schön hartnäckig, muß ich sagen.«

»Sie waren heute abend in den Nachrichten«, sagte die Frau zu Simon.

Simon antwortete nicht. Er verlegte sein Gewicht zuerst auf das rechte, dann auf das linke Bein. Es war, als würde er sich wiegen, sich hin und her schwingen.

»Stimmt das mit der schriftlichen Arbeit?« fragte die Frau.

»Ich habe einmal eine Arbeit eingereicht«, sagte Simon, »eine Abhandlung über den Antisemitismus in der deutschen Philosophie. Darin sage ich so deutlich wie nur möglich, daß ich den Judenhaß zutiefst verabscheue, also, ich verstehe nicht...«

»Die haben Ihre Arbeit vielleicht noch nicht genau gelesen«, sagte die Frau.

Sie trat einen Schritt auf Simon zu. Sie streckte die Hand aus und sagte: »Ich bin Wendela Tervuuren, ich bin freiberufliche Journalistin, ich möchte gern mit Ihnen über Ihren Fall sprechen. An der Sache ist irgend etwas faul.«

Wenn Simon vorher entschlossen gewesen war, die ausgestreckte Hand nicht anzunehmen, so wurde dies gleich wieder durch die Altstimme der jungen Frau und ihre eindrucksvolle Erscheinung zunichte

371

gemacht. Verdutzt schüttelte er ihr die Hand. Es war jetzt sowieso alles gleich, er war ja schon gezeichnet, beschmutzt, beschädigt, abgestempelt.

Die Frau sagte: »Sie wissen sicher nicht, daß der Artikel, den das *Rotterdams Nieuwsblad* über Sie publiziert und der alles ins Rollen gebracht hat, schon wochenlang in der Redaktion lag. Er war insgesamt zu vage, zu wenig untermauert, eigentlich zu wenig glaubwürdig, aber dann wurde in letzter Minute ein versprochener Artikel nicht geliefert, und es gab eine Lücke, und da hat man aus der Not heraus diesen Artikel über Sie – er war bereits im Stehsatz – ins Blatt genommen. Ja, und seitdem... Radio, Fernsehen, nun wieder diese Arbeit... es ist wirklich unglaublich.«

»Hüte dich«, sagte Aaron, »vor dieser katzenfreundlichen Annäherung. *Laß mich dir erblühen! Dir zu Wonn' und Labe.* Die Dame versucht, dich einzuwickeln, aber denk dran: Sie ist eine, die bei Tag mit angenehmer Altstimme singt, aber nachts mit bissigem Sopran schnarcht.«

»Wer sind Sie eigentlich, wenn ich fragen darf?«

»Mein Name ist Aaron Oberstein. Ein Jude deutscher Herkunft. Nach der Kristallnacht in die Niederlande geflohen. Einige Jahre Geiger im Rotterdams Philharmonisch Orkest. Untergetaucht. Wunder über Wunder den Krieg überlebt, das heißt, ich schon, aber...«

Aarons Stimme erstarb. Simon sagte: »Aaron ist einer meiner besten Freunde.«

Wendela streckte Aaron die Hand entgegen. Er

zögerte einen Augenblick, streckte ihr dann aber großmütig die seine hin und schüttelte die Hand der Frau, sagte: »Wendela? Kommt das von Vendulka? Sind Sie vielleicht tschechischer Herkunft?«

»Meine Großmutter war Tschechin.«

»*Jen dal*, dann also, ich schlage vor, daß wir nach Hause gehen und dort ein Glas Wein zusammen trinken. Sie wissen vielleicht Dinge, die wir nicht wissen, wir wissen möglicherweise Dinge, die Sie nicht wissen. Ich muß sagen, daß ich das ganze Theater ziemlich lächerlich finde, *tutto nel mondo è burla, l'uom è nato burlone*, aber Simon schläft nicht mehr, summt nicht mehr mit, wenn ich spiele, ißt nicht einmal mehr, obwohl ich doch mit der Geheimwaffe der holländischen Küche die leckersten Dinge für ihn zubereite. Er nimmt sich das Ganze sehr zu Herzen.«

»Was ist die Geheimwaffe der holländischen Küche?« fragte Wendela.

»Speck, Mevrouw Tervuuren, Speck ist das Geheimnis der holländischen Küche, aber nicht einmal mit Speck kann ich Simon…«

»Ziemlich logisch«, sagte Wendela, »man sollte einmal selbst des Verrats beschuldigt werden.«

»Das ist schlimm für den, den es trifft, aber wissen Sie, was eigentlich noch schlimmer ist: Daß hier in den Niederlanden sogar noch nach einem halben Jahrhundert mit derartigem Eifer solche Beschuldigungen geäußert werden, obwohl es kaum ein Land gibt, in dem Polizisten und Beamte so eilfertig Juden abgeführt haben. Will man sich davon reinwaschen, indem man von Zeit zu Zeit einen Sündenbock sucht, den man dann unter der turmhohen Last der Schuld zusammenbrechen läßt? Wer so eifrig mit dem Finger auf andere zeigt, zeigt damit vor allem, daß er selbst schuldig ist. Das sollte man hier begreifen. Schreiben Sie mal darüber.«

Wendela antwortete nicht, schaute Aaron nur mit ihren großen, dunklen Augen an und verschob die Träger ihrer schweren Schultertasche.

»Du hast recht, junge Dame, ich rede wie ein abgedankter Prediger«, sagte Aaron, »aber erzähl mir einmal, wie du dahinter gekommen bist, daß Simon hier…«

»Oh, das war ziemlich einfach«, sagte Wendela. »Mein Bruder arbeitet bei der PTT. Der konnte mühelos herausbekommen, wen Mijnheer Minderhout zuletzt von zu Hause aus angerufen hat.«

Aaron antwortete nicht, sondern marschierte los. Simon und Wendela folgten. Bald gingen sie auf dem schmalen Weg nebeneinander, Wendela zwischen den beiden alten Männern. Simon erzählte von dem Erpressungsversuch. Wendela sagte: »Aber das ist unglaublich, ich wollte, ich hätte das eher gewußt. Ich muß versuchen, den Jungen so schnell wie möglich ausfindig zu machen. Aber wie heißt er? Wo finde ich ihn?«

»Das einzige, was ich von ihm weiß, ist das Kennzeichen seines Motorrads«, sagte Simon. »Möglicherweise können wir damit etwas anfangen.«

»Oh, das ist gut«, sagte Wendela. »Dann können wir den Namen des Besitzers erfragen.«

»Einfach bei der Polizei?« fragte Aaron.

»Nein, beim *Rijksdienst voor het Wegverkeer* in Veendam.«

»Dann rufen wir doch morgen früh dort an«, sagte Aaron.

»Das kann man zwar tun«, sagte Wendela, »aber das bringt nichts. Man muß schriftlich anfragen und angeben, weshalb man den Namen wissen will. Außerdem muß man dafür, glaube ich, auch noch etwa zehn Gulden bezahlen. Und ehe man bezahlt hat und Antwort bekommt, sind mindestens vier Wochen vergangen. Viel praktischer ist es, hinzufahren, um alles vor Ort zu erledigen. Dann weiß man es sofort.«

Sie schwieg, machte ein paar große Schritte mit ihren langen Beinen und lief auf einmal vor den beiden Männern.

»Ich glaube, daß ich morgen nichts weiter vorhabe. Ich könnte schnell dorthin fahren, kommen Sie mit?« Sie wandte sich halb zu Simon um, schaute ihn erwartungsvoll an, fügte hinzu: »Dann könnten wir unterwegs in aller Ruhe über die ganze Sache sprechen.«

Simon wollte zuerst ablehnen, sich Bedenkzeit ausbedingen, aber sie schaute ihn noch immer an, und er schaute zurück, und er spürte, wie unsäglich alt, schwach, gebrechlich er der jungen Frau erscheinen mußte. Noch älter würde er ihr vorkommen, wenn er sich weigern würde mitzugehen, und deshalb nickte er, nickte er so lange, bis sie sagte: »Das wäre also abgemacht.«

So kam es, daß Simon am nächsten Tag das Land seiner Kindheit besuchte. Er war seit Beginn des Krieges nie wieder dort gewesen. Er hatte niemals auch nur im geringsten daran gedacht, noch einmal dorthin zurückzukehren. Anloo, der Hondsrug, Drenthe – das war so lange her. Sein Leben dort hatte sich vor dem Krieg abgespielt, und was sich vor dem Krieg abgespielt hatte, schien durch den Krieg nicht nur weggewischt, sondern auch für immer abgeschlossen zu sein. Er dachte selten an die Zeit zurück, träumte nur manchmal von Prins.

Nach ihrem Besuch beim *Rijksdienst voor het Wegverkeer* in Veendam – erfolglos, da der Eigentümer des Motorrads mit dem von Simon angegebenen Kennzeichen es schon vor einem halben Jahr als gestohlen gemeldet hatte – fragte Simon: »Würde es dir etwas ausmachen, noch kurz nach Anloo zu fahren, wo wir nun schon mal in der Nähe sind?«

»Nein, natürlich nicht«, sagte Wendela.

»Ich bin da aufgewachsen, ich bin zuletzt vor einem halben Jahrhundert, nein, noch länger, glaube ich, dort gewesen.«

»Sie möchten es gern noch einmal sehen?«

»Sag doch du«, sagte Simon.

»Ich will es versuchen, aber Sie... eh... du könntest mein Großvater sein.«

»Wenn du aber du zu mir sagst, fühle ich mich sofort um dreißig Jahre jünger.«

Über Spijkerboor fuhren sie auf Feldwegen nach Annen. Dort gab es inzwischen ausgedehnte Neubaugebiete. Eine breite, asphaltierte Straße, kurz hinter Annen mit einer geschmacklosen Anlage für den Kreisverkehr, die wie achtlos in die Landschaft geworfen war, ließ das Schlimmste befürchten. Was würde noch von Anloo übrig sein? Sie fuhren durch die Unterführung unter der N 34 hindurch. Hinter den hohen Bäumen gewahrte er plötzlich die possierliche Spitze des Satteldachturms von Anloo.

Es war warm und sonnig, als sei der Sommer wegen dieses unerwarteten, unvorhergesehenen Ausflugs für einen Moment zurückgekehrt. Oben an den Straßenböschungen schwebten an ihren kleinen, grauen Fallschirmen die Früchte des Rainfarns. Hier und da blühte noch unbekümmert Herbstlöwenzahn.

»Würdest du bitte im Schrittempo fahren?« fragte Simon.

»Wie bei einem Begräbnis?« fragte Wendela.

»Ja, wie bei einem Begräbnis«, sagte Simon feierlich.

Der Honda Civic kroch zum Brink hinauf.

»Halt«, befahl Simon, und er saß da, und er schaute. Nichts schien sich verändert zu haben. Die Ziegel- und Reetdächer der alten Bauernhöfe leuchteten, wie sie damals in seiner Kindheit in der Herbstsonne geglänzt hatten. Sogar das Pastorat hatte die Zeit unverändert überstanden. Anders war nur die verschwenderische Fülle der dunkelgrünen, soviel höher gewordenen und weit ausladenden Baumkronen. Das war ihm schon vorher aufgefallen: Drenthe schien in üppige, überwältigend grüne, ausgedehnte Wälder gebettet zu sein. Oder ließ die niedrigstehende Sommersonne, die alles, was das Auge wahrnahm, mit einem warmen, beinahe spürbaren Schimmer umhüllte, alles so viel grüner erscheinen? Hinzu kam eine wunderbare, fast unwirkliche Stille. Es war, als läge die Landschaft in tiefem Schlummer, als sei die Zeit stehengeblieben, als seien Sonne und Mond noch einmal von Josuah aufgefordert worden, in Gibeon und Ajalon anzuhalten.

Er war wieder auf dem Brink in Anloo und konnte sich nicht satt sehen. Er schluckte ein paarmal, schüttelte den Kopf, und Wendela sagte: »Willst du ein Papiertaschentuch?«

Sie hielt es ihm bereits hin. Er versuchte, noch zu scherzen, zitierte mannhaft die wenigen Shakespeare-Verse, die er auswendig wußte, »*Miss, I am vexed; Bear with my weakness, my old brain is troubled. Be not disturbed with my infirmity*«, murmelte dann aber kleinlaut: »Entschuldige, aber in meinem Alter ist man schnell gerührt.«

»Wo hast du früher gewohnt?«

»Da drüben«, sagte er, »im alten Pastorat.«

»Wollen wir einmal dort hinübergehen?«

»Das wäre schön«, sagte er.

Sie stiegen aus, sie gingen zum Pastorat und daran

vorbei in einen Sandweg. Hinter dem Pastorat auf einer eingezäunten Wiese weideten Dutzende auffallend kleiner Pferde, die sofort angetrabt kamen.

»Ach sieh doch, wie lieb sie sind«, sagte Wendela. Zwischen den Pferden liefen ein paar zottelige, rostbraune Schafe herum, die mit Kopf und Rücken die Unpaarhufer überragten.

Wendela klopfte auf Nasen, streichelte Köpfe, wühlte mit ihren Händen in den Mähnen. Sie gingen weiter den Sandweg entlang, und es war Simon, als würde er einer geheimen Verabredung zuwiderhandeln, von deren Existenz er bisher nichts geahnt hatte. Eine Abzweigung führte von dem Sandweg zur Straße nach Gasteren. Sie gingen auf ihr nach Anloo zurück, und Simon blickte über die unberührt gebliebene südliche Allmende. Von Eext war nichts zu sehen. Hohe, dichte, mächtige Bäume verdeckten den Blick nach Süden hin. Nach Norden hin erhoben sich überall Bäume, an die er sich von früher her nicht erinnern konnte. Alle Hecken und Sträucher schienen höher geworden zu sein.

Und das war es, was ihn erstaunte, berührte, aber auch erschreckte: Diese ganze totgeglaubte Welt seiner Kindheit war nicht nur unberührt geblieben, sondern zeigte sich in neuem Glanz. Sicher, in Annen hatte die Bulldozerkultur sich der Sandwege, der Brombeersträucher, des Eichengestrüpps bemächtigt, aber hier in Anloo hatte sich geradezu ein Wunder vollzogen. Hier fand er die Landschaft seiner Kindheit wieder und umarmte sie, nicht in unberührtem Zustand, nicht wie früher, sondern voller, reicher, grüner, zugleich eingegrenzter. So war es doch damals nicht gewesen? Daß man nirgends den Horizont sah, sondern nur Bäume und Hecken, die es sich in der regungslosen, dunstigen Luft wohl sein ließen? Es war so still überall, es krähte kein Hahn, es bellte kein Hund, und keines der Zwergpferdchen wieherte.

Sie gingen um die kleine Kirche herum. Er sagte stolz: »Es soll die älteste Kirche der Niederlande sein.«

Sie stiegen wieder ins Auto. Noch einmal sah er sich um, nach Anloo, nach seiner Kindheit. Er würde das Dörfchen wohl nie mehr wiedersehen, es würde wahrscheinlich das letzte Mal gewesen sein, so viele Tage waren ihm sicher nicht mehr zugemessen, er lebte ja schon in geliehener Zeit.

»Und wohin jetzt?« fragte Wendela.

»Richtung Gasteren«, sagte Simon.

Simon bedauerte, als sie wieder im Auto saßen, daß alles so schnell ging. Er hätte am liebsten jeden einzelnen Grashalm am Wege betrachtet. Schon war Gasteren in Sicht. Simon hatte das Gefühl, als könnte jeden Augenblick auf der anderen Straßenseite aus Richtung Assen ein aufgeschossener Junge auf seinem Rad angefahren kommen, der, als er näher kam, kein anderer war als er selbst. Es war, als könnte er in der ersten Dämmerung und dem zarten Duft eines Frühlingsabends ganz einfach wiederauftauchen. Und zugleich drängte sich Simon die beklemmende Einsicht auf, daß er nicht mehr Teil dieser Landschaft war. Diese Landschaft wollte nichts mehr von ihm, seine Zeit war gewesen, nun bildeten die Wälder und Heideflächen und die verbliebenen Allmenden die großzügige Kulisse für das Leben anderer Menschen. Er durfte noch einmal hindurchfahren, zwar für kurze Augenblicke geduldet, würde er aber nie wieder hierhergehören. Und es erstaunte ihn, wie gut die Landschaft ohne ihn existieren konnte, ja, wie es ihr nicht das Geringste ausmachte, daß er nie mehr mit dem Rad durch sie hindurchfahren würde. Mühelos standen ja Dutzende anderer Radfahrer zur Verfügung, um die Straße von Anloo nach Gasteren zu bevölkern. Wer war er denn überhaupt? Einst hier heimisch, hierhin gehörig? Inzwischen aber längst gestrichen, weggewischt, unbeweint verschwunden.

Hinter Gasteren, das ebensowenig verändert zu sein schien, aber wie Anloo in dem behaglichen Genuß seines üppigen Grüns, hoher Bäume und nahezu unangetastet gebliebener Allmenden einer unerbittlich verstreichenden Zeit zu trotzen schien, setzte er sich aufrecht hin. Jetzt gleich, linker Hand, würde das Ballooërveld auftauchen.

Sobald er links neben der Straße das unermeßliche Heideland gewahrte, fragte er: »Können wir hier eben anhalten? Ich würde so gern noch einmal über das Ballooërveld laufen.«

»Ist mir recht«, sagte Wendela.

Er schaute die junge Frau von der Seite an. Sie trug eine Sonnenbrille, er konnte ihre Augen nicht sehen, hatte keine Ahnung, was sich in ihr abspielte, fühlte sich bei ihr aber durchaus wohl. Sie roch vertraut.

War es Parfum, war es ihr eigener Geruch? Simon wußte es nicht, sog nur ab und zu heimlich den zarten Duft ein. Er wunderte sich über die junge Frau. Sie war auf eine merkwürdige Art ruhig und zugleich energisch. Sie tat alles, als koste es sie nicht die geringste Mühe. Er wußte schon: Diese Menschen, lange nach der Flutkatastrophe geboren, waren völlig anders. Sie hatten keine Komplexe, waren nicht verbraucht, verbogen. Sie lebten mit spielerischer Leichtigkeit, waren gut genährt, gesund, viele hatten Zähne ohne eine einzige Füllung. Sie waren zu beneiden, und Simon beneidete sie heftig, auch wenn er sich fragte: Wissen sie eigentlich etwas vom Leben, vom wirklichen Leben? Sie erschienen so kühl, so sachlich, so wenig leidenschaftlich. Ach, vielleicht täuschte er sich, waren sie mit nützlichen Kenntnissen und ernsthaften Gefühlen ausgerüstet, die sich seiner Wahrnehmung entzogen.

»Hier anhalten?« fragte sie.

»Ja, gut«, sagte Simon.

Wenig später liefen sie über das Ballooërveld. Simon überlegte, ob er ihr erzählen sollte, wie es ihm dort offenbart worden war, daß es Gott nicht gibt. Er unterließ es. Sie würde es wahrscheinlich nicht verstehen, neigte vielleicht zu einer rudimentären, aufgeklärten Form des Christentums, einem vagen Glauben voller Symbolik und Humanität. Er ging neben ihr, zeigte ihr die Grabhügel und freute sich bis in den letzten Winkel seiner Seele, daß die Heide, die sonnendurchglühte Heide, noch so dalag wie vor fünfundsechzig Jahren. Tief im Süden erhob sich der Turm von Rolde, und es schien fast, als stünde der Sand selbst, der weiße, weiße Sand, in Flammen, so unbeschreiblich warm war es unter seinen Füßen. Er sah die Kiefern und Fichten, sah bis an den Horizont die rötliche Glut des Heidekrauts, das fast überall blühte, wo keine Wege waren.

Er wußte nicht, wie lange er ihre Geduld würde auf die Probe stellen können. Ob sie wohl schon zurückwollte? Er sagte: »Sag bitte, wenn du wieder zurückwillst. Ich könnte hier stundenlang bleiben, aber...«

»Nimm auf mich keine Rücksicht, lauf nur, solange du willst. Es ist herrlich hier, ich genieße es.«

»Dann laufen wir noch ein bißchen«, sagte er dankbar.

Sie gingen quer über die Heide, liefen in Richtung Anderen. Er erzählte von seinem Vater, erinnerte sich – durch die Wärme, das geradezu blendende Sonnenlicht oder durch den aus der Erde aufsteigenden Duft der Heide? – an verschiedene seiner Aussprüche, die aus einer verlorenen Zeit aufzusteigen schienen.

»Mein Vater hätte jetzt gesagt: ›Achte auf die buntschillernden Schmetterlinge, die liebenswürdigen Grashüpfer, die unermüdlichen Grillen, denn morgen schon sind sie für immer dahingegangen. Sie leben nur kurze Zeit, morgens noch Kind, abends schon Großmutter.‹« Er erzählte, daß sein Vater auch oft gesagt hatte: »Mit trocken Brot und Mangoldstengel gedeiht hier auch der dümmste Bengel«, und wußte nicht sicher, ob das stimmte, ob er sich den Reim nicht gerade eben selbst ausgedacht hatte. Aber das war doch gar nicht möglich? Das Wort »Bengel« – wer benutzte das überhaupt noch, und wer ernährte sich noch von Mangoldstengeln oder trockenem Brot? Nein, es mußte von seinem Vater stammen, das war gar nicht anders möglich, genau wie der Reim, der ihm danach einfiel: »Wirft eine Jungfrau mit Wasser und Kohl, so will sie den Einen, der treu bleiben soll.« Und damit war er bei den weisen Sprüchen seines Vaters angekommen. »Wenn eine Frau mit nach außen gerichteten Füßen neben dir geht, darfst du dich ihr nähern. Und wenn sie ein paarmal hintereinander niest, will sie etwas von dir.«

Kurz darauf nieste Wendela zweimal. Sie mußten beide sehr darüber lachen, und sie sagte geradezu herausfordernd: »Siehst du, ich gehe mit nach außen gerichteten Füßen.« Woraufhin er sagte: »Ich wollte, ich wäre fünfzig Jahre jünger. Dann würde ich hier vor dir auf die Knie fallen und dir einen Antrag machen.« Sie lächelte unbekümmert, und jetzt erst bedauerte er, daß er zu alt war, zu gebrechlich, zu schwach als daß er auch nur für einen Augenblick mit dem Gedanken spielen konnte, ihr den Arm um die Schulter zu legen. Das war allein schon wegen ihrer kurzen, engen, taillierten Lederjacke mit den dicken Schulterpolstern unmöglich. Außerdem: Ein Mädchen in so engen Nietenhosen – ach, welch eine verrückte Idee, daß er in seinem Alter noch so jemanden an sich drücken könnte. Und er verstand, daß sie nur deshalb so herausfordernd hatte sagen können, sie liefe mit nach außen gerichteten Füßen, weil sie keinen Augenblick lang ernsthaft daran dachte, daß er sie in seinem Alter noch würde begehren können. Er begehrte sie auch nicht, er begehrte ihre Jugend, ihren geschmeidigen Gang, ihre kühle Entschlossenheit.

Sie kehrten um, ihm war etwas schwindlig von der Wärme, der Sonnenwärme, der Sandwärme. Er arbeitete sich mutig weiter durch den Sand, neben sich die hochgewachsene Frau mit dem geschmeidigen Gang, die Wendela hieß und für die es ganz selbstverständlich war, mit ihm über das Ballooërveld zu schweifen.

»Was nun?« sagte Wendela, als sie wieder in ihrem Honda saßen.

»Ja, was nun?« sagte Simon.

»Wir haben überhaupt keinen Anhaltspunkt, das Kennzeichen des Motorrads war der einzige.«

Sie fuhren durch die Lonerstraat, die er damals so gehaßt hatte. Von den einst so heftigen Gefühlen war nichts übriggeblieben, und es war sogar, als sei er verpflichtet, der kahlen Straße noch in Gedanken zuzurufen: Nimm es mir, bitte, nicht übel, ich war noch jung, ich wußte es nicht besser.

Auf der Straße zum Zuiderzee fragte ihn Wendela über seine Kindheit aus, über seine drei Halbschwestern, über die drei Damen in der Talk-Show von Cynthia Winter, über sein Pharmaziestudium, über sein Leben nach dem Krieg. Geduldig antwortete er auf ihre kurzen, gezielten Fragen. Auf der Höhe von Harderwijk gewahrte er die Zuiderzee oder was noch davon übriggeblieben war. Er spähte zu den mutigen Surfern auf den glitzernden Wellen hinüber, und es war, als könnte er alles, was er aus seinem Leben erzählte, genausogut für sich behalten, weil er niemals im Sommersonnenlicht auf einem Surfbrett über das Wasser gestoben war.

Psychotherapeut

Nach jedem *Mittagessen* und nach jedem *Abendbrot* fühlte Simon seine Augenlider unweigerlich schwer werden. Er stand dann oft auf, ging in die Küche, goß sich kaltes Wasser über die Stirn. Er haßte diese kleinen Nickerchen, aus denen man bleischwer und völlig desorientiert aufwachte. Dennoch war es meist ein vergeblicher Kampf, nickte er widerwillig über einem der doch so fesselnden Bände von Göllerich und Auer ein. Oft wachte er dann wieder auf, wenn ihm das Buch aus der Hand glitt und mit lautem Knall auf den Parkettfußboden fiel. Meist jedoch fehlte ihm sogar die Kraft, das Buch wieder aufzuheben, mußte er sich dem »Herold des Todes«, wie Aaron es spöttisch nannte, ergeben. Es war, als würde er sich dem Atlasgewicht, das auf seinen Schultern lastete, durch den Schlaf entziehen können.

Am Tag nach seinem Besuch in Anloo träumte er während eines dieser kurzen Nickerchen von einem sonnenüberfluteten Feldweg. Er pflückte Brombeeren. Das war alles. Mehr geschah nicht. Während er träumte, wurde ihm auf einmal bewußt, daß er träumte. Nun müßte ich aufwachen, dachte er, aber der sonnenüberflutete Feldweg war noch immer da.

Er konnte sich selber sehen, konnte über seine Schulter hinweg die Landschaft anschauen, zum strahlendblauen Himmel hinaufblicken. Er betrachtete aufmerksam seinen eigenen Rücken, er beobachtete die schnellen, sicheren Bewegungen, mit denen seine Finger die schwarzblauen Beeren von den Sträuchern pflückten. Er hörte ein Rascheln und blickte hinunter, er sah, wie Prins zu Füßen seines Herrchens verblüffend geschickt Brombeeren mit dem Maul pflückte und sie schmatzend verputzte. Er war darüber so verdutzt, daß er aufwachte. Er hatte dies in Wirklichkeit nie gesehen. Dennoch wußte er mit Sicherheit, daß es sich irgendwann so abgespielt haben mußte. Er war zutiefst dankbar, daß er noch im nachhinein erfahren durfte: Prins hatte Brombeeren gepflückt und gefressen.

Seine Augen waren noch schwer vom Schlaf. Er konnte sie kaum offenhalten. Er schielte durch die halbgeschlossenen Lider zu Aaron. Der saß auffallend dicht am Fernseher und verfolgte aufmerksam das Programm. Simon sah eine junge, bildschöne Moderatorin, hörte sie sagen: »Guten Abend, meine Damen und Herren, wir haben in *Crime Plays* diesmal drei Themen. Jetzt gleich sehen Sie die Filmdokumentation eines Interviews mit einem Bankräuber in seinem Versteck und hören die erstaunliche Geschichte eines Schiffskapitäns, der Waffen schmuggelte, in Ägypten ins Gefängnis kam und unter Lebensgefahr flüchtete. Aber wir beginnen heute abend mit dem Fall Simon Minderhout. Allem Anschein nach hat er, wie Sie in den Zeitungen haben

lesen können, im Zweiten Weltkrieg eine Schiedamer Widerstandsgruppe verraten. In unserer Sendung heute abend wirft ein Psychotherapeut, Mijnheer Reigwart, ein überraschend neues Licht auf diese
Angelegenheit. Guten Abend, Mijnheer Reigwart.«
Im Bild erschien ein alter Mann. Er griff sich mit
der Hand in den silbergrauen Bart, der nach den Worten aus Psalm 133 »herabfließt in sein Kleid«, und
streichelte ihn, als wäre er sein Schoßhündchen. Er
setzte ein bezauberndes Lächeln auf, schaute die Moderatorin an und sagte: »Guten Abend, Mevrouw.«

»Sie sind also Psychotherapeut.«

»Noch immer praktizierender Psychotherapeut,
Mevrouw«, sagte der Mann stolz.

»Sie können uns etwas über Minderhout erzählen,
was noch niemand weiß, nicht wahr?«

»So ist es«, sagte der praktizierende Psychotherapeut, und er nahm seine Brille ab, putzte die Gläser
mit einem schneeweißen Taschentuch und benutzte
die Brille von da an, um mit ihr zu gestikulieren.

»Ich habe diesen Fall vom ersten Augenblick an mit
größtem Interesse verfolgt«, sagte der Psychotherapeut, »und zwar deswegen, weil ich lange, bevor sich
dies alles abgespielt hat, schon viel über Simon Minderhout von einem meiner Patienten gehört hatte.
Vor dem Krieg habe ich einen jungen Mann behandelt, einen Nachkommen aus dem Geschlecht einer
Groninger Bauernfamilie, der Galemas. Von ihm
erfuhr ich, daß die Familie früher, in Anloo, im Besitz
eines stattlichen Anwesens gewesen ist. Was war
geschehen? Der Bauer, ein reicher Landwirt, starb.

Seine Frau blieb mit dem einzigen Sohn zurück. Dem Erbe. Dieser Sohn trinkt jedoch unerwartet einen Rest Pflanzenschutzmittel und stirbt. Wer war dabei? Der junge Simon Minderhout.«

Der Therapeut legte eine kurze Pause ein, setzte seine Brille auf, nahm sie wieder ab, sagte: »Ein ganz besonders trauriger Unfall.«

»Unfall?« fragte die Moderatorin suggestiv. Offenkundig hatte sie vor der Sendung bereits ausführlich mit dem Therapeuten gesprochen.

»Das ist nun tatsächlich die große Frage: War es wirklich ein Unfall? Nach dem Tod des reichen Bauern hatte sich herausgestellt, daß er kein Testament gemacht hatte. Das ist nicht außergewöhnlich, der Mann war noch jung, als er starb, war einfach noch nicht dazu gekommen. Und so erbte seine Frau den ganzen Besitz. Diese Frau nun war schon einmal verheiratet gewesen, war schon einmal, noch sehr jung, Witwe geworden und hatte aus erster Ehe bereits einen Sohn. Was also war passiert? Nach dem Tod der Witwe Galema erbte ihr Sohn aus erster Ehe das Anwesen. Und die Neffen und Nichten Galema hatten das Nachsehen.«

»Ich verstehe«, sagte die Moderatorin. »Aber gibt es nun irgendeinen Grund anzunehmen, daß es sich hier um ein Verbrechen handeln kann?«

»Die Galemas sind davon überzeugt.«

»Gibt es Beweise?«

»Es gibt keine Beweise, höchstens Hinweise. Pflanzenschutzmittel, ein kleiner Rest Pflanzenschutzmittel. Er befand sich in einer Bierflasche, stand auf einem Heuboden. Erstens: Welches Gift kann das gewesen sein? Damalige Pflanzenschutzmittel waren noch nicht so gefährlich, daß ein kleiner Rest ausgereicht hätte, um einen jungen Erben hinwegzuraffen. Es muß also etwas anderes als Pflanzenschutzmittel in der Bierflasche gewesen sein. Etwas Stärkeres, etwas, was nicht zufällig noch übrig war von einer Unkrautbekämpfung oder etwas Derartigem, sondern etwas, was mit Absicht hineingetan worden war. Etwas, was auch absichtlich in eine Bierflasche gegossen worden war, so daß ein Knirps, der auf dem Heuboden herumschnüffelt, denkt: Hallo, ein Restchen Bier, wie das wohl schmeckt?«

»Also, Sie denken…«

»Ich denke nichts, die Vettern und Cousinen Galema denken es. Und sie denken auch, unterstellen auch, daß Simon Minderhout…«

»Ja, denn er war ja damals dabei, als es passierte, als dieser Junge einen Schluck aus der Flasche nahm.«

»Genau, als Coenraad Galema die Flasche leerte, war er als einziger dabei. Die Frage, die große Frage, ist: Warum nahm er nicht auch einen Schluck? Stellen wir uns einmal vor: Man schlendert an einem freien Mittwochnachmittag ein bißchen mit seinem Freund umher, man klettert zusammen auf den Heuboden, man sieht dort ein Fläschchen stehen, und beide denken, daß es noch einen Rest Bier enthält. ›Sollen wir einen Schluck trinken‹, fragt der eine. ›Ja, mal sehen, wie das schmeckt‹, sagt der andere. Und abwechselnd, als gute Freunde, nimmt jeder einen Schluck. Aber gerade das passierte nicht. Im Gegenteil: Coenraad Galema hat den Rest des angeblichen Pflanzenschutzmittels völlig allein ausgetrunken.«

Der Psychotherapeut putzte aufgeregt seine Brillengläser. Er setzte seine Brille wieder auf, tastete nach seinem langen Bart und streichelte ihn äußerst liebevoll.

»Kann es sein«, fragte er, »ist es denkbar, daß Simon Minderhout beim Komplott dabeiwar?«

»Aber so jung noch? Er war noch ein Kind.«

»Er war, wenn ich richtig informiert bin, acht Jahre alt. Das erscheint jung, aber täuschen Sie sich nicht, Mevrouw, schon in dem Alter, gerade in dem Alter kann die Funktion des Gewissens bereits ausgeschaltet sein, kann es sogar sein, daß von einem Gewissen nie die Rede gewesen ist. Die soziopathische Persönlichkeit... ach nein, das würde zu weit führen, ich will es genug sein lassen, indem ich sage: Es ist denkbar, daß der Knabe Simon beim Komplott dabeigewesen ist. Jemand kann zu ihm gesagt haben: Nimm deinen Freund Coen einmal mit auf den Heuboden. Da ist noch ein kleiner Rest in einer Flasche, ja, und dann drängst du Coen ein bißchen, daß er das austrinkt.«

»Das scheint mir aber weither geholt zu sein.«

»Mir auch, Mevrouw, mir auch, aber die Galemas sind dennoch davon überzeugt, daß es sich so abgespielt haben muß.«

»Aber warum?«

»Weil die Geschichte noch nicht zu Ende ist. Weil Simon Minderhout, Sohn mittelloser Eltern, in einer Zeit, in der es noch keine Stipendien gab, Pharmazie studieren konnte. Wer hat das bezahlt? Sein Vater, Gemeindesekretär, von seinem armseligen Gehalt? Undenkbar. Ein solcher Gemeindesekretär eines so winzig kleinen Ortes in Drenthe verdiente, wenn ich richtig informiert bin, höchstens sechshundert Gulden im Jahr. Davon bezahlt man kein teures Pharmaziestudium. Wer hat Minderhouts Studium bezahlt? Ist es vielleicht von seinem Schweigegeld finanziert worden?«

Der Psychotherapeut schwenkte seine Brille.

»Ach, es sind und bleiben Hypothesen. Zu beweisen ist wahrscheinlich nichts mehr, und ich wiederhole noch einmal, was ich schon sagte: Es sind die Galemas, die so denken, nicht ich. Als praktizierender Psychotherapeut kann ich dem lediglich hinzufügen, daß wir es bei Simon Minderhout zweifellos mit einem Fall schwerer affektiver Verwahrlosung zu tun haben. Er war ein unerwünschter Nachkömmling. Seine Mutter hat ihn nie akzeptieren können, hat ihn, so können wir getrost annehmen, de facto schon vor seiner Geburt verstoßen. Seine Halbschwester hat ihn, dabei ganz im Geist ihrer Mutter handelnd, mit Kinderwagen und allem Drum und Dran ins Wasser geschoben. Und was sehen wir später? Ein problematisches Verhältnis zu Frauen. Und wie es scheint: eine gescheiterte Ehe.«

»Und dieser Verrat...?«

»Eine kaum entwickelte Gewissensfunktion, wie ich bereits sagte, eine Persönlichkeitsstruktur... Lassen Sie mich dazu noch dies sagen: Kürzlich hat sich in Untersuchungen gezeigt, daß hyperaktive Kinder für eine kriminelle Karriere bestimmt zu sein scheinen.«

»War Simon ein hyperaktives Kind?«

»Das weiß ich nicht, aber ich weiß, daß solche Kinder auch immer auffallend grausam zu Tieren sind. Und ich möchte behaupten, daß es in Anloo noch immer alte Herrschaften gibt, die sich an das erinnern, was ich so oft von meinem Klienten zu hören bekommen habe: Daß Simon als Kind Federvieh verfolgte, Hähne mit Stockschlägen traktierte und Hennen mit Steinen bewarf.«

Aaron schrie: »Ja, ja, mach nur weiter so«, und stellte mit wütender Gebärde den Fernseher mit Hilfe der Fernbedienung aus. Verstört drehte er sich zu Simon um. Dieser hatte die Augen weit aufgerissen, setzte sich in seinem Lehnstuhl aufrecht hin.

»Habe ich dich wachgeschrien?« fragte Aaron.

»Ja«, sagte Simon, während er sich noch immer die Augen rieb, »ja, ich träumte so schön von meinem Hündchen, das Brombeeren pflückte. Warum hast du so geschrien?«

»Ach, da war irgend so ein verdammter Seelenklempner, der seine Chance gewittert hat, mit einer schwachsinnigen Sensationsgeschichte in die Röhre zu kommen.«

»Was für eine Geschichte?«

»Ach, von einem Unfall, der vielleicht kein Unfall war, sondern ein Mord. Diese Sorte von Leuten sucht die Ursache von allem immer in der frühen Kindheit. Es liegt an der Mutter oder am Vater oder am Ödipuskomplex oder – das ist nun anscheinend modern – daran, daß so ein Kind hyperaktiv war und nicht ausreichend beachtet wurde. Es sind immer dieselben Formeln, dieselben Phrasen, und das, obwohl alle diese Mörder immer gleichgeartete Geschwister von denselben Vätern und denselben Müttern haben, die ein unauffälliges Leben führen, ohne jemals zu morden. Komm, ich habe großes Bedürfnis nach einem Stückchen Schubert. Um die bösen Geister zu verjagen. Du auch?«

Aaron wartete Simons Antwort nicht ab, setzte sich an den Flügel und spielte die ersten beiden Sätze der Sonate in b-dur von Franz Schubert. Dann sagte er: »Es ist, als sei Schubert schon tot gewesen, als er dies komponiert hat. Es ist, als würde er auf das Leben zurückblicken, als würde er ohne Groll darüber nachsinnen. Und dabei ist er doch nur einunddreißig Jahre alt geworden.«

Unfall

»Zurück in deine Wohnung? Warum?«

»Ich bin jetzt schon mehrere Wochen hier. Seit dem Ausflug nach Veendam vor zwei Wochen ist nichts mehr geschehen, habe ich nichts mehr von Wendela gehört, vielleicht ist... vielleicht...«

»Du dachtest, daß der ärgste Sturm vorüber ist? Ich hoffe es für dich, aber ich fände es schade, wenn du wieder weggingest. Im Alter etwas Gesellschaft von jemandem zu haben, der auch zufällig vom Tod übersehen worden ist – welch ein Vergnügen! Ich frage mich sogar: Können wir das nicht als Dauerzustand einrichten? Ich denke schon seit Jahren daran, mehr in die Nähe meiner Kinder zu ziehen. Komm, wir suchen uns gemeinsam etwas, hier in der Gegend kennt dich keiner, dort bei dir wirst du immer die Last dieser Beschuldigung zu tragen haben.«

»Nicht, wenn sich herausstellt, daß ich...«

»Ja, aber das wird sich nie herausstellen, von einer Rehabilitierung oder etwas Ähnlichem wird niemals die Rede sein. Du bist für immer gebrandmarkt, das wirst du akzeptieren müssen. Ein schlechtes Gedächtnis, das ist deine einzige Hoffnung.«

»Scheußlich.«

»Was erwartest du denn? Daß man dich mit Fanfaren und *Ehrenjungfrauen* vom Zug abholt, wenn du zurückkommst?«

»Nein, natürlich nicht, aber…«

»Ach, es gibt soviel schlimmere Dinge, du hast in deinem Leben so wenig ertragen müssen. Gut, ich gebe zu, dies ist scheußlich, vor allem auch, weil es dank Presse und Fernsehen so breitgetreten worden ist, aber warte nur, bald spricht keiner mehr davon, weil schon wieder ein anderer Jesus Christus aufgetaucht ist, ein Torwart, der absichtlich Bälle durchgelassen hat, ein Minister, der Bestechungsgelder angenommen hat, ein Unternehmer, der illegal Abfall ausgekippt hat, jemand, der das Sozialamt jahrelang beschwindelt hat, oder jemand, der ein Gemälde mit billiger Acrylfarbe restauriert hat.«

»Du meinst diesen Amerikaner, Goldreyer…«

»Ja, ja, diesen Juden, und diese Restaurierung, diese Malerarbeit, weißt du, was man vor dem Krieg dazu gesagt hätte? Diese Übermalung ist ein richtiger Judenstreich.«

»Aaron!«

»Soll ich dir mal was sagen? Erst, wenn ein solches Wort wieder in alter Offenheit gebraucht werden kann, sind wir Juden wieder vollwertige Mitmenschen. Solange wir noch wegen Auschwitz mit Samthandschuhen angefaßt werden, bleibt die Gefahr bestehen, daß alles wieder von vorn beginnt. Wo Samthandschuhe sind, werden unvermeidlich als Reaktion schon bald eiserne Fäuste auftauchen. Ach, Herrgott, hör dir an, wie geschwollen ich daherrede!«

Er schüttelte den Kopf, murmelte: »Samthandschuhe, welch ein Unsinn«, sagte dann: »Du kannst noch nicht zurück, du hast die neun Bände über Bruckner noch lange nicht durch, nein, du wirst noch eine Weile hierbleiben müssen.«

Er stand auf, griff zur Fernbedienung, stellte den Fernseher an und sagte: »Jetzt erst einmal unsere tägliche Portion Weltenleid.«

Am Schluß der Nachrichten, nachdem Simon über einer palästinensischen Selbstmordaktion, einer Flugzeugentführung, jugoslawischen Kriegsgreueln und einem heftig auf den Wellen des Ozeans schaukelnden Greenpeace-Schiff eingeschlafen war, folgte noch eine besonders delikate Zugabe. Auf einer Schnellstraße hatte sich ein Verkehrsunfall ereignet, in den mehrere Fahrzeuge verwickelt wurden. Er war durch ein ins Schleudern geratenes Motorrad verursacht worden. Aaron knurrte: »Du begreifst nicht, daß man lautstarke, teure Aktionen für Gefahrloses Lieben durchführt, während täglich mehr Menschen im Straßenverkehr sterben als monatlich an Aids.« Verschlafen schaute Simon auf den Bildschirm. Er sah einige Autowracks, entdeckte dann das Motorrad, das den Unfall verursacht hatte, und war plötzlich hellwach. Laut schrie er die Buchstaben und Zahlen des Kennzeichens durchs Zimmer.

»Was ist los?« fragte Aaron erstaunt.

»Das ist das Kennzeichen, unser Kennzeichen, ich meine… meine Güte, wie ist das nur möglich.«

Ungerührt klang die Stimme der hellblonden Nachrichtensprecherin: »…in bedenklichem Zustand ins Academisch Ziekenhuis in Leiden gebracht worden.«

»Wendela«, sagte Simon, »ich muß Wendela anrufen. Er liegt in Leiden im Krankenhaus. Wenn er nur nicht stirbt oder schon gestorben ist.«

»Wir haben keine Telefonnummer von dem Blumenmädchen«, sagte Aaron. »Sie wollte sie mir geben, aber ich wollte sie nicht haben.«

»Nein, wie dumm, warum eigentlich nicht… wie dumm, jetzt müssen wir bis morgen warten, müssen wir morgen das *Rotterdams Nieuwsblad* anrufen. In der Zwischenzeit kann der Junge sterben.«

»Falls er schon tot ist oder heute nacht stirbt, so wird man trotzdem dahinterkommen, wie er heißt«, sagte Aaron, »notfalls, indem man die Todesanzeigen in den Zeitungen durchgeht. Und eines kannst du jetzt schon tun, du kannst das Academisch Ziekenhuis in Leiden anrufen.«

»Ja, aber ich weiß doch keinen Namen, ich weiß doch nicht…«

»Du rufst an und sagst: Ich sah in den Nachrichten einen Verkehrsunfall, in den ein Motorrad verwickelt war. Mein Enkel fährt genau das gleiche Motorrad, und im Augenblick kann ich niemanden aus der Familie erreichen. Können Sie mir bitte sagen, wie der Verunglückte heißt? Ich bin so in Sorge, daß es mein Enkel sein könnte, der ist nämlich genau wie ich furchtbar waghalsig und unglaublich unvorsichtig.«

Aaron stand auf, ging zum Telefon, schaute kurz

ins Telefonbuch, nahm dann den Hörer ab, wählte eine Nummer und horchte.

»Es sind noch acht Anrufer vor mir«, sagte er aufgekratzt.

Er wartete einige Zeit, schrieb dann eine Nummer auf und sagte: »Na bitte, die Telefonnummer vom Academisch Ziekenhuis in Leiden. Jetzt du. Oder soll ich anrufen, ach ja, laß nur. Ich glaube, ich habe ein besseres Geschick für so etwas als du.«

Und wieder wählte er eine Nummer.

»Guten Abend, hier Oberstein. Ich sah heute abend in den Nachrichten einen schrecklichen Verkehrsunfall, ja wirklich, woher wissen Sie das? Ja, das möchte ich sehr gern wissen. Was sagen Sie? Bram Cornalyn, sagen Sie, o Gott, ja, das ist er. Aber wissen Sie: Seine Mutter hat völlig mit mir gebrochen, wenn Sie... Wissen Sie vielleicht die Adresse von ihm oder von jemandem aus der Familie? Dann könnte ich dort nachfragen. Ja, wunderbar, danke schön.«

Aaron schrieb etwas auf, legte den Hörer hin, sagte dabei: »Ich war offenbar schon der vierte, der zutiefst beunruhigt angerufen hat, um zu erfahren, wie der verunglückte Motorradfahrer heißt. Das Mädchen am anderen Ende floß über vor Bereitwilligkeit. Sogar du hättest Name und Adresse und Telefonnummer herausgekriegt. Bram Cornalyn... He, du siehst ja aus wie ein Gespenst. Was ist los?«

»So heißt der Mann von Hillegonda«, stammelte Simon.

»Meine Güte, es hört sich an, als wärst du zu Tode erschrocken.«

»Wundert dich das? Das kann doch nur bedeuten... Ein solcher Name, der kommt wirklich nicht häufig vor. Bram Cornalyn, es ist ganz bestimmt ein Verwandter von ihr.«

»Vielleicht ist dieser Motorradfahrer nach seinem Vater oder seinem Großvater benannt worden. Vielleicht ist es sogar ein Enkel von deiner Hillegonda. Hier hast du jedenfalls die Angaben.«

Er überreichte Simon einen Zettel.

»Ich wollte, ich hätte die Telefonnummer von Wendela«, sagte Simon.

»Ach was, diese Wendela, mach dich selbst auf, halte sie da raus. Ich vertraue diesem rothaarigen Geschöpf nicht. Sie benimmt sich für mein Gefühl zu sehr wie ein Rennpferd mit hochversicherten Beinen.« Und Aaron summte drohend das Thema des Chors der Blumenmädchen aus dem zweiten Akt von *Parsifal*. Während er summte, nahm er Simon den Zettel wieder aus der Hand, pfiff einen Schlußton und sagte: »Warum sollte ich nicht noch mal kurz diese Familie anrufen? Die Frage ist nur: Wonach soll ich mich erkundigen?«

»Nun warte doch eben noch, du bist auf einmal so betriebsam, laß mich erst mal gut nachdenken.«

»Dazu hast du achtzig Jahre Zeit gehabt. Komm, ich rufe an, ich will wissen, ob es wirklich ein Enkel von dieser Hillegonda ist, und wenn es so ist, will ich dann gern wissen, wie sie wirklich heißt und wo sie jetzt wohnt, diese kleine Netzflickerin, die dich damals mit ihrem Lachen und dem Lied von Lindblad verzaubert hat. Und dann soll sie mal erzählen, warum sie ihrer Sache so sicher ist und meint, daß du... Ach, ach, nimm einmal an, daß sie ein Dokument besitzt, aus dem sonnenklar hervorgeht, daß du diese Jungen angezeigt hast.«

»Würdest du mich dann rauswerfen?«

Sie sahen sich lange an, Simon und Aaron. Simon – und er haßte sich deswegen – ängstlich, gespannt, unsicher, Aaron mit leicht gekräuselten Lippen. Es war, als würde er ein maliziöses Lachen aufsetzen. Er stand auf, lief durchs Zimmer, tanzte um Simon herum, der sich in seinen Sessel verkroch.

»Ich habe dir gesagt«, sagte Aaron, »daß ich es für eine sehr gute Idee halte, wenn wir uns gegenseitig über unsere Einsamkeit hinweghelfen, und dabei bleibe ich. Georg Friedrich Händel sagt: ›Eine gebratene Gans ist für eine Person zuviel, aber für zwei zuwenig.‹ Deshalb blieb er Junggeselle, aber ich denke, daß wir zu zweit an nur einer gebratenen Gans reichlich genug haben.«

Simon schüttelte langsam den Kopf, wollte etwas sagen, fand aber keine Worte, schüttelte weiter leicht den Kopf hin und her. Es gab etwas, was er schon lange wußte, aber nicht wissen wollte, dem er nicht ins Auge sehen wollte: Aaron machte es wenig aus, ob er, Simon, schuldig war oder nicht, denn Aaron konnte offenbar nichts mehr verletzen, seitdem er wußte, daß Ruth in Auschwitz umgekommen war. Aaron hatte sich Lichtjahre von den normalen Menschen mit ihren *petits malheurs* entfernt, betrachtete sogar die Fernsehbilder vom Krieg im ehemaligen Jugoslawien, als wären es Scharmützel von Termitenkolonien. Manchmal hatte Simon sogar das Gefühl, daß Aaron sich heimlich an allem Elend der Welt freute, daß dies der Grund war, warum er jeden Abend in aller Ausführlichkeit die Nachrichten sehen wollte. Er hatte ihn zu Beginn der fünfziger Jahre sogar einmal sagen hören: »Was wäre schon groß dabei, wenn wirklich ein Atomkrieg ausbrechen würde? Was wäre es doch für eine Erleichterung, wenn alles in einem Inferno untergehen würde. Können wir nicht um einen riesigen Kometen beten, der die Erde durchbohrt? Angeblich können wir einen solchen für das Jahr 2116 erwarten. Ich wollte, ich könnte das noch erleben.«

Aaron hob, noch immer mit diesem maliziösen Lächeln um die Lippen, den Telefonhörer wieder ab. »Und nun Nägel mit Köpfen«, und er wählte eine Nummer. Er horchte, sagte: »Guten Abend, hier Oberstein, Sie sind die Mutter von Bram... Nein, die Schwester? Wie geht es ihm? Noch immer in Lebensgefahr? Ach, wie schrecklich... Wer ich bin, nein, nein, ich bin pensionierter Lehrer, Bram ist ein früherer Schüler von mir, nicht mein allerbester, nein, aber diesen Krauskopf mußte man einfach gern haben.«

Aaron hörte eine Weile zu, nickte ab und an, streute regelmäßig »sicher« oder »ja« oder »ja, wirklich« in den Wortschwall ein, der sich offensichtlich von der anderen Seite her in die Leitung ergoß, fragte dann: »Darf ich dich zum Schluß noch etwas fragen? Lebt Brams Großmutter noch? Du meinst... Ach, sie leben beide noch, nun, ich meine die Großmutter, die mit dem Mann verheiratet ist, nach dem dein Bruder offensichtlich benannt worden ist... Oh, dein Großvater ist erst vor kurzem gestorben... Oh, aber sie wohnt noch immer... Nein, nein, das verstehe ich, nicht mehr in der alten Wohnung, aber dann... Oh, na, wunderbar, herzlichen Dank, ich werde sie einmal anrufen. Alles Gute für deinen Bruder.«

Aaron legte den Hörer auf, wandte sich zu Simon um, sagte: »Sie wohnt noch immer in Schiedam, jetzt in einem Hochhaus, ich habe Adresse und Telefonnummer. Es ist ganz sicher deine kleine Netzflickerin. Den Rest überlasse ich dir. Jetzt mußt du selbst anrufen oder noch besser: einfach unangemeldet hingehen.«

»Warum unangemeldet?«

»Weil ich denke, daß du, wenn du dein Kommen ankündigst... oder wolltest du etwa alles durchs Telefon verhandeln? Nein, das ist Unsinn, das mußt du nicht tun... du mußt sie überrumpeln. Wenn du dein Kommen ankündigst, kann sie, gesetzt den Fall, daß sie mit dir reden will, darüber nachdenken, was sie dir sagen will, und wird sicher auf der Hut sein. Stehst du plötzlich vor ihrer Haustür, dann ist sie vielleicht so überrascht, daß sie dir erzählt, was sie zu wissen meint, und du kannst sie deinerseits vielleicht davon überzeugen, daß...«

»Was würde ich damit gewinnen?«

»Daß das böse Gerücht im Keim erstickt wird.«

»Aber der Geist ist doch ohnehin schon aus der Flasche! Der kehrt nie wieder dahinein zurück, selbst wenn ich ihr...«

»Sie hat vielleicht noch mehr Flaschen mit Geistern drin. Ich würde einfach hingehen. Ich würde dich ja gern begleiten, aber ich glaube, es ist besser, wenn du allein gehst. So eine alte Dame erschrickt zu Tode, wenn zwei uralte Kerle bei ihr auf der Matte stehen.«

Trotz Aarons weiser Ratschläge rief Simon am nächsten Morgen beim *Rotterdams Nieuwsblad* an und fragte, ob er Wendela Tervuuren sprechen könne. Er wurde weiterverbunden, fragte nochmals nach Wendela.

»Wendela Tervuuren«, sagte eine Redaktionssekretärin, »der Name kommt mir überhaupt nicht bekannt vor, die arbeitet hier nicht bei der Zeitung. Es kann natürlich sein, daß sie irgendwann als freie Mitarbeiterin für uns gearbeitet hat... Warten Sie, da geht Jaap, der muß es wissen... Jaap, Wendela Tervuuren, sagt dir der Name was?«

Simon konnte die Antwort nicht verstehen, bekam jedoch gleich darauf zu hören: »Nein, Wendela Tervuuren ist hier nicht bekannt.«

Simon legte den Hörer auf, klopfte an Aarons Schlafzimmer, öffnete vorsichtig die Tür und sah, daß der Dirigent noch im Bett lag.

»Manchmal liegst du morgens früh wach und döst noch ein bißchen vor dich hin im warmen Bett und hast überhaupt keine Lust aufzustehen«, sagte Aaron. »Weißt du, was mir das Schöne am Tod zu sein scheint? Du brauchst dann nie mehr aufzustehen.«

»Bleib ruhig liegen. Meinetwegen brauchst du auch jetzt nicht aufzustehen. Ich wollte dir nur sagen, daß ich versucht habe, Wendela zu erreichen. Ich habe das *Rotterdams Nieuwsblad* angerufen, aber die haben noch nie etwas von Wendela Tervuuren gehört.«

»Ich sagte es dir doch schon: Dieser jungen Dame ist nicht zu trauen. Die hat eine kleine Reise mit dir gemacht und dich unterwegs gründlich ausgehorcht, so daß sie Material für einen großen Artikel hatte, den sie teuer an irgendeine Zeitung verkaufen konnte.«

Aaron richtete sich auf, zog eine Zeitschrift unter einem großen Stapel von Büchern hervor, die auf seinem Nachttisch lagen.

»Ich hatte ihn vor dir versteckt halten wollen«, sagte er, »aber vielleicht ist es im Hinblick auf deinen Besuch in Schiedam besser, wenn du ihn dir angesehen hast. Hier, in *Vrij Nederland* von der letzten Woche, prunkt er schon. Ein Riesenartikel über zwei Seiten: ›Die Wahrheit über Simon Minderhout.‹«

»Ist das wirklich wahr?«

»Ja, das ist wirklich wahr, willst du ihn sehen?«

»Lieber nicht.«

»Nun, er ist eigentlich ganz annehmbar.«

»Was steht denn drin?«

»Daß das Ganze mit einem Erpressungsversuch angefangen hat. Ja, das war wirklich eine Sensation. Das Blumenmädchen konnte natürlich nicht das Risiko eingehen, mit der Publikation zu warten. Dann wäre ihr vielleicht ein anderer zuvorgekommen. Und diese Erpressung: *hot news*. Außerdem hat sie deine ganze Examensarbeit gelesen. Sie sagt dazu, daß sie nichts Neues enthält, wenn man die Bücher von Poljakov kennt oder das Buch von Alfred Low, *Jews in the Eyes of the Germans.*«

»Ja, aber diese Bücher existierten noch gar nicht, als ich meine Arbeit schrieb.«

»Komm, komm, nicht so hitzig, so ein Mädchen sieht das natürlich von heute aus. Sie sagt aber ausdrücklich, daß du dich darin heftig gegen den Antisemitismus gewandt hast, daß du in diesem Punkt eine so saubere Weste hast, wie wir es uns nur wünschen können.«

»Und sonst?«

»Ja, sonst ist sie auch unsicher. Sie ist geneigt, aus der Tatsache, daß du so schnell untergetaucht bist, abzuleiten, irgend etwas stecke dahinter. Aber aus der Tatsache, daß du dich nicht hast erpressen lassen, leitet sie wiederum ab, daß du offenbar nicht so viel zu verbergen hast. Es ist, man kann es nicht leugnen, ein spannender Artikel. Dein ganzes Sündenregister wird aufgeschlagen, deine Kindheit in Anloo, dein Studium in Leiden, der Krieg, die Nachkriegsjahre, deine kurze Ehe, dein problematisches Verhältnis zu Frauen, ja, ja... Ich komme auch ausführlich darin vor... Foto und alles, der wüste Dirigent, Jude, also über jeden Verdacht erhaben... wie naiv ist das doch gedacht, *enfin*, wer es liest, wird zu dem Schluß kommen, daß man nie mehr dahinterkommt, was passiert ist. Und du, mein lieber Simon, du wirst fortan damit leben müssen. Du bist unwiderruflich... wie hast du das noch genannt... gezeichnet, gebrandmarkt, abgestempelt als jemand, der vielleicht ein Verräter gewesen ist. Nur du selbst weißt, ob dein Gewissen rein ist. Aber gilt das letztlich nicht immer? In den Augen anderer bist du doch sowieso immer schlechter als in deinen eigenen Augen, obwohl jeder Mensch genau weiß, daß er zu Greueltaten fähig ist, von denen niemand anders etwas weiß oder jemals wissen wird. *Jeder Mensch ist ein Abgrund; es schwindelt einem, wenn man hinabsieht.* Außer, wenn man in seinen eigenen Abgrund schaut. Dann ist man im Gegenteil geradezu stolz darauf, dann ist man noch besonders stolz auf seine Schlechtigkeit.«

Aaron warf die Decken zurück, schwang die Beine aus dem Bett, sagte spöttisch: »Was wäre ich doch für ein phantastischer Rabbiner gewesen!«

Als er den Ausgang der Station Rotterdam-West verließ, war er einen Augenblick lang völlig desorientiert, bis ihm klar wurde, daß er seit jenem Sonntag, an dem man ihn an der Oude Sluis zusammengeschlagen hatte, nie mehr in Schiedam gewesen war. Das alte Bahnhofsgebäude mit dem Flair einer Redoute war verschwunden. Vor ihm lag ein ungemütlicher, windiger Platz, und dort, wo die Schie sein mußte, erhoben sich Bürogebäude. Er versuchte, sich daran zu erinnern, ob Schiedam im Krieg bombardiert worden war, und grübelte weiter darüber nach, während er in die Stadt ging. Er fand zum Glück die Overschiesestraat wieder, aber auf dem Overschieseplein schaute er sich verwirrt um. Wo war die Broersvest geblieben? Sicher, er las das Straßenschild Broersvest, aber diese weite, windige Allee ähnelte überhaupt nicht der Straße, an die er sich von früher her erinnerte. Und die Spoelingbrug, wo war die Spoelingbrug? Er entsann sich plötzlich, in den fünfziger Jahren in der Zeitung gelesen zu haben, daß der Name anläßlich des Besuchs der Königin hastig geändert worden war. Natürlich konnte eine Königin nicht über eine Spoelingbrug, eine Spülbrücke, schreiten. Jetzt wölbte sich eine neue Brücke über die Schie.

Und über die Noordvest führte, wie er sah, eine stolze Klappbrücke mit gelbem Geländer, roten Lampen und einem grauen Streifen an der Wasserseite. Er ging über beide Brücken und erreichte die Kade der Schie. Erfreut stellte er fest, daß die vertrauten Rückseiten der Speicherhäuser, die bis ans Wasser reichten, größtenteils noch instand waren. Er stieg auf eine weitere Brücke, überquerte eine Straße, dann ging es etwas abwärts, und er setzte seinen Weg fort, an der Schie entlang. Gewiß, Neubauten hatten hier und da die schwarzen Speicherhäuser ersetzt, aber bis zur Oude Sluis waren der Verlauf von Wasser und Straßen unverändert geblieben. Dort, wo er zusammengeschlagen worden war, standen jetzt Bänke. Nah am Wasser gab es eiserne Geländer, an die man sich klammern konnte, an denen man sich hochziehen konnte, wenn man unerwartet niedergeschlagen wurde. Waren sie damals auch schon dort gewesen? Er wußte es nicht mehr. Er stand da, direkt neben dem Sackträgerhaus, schaute lange auf das friedlich plätschernde Wasser und das Halbrund des ländlich anmutenden kleinen Platzes. Er sah, daß noch immer Zymbelkraut in den Rissen der verwitterten Kademauern wuchs. Es war, als habe er nie dort gelegen, hätten ihm nie Spaziergänger irgendwann mittags aufgeholfen und ihn zu einem Arzt gebracht.

Er kletterte zum Damm hinauf, lief an der Getreidebörse entlang zum Sluisje, bog zur Brücke über den Korte Haven ab. Als er auf dem Lange Haven ging, sah er plötzlich im rechten Augenwinkel das Schild: Öffentliche Bibliothek. Die Tür des Gebäudes stand einladend offen. Er zögerte erst, ging dann hinein. Jeder Aufschub war ihm willkommen. Ach, das ganze Unternehmen war ja sowieso sinnlos. Was hatte er schließlich davon, wenn er seine kleine Netzflickerin wiedersah? Was würde sie ihm erzählen können, das er nicht schon längst wußte? Und würde er sie jemals von ihrer Meinung abbringen können?

Auf der Suche nach der Abteilung Russische Literatur ging er langsam an den offenen Schränken mit den Borden voller Bücher entlang. Ob es hier vielleicht noch andere Übersetzungen von Bloks Gedichten gab? »Ich möchte noch Russisch lernen, um Blok lesen zu können, aber ich bin wohl etwas alt dafür«, murmelte er, und ein Mädchen, das an ihm vorbeikam, fragte: »Was sagst du, Opa?« »Nichts«, sagte er, »ich habe mit mir selbst geredet.« »Senil«, stellte das Mädchen lakonisch fest.

Daraufhin drückte er seinen Hut tiefer in die Stirn. Er ging schnell weiter. Er fand die Abteilung Französisch, die Abteilung Deutsch, die Abteilung Italienisch, stieß dann auf die Abteilung Russisch. Dort stand ein Band mit russischer Lyrik aus drei Jahrhunderten, übersetzt von Marja Wiebes und Margriet Berg. Neugierig schlug er das Buch auf, suchte dann fieberhaft nach dem Inhaltsverzeichnis. Es waren drei Gedichte von Blok darunter. Mit bebenden Händen – und er hörte einen Moment mit Suchen auf, starrte erstaunt auf seine zitternden Hände, dachte: Parkinson? – suchte er die Seiten 127 bis 133. Er schlug die letzte Seite zuerst auf, las:

Nacht, Laterne, Apotheke –
Gedankenloses, trübes Licht.
Und wenn du ein Jahrhundert lebtest –
Davon kein Ende. Nichts ändert sich.

Stirbst du, fängst du von vorne an
Es wiederholt sich, wie vor Jahren:
Nachts, eisige Dünung des Kanals
Apotheke, Laterne, Straße.

Er stand noch immer, und er merkte, daß er sich setzen mußte. Mit dem Buch in der Hand stolperte er
zu einem Stuhl und wiederholte mechanisch die Worte: »Nacht, Apotheke, Laterne, Straße.« Als sei sein
ganzes Leben mühelos darin zusammengefaßt. Er las
die Übersetzung der beiden anderen Gedichte. Es
waren Liebesgedichte, beide lasen sich für ihn, als
handelten sie von der Netzflickerin, aber die eigent-
liche Offenbarung blieb das Gedicht mit den acht
Zeilen. »Nacht, Apotheke, Laterne, Straße.« Wie
war das möglich? Ein Russe aus Petersburg, der von
1880 bis 1921 gelebt hatte, der anders als er jung
gestorben war. Wie war es möglich, daß ausgerechnet jemand wie er mit solchen geradezu gespenstisch
einfachen Zeilen jedesmal wieder sein tiefstes Inne-
res anzurühren wußte, sein langes Leben so einfach
und treffend in Worte kleiden konnte? Er nahm sich
zusammen, stand auf, suchte weiter in der Abteilung
Russische Literatur und fand hier und da noch
andere Blok-Übersetzungen, ein Gedicht über
Schiffe, die anlegten, und Matrosen, die in die Stadt

gingen. Wie mit einem Zauberklang brachte es die Erinnerung an ein Kriegsschiff zurück, das in den fünfziger Jahren im Hafen von Maassluis angelegt hatte und dessen Matrosen, genau wie Blok es in seinem Gedicht beschreibt, unendlich viel Aufregung und Unruhe in der Stadt gestiftet hatten. Und er las noch ein anderes Gedicht, dessen erste beiden Zeilen ihn wie mit einem Faustschlag trafen:

Wie quälend – unter Menschen zu gehen
Und seinen Tod, erlitten längst, zu verhehlen.

Er stellte die Bände zurück, nahm sich vor, in allen Buchhandlungen, an denen er auf seinem Weg vorbeikommen würde, nach *Van Derzjavin tot Nabokov*, wie der Titel des Buches in der niederländischen Ausgabe hieß, zu fragen.

Als er wieder über den Lange Haven ging, konnte er das Gedicht über die Apotheke, wie er es nannte, schon auswendig. Er konnte es, während er den ganzen Lange Haven bis zum Ende lief, aufsagen, vor sich hinmurmeln. Zur Abwechslung wiederholte er auch leise das Gedicht von den Dämmerungen, das beinahe von »Nacht, Apotheke, Laterne, Straße« verdrängt wurde, das er aber nicht vergessen durfte, das ihm genau so lieb bleiben mußte wie dieses neue Gedicht. Dort, wo die Straße nach der Westvest abzweigte, dachte er: Wenn ich jetzt immer weitergehe, stehe ich sofort vor ihrer Tür. Er schüttelte den Kopf, drehte sich um, ging über die Brücke zurück, bog in den Appelmarkt

ein. Er wollte zuerst noch die Innenstadt wiedersehen, erst noch durch das atemberaubend stinkende
Labyrinth streifen, das von Schie, Nordvest und
Korte Haven begrenzt wurde. Es stank dort nicht
mehr, und die ganze wunderliche Welt der Gäßchen, Stege, Innenhöfe war zerstört, verunstaltet.
Die Stege waren nicht mehr von flatternder Wäsche
versperrt, nirgendwo mehr lagen noch schwarze
Fässer aufgestapelt. Und er stellte rasch fest, daß all
die kleinen Straßen und Wasserläufe – wenn auch
noch ein paar Namen wie De Verbrande Erven und
Achter de Teerstoof geblieben waren – wie vom
Erdboden verschluckt waren. Die Raam war zugeschüttet worden, den Nebenarm der Raam konnte
er nicht mehr wiederfinden. Auch in der St. Anna
Zusterstraat war die Gracht zugeschüttet worden.
Zwar erhob sich am Ende der Straße noch immer
die gewaltige Branntweinmühle, da aber statt des
Wassers dort eine kahle Grünfläche angelegt worden war und es aussah, als seien die Häuser zur
Seite gewichen oder durch Neubauten ersetzt, war
dieser bestürzende, beklemmende Gegensatz zwischen der gigantischen Mühle und dem kümmerli-
chen, von Häusern eingeklemmten Wasserlauf ver-
lorengegangen. Er lief eine Weile verwirrt hin und
her, begegnete nur allochtonen Mitbürgern und
stieß plötzlich bei De Verbrande Erven auf ein Speicherhaus, das zwischen neuen Mietshäusern eingeklemmt war. Er schaute es an und wußte: Dies war
das Speicherhaus, das er vor fünfzig Jahren so verzweifelt gesucht hatte. Warum war es ihm damals

nicht gelungen, es wiederzufinden? Er verstand es einfach nicht.

Plötzlich hörte er ganz nah die Fanfarenklänge eines großen Blasorchesters. Und gleich darauf erklang aus mindestens hundert Kinderkehlen das bekannte Lied: »*Merck toch hoe sterck*« (»Merke doch, wie sehr«). Er blieb verwundert stehen. Als der Gesang über die Häuser hinweg in der frischen Schiedamer Luft erklang, war ihm, als sollte auch dies ihn in aller Deutlichkeit erkennen lassen, daß man überhaupt nichts verstand. Hat denn jemand aus dem Königshaus Geburtstag? dachte er. Sie singen doch nicht einfach nur so, es muß doch einen Grund geben? Einer der vielen kleinen Prinzen vielleicht? Er setzte erst den einen Fuß, dann den anderen vor, es war zuerst kein richtiges Gehen, dennoch kam er voran und horchte währenddessen gespannt auf das kernige Lied, das da geschmettert wurde und ihm ein Gefühl der Erleichterung, ja, fast des Glücks schenkte, das er erstaunt und dankbar annahm. Wie war das nur möglich? Er besuchte Schiedam. Wer besuchte schon Schiedam? Vor hundert Jahren, in der Zeit, in der es seinen Namen Zwart Nazareth erhalten hatte, mußte Schiedam so häßlich, so schmutzig, so verwahrlost gewesen sein wie kaum eine andere Stadt in den Niederlanden, und auch jetzt hatte sie nichts Besonderes an sich, hatte sie nicht eine einzige Sehenswürdigkeit aufzuweisen. Sie war nicht einmal einen Umweg wert, sie lag hingeworfen am Fuße der größten Hafenstadt der Welt. Früher irgendwann hatte die Stadt sich noch Dutzender Bockmühlen rühmen dürfen.

Aber die waren inzwischen bis auf fünf so gut wie alle abgetakelt, abgerissen, abgebrannt.

Es wurde Zeit, allmählich wieder zum Bahnhof zu bummeln. In einer Stunde konnte er, wenn alles gutging, den Schlüssel in die Haustür zu seiner Seniorenwohnung stecken. Dann war er wieder zu Hause, würde sich einfach seine schweren Kopfhörer aufsetzen und Bruckners Sechste oder Siebte in den CD-Player legen. Damit würde er abgeschirmt sein gegen das Wüten der ganzen Welt. Und dann, o Gottesgeschenk, gab es niemanden, der es ihm verbieten konnte, mitzusingen, mitzupfeifen. Nein, Aaron, denk nicht, daß ich mit dir zusammenwohnen werde, dann dürfte ich ja nie mehr mitsummen. Und während das Valeriuslied noch immer in der sonnigen, stillen Herbstluft erklang, sang er laut mit: »*Berg op Zoom, hout u vroom, Stut de Spaensche scharen*« (»Bergen op Zoom, halte dich fromm, verjage die spanischen Scharen«). Eine junge Frau mit Kopftuch und einem Kleid, das bis zum Boden reichte, schob ihren altmodischen Kinderwagen für einen Augenblick nicht weiter und sah ihn erstaunt an. Er neigte den Kopf, zog seinen Hut, woraufhin die Frau auf der Stelle die Flucht ergriff. Er schaute ihr nach und dachte: Solche hohen, schwerfälligen Kinderwagen sieht man heutzutage gar nicht mehr, man sieht eigentlich nur noch diese leicht zusammenklappbaren Spazierwägelchen, die man im Auto transportieren kann. In einem solchen Wagen würde man nicht überleben, wenn man ins Wasser geschoben wird.

Er lief dorthin, woher der Gesang kam. Alle drei Strophen des Liedes erklangen. Ab und an sang er ein Stück mit: »*Beving en leving, opgeving der aerd, Wonder, gedonder nu onder*...« (»Die Erde bebte, lebte und half mit im Kampf gegen die Spanier, zuerst war das Wunder bei ihnen, nun ist es bei uns«). Und jedesmal folgte dieser herrliche Refrain, den er vollständig mitsingen konnte, allen erstaunt Vorübereilenden zum Trotz. Aaron, dachte er, würde sofort sagen können, in welcher Tonart das Lied steht und warum die Takte bei »*soo ons vrijheijt heeft bestreden*« (»die uns unsere Freiheit nehmen wollten«) am schönsten sind.

Dann stand er plötzlich, nachdem er um eine Straßenecke gebogen war, auf dem Koemarkt. Dort, mitten im Herzen eines rundum brausenden Schiedam, sah er das Blasorchester und den hundertköpfigen Kinderchor, und er entdeckte auch paradierende Majoretten. Als die Bläser ihre Instrumente sinken ließen, dachte er: Was in aller Welt tue ich hier, warum bin ich eigentlich hier? Er stand da, im nicht mehr sehr warmen, aber strahlenden Herbstsonnenschein, und hörte eine Frau zu einer anderen Frau sagen: »Weißt du, ich sagte mir heute morgen noch, es sieht danach aus, daß gutes Wetter wird, also nimm es wahr.«

»Ja«, sagte die andere Frau, »womit du recht hast. Du mußt es schon wahrnehmen an so einem Tag. Im Nu ist es wieder Winter.«

Er dachte daran, wie sein Vater bei diesem eigenartigen Gebrauch des Wortes »wahrnehmen« aufgehorcht hätte, und versuchte dann, sich daran zu erinnern, warum er, Roemer Simon Minderhout, an einem normalen Wochentag im Oktober auf dem Koemarkt von Schiedam stand. Das Blasorchester und der Chor der kleinen Sänger lösten sich auf. Jeder ging seines Weges. Offenbar war das, dessen Anlaß er nicht kannte, vorbei. Schmutzige Straßenbahnen kamen schon wieder in Schlachtordnung den Rotterdamsedijk angefahren.

Wie komme ich von hier aus zum Bahnhof? fragte er sich. Er überlegte, ob er auf eine der vorüberspazierenden Frauen zugehen sollte, schaute sich schon nach einer anmutigen Schiedamerin um, die ihm den Weg zeigen könnte, da wurde ihm klar, daß er ja hier war, hier auf der Straße herumlief wegen einer, die früher einmal eine anmutige Schiedamerin gewesen war. Niedergeschlagen murmelte er: »Ich darf noch nicht nach Hause, ich muß Hillegonda besuchen.« Er lief über die Koemarktbrug in Richtung Nieuwe Haven.

Nieuwe Haven, dachte er, sie wohnt jetzt am Nieuwe Haven, warum ausgerechnet an einem Platz, den selbst so ein alter Trottel wie ich mit geschlossenen Augen finden kann? Warum hatte Aaron ihn zu diesem vertrackten Unternehmen geradezu gezwungen? Was konnte überhaupt dabei herauskommen? Nun gut, es gab noch so viele Möglichkeiten, dem Ganzen zu entkommen. Sie war vielleicht gar nicht zu Hause. Und warum sollte sie ihn, falls sie doch zu Hause war, nicht sofort von der Tür weisen? Oder sie hatte vielleicht Besuch. Oder sie machte selbst einen Besuch, vielleicht bei ihrem verunglückten Enkel. Oder vielleicht würde, bevor er am Nieuwe Haven klingeln konnte, der Vakuumzerfall eintreten. Ach ja, das war doch wieder typisch für Aaron gewesen, ihm am Abend zuvor aufgekratzt zuzurufen: »Hör dir das an, ich lese hier bei Paul Davies, daß Sidney Coleman und Frank de Luccia bereits 1980 in einem Artikel der *Physical Review* die Theorie vom Vakuumzerfall veröffentlicht haben. Sie entdeckten, daß der Vakuumzerfall an einem willkürlichen Ort im Weltraum als eine kleine Glocke aus richtigem Vakuum entsteht. Sobald diese Glocke sich gebildet hat, beginnt sie zu wachsen und schluckt mit Lichtgeschwindigkeit das angrenzende unechte Vakuum. Und weil das ganze Weltall de facto ein unechtes Vakuum ist, kann das Universum von diesem echten Vakuum gleichsam verschluckt werden.«

»Ja«, hatte Simon gesagt, »aber wenn das echte Vakuum beispielsweise in einem Abstand von zehn Millionen Lichtjahren von hier entsteht, dauert es noch zehn Millionen Jahre, bevor wir…«

»Es kann aber auch schon vor zehn Millionen Jahren entstanden sein. Ach, wie phantastisch, ein Vakuumzerfall, und das weiß man schon seit 1980, und jetzt erst erfahre ich etwas davon.«

Er lief schon den Nieuwe Haven entlang. Es hatte kein Vakuumzerfall stattgefunden. Die Hausnummer wußte er, und er entdeckte sehr schnell, daß sie in einem Haus wohnte, das am Fuß der Brücke über dem Nieuwe Haven lag.

Er stand am Eingang. Jetzt konnte er noch zurück, aber da kam jemand aus dem Haus, der ihm einladend die Tür aufhielt. Er betrat eine Halle, fand sich in einem dunklen Treppenhaus wieder und stand schließlich vor einer Wohnungstür mit dem Namen B. Cornalyn am Briefkastenschlitz. Darunter war ein Schild mit der Wohnungsnummer befestigt, die Aaron gestern der jungen Frau am Telefon abgeschwatzt hatte. Er schluckte, griff sich an den Hut, schluckte noch einmal, drückte auf die Klingel.

Es dauerte lange, bis jemand kam. Er hoffte schon, sie sei nicht zu Hause. Langsam jedoch öffnete sich die Tür. Mißtrauisch blickte ihn eine alte Dame an. War das Hillegonda? Er konnte es nicht glauben. Er verbeugte sich, nahm schwungvoll seinen Hut ab, sagte: »Guten Tag, gnädige Frau, ich bin...«

Bevor er seinen Namen sagen konnte, verfärbte sich das hochrote Gesicht und wurde aschfahl. Sie sagte nichts, wich zurück, hielt sich mit beiden Händen an der Tür fest, wollte sie zuschlagen, faßte sich und keuchte: »Kommen Sie herein.«

Sie nahm ihm den Hut ab, hängte ihn an einen der Garderobenhaken, hängte seinen Mantel daneben und ging ihm ins Wohnzimmer voraus.

»Setzen Sie sich«, sagte sie und ließ sich selbst auf ein Sofa fallen, stand aber sofort wieder auf und fragte: »Möchten Sie eine Tasse Tee?«

»Ich glaube, daß ich Sie doch ziemlich überfallen habe«, sagte Simon.

»Es mußte ja einmal dazu kommen, ich wußte, daß

es einmal dazu kommen mußte. Soll ich eine Tasse Tee machen?«

»Eine Tasse Tee? Gern.«

Sie ging zu einer Tür. Dahinter war anscheinend die Küche. Während sie darin rumorte, trat er ans Fenster und schaute über den Nieuwe Haven. Er konnte leider den Koemarkt nicht sehen. »Nacht, Laterne, Apotheke«, murmelte er, »gedankenloses, trübes Licht. Und wenn du ein Jahrhundert lebtest – davon kein Ende. Nichts ändert sich.«

Sie kam mit einem kleinen Tablett wieder, auf dem sich eine Teekanne und zwei Tassen den Platz streitig machten. Sie setzten sich, sie schenkte den Tee ein, sagte: »Er ist wohl noch nicht stark genug«, und goß ihn wieder in die Kanne zurück. Sie sah ihn an.

»Sie…«

»Du«, sagte er, »laß uns du sagen, so wie früher.«

»Du hast dich so wenig verändert.«

»Findest du?«

»Du hast noch all deine Haare, du hast dich so wenig verändert, ich hätte dich, wenn ich dir auf der Straße begegnet wäre, sofort erkannt.«

»Ich dich nicht, glaube ich«, sagte er. »Du bist so grau geworden…«

»Bin ich schon sehr lange«, seufzte sie.

»Und du trägst jetzt eine Brille.«

»Schon seit vierzig Jahren. Brauchst du noch keine Brille?«

»Nein.«

»Auch keine Lesebrille?«

»Nein.«

»Das gibt's doch nicht.«

Sie schenkte noch einmal den Tee ein.

»Jetzt wird er wohl gut sein.«

»Wie geht es deinem Enkel?« fragte er.

»Seit heute morgen endlich außer Lebensgefahr.«

»Ich gratuliere«, sagte er, »ich bin froh, das zu hören, sehr froh, ein so netter Kerl, fand ich.«

»Netter Kerl? Ja, für uns schon, aber er hat dich... Wenn du wüßtest, wie mir zumute war, als ich davon erfuhr, daß er dich... zehntausend Gulden... Gott im Himmel...«

»Erzählt er so was denn weiter?« fragte Simon erstaunt.

»Er versteht sich recht gut mit seiner Zwillingsschwester, sehr gut sogar, ihr erzählt er alles. Sie hat es dann ihrer Mutter erzählt, und die hat mir... weil... weil... ja, es kam natürlich doch letztlich von mir... Ich verstehe immer noch nicht, daß ich so dumm sein konnte, aber da bist du auf einem Geburtstag, und du trinkst was, und du sprichst mit dem einen und dem anderen, und auf einmal kommt die ganze Geschichte heraus. Er hat es gehört, und dann...«

»Immer wieder diese verflixten Geburtstage«, sagte Simon. »Aber warum erst jetzt, wenn ich fragen darf, warum ist es dir erst jetzt auf einem Geburtstag herausgerutscht, obgleich du doch schon seit fünfzig Jahren gedacht haben mußt, ich sei der Verräter?«

»Ach, herausgerutscht, nein, das nun auch wieder

nicht, das mußt du nicht denken, das hat mir die ganze Zeit über auf der Seele gelegen, so auf der Seele gelegen, aber solange mein Mann noch lebte, habe ich mich gehütet, irgend jemandem etwas davon zu sagen.«

»Aber warum?«

»Weil ich solche Angst hatte, daß mein Mann dann... daß du dann von dieser einen Nacht erzählen würdest und daß mein Mann davon erfahren würde.«

»Du hättest doch immer sagen können, daß ich mir da was ausgedacht hätte, daß es nicht stimmte?«

»Oh, nein, das ging nicht, denn du wußtest... du hattest mein Muttermal gesehen, du hattest das... oh, nein, und dazu kommt noch: Dann hätte ich lügen müssen, und das fällt mir furchtbar schwer.«

Sie schwiegen beide eine Weile, tranken vorsichtig Schluck für Schluck ihren Tee. Dann sagte sie: »Ich verstehe immer noch nicht, wie es hat passieren können.«

»Was meinst du? Diese Nacht? Ach, es war Krieg, aus irgendeinem Grund waren wir damals, so mit dem Tod im Nacken, manchmal unglaublich leichtsinnig.«

»Aber ich war verlobt«, sagte sie und stellte ihre Tasse so heftig auf die Untertasse, daß sie klirrte. »Ich war schon verlobt.«

»Mit einem der acht Jungen, nehme ich an.«

»Nein, ach was, wie kommst du darauf?«

»Und dein Mann...?«

»Der arbeitete bei Gusto. Da wurden Motorboote

und Torpedos gebaut. Eins davon ist am 14. Mai ausgelaufen, da war er drauf. Sie haben es damals geschafft, nach England zu entkommen, und sind den ganzen Krieg über dort geblieben.«

»Also hast du ihn fünf Jahre lang nicht gesehen?«

»Ja.«

»Na ja, aber dann ist es doch nicht so unverständlich, daß wir... daß du...«

»Ich war verlobt, und auch wenn ich nicht aus demselben Holz geschnitzt war wie die acht Jungen, so war ich doch ein ordentliches Mädchen... Gut, ich war schon mit ihm... ich hatte schon mit ihm geschlafen, und vor ihm hatte ich auch ein bißchen mit anderen geschmust, aber das mit dir... Ich verstehe es immer noch nicht, überhaupt nicht.«

»Also schämtest du dich hinterher?«

»Ich habe mich furchtbar geschämt, ich war todunglücklich, ich fühlte mich einfach wie eine Schlampe. Aber manchmal, wenn ich morgens früh wach wurde und noch ein bißchen wieder einschlief, träumte ich von dir, und dann wurde ich wieder wach und lag noch ein bißchen im Bett, um zu dösen und... oje.«

Dann lachte sie. Es war nicht das wilde, stürmische Lachen, das Simon damals bis ins Innerste berührt hatte, aber doch klang noch genug von dem einstigen übermütigen Ungestüm hindurch, so daß Simon spürte, wie sein Herz hüpfte.

»Du lachst noch beinahe so wie früher«, sagte er, »Gott sei Dank, du lachst noch so wie früher, wie ist das möglich, es gibt dich noch immer, Hillegonda, die kleine Netzflickerin, die meine Socken gestopft hat.«

»Ich heiße nicht Hillegonda.«

»Nein, das dachte ich damals schon. Das war dein hochtrabender Deckname, es sei dir vergeben.«

»Ich heiße Hilde.«

»Und ich Simon, wie du weißt, aber eigentlich heiße ich Roemer.«

Dann belauerten sie sich eine Weile in diesem einfach möblierten Wohnzimmer. Er sagte: »Ich finde es so merkwürdig, wir haben uns über fünfzig Jahre lang nicht gesehen. Unser ganzes Leben ist inzwischen dahingegangen. Ich bin verheiratet gewesen, du bist verheiratet gewesen und hast Kinder und Enkelkinder, und nun sitzen wir uns hier gegenüber, und es ist, als wären erst ein paar Tage vergangen, seitdem wir vom Eis zurückliefen und du meine Socken gestopft hast. Oder geht dir das nicht so?«

Er summte das Liedchen von Lindblad. Sie sagte erstaunt: »Daß du das Liedchen noch kennst. Ich hätte es nicht mehr gewußt.«

»Geht dir das nicht so?« fragte er nochmals.

»Du warst viel älter als ich, du warst Apotheker. Ich sah damals sehr zu dir auf, du schienst so klug, so erfahren zu sein, aber wenn du mich ansahst... jedesmal, in dem Augenblick, wo du mich ansahst... Du hast ein ziemlich.... ja, wie soll ich das sagen, ein ziemlich verschlossenes Gesicht, ein etwas strenges Gesicht, aber wenn du mich ansahst... dann hattest du plötzlich einen Blick, als würde die

Sonne durchbrechen, dann öffnete sich dein ganzes Gesicht, dann spürte ich, wie ich innerlich ganz warm wurde, so warm, ach, ach... ich war schon verlobt.«

»Nun, vielleicht ist es jetzt genug der Sentimentalität«, sagte Simon hart, »vielleicht wird es langsam Zeit, über etwas anderes zu sprechen. Ich habe fürchterliche Wochen hinter mir, wirklich, fürchterliche Wochen. Was gab dir das Recht, ein so böses Gerücht über mich zu verbreiten?«

»Ich habe... wie ich dir schon sagte, an einem Geburtstag ein Wort zuviel gesagt. Es war nicht meine Absicht, dies nach außen dringen zu lassen, auch wenn es mir fünfzig Jahre lang auf der Seele gelegen hat. Aber mein Enkel hörte es und dachte offenbar, daß er etwas in der Hand hätte, um dich zu erpressen. Das hörte ich dann wieder von seiner Mutter, ich erschrak zu Tode, ich dachte: Ich muß auf irgendeine Art verhindern, daß Bram diesen Mann damit erpreßt. Wie schaffe ich das? Ich kannte jemanden bei der Zeitung der *Havenloods*...«

»Und da bist du dann hinmarschiert? Unbegreiflich...«

Sie hörte gar nicht zu, sie erzählte, ohne sich stören zu lassen, weiter: »Ich dachte: Wenn ich denen etwas erzähle und sie ein kleines Stück darüber schreiben und ich das dann über meine Tochter Bram in die Hände spiele, versteht er, daß es kein Geheimnis mehr ist, daß er dich nicht mehr erpressen kann...«

»Wie naiv, wie dumm«, rief Simon, und er schüttelte den Kopf und sagte: »Wie...«, aber sie hörte ihm noch immer nicht zu.

»...aber als es im *Havenloods* gestanden hatte, kam ein Mann vom *Rotterdams Nieuwsblad*, und den habe ich zweimal weggeschickt, aber er kam immer wieder und drängte, und dem habe ich gesagt, daß ich nur reden würde, wenn er mir feierlich verspräche, niemals aufzudecken, daß er es von mir hat. Und das hat er auch nicht getan. Deswegen verstehe ich nicht, wie es möglich ist, daß du jetzt hier sitzt, ich...«

»Oh, das ist schnell erzählt. Ich wußte das Kennzeichen vom Motorrad deines Enkels, einem Motorrad, das übrigens gestohlen ist. Ich sah in den Nachrichten Bilder von dem Unfall, sah das Kennzeichen, hörte, in welchem Krankenhaus er lag, und dort konnte man alle Informationen ohne weiteres erfahren. Weißt du eigentlich, daß das Motorrad gestohlen ist?«

»Das weiß ich nicht, aber es wundert mich überhaupt nicht. Mein Enkel gehört zu einer Gruppe... eine schlimme Horde... üble Kerle aus dem Vorland... Er schuldet einem von ihnen viel Geld, daher kam er auf die Idee, dich zu erpressen. Aber das gelang ja nicht, und nun scheint es so zu sein... Die Polizei denkt jedenfalls, daß dieser Unfall überhaupt kein Unfall war.«

»Gott im Himmel.«

Sie schwiegen wieder für eine Weile, schauten über das graue Wasser des Nieuwe Haven. Sie schenkte noch einmal Tee ein.

»Es war nie meine Absicht, es vor deinem Tod an die große Glocke zu hängen, daß du die acht...«

»Höchstens an ein kleines Glöckchen, nehme ich an. Also gut, das will ich glauben, aber du warst dir damals also ganz sicher und bist dir auch fünfzig Jahre lang sicher gewesen, daß ich diese Jungen verraten habe? Wieso bist du dir dessen so sicher?«

»Du bist mir doch nachgefahren. Und du bist denen immer nachgelaufen, durch ganz Schiedam.«

»Das war nur um deinetwillen, die Jungen sollten mich zu dir bringen, ich wollte wissen, wer du bist, wie du wirklich heißt, wo du wohnst.«

»Um meinetwillen?«

»Ja, natürlich.«

»Aber... ich war doch noch ein Mädchen, ich... du warst schon ein ganz großer Mijnheer, ein reicher Mijnheer, ein Apotheker...«

»Du sagtest eben selbst, daß es schien, als bräche die Sonne bei mir durch, wenn ich dich ansah. Hast du denn nicht verstanden, daß ich verrückt nach dir war, daß ich dir durch die ganze Welt gefolgt wäre, hast du das wirklich nicht gemerkt?«

»Ich war ein Mädchen aus der Konijnenbuurt von Schiedam, ich war nur zur Volksschule gegangen, ich konnte ein bißchen flicken, das war alles. Ich schaute ehrfürchtig zu dir auf, so jemand wie du... Ich hätte mir doch in meinen wildesten Träumen nicht vorgestellt, daß jemand, der studiert hat, der Apotheker war, mich nett finden könnte. Solche Schönheit war ich nun auch wieder nicht.«

»Du lachtest so, du lachtest... Ich weiß es auch

nicht, ich verstehe es auch nicht so recht, du hattest so große weiße Zähne. Wenn ich neben dir ging und dich von der Seite ansah, fand ich dich so hinreißend schön. Es war eine solche Freude, neben dir zu gehen, eine solche Freude, dich singen zu hören, dich lachen zu hören, nun gut, da fängt das sentimentale Getue wieder an. Es geht um etwas anderes: Sicher, ich bin den Jungen durch halb Schiedam nachgelaufen, und das war im nachhinein blödsinnig, aber es ging mir um dich.«

»Das kannst du jetzt behaupten, und ich würde es nur zu gern glauben, aber du wußtest dadurch genau, wo sie wohnten, du wußtest auch von Sursum Corda, da waren wir zusammen dran entlanggegangen, das hattest du mir gezeigt, und du bist von den Jungen zusammengeschlagen worden. Du hattest allen Grund, sie zu hassen, sie verraten zu wollen.«

»Sie haben mich tüchtig in die Mangel genommen, das stimmt, aber ich habe es ihnen nie verübelt, ich verstand es nur allzu gut, ich würde auch die Geduld verlieren, wenn man mir immer folgte. Außerdem waren sie fuchsteufelswild, weil ihr Pastor abgesetzt worden war. Kurz, ich verstand sie sehr wohl.«

»Na, aber…«

»Wirklich, ich habe die Jungen nicht verraten. Mein Freund Aaron sagt immer, daß ich mit diesem Gedanken gespielt haben muß, aber nicht einmal das ist der Fall, und zwar aus dem einfachen Grund, daß sie meinem Gefühl nach zu dir gehörten.«

»Das hast du falsch gesehen. Ich hatte nur wenig mit diesen Jungen zu tun, sie waren alle acht streng reformiert. Ich kannte sie vom Korbballverein, war manchmal als Kurier unterwegs, aber ich fand sie etwas merkwürdig. Sie wollten immer zuerst lang und breit beten, wenn sie etwas unternahmen, alles, was sie taten, mußte zuerst mit ihrem Gemeindepastor besprochen werden, der mußte erst seine Zustimmung geben...«

»Der Pastor, ihr Gemeindepastor? Dann wußte der also auch von dem geplanten Überfall auf Sursum Corda.«

»Ganz bestimmt.«

»Kann denn nicht der die Jungen...«

»Nun komm, sag mal, der Pastor ihrer eigenen Gemeinde, natürlich nicht!«

»Ich wäre mir dessen nicht so sicher.«

»Ach, hör doch auf, ein Pastor. Der macht so was nicht.«

»Ach, meinst du?«

»Dieser Pastor jedenfalls nicht. Wenn er ein Verräter gewesen wäre... Er hat mich sogar einmal gewarnt, ich solle lieber nicht zu Hause übernachten, da bin ich... ach, Gott noch mal, das war, als ich dich wegen einer Übernachtung gefragt habe.«

»Er hat dich gewarnt? Das kann nur bedeuten, daß er Kontakt zu Verrätern bei der Schiedamer Polizei hatte oder zu Leuten vom SD. Das macht ihn in meinen Augen nur noch verdächtiger.«

»Dachtest du etwa, du könntest mich davon überzeugen, daß dieser Pastor... Du wußtest alles, du kanntest alle Adressen, du bist zusammengeschlagen worden, wer sonst als du...«

»Wie hieß dieser Gemeindepastor?«

»Helmstrijd, glaube ich, ja, so irgendwie, Helmstrijd.«

»Oh, dieser Helmstrijd, nein, dann kann er es nicht gewesen sein. Den haben die Jungen damals am Lange Haven einfach auf die Straße geworfen, den werden sie danach bestimmt nicht um Rat gefragt haben wegen ihrer Sursum Corda-Pläne.«

»Hinausgeworfen? Davon weiß ich nichts.«

»Ich bin an einem Samstagnachmittag zwei Jungen aus der Gruppe gefolgt. Sie gingen zu einer Zusammenkunft in Musis Sacrum am Lange Haven. Dort sprach Pastor Vonk über den Streit in der reformierten Kirche wegen der mutmaßlichen Wiedergeburt. Plötzlich kam Pastor Helmstrijd von hinten aus dem Saal nach vorn gelaufen und fing an zu schreien, sie seien Revolutionäre. Da haben ihn diese beiden Jungen und noch ein paar andere Jungen aus der Gruppe, die auch dort waren, quer durch den ganzen Saal und die Menschen hindurch wieder nach hinten gedrängt und dann auf die Straße geworfen. Wenn man so etwas mit seinem Pastor gemacht hat, fragt man ihn meiner Meinung nach hinterher nicht um Rat wegen eines Überfalls.«

»Aber er... Ich weiß doch bestimmt... Er ist noch bei ihnen gewesen, nachdem sie verhaftet worden waren, er hat noch mit ihnen gebetet, das hat er mir später, als ich ihn auf der Straße traf, mit Tränen in den Augen erzählt, ganz bestimmt, zu ihm hatten sie Vertrauen.«

»Noch bei ihnen gewesen, als sie schon verhaftet waren, als sie im Gefängnis saßen? Ende 1944? Da muß er mit den Moffen auf gutem Fuß gestanden haben, daß er das zustande gekriegt hat.«

»Warum versuchst du bloß immer, ihn zu verdächtigen? Er war ganz einfach ihr Gemeindepastor. Und warum sollte er sie 1944 verraten haben, nachdem er jahrelang alles gewußt hatte, zu allem, was sie taten, seine Zustimmung gegeben hatte?«

»Vielleicht fand er, daß ein solcher Überfall einen Schritt zu weit ging?«

»Ich kann es nicht glauben.«

»Oder vielleicht war es auch wegen der Kirchenspaltung. Wenn man den eigenen Pastor auf den Lange Haven wirft, wird er... Ich hatte damals den Eindruck, daß die Jungen ihn nicht gerade als ihren Pastor betrachteten, sondern eher hinter Pastor Vonk standen. Und später sollen die Jungen dann doch wieder mit ihm gebetet...?«

»Vielleicht, daß einige der acht Jungen... Ich weiß noch, daß ich einmal an einem Abend zu ihnen kam, ich mußte eine Nachricht überbringen, da haben sie sich fürchterlich gestritten, ich habe überhaupt nichts verstanden, sie schlugen sich gegenseitig Bibelstellen um die Ohren.«

»Könnte es dann vielleicht so gewesen sein, daß einige der Jungen aus der Gruppe auf der Seite von Vonk waren und einige noch hinter Helmstrijd standen? Dann hat er diese Überläufer vielleicht angezeigt, als er von dem Plan hörte, daß sie Sursum Corda überfallen wollten, und für den SD war es dann kein Kunststück, alle anderen auch noch aufzuspüren.«

»Ich verstehe es nicht, daß du denken kannst, ein Pastor könne Verrat begangen haben.«

»Aber warum nicht? Denkst du, ein Pastor sei ein Heiliger? Sollte nicht auch solch ein Mann nachtragend sein? Schließlich ist er auf den Lange Haven geworfen worden. Und dazu kommt... Helmstrijd, das war ein Mann – ich habe das öfter gehört –, der meinte, man müsse der Obrigkeit, die über einen gesetzt ist, bedingungslos gehorsam sein. Römer 13.«

»Ja gut, gehorsam sein, aber das ist noch meilenweit entfernt von Verrat.«

»Er kann gemerkt haben, daß diese Jungen nicht nach der Bibel handelten, und deshalb hat er sie angezeigt. Aber eher glaube ich, daß er nachtragend war, weil einige von denen ihn aus dem Saal geworfen hatten.«

»Wenn das schon ein Grund sein kann, jemanden zu verraten, wieviel mehr Gründe sollte dann jemand haben, der beinahe totgeschlagen worden ist?«

Sie blickten sich an. Simon pfiff gedankenverloren das Liedchen von Lindblad, und es erstaunte und freute ihn, daß sie je länger, je mehr wieder dem Mädchen ähnelte, das er einmal gekannt hatte. Es war, als würde sie mit jedem Wort jünger. Er trommelte mit den Fingern seiner linken Hand auf die Lehne seines Stuhls.

»Ach, was soll's. Man kommt nicht mehr dahinter.

Dieser Helmstrijd war damals schon mindestens so um die Fünfzig, der ist längst tot. Ich würde nur… ich wollte nur, daß du mir glaubst… wirklich, ich habe die Jungen nicht verraten.«

»Ich wollte, ich könnte dir glauben.«

»Ich wollte es auch, dann könnten wir uns doch ab und an noch einmal sehen. Mein Vater war immer dafür, daß ich eine Witwe…«

»Ach, wir sind doch jetzt zu alt, um zu…«

»Meinst du?«

»Du auf jeden Fall, du bist schon achtzig oder beinahe achtzig, und alte Männer von achtzig…«

»Was ist mit denen?«

»Die sind so monoman. Die können nicht mehr zuhören.«

»So, du findest mich jetzt also zu alt?«

»Ich finde mich selber zu alt, ich bin so nörgelig geworden, während ich früher… ich war immer so fröhlich, so gut gelaunt. Was geht eigentlich schief im Leben, daß man so etwas unwiderruflich verliert? Ich bin wirklich ein nörgeliges, jammerndes altes Weib geworden, das dauernd den Kopf hängen läßt.«

»Du weißt es wenigstens selber, und das ist schon etwas.«

»Läßt du auch immer den Kopf hängen?«

»Ja, in den letzten Wochen oft. Ich habe so nah am Wasser gebaut, ich habe meinen ganzen Stolz verloren. Nichts und niemand konnte mich aus der Fassung bringen und jetzt… es ist nicht zu glauben. Weißt du, ich gehe jetzt. Ich will mal nachsehen, wie es bei mir zu Hause aussieht. Vielleicht liegt da ja ein Brief von einem Sohn oder einer Tochter von Helmstrijd, in dem steht: ›Gern möchte ich Ihnen nach allem, was ich über Sie in der Zeitung gelesen und im Fernsehen gesehen habe, ein Bekenntnis mitteilen, das mein Vater auf seinem Sterbebett abgelegt hat.‹«

Simon stand auf, trat auf den kleinen Flur. Hilde folgte ihm, gab ihm seinen Mantel, nahm dann seinen Hut, hielt ihn hoch und sagte: »Wie altmodisch, so ein Hut!«

»Ich wüßte nicht, wie ich grüßen sollte, wenn ich keinen Hut hätte«, sagte Simon.

Langsam drehte sie den Hut in beiden Händen und sagte, während sie aufmerksam das Linoleum auf dem Flur betrachtete: »Fünfzig Jahre lang bin ich böse auf dich gewesen, und nicht nur wegen der Jungen, sondern auch, weil... weil...« Sie schwieg einen Augenblick, holte tief Luft, hielt den Hut mal in der rechten, mal in der linken Hand und fuhr fort: »Wenn mein Mann abends vorm Einschlafen zu mir kam, dann war es im Handumdrehen passiert, und dann wandte er sich ab und schlief sofort ein. Und dann lag ich wach, und dann dachte ich jedesmal wieder daran, jedesmal, fünfzig Jahre lang, wie es mit dir gewesen ist... so ganz anders... so ganz anders... und dann war ich wütend auf dich, weil du mich gelehrt hattest, wie es auch sein konnte. Siehst du, hätte ich das nicht gewußt, dann hätte ich mein ganzes Leben denken können, daß es so sein muß, so, wie mein Mann zu mir kam, und ich hätte mich, glaube ich, damit zufriedengegeben, aber nun wußte ich... so ganz anders... so unglaublich...«

Simon nahm ihr vorsichtig den Hut aus den Händen. Er sagte: »Du sollst wissen, daß dies auch für mich gilt, daß es mit anderen... es ist mit keiner anderen so gewesen wie dieses eine Mal mit dir, niemals.«

Er öffnete die Wohnungstür, ging hinaus, sagte: »Wer weiß, auf Wiedersehen«, und eilte fort.

Als er auf der Basculebrug über den Nieuwe Haven ging, schaute er sich noch einmal um. Sie stand am Fenster, blickte ihm nach, winkte, ohne aufzuhören. Er hob seine linke Hand, winkte zweimal. Er dachte: Ich verstehe das nicht, sie denkt noch immer, daß ich die acht Jungen angezeigt habe, und doch winkt sie mir leidenschaftlich nach. Er lief mit großen Schritten zum Koemarkt. Dort sah er die Bläser mit ihren Instrumentenkoffern, in die sie ihre Posaunen, Hörner und Trompeten gelegt hatten, sorglos über die Broersvest flanieren. Das rätselhafte Volksfest schien noch nicht vorüber zu sein. Jeden Augenblick konnten die Instrumente wieder ausgepackt werden. Die kleinen Sänger würden sich wieder aufstellen, und »*Merck toch hoe sterck*« würde wieder in der windigen, klaren, warmen Luft erklingen. Von der Hoogstraat her tauchten Majoretten auf, die genau wie er die Broersvest hinuntergingen. Waren sie vielleicht auch auf dem Weg zum Bahnhof? Schon bald lief er mitten unter ihnen, war er umringt von hell lachenden, eifrig schwatzenden kleinen Mädchen mit Handschuhen und Faltenröckchen, die in der starken Waterwegbrise hochwirbelten. Er blickte verstohlen in die glatten, kindlichen, vor Aufregung geröteten Mädchengesichter und fing dann in einer sich spiegelnden Schaufensterscheibe ein Bild auf, das ihn heftig erschrecken ließ. Gott im Himmel, dachte er, da läuft mein Vater mitten unter den Majoretten. Er keuchte, er blieb abrupt stehen. Im selben Augenblick blieb auch sein Vater abrupt stehen. Ich bin es selbst, dachte er, sowohl erleichtert als auch enttäuscht, nicht zu glauben, wie ich ihm allmählich immer ähnlicher werde.

Er nahm seine Wanderung wieder auf, inzwischen umgeben von anderen Majoretten, und er dachte: »Herr, mein Herz ist nicht hoffärtig, und meine Augen sind nicht stolz; ich wandle nicht in großen Dingen, die mir zu hoch sind.«

33. En sommardag

A. F. Lindblad

Ditt glada sus jag hör, då du med blomstren leker,
och mera skön du gör den dröm, som nyss du stört.
Hör, vilken röst i dina suckar talar.
O, hur mitt kvalda bröst du tjusar och hugsvalar.
Far, milda sommarvind.
Hälsa till björk och lind.
Deras frid jag njuta fick
men blott ett ögonblick.

A. F. Lindblad, *Ein Sommertag*

O milder Sommerhauch, der meine Wangen streichelt. / Wie kühlend
zart und lind dein Kuß meine Schläfe berührt. / Horch nur, welch süßer
Gesang aus Seen und Wäldern erklingt. / Ach, lindere meinen Schmerz,
der mir den Atem nimmt. / Komm, milder Sommerhauch, / im Schutze
deiner Schwingen / begehr ich keine Freude, / ersehne nur die Ruhe.
Ich höre dein frohes Sausen, wie du mit den Blumen spielst, / du dringst
in meinen Traum, der nun noch schöner wird. / Welch sanfte Stimme
redet in deinen Seufzern. / Ach, höre meine gequälte Brust, die du er-
freust und tröstest. / Fahr hin, mein milder Sommerwind, / grüße mir
Birke und Linde. / In ihrem Frieden durft ich ruhn, / nur einen süßen
Augenblick.

Nachbemerkung

Die folgenden Kurznachweise der musikalischen und literarischen Zitate bzw. Anspielungen in diesem Buch wurden für die Leserinnen & Leser der deutschen Ausgabe zusammengestellt und wollen lediglich als kleine Orientierungshilfe dienen. In den Klammern findet sich jeweils die entsprechende Übersetzung.

Aaron Oberstein zitiert oft und gern aus Opern, so aus: Wolfgang Amadeus Mozart, *Don Giovanni*, II/11 (S. 309: »Mit dem Marmorkopf«), Gioacchino Rossini, *Barbier von Sevilla*, I/12 (S. 304: »Die Verleumdung«; S. 321: »Die Verleumdung ist ein Lüftchen«; S. 366: »Ein Erdbeben, ein Gewitter, ein gewaltiges Geschmetter«), Giuseppe Verdi, *Falstaff* III, Schluß (S. 373: »Alles ist Spaß auf Erden; wir sind geborene Toren«) und *Otello* II/5 (S. 317: »Eines [ein Leben] ist zu armselige Beute für meine Wut... Blut! Blut! Blut!«) sowie Richard Wagner, *Parsifal*, 2. Akt (S. 372: »Laß mich dir erblühen! Dir zu Wonn' und Labe«) und *Walküre* aus *Der Ring der Nibelungen*, 1. Akt (S. 9 und 309: »Ein Greis im grauen Gewand; tief hing ihm der Hut«) und 3. Akt (S. 310: »In festen Schlaf verschließ ich dich«).

Die literarischen Zitate stammen aus Georg Büchner, *Woyzeck* (S. 408), von Alexander Blok (S. 356f., 358, 412 und 413), Goethe (S. 7) sowie aus William Shakespeare, *Sturm*, IV/1 (S. 378).

Die Gedichte von Alexander Blok wurden nach folgenden Übersetzungen zitiert: »Du schaust ins

Aug...« (S. 356f.) aus: *Gesammelte Dichtungen.* Übers. v. Johannes von Guenther. München: Willi Weismann Verlag 1947/1948 – »An das Erbeben...« (S. 358) aus: *Die Stille blüht.* Ausgew. u. übers. v. Johannes von Guenther. München: Willi Weismann Verlag 1947 – »Nacht, Laterne, Apotheke...« (S. 412) aus: *Ausgewählte Werke.* Bd. 1. Hg. v. Fritz Mierau. Übers. v. Sarah Kirsch. © 1978 by Verlag Volk und Welt, Berlin – »Wie quälend...« (S. 413) aus: Ebenda. Übers. v. Ilse Tschörtner. © 1978 by Verlag Volk und Welt, Berlin. Wir danken für die Abdruckgenehmigung.

Maarten 't Hart

Das Wüten der ganzen Welt

*Roman. Aus dem
Niederländischen von
Marianne Holberg. 411 Seiten.
SP 2592*

Alexander, Sohn des Lumpenhändlers im Hoofd und zwölf Jahre alt, lebt in der spießigen Enge der holländischen Provinz, in einer Welt voller Mißtrauen und strenger Rituale. Da wird der Junge Zeuge eines Mordes: Es ist ein naßkalter Dezembertag im Jahr 1956, Alexander spielt in der Scheune auf einem alten Klavier. In seiner unmittelbaren Nähe fällt ein Schuß, der Ortspolizist bricht leblos zusammen, Alexander aber hat den Schützen nicht erkennen können. Damit beginnt ein Trauma, das sein ganzes Leben bestimmen wird: Seine Jugend wird überschattet von der Angst, als Zeuge erschossen zu werden. In jahrzehntelanger Suche nach Motiven und Beweisen kommt er schließlich einem Drama von Schuld und Verrat auf die Spur, das bis in die Zeit der deutschen Besetzung der Niederlande zurück reicht. Für sich selbst findet Alexander nur einen Halt, nur ein Glück, dem er trauen kann: die tröstliche Kraft der Musik.

»Ein gewaltiger, grandios komponierter Kriminalroman mit viel Lokalkolorit, dessen überraschende Wendung am Ende einem fast den Atem raubt.«
Süddeutsche Zeitung

»Es ist eine Geschichte über Musik und Schönheit, Enge und Verbohrtheit, über das Erwachsenwerden und die Nachkriegszeit, verzweifelte Lebenslügen und feigen Verrat – und wenn man ganz am Schluß den Prolog noch einmal liest, dann wächst der Roman zu einem wunderbaren Kunstwerk zusammen. Daß dieses Kunstwerk sogar komisch ist, ist ein besonderer Verdienst des Autors, der in den Niederlanden zu den Großen zählt.«
Elke Heidenreich

SERIE
PIPER

Elsa Morante

La Storia

*Roman. Aus dem Italienischen
von Hannelise Hinderberger.*
631 Seiten. SP 747

Während und nach dem Zweiten Weltkrieg ereignet sich das Schicksal der Lehrerin Ida und ihrer beiden Söhne. Elsa Morante entwirft ein figurenreiches Fresko der Stadt Rom mit den flüchtenden Sippen aus dem Süden, dem Ghetto am Tiber, den Kleinbürgern, Partisanen und Anarchisten. Der Roman war neben Tomasi di Lampedusas »Der Leopard« und Ecos »Der Name der Rose« der größte italienische Bestseller der letzten Jahrzehnte.

La Storia das heißt: *Die Geschichte* im doppelten Sinn des Wortes. Elsa Morante breitet in diesem Roman das unvergleichliche und unverwechselbare Leben jener Unschuldigen vor uns aus, nach denen die Historie niemals fragt.

In Italien, in Rom, erleben Ida und ihre beiden Söhne den Faschismus, die Verfolgung der Juden, die Bomben. Nino, der Ältere, der sich vom halbwüchsigen Rowdy zum Partisanen und dann zum Schwarzmarktgauner entwickelt, ist ein strahlender Taugenichts. Sein Bild tritt zurück vor der leuchtenden Gestalt des kleinen Bruders Giuseppe, dem es nicht beschieden ist, in dieser Welt eine Heimat zu finden. Trotzdem ist seine kurze Laufbahn voller Glanz und Heiterkeit. In seiner seltsamen Frühreife besitzt der Junge eine größere Kraft der Erkenntnis als die vielen anderen, die blind durch die Geschichte gehen, eine Geschichte, die alle zu ihren Opfern und manchmal auch die Opfer zu Schuldigen macht.

Der Roman ist in einer dichten und spröden Sprache geschrieben, die den Fluß der Erzählung mit psychologischer und historischer Deutung aufs engste verbindet.

»Diese Geschichte ist der... nein, gewiß nicht ›schönste‹, aber der aufwühlendste, humanste und vielleicht wirklich der größte italienische Roman unserer Zeit.«

Nino Erné in der WELT

Giorgio Bassani

Die Brille mit dem Goldrand

Erzählung. Aus dem Italienischen von Herbert Schlüter. 106 Seiten.
SP 417

»Bassani zeigt den lautlosen Fortschritt des Verhängnisses, während sich nach außen hin so wenig ändert – mit dieser Fähigkeit, den wirklichen Gang der Dinge aufzuzeichnen, weist er sich als echter Erzähler aus.«
Franz Tumler

Die Gärten der Finzi-Contini

Roman. Aus dem Italienischen von Herbert Schlüter. 358 Seiten.
SP 314

»Mit den ›Gärten der Finzi-Contini‹ legte Bassani seinen ersten Roman vor... eine Meisterleistung. Er liest sich fast wie eine Chronik, die ›Mémoire‹ dreier Jahre im Leben eines jungen Mannes, der zur Jeunesse dorée einer Provinzstadt in Italien, Ferrara, rechnet und plötzlich, 1937, mit der Rassengesetzgebung des Spätfaschismus zum Paria wird. Mit der Präzision eines Archäologen hebt Bassani ein Stück Leben Schicht um Schicht ans Licht.«
Die Welt

Hinter der Tür

Roman. Aus dem Italienischen von Herbert Schlüter. 174 Seiten. SP 386

»Unter den lebenden Erzählern könnte nur noch Julien Green eine solche Verbindung von Zartgefühl und (scheinbar) unbemühter Schlichtheit treffen. Aber Bassani ist ein Julien Green ohne die Rückendeckung des Glaubens. Er unternimmt seinen Rückzug in die vielgeschmähte Innerlichkeit ganz auf eigene Rechnung und tut damit... eher einen Schritt nach vorn, nämlich auf eine Literatur zu, die die Welt nicht nur vermessen will, sondern bereit ist, sie auch in den Antworten zu erkennen und anzuerkennen.«
Günter Blöcker

Der Reiher

Roman. Aus dem Italienischen von Herbert Schlüter. 240 Seiten. SP 630

»Bassani beherrscht die Kunst, seine Personen von sich wegzuschieben und sie quasi in einen Spiegel zu stellen.«
Eugenio Montale

Ferrareser Geschichten

Aus dem Italienischen von Herbert Schlüter. 250 Seiten. SP 430

SERIE
PIPER

Edgar Hilsenrath

Bronskys Geständnis
Roman. 205 Seiten. SP 1256

»›Bronskys Geständnis‹ ... ist ein Alptraum-Report und eine flagellantische Satire zugleich ...«
Der Spiegel

Das Märchen vom letzten Gedanken
Roman. 509 Seiten. SP 1505

»Ein Thomas Mannscher Geist der Erzählung bewegt sich mühelos in Raum und Zeit, raunt von Vergangenem und Künftigem, raunt ins Ohr eines Sterbenden, der in der Todessekunde alles erfahren will: wie Vater und Mutter lebten und starben, wie das armenische Volk lebte und starb.«
Der Spiegel

Moskauer Orgasmus
Roman. 272 Seiten. SP 1671

Nacht
Roman. 448 Seiten. SP 1137

»Hilsenrath ist ein Erzähler, wie ich seit Thomas Mann und dem Günter Grass der Blechtrommel keinen mehr kennengelernt habe.«
Südwestfunk

Die Abenteuer des Ruben Jablonski
Ein autobiographischer Roman. 326 Seiten. SP 2807

Der Nazi & der Friseur
Roman. 319 Seiten. SP 1164

Zibulsky oder Antenne im Bauch
Satiren. 160 Seiten. SP 1694

»Hilsenrath ist vielleicht der einzige wirklich anarchische Erzähler, eine vehement die Wahrheit suchender Außenseiter unserer ausgetrockneten Intimsphäre.«
Rheinische Post

Jossel Wassermanns Heimkehr
Roman. 320 Seiten. SP 2139

Edgar Hilsenraths Roman läßt voll sprühendem Witz und leiser Trauer die einzigartige Welt der osteuropäischen Juden noch einmal auferstehen: »Indem er von einem Schtetl namens Pohodna am Pruth erzählt, erzählt der Roman zugleich von etwas anderem, das nicht erzählbar ist und dennoch in der Art des Erzählens, die Hilsenrath gewählt hat, unerwartet gegenwärtig wird: die Vernichtung. Die Vernichtung inmitten all der Schnurren und Schwänke aus Kaiser Franz Josephs Zeiten, über die herzlich gelacht werden darf. Hilsenrath ist mit seinem neuen Roman ein ganz außerordentlicher Blanceakt gelungen.«
Lothar Baier, Die Zeit

Ingeborg Prior

Der Clown und die Zirkusreiterin

Eine Liebe in finsterer Zeit.
239 Seiten mit 29 Schwarz-
weißfotos. SP 2832

Was wie eine schöne, aber nicht ungewöhnliche Liebesgeschichte beginnt, entwickelt sich zu einem gefährlichen Spiel: Die achtzehnjährige Irene verliebt sich in den Clown Peter Bento. Um bei ihm sein zu können, reist sie mit dem Zirkus Althoff als Kunstreiterin, Clownesse, Akrobatin. Aber man schreibt das Jahr 1941 – Irene ist Jüdin. Und dann geschieht das Wunder: Die Zirkusfamilie nimmt Irene auf und versteckt sie. Es beginnt eine dramatische Geschichte vom Leben und von der Liebe im Untergrund. Ständig bedroht von Denunziation und Verhaftung bleibt das junge Paar zusammen und bekommt zwei Kinder, von denen niemand wissen darf. Allabendlich tritt Irene mit strahlendem Lächeln vor das Publikum und weiß doch, daß jede Vorstellung ihre letzte sein kann...

Júlia Nery

Der Konsul

Roman. Aus dem Portugiesischen
von Verena Grubenmann Schmid.
Vorwort von Patrik von zur
Mühlen. Nachwort von Ilse
Pollack. 205 Seiten. SP 2782

Bordeaux 1940: Tausende von jüdischen Flüchtlingen aus ganz Europa sammeln sich an der Atlantikküste. Sie wollen nach Portugal, Etappenziel beim Exodus aus Europa, doch die notwendigen Papiere sind kaum zu beschaffen. Der portugiesische Konsul in Bordeaux, Aristides de Sousa Mendes, steht vor der Wahl, entgegen der Weisung seiner Regierung die Juden mit Einreisevisa zu versorgen oder sie ihrem Schicksal zu überlassen. Er entscheidet sich für das Leben dieser Menschen – in einem Wettlauf mit der Zeit unterschreibt er Visum um Visum und rettet über zehntausend Menschen das Leben. Er wurde von seiner Regierung geächtet, verlor seine Stellung, seine gesellschaftliche Existenz und seine Familie. Verarmt und vereinsamt starb er 1954. Erst ein halbes Jahrhundert später wurde er rehabilitiert.

Maarten 't Hart im Arche Verlag

Das Wüten der ganzen Welt
Roman
416 Seiten. Gebunden

CD - Das Wüten der ganzen Welt
Musik und Texte, gelesen von
Maarten 't Hart
Spieldauer: 49:02 Minuten
Jewelbox, vierseitiges Booklet

Die Netzflickerin
Roman
444 Seiten. Gebunden

CD - Die Netzflickerin
Musik und Texte
Sprecher: Matthias Fuchs
Spieldauer: 66:37 Minuten
Jewelbox, vierseitiges Booklet

Die schwarzen Vögel
Roman
320 Seiten. Gebunden

Aus dem Niederländischen von
Marianne Holberg

ARCHE